LA ISLA DE LOS AUSENTES

GREGG DUNNETT

Traducido por
M.L. CHACON

Old Map Books

NOTA DEL AUTOR

Este libro está ambientado en la ficticia isla de Lornea, ubicada en algún lugar de la costa este de los Estados Unidos. Presentamos a continuación un mapa de Lornea.

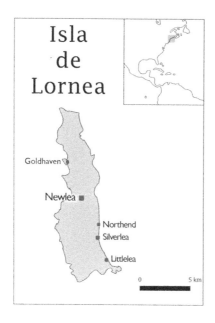

CAPÍTULO UNO

Veo el cuerpo desde la ventana de mi habitación. Yace en mitad de la playa, probablemente lo arrastró la marea durante la noche. Es lo único que interrumpe la plateada arena de la orilla y no tengo duda alguna de lo que es, incluso desde aquí lo tengo claro. Es curioso, siempre he sabido que, viviendo donde vivo, algún día vería algo así. Lo ponen a menudo en las noticias de la televisión: «Aparece un cadáver en la orilla de tal playa, todo indica que ha sido arrastrado por la marea». Y por fin hoy he encontrado el mío.

Agarro los prismáticos. Son grandes, capaces de aumentar la imagen hasta 10 veces y pesan tanto que me resulta difícil mantenerlos firmes. Por eso, aunque los aprieto con fuerza contra el cristal de la ventana, lo único que logro ver son fragmentos desiguales de piel, una fantasmagórica mancha blanca en el vientre y un color rojo intenso donde una herida le corta el dorso. Es una joven. Eso sí alcanzo a verlo. Tendida en un charco de sangre y agua salada. Yace muerta en medio de la playa, de mi playa.

De repente soy consciente de mi respiración por las pequeñas nubes de vaho que se forman cada vez que expulso aire por la boca. ¿Podría ser mi imaginación? Tal vez estoy dormido y esto no es más que un sueño. Pero el resto de la habitación parece real. El armario está abierto y veo mi uniforme escolar colgado dentro. Los pósteres de mi habitación son los correctos: la tabla periódica y mi lista de «Peces de mar» con todos los nombres en latín. Me fijo en este último, no estarían escritos correctamente si estuviera

1

soñando porque no me los sé todos de memoria. Escojo uno al azar: Lubina estriada «*Morone saxatilis*». Definitivamente, no estoy soñando.

Miro de nuevo por los prismáticos. Esta vez noto las gaviotas. Algunas revolotean sobre el cuerpo; otras se posan con tranquilidad, como si fuera una roca nueva que brotó durante la noche. Entonces noto que no solo están de pie, sino que se inclinan, picoteando. Desgarrando trozos de carne. Veo a una moviendo el pico directamente en el ojo. Suelto los prismáticos y pienso.

Debería decírselo a papá. Sé que debería hacerlo. Pero algo me hace dudar. Últimamente está de un humor bastante raro. Se enfada por tonterías. La playa va a estar llena de policías y de periodistas, y papá odia a esa gente. Si se lo cuento igual le da por insistir que no nos metamos en esto. Incluso igual dice que pasemos la mañana en casa y entonces no podré examinarla. ¿Y con qué frecuencia tengo una oportunidad así? Para alguien como yo esta es una ocasión increíble. Quiero decir, también es triste, por supuesto, pero no sirve de nada ponerse sentimental con estas cosas. Por encima de todo, es una oportunidad que no se debe desperdiciar.

Así que, aunque me siento un poco culpable, concluyo que no se lo voy a contar a papá.

Me llamo Billy, por cierto. Tengo once años, pero soy un poco más interesante que la mayoría de los chicos de once años. Bueno, eso juzgando por los que van a mi instituto. Estoy seguro de que estarías de acuerdo si los conocieras.

Afortunadamente, hoy es sábado y no hay clases. Tenemos una rutina bastante establecida para los fines de semana. Lo primero, papá va a hacer surf por la mañana temprano ya que luego se llena y no le gusta mezclarse con la gente. Yo voy con él pero nunca hago surf. Eso requeriría meterse en el agua y yo no me meto al agua. No obstante, no me quedo en el coche esperándolo. Eso sería bastante aburrido. Siempre tengo muchos proyectos en marcha. Como mi proyecto de la cabaña, por ejemplo. La construí el año pasado, con materiales que a papá le habían sobrado del trabajo. Está en el bosque detrás de las dunas pero estoy seguro de que no la encontrarás porque pinté las paredes de camuflaje. Tardé un siglo en terminarla. Resulta que no se puede comprar pintura de camuflaje; en realidad tiene sentido cuando lo piensas, ya que los colores se mezclarían en la lata. Bueno, de todos modos, ese fue mi proyecto del año pasado. Ahora tengo otros que son aún mejores.

Pero, obviamente, hoy no estoy pensando en mis proyectos. Hoy hay un cadáver en la playa. Decido que tengo que despertar a papá y salir de casa lo más rápido posible. Así puedo ser el primero en llegar. Tal vez sea yo quien la descubra.

Papá suele levantarse después que yo. Baja y se hace un café. Si no llueve o hace demasiado viento, se lo toma afuera. Se coloca en nuestro pequeño jardín en la cima del acantilado y mira hacia la playa para decidir dónde hacer surf. Si hay un buen oleaje vamos a nuestro extremo de la playa, cerca del acantilado, porque las olas aquí son más pequeñas y menos potentes. Pero si no hay mucho oleaje vamos a Silverlea, el pueblo que está en medio de la bahía. Allí, la playa está más expuesta al océano. Y claro, si no hay nada de olas o si el viento sopla demasiado fuerte, entonces no vamos a hacer surf. Y eso sí que es un rollo porque significa que papá se pasará todo el día de mal humor.

En casa vivimos solos papá y yo. No tengo hermanos ni hermanas. Ni madre o, al menos, ya no. Y, después de lo que pasó con los pollitos de gaviota, papá no me deja tener mascotas. Así que estamos solos los dos. Y hemos vivido aquí, en nuestra casa en lo alto de un acantilado desde que tengo uso de razón.

Decido que esta mañana haré yo el café. Y lo hago de una manera realmente ruidosa para despertar a papá, cerrando los armarios con portazos y revolviendo los cubiertos para coger la cuchara. Necesito que se dé prisa si quiero ser yo quien descubra el cuerpo.

Tenemos una de esas cafeteras plateadas donde pones el café en el medio y con dos partes que se enroscan. No estoy seguro de cuánto café poner pero sé que a papá le gusta fuerte, así que lo lleno hasta arriba. Al poco tiempo, la cafetera empieza a silbar y a echar espuma y la cocina empieza a oler a café. Cojo una taza para papá y cierro la puerta del armario con otro portazo. Oigo a papá arriba en el cuarto de baño, echando un chorro largo como todas las mañanas. Cuando finalmente termina, grito hacia arriba.

—¡Papá, café!

Luego salgo al jardín para echar otro vistazo. Todavía está allí, nadie la ha descubierto. Pero me doy cuenta de que hay otro problema, las olas. Hoy son pequeñas. Eso significa que papá querrá ir a Silverlea donde las olas serán más grandes. Normalmente no me molestaría porque mis proyectos están bien distribuidos por toda la zona por lo que no me importa ir a donde quiera papá. Pero el cuerpo está aquí, en nuestra playa. Si vamos a Silverlea, tendré que caminar todo el camino de regreso y corro el riesgo de que alguien la descubra mientras voy de camino. No quiero que eso suceda. Quiero ser yo el que la descubra.

Así que cuando papá sale a reunirse conmigo, café en mano, ya estoy pensando en una forma de resolver el problema. Lo miro con cautela. Anoche llegó tarde y creo que debió beber bastante porque tiene cara de resacoso.

GREGG DUNNETT

—¿Por qué has hecho tanto ruido esta mañana, Billy? —papá se frota los ojos—. Pensé que te estaban matando en la cocina o algo así. —Se ríe y toma un sorbo de café—. ¡Dios! Esto es gasolina pura —exclama. Frunzo el ceño porque no estoy seguro de si eso es bueno o malo.

Papá pone la taza en la tapia del jardín. Luego bosteza y estira los brazos. Lleva unos vaqueros viejos y una camiseta que se le levanta un poco, lo suficiente para que se le vean los músculos de la tripa. Todavía se le nota el moreno del verano incluso ahora al final de la temporada. A pesar de que la hierba está mojada por el rocío, va descalzo. Él no nota el frío.

Nos quedamos en silencio un rato observando las vistas. Justo delante de nuestra tapia está el viejo camino del acantilado. Lo cerraron hace un tiempo porque se volvió demasiado peligroso, pero yo todavía sé de un camino hacia abajo. Pasado el viejo camino hay un gran acantilado sobre la playa, que tiene siete millas de largo y se extiende más allá de la ciudad de Silverlea, hasta Northend. Hacia la derecha se ve el bosque. A la izquierda es solo océano. La verdad es que tenemos una vista increíble desde nuestro jardín.

—Tiene buena pinta, ¿no? —dice papá, cogiendo su café de nuevo.

Quiere decir que las olas parecen buenas. Desde aquí arriba puedes verlo todo pero papá solo se fija en las olas. Por eso creo que mi plan funcionará. Espero unos instantes antes de hablar; le dejo que estudie lo que pasa bajo nosotros. Observa cómo las olas entran en la playa.

Las olas que ves cuando vas a la playa no son siempre del mismo tamaño. Vienen en grupos o conjuntos. Por eso en un momento determinado puede parecer que las olas son realmente grandes pero luego, al rato, parecen ser mucho más pequeñas. En este preciso momento, mientras dejo que papá mire, son bastante grandes. De hecho tengo suerte, es probable que sea la ola más grande que he visto en toda la mañana. Perfecto para mi plan.

—Son grandes —digo con la mayor naturalidad posible—. Parecen pequeñas ahora, pero justo antes de que salieras eran bastante grandes. Yo voto por que vayamos a Littlelea.

Si papá lo hubiera observado tanto tiempo como yo le habría sido obvio que estoy mintiendo. Está claro que el surf será mejor en Silverlea, donde la playa está menos protegida. Littlelea es donde está el cuerpo, así que necesito que decida ir allí. Y para eso tengo que convencerle de que las olas son más grandes de lo que realmente son.

Papá no responde de inmediato. Estamos de pie, juntos, mirando hacia el océano. El cuerpo es lo suficientemente visible para cualquiera que lo estuviera buscando, pero él no está mirando hacia la playa. Sus ojos escanean el horizonte, observando cómo los pequeños bultos que asoman por el horizonte se transforman en olas según se acercan. Espera, sorbiendo su café. Y es paciente. A medida que pasan los minutos las olas que habían entrado desaparecen y el mar vuelve a estar llano. Hago lo posible por parecer sorprendido.

—Me parecen pequeñas —dice papá finalmente con una nota graciosa en su voz—. ¿Te encuentras bien, Billy? —Se vuelve hacia mí y, por un momento, me preocupa que se vaya a poner de uno de sus extraños estados de ánimo. Pero está sonriendo—. Venga, nos vamos a la ciudad. Y ya de paso desayunamos después.

La ciudad es lo que llamamos Silverlea. Así que vamos a tener que conducir más de dos kilómetros hacia el norte, más allá del cuerpo y luego tendré que caminar todo el camino de vuelta hasta Littlelea para regresar hacia él. Obviamente estoy decepcionado. Aunque por lo menos, ir a desayunar después será un consuelo. Y no voy a hacer que cambie de opinión ahora, así que mejor asumirlo.

Papá se termina el café, hace una mueca y me mira.

—Salimos en cinco minutos —dice mientras entra en casa para terminar de vestirse.

Le sigo y una vez en la cocina me apresuro a apagar el ordenador portátil. Cojo los prismáticos, un cuaderno de notas por estrenar, mi cámara de fotos y lo meto todo en la mochila. Papá pasa junto a mí mientras me estoy poniendo las botas de caminar y me mete prisa. Mientras salgo, papá echa su traje de neopreno en la parte trasera de la camioneta. Aterriza con un golpe en la base metálica. Su tabla ya está allí; prácticamente permanece ahí todo el tiempo. Entonces dudo. Cuando está de buen humor me deja viajar en la parte de atrás a pesar de que sea técnicamente ilegal. Pero cuando está de mal humor tengo que ir delante con él, con el cinturón de seguridad abrochado y todo. Me arriesgo y subo por la parte de atrás sin mirarle a los ojos. Al principio no dice nada, simplemente abre la puerta de la cabina. Antes de entrar me dice: —Si nos cruzamos con la policía te agachas de inmediato.

Papá entra en la camioneta, al instante oigo el rugir del motor y la camioneta empieza a renquear. El olor a gasolina llena el aire. Bajamos por nuestro camino hacia la carretera principal y entonces papá comienza a bajar la colina, conduciendo rápido, invadiendo el carril contrario para suavizar las curvas.

La playa casi no se ve desde la carretera, solo se vislumbra entre los árboles. Luego, una vez que se cruza el río está bastante baja y las dunas la bloquean. Pero solo tardamos diez minutos en llegar y no nos cruzamos con nadie durante el camino. Me parece buena señal.

Llegamos a la ciudad por la parte de atrás y nos detenemos en la parte delantera del aparcamiento de la playa. La cafetería *Sunrise* está aquí al lado, allí es donde vamos a desayunar, pero todavía no ha abierto.

Aun así, no somos los primeros en llegar. Hay otros cuatro coches. Reconozco dos de ellos, son amigos de papá que también van a hacer surf. Supongo que los otros dos serán probablemente gente que ha ido a pasear a los perros. Espero que hayan caminado hacia el norte, hacia Northend y no hacia el sur hasta Littlelea donde está el cuerpo. Probablemente no se pueda ver el cuerpo desde aquí así que tengo esperanzas, pero no lo sabré hasta que baje a la playa.

—A las diez de vuelta —dice papá. Antes intentaba que fuera a hacer surf con él pero ahora ya ha desistido. Por fin ha entendido que yo no me meto en el agua.

—Vale —le contesto—. Hasta luego. —Me pongo en camino mientras se sienta en la plataforma de la camioneta para ponerse el traje de neopreno. No se molesta en taparse con una toalla ya que no hay nadie alrededor.

Camino rápidamente por el pequeño sendero hacia la playa. Al principio es fácil porque hay un paseo de madera pero luego se acaba y se me hunden los pies en la suave arena. Finalmente llego a las piedras. Hay una barra de rocas planas y grandes como platos. Cuando llego allí, me detengo y saco los prismáticos de la mochila. Incluso antes de enfocarlos del todo veo que algo va mal.

Hay gente en la playa. Justo al lado de donde está el cuerpo. Desde donde estoy no llego a ver quiénes son o qué están haciendo, pero es obvio que están allí parados.

Siento como la desilusión me invade. Es gente sacando a los perros. ¿Por qué no podían haber caminado hacia el otro lado? Fui yo el primero en ver el cuerpo hace más de una hora y quería ser yo el primero en llegar. Ahora ni siquiera sé si voy a poder verlo. Espero que la Guardia Costera llegue pronto para acordonar la zona. O la policía. Estos días hay un montón de policía por toda la ciudad.

Me quedo allí un rato, esperando a que se me pase el disgusto; en realidad no me dura mucho. Después de todo, quien sea que esté allí no va a poder mover el cuerpo, es un poco grande para eso. Supongo que podrían tratar de acordonarlo, pero tampoco hay señales de eso, al menos de momento. Si me doy prisa igual todavía pueda examinarlo. Solo necesito darme prisa en llegar.

Me pongo de nuevo en marcha, caminando justo al lado de la marca de la marea alta. Es el mejor lugar para andar porque la arena está dura y plana. Además, a veces, encuentras cosas que ha traído la marea, lo cual es una ventaja. Pero hoy no estoy mirando hacia abajo. Mantengo los ojos enfocados hacia adelante, tratando de distinguir los detalles a medida que me voy acercando. Al rato, cuando ya estoy a mitad de camino, veo un coche de policía conduciendo lentamente por la playa hacia donde yace el cuerpo. Resoplo y suspiro.

Sé lo que estarás pensando, no es normal que un niño de once años quiera examinar un cadáver en la playa. Pero como ya dije, no soy como la mayoría de los niños de once años. Quiero decir, probablemente, algunos de los chicos del instituto querrían hacerse un selfi o alguna estupidez parecida. Pero yo no quiero hacer nada de eso. Estoy interesado porque quiero estudiarlo, como buen científico que soy.

Si sabes algo acerca de Silverlea, si has estado de vacaciones aquí o algo así, puede que también te sorprenda que un coche de policía llegue tan rápido y tan temprano por la mañana. Pero así están las cosas ahora. Este otoño están por todas partes. Se debe a la chica. La que sale en las noticias. Y si tienes en cuenta que no se trata solo de las noticias locales de la isla, sino de las noticias nacionales, junto con las historias sobre el presidente y los terremotos y demás, ya te puedes imaginar cómo lo estamos viviendo aquí. Está toda la isla obsesionada con el tema. ¿Cómo puede ser que una adolescente desaparezca así sin más? No parece posible.

Yo conocí a la chica que desapareció: Olivia Curran. Mira, igual te lo cuento ahora y todo, ya que incluso a paso ligero me llevará un tiempo llegar hasta allí. Estaba alojada en uno de los chalés de los que se encarga papá. Había venido de vacaciones con su familia: su madre, su padre y su hermano. Estaban en uno de los chalés de *Seafield*. Son los más caros, a pie de playa y con vistas al mar desde todas las habitaciones. De hecho, están justo al lado del aparcamiento donde dejamos el coche esta mañana.

En realidad no tenía que haberla conocido. Yo estaba en el chalé de al lado cuando llegaron. Estaba arreglando la wifi porque los huéspedes de la semana anterior se habían quejado de que se caía mucho. Esa es otra cosa que hago, configuro la wifi para todas las casas de vacaciones que administra papá. El Sr. Matthews, el jefe de papá, sabe que se me dan bien los ordenadores y por eso me deja.

Total, que acababa de terminar de arreglar el problema cuando llegaron. Tenían un todoterreno, o un cuatro por cuatro o algo así, con bicicletas en la parte trasera y varias maletas en la baca. No hablé con ellos, por supuesto. Todos los chalés de *Seafield* son independientes y cuando llegan los invitados obtienen la llave de una caja de metal atornillada a la pared y con una cerradura de combinación. Así que simplemente les ignoré como de costumbre. Al rato decidí coger un aperitivo del almacén. Hay una pequeña caseta de piedra en el patio de los chalés donde guardamos la ropa de cama de repuesto, los recambios de toallas y también hay pequeños paquetes de galletas para las bandejas de bienvenida que ponemos. Total, que ahí iba yo con mi portátil, de camino al almacén para coger galletas. Y ahí fue cuando me debió haber visto. Porque según salía del almacén, todavía con el portátil abierto, la chica venía caminando hacia mí desde su chalé.

—Perdona —me dijo, sonaba un poco insegura—. ¿Te alojas aquí al lado o algo así? Acabamos de llegar y no conseguimos que funcione la wifi.

No le contesté. No podía, tenía una galleta en la boca.

—Es que te he visto con el portátil. Me preguntaba si tal vez habías conseguido que funcionara. —Tenía el pelo rubio recogido en una cola de caballo, pero algunos mechones se habían escapado y movió la mano para apartarlos de sus ojos.

—Bueno, no te molestes, olvida que te he preguntado —dijo y comenzó a darse la vuelta. Aproveché para sacarme la galleta de la boca.

—Vivo aquí. No necesito alojarme aquí. Configuro la wifi para los chalés del Sr. Matthews.

La chica se volvió y me miró de arriba abajo un poco dudosa.

—Ah, genial. Pues me vas a venir bien, creo. Ya que no parece funcionar. —Se detuvo y sonrió. Tenía una sonrisa bonita.

—Sí que funciona. Lo acabo de arreglar —le dije.

—Pues ... bueno, acabo de intentarlo y a mí no me funciona.

—¿Has puesto la contraseña? —le pregunté. Los turistas son bastante inútiles, por lo que ponemos instrucciones para todo en las carpetas de bienvenida, incluso cosas tan sencillas como cómo encender la cocina eléctrica—. Está en la carpeta de bienvenida que encontrarás en …

—Sí, ya la he encontrado. Se conecta bien, pero enseguida se cae.

Aquello me molestó porque acababa de tener el mismo problema en el otro chalé y pensaba que lo había solucionado.

—¿Has cambiado las configuraciones? —pregunté, un poco esperanzado.

— No. Por supuesto que no. —Me echó una mirada graciosa—. Acabamos de llegar.

Fruncí el ceño. Si no hubiera ido a buscar una galleta no me habría atrapado. Pensé en ir al chalé número dos e intentar conectarme desde allí, pero probablemente trataría de venir conmigo. Y sería más rápido si pudiera conectarme directamente a su rúter.

—Tengo que entrar y conectarme al rúter. ¿Te parece bien? —Una parte de mí esperaba que dijera que no, pero no lo hizo. La chica, en aquel momento aún no sabía que se llamaba Olivia, movió el brazo de una manera muy elaborada, como si estuviera haciendo teatro o algo así.

—Estás en tu casa.

De verdad que tenía una sonrisa preciosa.

El rúter en el chalé número uno está en el aparador junto a la mesa de la cocina. Vi de inmediato que la luz parpadeaba en naranja cuando debería haber estado brillando en verde. Los chalés de *Seafield* tienen el salón y la cocina juntos y el padre de la chica estaba allí, guardando comida en la nevera.

—¡Hola! —me dijo según entraba, pero no tuve que decir nada porque la chica respondió por mí.

—No pasa nada, solo está aquí para arreglar la wifi.

Puse mi portátil sobre la mesa y busqué en la mochila el cable de red.

El padre siguió guardando más cosas en la nevera pero noté que quería decir algo. Finalmente lo hizo.

—Eres un poco joven para arreglar ordenadores —soltó. Tenía esa voz que los mayores utilizan cuando quieren ser condescendientes hacia los niños. Me giré un poco para darle la espalda y no le contesté.

—Sabes, no importa si no consigues que funcione —continuó—. De todos modos, vamos a estar en la playa todo el día, ¿verdad, Olivia?

—¿Cómo? Sí, sí que importa —interrumpió la chica—. Puede que para ti no sea importante pero este lugar se anunció como que tenía wifi. ¿Qué pasaría si en el anuncio hubiera puesto que tenía bañera y llegas aquí y no hay bañera? Te molestaría, ¿verdad?

—Vale —le dije. No quería oírlos discutir—. Esto pasa a veces, pero si reinicio desde el panel de control se resuelve el problema. —Creo que sonaba más seguro de lo que en realidad me sentía ya que no entendía por qué seguía fallando así.

—Vaya, me vas a dejar de piedra si tienes razón. Y Olivia te estará muy agradecida. —Hizo una pausa y esperé a que se fuera, pero siguió llenando la nevera—. Entonces ¿eres el experto en informática de Silverlea? —lo dijo insinuando que era el nombre de un trabajo real o algo así—. ¿Lo oyes, Will? —levantó la voz, tratando de llamar la atención de un chaval de unos catorce años que estaba en el otro extremo de la sala, toqueteando la televisión. El padre se volvió hacia mí—. Difícilmente podemos sacar a William de la cama por las mañanas, ¡mucho menos que tenga un trabajo responsable! —El padre se rio y aproveché la oportunidad para ignorarlo.

Abrí el panel de control en la pantalla de mi portátil y vi que tenía razón, una de las configuraciones no funcionaba. Tenía fácil solución, pero no sabía por qué seguía sucediendo. Lo arreglé y me dije que tendría que mirar el problema en Google más tarde. A continuación, reinicié el rúter. Quería salir de allí de inmediato, pero sabía que debería esperar hasta que se conectase de nuevo, solo para asegurarme de que por fin funcionaba.

—Entonces, ¿qué hace la juventud aquí para divertirse? —me preguntó el padre con su voz de «simpático».

No me gusta cuando los turistas me hacen preguntas como esta. Como ya dije, soy bastante diferente, por eso me resulta difícil saber qué le gusta hacer a «la juventud». Me acuerdo aquella vez que un turista me preguntó y comencé a contarle sobre mi proyecto de contar huevos de gaviotas de lomo negro en los acantilados. Me miró como si estuviera loco. Traté de decirle que son las gaviotas más grandes del mundo, con una envergadura del tamaño de un águila, pero vi por la cara que puso que pensaba que era un raro. Así que no iba a contarle al Sr. Curran mi proyecto de cangrejos. Pero tuve un momento de inspiración. Me acordé de los carteles que había visto por la ciudad.

—Está la discoteca del Club de salvamento y socorrismo, es el sábado que viene —dije—. Hacen un baile por el final del verano todos los años.

—Ah. La discoteca del Club de salvamento y socorrismo—dijo el padre, como si ese fuera el tipo de evento que esperaba que tuviera lugar en un pueblo pequeño—. Lo ves, Olivia, te dije que habría cosas que hacer.

Ella puso los ojos en blanco, pero se volvió hacia mí.

—¿Hay que comprar entradas? —me preguntó y me sorprendió que sonase tan interesada.

—No lo sé. —Sabía que yo no necesitaba entrada, ya que vivo aquí. Pero no tenía ni idea de lo que tenían que hacer los turistas. Sin embargo, me libré de tener que responder porque en ese momento se encendió la luz verde del rúter.

—Míralo en Internet —le dije a la chica. Tenía el móvil en la mano. Lo había tenido sujeto todo el tiempo, como si no pudiera esperar para conectarse. De inmediato, comenzó a tocar la pantalla.

—Oye, funciona —dijo, sin levantar la vista. Durante un minuto, continuó, escribiendo algo en la pantalla con los pulgares. Luego levantó la vista de repente.

—Aquí lo tienes. Discoteca de fin de verano del Club de salvamento y socorrismo de Silverlea. Entradas disponibles por adelantado o en la puerta.

Luego me miró con una gran sonrisa en su rostro.

—Genial, gracias.

Era realmente guapa cuando sonreía.

Le conté todo esto a la policía, excluyendo la parte de que era guapa claro, eso por supuesto me lo callé. Aun así, me preocupaba que me hubiera metido en problemas. Después de todo, si no hubiera ido a la fiesta esa noche no habría desaparecido de la discoteca. Pero la inspectora que me tomó declaración no pareció pensar que fuera importante. Dijo que Olivia probablemente se habría enterado de lo de la discoteca de todas maneras, por todos los carteles que había por la ciudad. Pero no era muy buena. No debía serlo ya que no se dio cuenta de que le mentí.

Supongo que eso explica por qué desde el principio me he sentido algo involucrado en todo el asunto de Olivia Curran.

* * *

YA ESTOY BASTANTE CERCA del grupo en la playa. Ha aumentado durante el rato que me ha llevado caminar hasta aquí. Hay un coche de policía y un 4x4 de la Guardia Costera estacionados a cada lado del cuerpo. Y así de cerca, las heridas son bastante impactantes ya que atraviesan la piel dejando ver una gruesa capa de grasa. Me acerco para observar mejor las heridas. Quiero ver qué pudo haber causado su muerte.

—Hola, Billy —grita una voz y alguien se para frente a mí tratando de pararme el paso.

CAPÍTULO DOS

—Hola, Dan —saludo con poco entusiasmo ya que Daniel Hodges no me cae muy bien. Trabaja de socorrista. Conoce a papá bastante bien porque van juntos a hacer surf, pero creo que ni siquiera a él le cae muy bien. La razón por la que no me gusta es porque actúa como si fuera el dueño de la playa, como ahora, que está intentando impedir que llegue al cuerpo.

—No sé si deberías ver esto, Billy. Es bastante siniestro.

—¿Está muerta? —pregunto y me arrepiento de inmediato. Es totalmente obvio que está muerta, pero a veces me salen las frases sin querer.

—Sí, definitivamente está muerta, Billy —dice sonriendo.

Intento mirar detrás de él y ahora estoy lo suficientemente cerca como para escuchar las otras conversaciones. Un hombre que no conozco está hablando con el policía.

—¿Sabes de qué especie se trata? —pregunta el hombre, creo que es un turista. No hay muchos aquí en invierno, pero algunos quedan.

—No estamos seguros. Un experto de la capital viene de camino —responde el policía. Lleva puesto su uniforme. Los uniformes de la policía parecen muy extraños cuando los ves de cerca. Realmente son poco prácticos —. Espero que nos lo confirmen.

Interrumpo de inmediato, contento de tener la oportunidad de pasar de largo a Dan.

—Es una ballena minke —contesto.

El policía comienza a decir algo acerca de esperar al experto, pero el turista se vuelve hacia mí.

—¿Cómo lo sabes?

—Se puede ver por la distancia entre la aleta dorsal y el espiráculo y por lo erguida que está la aleta dorsal. Es una hembra. Una joven.

—Sí, bueno —dice el policía—. Ya veremos.

—Las ballenas minke por lo general solo se ven en el hemisferio norte, pero se pueden encontrar ballenas minke enanas en el Océano Austral y alrededor de la Antártida. Pero esta no es enana porque tienen marcas diferentes, por lo cual esta es normal. —Había estado bastante seguro de mi identificación cuando la había visto por primera vez desde mi ventana y, ahora de cerca, no me cabía ninguna duda.

Dan se aparta para dejarme observar el cuerpo con más claridad. Justo detrás de la cabeza tiene una gran herida abierta que corta la carne. La superficie de la herida es de color rojo oscuro, pero más adentro el color se vuelve más brillante. Está tumbada en una depresión en la arena llena de una mezcla de agua de mar y sangre. Es bastante pequeña para una ballena, no mucho más larga que el 4x4 de la Guardia Costera.

—¿Qué crees que le pasó? —el turista pregunta con su acento de la capital—. ¿Crees que fue un tiburón? —Parece entusiasmado con la idea. Así es como sé que es un turista, su acento. Además, los turistas están siempre hablando de tiburones.

Miro de cerca la herida.

—No. Por lo general aquí no tenemos tiburones lo suficientemente grandes como para atacar a una ballena, ni siquiera a una cría como esta. Y no parece una marca de mordedura, más bien una herida por hélice. Probablemente se separó de su madre cuando salió a la superficie cerca de un barco.

—Parece que sabes mucho sobre ballenas —me responde el hombre.

—Sé mucho sobre todos los animales de la isla de Lornea —le digo—. Voy a ser biólogo marino cuando sea mayor. Ya estoy haciendo experimentos. —De repente me siento confiado y le pregunto al policía—: ¿A qué hora viene el experto en ballenas?

Espero poder quedarme el tiempo suficiente para conocerlo. Quizá estén interesados en mi estudio de cangrejos ermitaños. A menos que sean expertos solo en ballenas. A veces hay científicos especializados en una sola especie o un género. Otros son más generales. Podrían estar interesados, o podrían no estarlo. Depende.

—Viene en el ferry de camino. Llegará aquí alrededor de la hora del almuerzo —me dice el policía y miro el reloj. Tengo que volver a la camioneta de papá a las diez. Puedo esperar un poco, pero no tanto.

CAPÍTULO TRES

Me quedo todo el tiempo que puedo y el policía me deja hacer unas fotos de la ballena, pero luego tengo que irme. Vuelvo corriendo con la mochila golpeándome contra la espalda. Miro a ver si papá sigue en el agua. Se va a enfadar si llego tarde. Pero creo que me voy a librar, las olas tienen buena pinta por lo que es probable que vaya a estar en el agua más tiempo del que dijo.

Resulta que regreso a la camioneta justo después de él. Tiene la puerta abierta, la música puesta y se está secando el pelo con una toalla, el traje de neopreno bajo el pecho. Está sonriendo y silbando, parece que el surf le ha sentado bien.

—Hay una ballena muerta en la playa, en Littlelea —le digo—. Es una ballena minke.

—Hola, Billy, ¿cómo estás? —me contesta. Está siendo sarcástico, indicando que no dije hola—. ¿Lo has pasado bien?

—Hola, papá —respondo, comenzando de nuevo—. Sí, gracias. Hay una ballena muerta en la playa.

—Ya me lo has dicho. —Su sonrisa ha desaparecido—. Me preguntaba qué estaba pasando. Vi los coches de policía en la playa. —No dice nada más, pero aparece esa mirada en su rostro. No le cae muy bien la policía. Nunca se han llevado bien.

—Es una hembra. Y muy joven —continúo.

—¿Quieres desayunar? —pregunta, ignorando lo que digo. No está tan interesado en la fauna de la isla. Va a trabajar, a hacer surf y eso es todo. Pero en ese momento no me importa. Si no hubiera dicho nada yo le iba a recordar lo de ir a la cafetería. Casi siempre tengo hambre, pero aunque no la tenga, siempre quiero ir a la cafetería *Sunrise*.

La cafetería ya está abierta. En realidad, es la parte de arriba del Club de salvamento y socorrismo y desde allí hay una estupenda vista del océano. Cuando papá termina de cambiarse subimos los escalones de madera y nos sentamos junto a la ventana en la mesa de siempre. Hay fotos en las paredes de personas haciendo surf en olas que son realmente grandes. Papá aparece en un par de ellas, aunque apenas se puede ver quién es porque su cuerpo es diminuto en comparación con la ola. Las fotos están a la venta por lo que a veces algún turista ha comprado una foto de papá y la habrá colgado en la pared de su casa, como si se tratara de una persona famosa. Podrías pensar que no le haría mucha gracia, pero no parece importarle. Hoy no les presto mucha atención, en su lugar saco la cámara de la mochila, preparado para enseñar las fotos de la ballena.

—Hola chicos, ¿qué os pongo? —Dejo de mirar a la cámara cuando escucho la voz de Emily. Se acerca a nosotros con su libreta y lápiz. Me sonríe y puedo oler su perfume, como de flores cálidas. Emily trabaja en la cafetería *Sunrise*, pero no es tan solo una camarera. Trabaja aquí solo para ganar dinero mientras hace su doctorado. Estudia biología marina. Es una científica de verdad. Me gusta Emily. Me gusta mucho.

—Puedes traerme un desayuno completo —dice papá, frotándose el estómago—. Y café.

—¿Buen surf esta mañana, Sr. Wheatley? —Ella le sonríe, pero no por mucho tiempo, simplemente está siendo educada. Entonces se vuelve hacia mí—. Billy, ¿lo de siempre? ¿Un bollo blanco con dos salchichas y mucho kétchup?

—Sí, por favor, Emily.

—¿Con café? —me pregunta. No me guiña el ojo, pero me echa una mirada secreta. Una vez pedí un café, quería impresionarla y luego no me gustó. Se dio cuenta y me trajo un chocolate caliente. Y desde entonces siempre lo llama café.

—Sí, por favor. ¿Has visto la ballena? Es una minke, una cría.

—Eso he oído —dice ella—. Aunque aún no he tenido oportunidad de verla.

—Tengo algunas fotos. Va a venir un experto en ballenas desde la capital. Llegará esta tarde. A lo mejor… Papá ¿puedes llevarnos luego a la playa cuando Emily termine su turno? —Miro a papá con esperanza. Es una posibilidad remota, pero merece la pena intentarlo cuando está de buen humor.

—Lo siento, Billy. Tengo que trabajar. Tengo un montón de marcos de ventanas que pintar.

A veces no entiendo a los adultos. ¿A qué viene tanta prisa? Es casi invierno. No hay ni un solo chalé reservado hasta el verano que viene. Seguro que podría pintar otro día, cuando no haya un experto de ballenas en la isla.

Emily percibe mi decepción y trata de hacerlo más fácil.

—Me temo que yo también tengo cosas que hacer —dice, mirando a papá como si estuviera tratando de comunicar algo—. Sin embargo, Dan va a estar allí, Sr. Wheatley. Si quisiera que alguien vigilara a Billy, quiero decir. —Su expresión es brillante y abierta. Optimista.

¿Te acuerdas de Dan Hodges, el socorrista? Bueno, hay algo que no te dije sobre él. Está saliendo con Emily. Supongo que eso podría ser un poco por lo que no me cae muy bien. Pero no es nada serio. La única razón por la que está con él es porque aquí no hay nadie mejor. Estoy seguro de que cuando termine de estudiar se casará con un científico famoso, no con un estúpido socorrista. Tal vez incluso se case conmigo cuando yo sea un científico famoso. Podemos pasarnos la vida investigando juntos.

Papá se lo piensa por un momento.

—Está bien. Puedes ir si quieres, Billy. Ves al tipo de las ballenas y luego corriendo a casa desde allí ¿de acuerdo?

Me decepciona que Emily no pueda venir conmigo, aunque no me sorprende tanto. Y el plan no está tan mal ya que es mucho mejor que ayudar a papá a pintar. Me obliga a lijar, que no es tan divertido como pintar.

—Lo único que te pido es que no te quedes atrapado por la marea. ¿Sabes cuándo es marea alta?

—Puedo buscarlo si quieres —dice Emily, sacando su móvil. Tiene una aplicación que le dice los tiempos de marea. Yo no necesito ninguna aplicación. He vivido en la playa tanto tiempo que me sé las mareas de memoria.

Me vuelvo hacia Emily, que está sonriendo porque le gusta ayudarme.

—No te molestes —digo—. Por cierto, tengo unas fotografías de la ballena. ¿Quieres verlas?

—Claro. Pero espera. Déjame que ponga tu pedido.

Papá y yo la miramos caminar de regreso a la cocina. Lleva unos pantalones negros que se ajustan al contorno de su trasero. Cuando vuelvo la mirada hacia papá, todavía la está mirando.

—Había un turista allí que pensaba que podría haber sido asesinada por un tiburón —le digo cuando regresa con las bebidas—. Pero le dije que aquí no tenemos ese tipo de tiburón. Yo creo que se chocó con un barco o algo así.

Emily se ríe de la idea del tiburón, unas carcajadas claras y frescas que resuenan por la cafetería y hacen que la gente se vuelva hacia nosotros. Eso es lo que más me gusta de Emily. Sabe que los tiburones que tenemos aquí son demasiado pequeños para atacar a una ballena. Lo sabe casi todo sobre la fauna salvaje de la isla de Lornea, aunque no sea de aquí de verdad. Emily es igual que nosotros, ahora vive en Lornea pero no nació aquí. Solía venir de vacaciones a casa de su abuela, hasta que esta falleció y ahora Emily vive aquí todo el tiempo. Tal vez sea esa otra razón por la que me cae bien. No somos de aquí de verdad, pero sabemos más sobre las cosas importantes de la isla que los de aquí.

—Podría ser el sonar de los submarinos lo que la confundió —continúo—. He leído algo acerca de cómo les confunde. Quizá pudo haber emergido demasiado cerca de un barco y se chocó con la hélice.

Emily parece sopesar la idea por un momento.

—Sí, puede ser —dice ella—. Tal vez no necesiten al experto en ballenas después de todo. Parece que lo tienes bastante resuelto.

Me siento orgulloso de su comentario. Entonces el chico de la cocina la llama porque nuestra comida está lista.

Papá no la mira esta vez mientras se aleja. En cambio, coge un periódico que alguien ha dejado en la mesa. Es el *Island Times*. Una vez vi que publicaron una fotografía de un delfín muerto que apareció en Northend. La mujer que lo había encontrado también salía en la foto. Por eso quería ser yo quien encontrara la ballena, para salir en el periódico. Aunque, pensándolo bien, el *Island Times* se ha vuelto un poco loco recientemente con el asunto de Olivia Curran, por lo que tal vez no se molesten en publicar una foto esta vez. El titular de esta semana vuelve a ser sobre Olivia. Dice así:

«Tres meses y sin noticias de Olivia»

CAPÍTULO CUATRO

No creo que sea un titular muy bueno la verdad, ya que te dice que no tienen nada nuevo que contar. También podrían decir: «¡No hay noticias hoy!». Pero ese es el tipo de cosas que han estado publicando cada semana. «Olivia: ¿podría estar todavía en la isla?». O «Caso Olivia: La policía cree que se ahogó». «El misterio de Olivia: la búsqueda policial continúa». Papá abre el periódico y ojea las tres primeras páginas, que son todas acerca de Olivia, mientras yo miro mis fotos en la pantalla de la cámara, enfocando y desenfocando continuamente. Emily regresa, esta vez con nuestra comida.

—Aquí tenéis. —Pone el desayuno de papá en la mesa y luego el mío. Tiene toneladas de kétchup y la mantequilla se extiende espesa y se derrite al contacto con las salchichas. Ve que papá tiene el periódico abierto. —¿Alguna novedad?

Él la mira sorprendido y luego sacude la cabeza.

—No. No sé por qué la policía no acepta que se ahogó. —Esa es la teoría de papá. Piensa que Olivia Curran decidió irse a bañar esa noche y se le complicaron las cosas en el agua.

—Supongo que sus padres siguen con esperanza de que aparezca viva —dice Emily—. Debe ser horrible para ellos, el no saber. Tan solo espero que alguien descubra lo que le pasó.

Hoy en día hay muchas conversaciones de este tipo. Es como si la gente se hubiera obsesionado con el caso de Olivia Curran. Realmente no sé por qué. No es la primera vez que un turista se ahoga. Todo el mundo sabe que el agua es peligrosa, por eso tenemos un club de salvamento. Pero normalmente, cuando alguien se ahoga, al cabo de unos días aparece el cuerpo en la playa. Y eso es lo que no ha sucedido con Olivia, así que nadie sabe a ciencia cierta lo que le ha pasado.

La gente no suele hablar de Olivia Curran conmigo, como si fuera una conversación que solo los adultos pudieran tener. Cuando se vuelven hacia mí, fingen que no ha sucedido. Lo que sea que haya sucedido. Sé por qué: es porque en realidad todo el mundo piensa que la han secuestrado o asesinado. O tal vez piensan que ni siquiera esté muerta y alguien la tenga en algún sótano violándola todas las noches. Pero Emily es diferente. Me trata como a un adulto. Por eso no me sorprende cuando se vuelve hacia mí y me dice: —¿Quizás deberías dedicar tus poderes de investigación al caso de Olivia Curran, Billy? Después de todo, has resuelto el misterio de la ballena muerta en cinco minutos. —Sonríe, como para dejar claro que está bromeando.

Papá coge el kétchup y le echa una mirada rara, como si no le pareciera una buena idea.

—No le des ideas. Ya tiene suficiente con contar huevos de águila. —Trata de poner los ojos en blanco, pero ella me mira y me sonríe. Ya sabe acerca de mi experimento con las gaviotas de lomo negro, se lo conté hace tiempo. También se lo conté a papá, pero aun así, sigue equivocándose.

Emily nos deja con nuestra comida porque tiene que servir a otras personas. Tomo un bocado de salchicha y pan que hace que unas gotitas de grasa y mantequilla caigan en el plato. Sé que solo ha sido un comentario de pasada, pero ya estoy empezando a pensar en ello. Tal vez debería dirigir mis poderes de investigación hacia el caso de Olivia Curran. Con solo pensarlo me he quedado perplejo. Después de todo, mira el periódico. Parece que la policía no está avanzando nada en el caso y sé, por experiencia propia, lo incompetentes que son. ¿Quizás voy a ser yo quien resuelva el misterio? Me imagino el titular en el *Island Times*:

«¡Un chico de Lornea resuelve el misterio de Olivia!»

Eso superaría, y con creces, a salir en el periódico al lado de una ballena muerta.

Y, después de todo, nadie conoce esta playa como yo.

CAPÍTULO CINCO

Después de desayunar papá se va a pintar y yo salgo corriendo por la playa hacia la ballena. Ahora la marea está mucho más alta y casi llega hasta donde el pequeño grupo está de pie rodeando el cadáver. Según me acerco noto que ha llegado un segundo coche de policía. Espero que haya traído al experto en ballenas.

Pero cuando llego me llevo una decepción. No es el experto sino el Sr. Matthews. Es el jefe de papá y el dueño de todos los chalés que lleva papá, además del Gran Hotel al otro lado de la ciudad. No me cae muy bien, pero papá siempre le defiende. Creo que gana una fortuna a pesar de que sea papá el que hace todo el trabajo. Conduce un coche enorme que veo a menudo aparcado en el club de golf. Pero hoy no ha traído el coche, supongo que no querría conducirlo por la playa y que se llenase de arena.

El Sr. Matthews está hablando con otro policía. Es mayor que el primero y de repente me doy cuenta de que le reconozco. Cada vez que hay una declaración sobre Olivia Curran en la televisión, es él quien sale. Creo que será bastante importante. Sé que es él porque tiene un bigote gracioso que solo le cubre la parte inferior del labio superior, como si fuera una oruga posada allí. Y porque es negro y casi no hay personas negras en toda la isla. Se acaricia el bigote mientras habla con el Sr. Matthews.

Otro policía se une a ellos. Es con el que hablé antes. Comienza a decirles que cree que es una ballena minke y que probablemente la mató la hélice de un barco. Entonces, el Sr. Matthews coge del brazo al policía de alto rango y le aparta hacia un lado, justo donde estoy yo parado. El Sr. Matthews me echa una sonrisa de reconocimiento, porque sabe que arreglo la wifi en sus chalés, pero no me dice nada.

—Larry —le dice al jefe de policía—, ya llevamos mucha publicidad negativa con todo lo que está sucediendo con esta chica. No quiero agregar a eso un… —mira a la ballena— un cadáver pudriéndose en la playa. —Dice esto último en voz muy baja, pero yo tengo buen oído. El policía sigue acariciándose el bigote, como si estuviera considerando lo que dice el Sr. Matthews.

—Lo entiendo, Jim. De verdad que sí. Ya viene alguien de la universidad de camino en el ferry. Tan pronto como termine, nos encargaremos de que lo muevan.

El Sr. Matthews suspira y mira alrededor de la playa. Hay unos diez turistas merodeando por la ballena observando lo que está sucediendo. Algunos de ellos están sacando fotos. Y hay otras cinco o seis personas caminando por la playa desde la ciudad.

—No estoy seguro de que lo entiendas, Larry. Mira, la marea lo va a cubrir todo en media hora de todas maneras. ¿Qué te parece si traigo una lancha motora? Podemos remolcar la ballena y deshacernos de ella de una manera rápida y sencilla. Antes de que llegue la prensa. Esta ciudad no necesita ver fotos llenas de sangre.

Como ya dije, soy capaz de oír todo esto, pero no doy crédito. Quiero interrumpir y decirles que el experto querrá hacer pruebas, realizar una autopsia. Pero sé que no puedo interrumpir al Sr. Matthews y al jefe de policía. Papá podría perder su trabajo. Podrían arrestarme.

—Vamos, Larry. La maldita marea la va a arrastrar al frente del pueblo si no hacemos algo. Será incluso peor. Puedes decir que es un peligro para la salud pública. Nadie va a discutir contigo.

El policía se queda allí por un momento. Todavía se está acariciando el bigote.

—¿Puedes conseguir una lancha tan rápido?

—Por supuesto.

El policía toma una decisión.

—Está bien. Si puedes moverla, entonces hazlo. Será más fácil remolcarla aquí ya que en la ciudad hay más marejada. Esa será nuestra justificación si alguien se queja.

—Muy bien, Larry —dice el Sr. Matthews—. Bien hecho. —Le da unas palmaditas en la espalda, saca su móvil y comienza a marcar de inmediato.

Estoy horrorizado, pero no hay nada que pueda hacer, salvo esperar que el experto en ballenas llegue antes de que comiencen a remolcar la ballena. No lo sé con seguridad, pero tal vez pueda cancelar las órdenes del jefe de policía. Como hace el experto en tiburones en la película «Tiburón». Aunque «Tiburón» no es una película muy realista, especialmente la parte en la que el tiburón intenta comerse el barco. Eso nunca sucedería; los tiburones de verdad podrían morder un bote para ver de qué se trata, pero cuando descubrieran que no era comida, irían a comerse una foca o algo así. Estoy pensando en esto mientras el Sr. Matthews se aleja un poco para hablar por el móvil. Luego regresa y habla en voz baja con el inspector.

—Todo listo. Kevin estará aquí en cuarenta minutos. —Sacude la cabeza y dice algo más, pero esta vez creo que está hablando solo. —La madre del cordero. Primero la chica y ahora esto. Tendremos suerte si alguien viene aquí de vacaciones la próxima temporada.

A continuación, los otros dos policías van al maletero del coche patrulla y regresan con dos palas. Empiezan a cavar un agujero a cada lado de la cola de la ballena. La gente piensa que las colas de las ballenas se llaman aletas, pero en realidad la cola está formada por dos aletas, una a cada lado. La palabra correcta para toda la cola es simplemente cola, como yo lo digo. Voy y me sitúo lo más cerca que puedo, e intento echar arena hacia el agujero con los pies, pero se enfadan y me dicen que me eche para atrás, así que no hay nada más que pueda hacer. Después de todo, ellos son policías. En su lugar, me limito a mirar el reloj y fruncir el ceño con regularidad. Se tardan unos cuarenta minutos en llegar desde Goldhaven, donde entra el ferry, pero no sé en qué ferry viene el experto. Solo espero que él (o ella) se dé prisa.

Estoy tan concentrado en mis pensamientos que no me doy cuenta de que los policías ya tienen una soga alrededor de la cola. Le dan dos vueltas y hacen un nudo. Por desgracia están trabajando muy bien. Para cuando terminan, el agua ya está muy cerca y un bote de pesca espera mar adentro donde rompen las olas. Como te dije, hoy las olas no son muy grandes en este extremo de la playa. Mientras miro, los hombres del barco arrastran una boya atada a un cabo en la popa y no pasa mucho tiempo antes de que llegue a tierra donde los policías la recogen. Luego la atan a la soga que tienen alrededor de la cola de la ballena. A continuación, todos esperamos.

Unos quince minutos después, la marea ha subido lo suficiente como para que haya agua alrededor de toda la ballena, que sobresale las olas como si se tratase de una roca. El bote intenta tirar de ella un par de veces, pero antes de que esté realmente a flote no les servirá de nada. Siguen intentándolo, dando muchos gritos, y luego, diez minutos después, la ballena se mueve repentinamente. Por un instante cometo el error de pensar que no estaba muerta, pero en seguida me doy cuenta de que está flotando y el bote comienza a arrastrarla poco a poco hacia aguas más profundas. Una ola rompe sobre ella lo que hace que, por un momento, desaparezca bajo el agua. Cuando emerge de nuevo está brillante y limpia y a continuación se da la vuelta por lo que se le puede ver la parte inferior blanca. Y así, con mucha lentitud, desaparece mar adentro.

Media hora después apenas se puede ver: el barco está rodeando el promontorio. No sé dónde la echarán; lejos de la isla, supongo. Observo hasta que el bote se pierde de vista detrás de las rocas y me doy la vuelta, todavía sintiendo rabia por todo lo que ha sucedido. Al hacerlo, veo a un hombre de pie en las dunas junto al aparcamiento. No le conozco, pero por su forma de vestir, la mochila y las gafas redondas que lleva creo que probablemente sea el experto en ballenas.

CAPÍTULO SEIS

Papá no está en casa cuando llego, así que enciendo la cocina y empiezo a preparar la cena. Normalmente pongo la tele mientras cocino, pero hoy no. Estoy demasiado ocupado con mis pensamientos.

Estoy muy enfadado por lo que ha pasado con la ballena. No solo porque no llegué a conocer al experto en ballenas ni hablarle de mi estudio de los cangrejos ermitaños, sino porque sé que la policía no hizo lo correcto. Si hubieran esperado a que llegara el experto este podría haber medido las heridas, tomado muestras y hacer todo tipo de cosas que habrían sido útiles para el avance de la ciencia. Pero ahora ya no se puede. Desperdiciaron la mejor prueba que tenían.

No puedo evitar vincular esto con cómo la policía no ha podido averiguar qué le ha pasado a Olivia Curran. La inspectora que me entrevistó prácticamente ignoró mi información sobre cómo Olivia se enteró acerca de la discoteca del Club de salvamento y socorrismo. Si cometen ese tipo de errores, ¿qué más habrán pasado por alto? Entonces pienso en Emily y en la forma en que se le pone cara de preocupación cuando habla de la chica. Yo sé por qué. Es porque le preocupa que lo que le haya pasado a Olivia Curran también le pueda suceder a ella. ¿Tal vez debería investigar el caso? ¿Quizá podría resolverlo ya que la policía no puede? Después de todo, papá siempre dice que la policía está llena de inútiles y corruptos.

Además, creo que el hecho de que sea un niño también pueda ayudar. Fíjate en la forma en que el Sr. Matthews y el policía hablaron hoy en la playa: se apartaron de todos los demás adultos porque no querían que se les oyera, pero apenas notaron que estaba a su lado. Mucha gente del pueblo me trata así, como si fuera invisible. Así que tal vez no sea una idea tan descabellada que intente averiguar qué ha pasado. Después de todo, estoy acostumbrado a investigar mis proyectos y se me dan muy bien.

Pero por otro lado, ya tengo bastante con mis cangrejos, con los deberes y otras cosas.

No sé. Cambio de opinión varias veces mientras cocino. Hago espaguetis a la boloñesa porque tanto a papá como a mí nos gustan.

Pero luego, cuando papá llega a casa, dice que está cansado y noto que está de uno de sus humores raros. Supongo que debe haber pasado demasiado tiempo pintando. Lo primero que hace cuando entra es abrir una cerveza. Luego se toma la cena sin decir palabra y se sienta en frente de la televisión. A veces veo la tele con él, pero esta noche todavía estoy un poco molesto con todo y tengo mucho en qué pensar por eso decido cenar en la cocina. Cuando termino me voy a mi cuarto. Tengo deberes que hacer, pero no saco los libros. En su lugar, abro un nuevo documento de Word en mi ordenador y empiezo a escribir todo lo que puedo recordar sobre el caso de Olivia Curran. Esto es lo que escribo:

Fecha del misterio: 26 de agosto.

Ubicación: Club de salvamento y socorrismo de Silverlea (Discoteca de fin de verano)

Resumen:

Olivia Curran era una chica de dieciséis años que estaba pasando dos semanas de vacaciones en el chalé número uno de *Seafield* en Silverlea junto con su hermano (14 años) y sus padres (edades desconocidas, pero bastante viejos). A mitad de su estancia asistió a la discoteca del Club de salvamento y socorrismo de Silverlea, que está en la playa aproximadamente a cincuenta metros del chalé. Sus padres afirman que no regresó al chalé esa noche ni a la mañana siguiente.

El domingo 27 de agosto se inició una búsqueda policial con agentes de la isla y luego también del continente. Había muchos coches de policía (llegué a contar siete, aparcados unos al lado de otros). Algunos policías tenían perros y hubo un helicóptero que aterrizó en la playa. Muchos vecinos de la ciudad se unieron a la búsqueda, pero no papá (ni yo tampoco). Nadie fue capaz de encontrar ningún rastro de Olivia.

El lunes 28 de agosto (que todavía eran vacaciones, por lo que nadie tenía que ir a clase), la búsqueda continuó y se hizo aún mayor. Había mucha policía ahora y la Guardia Costera se unió en la bahía con sus pequeñas embarcaciones y sus buzos. Un segundo helicóptero se pasó rondando la ciudad todo el día. Salió la noticia en todos los periódicos. Apareció en primera plana en algunos de ellos. Algunos de los nacionales, quiero decir, no solo de nuestro periódico local el *Island Times*.

El martes 29 de agosto continuaba la búsqueda. Por la mañana, una inspectora llegó a nuestra casa para hablar con papá porque la familia se alojaba en uno de los chalés de papá, pero papá dijo que ni siquiera les había conocido. Ahí es cuando ofrecí voluntariamente mi información acerca de cómo Olivia se enteró de lo de la discoteca. Por la tarde, papá y yo observamos desde el jardín delantero de nuestra casa cómo la policía buscaba por la playa y las dunas en busca de pistas. Todavía seguían allí después de que anocheciera; se veían las linternas ondeando en la oscuridad.

Empiezo a escribir la entrada del miércoles, pero me doy cuenta de que no tengo mucho más que decir, excepto que la búsqueda continuó y que nadie encontró nada. Y podría decir eso mismo por cada día desde entonces.

Decido que la parte más importante es probablemente la noche de la desaparición. Así que voy a Internet y entro en la página web de un periódico nacional, el *Eastern Daily News*. Un par de semanas después de la desaparición de Olivia imprimieron una secuencia cronológica que detallaba sus últimos movimientos conocidos. Lo copio y lo pego en mi documento:

Secuencia cronológica

Sábado 20:30 - Olivia llega a la discoteca de fin de verano del Club de salvamento y socorrismo de Silverlea con su madre, su padre y su hermano. Inmediatamente se une a un grupo de jóvenes adolescentes a quienes había conocido la semana anterior.

Sábado 21:00 - Olivia y sus amigos compran comida de la barbacoa y se observa al grupo bebiendo y riendo.

Sábado 22:00 - Olivia y sus amigos son los primeros en comenzar a bailar y continúan haciéndolo durante aproximadamente una hora, manteniéndose en todo momento en la parte delantera de la sala de fiestas. Olivia parece relajada y parece estar disfrutando de la discoteca.

Sábado 22:37 - La familia de Olivia deja la fiesta para regresar a su chalé, ubicado a menos de cien metros del Club. La madre de Olivia habla con su hija y le dice que debe estar de vuelta a las doce, esta promete hacerlo. Esa es la última vez que un miembro de la familia ve a Olivia.

Sábado 23:00 - Olivia y su grupo de amigos salen del Club pero permanecen dentro de los límites de la fiesta, charlando y bebiendo.

Entre las 23:00 y la 01:00 hay varios avistamientos no confirmados de Olivia tanto en la playa como en la sala del Club.

Domingo 01:15 - La fiesta termina. La mayor parte de los invitados ya se han ido. Los que quedan son jóvenes y adolescentes, muchos de los cuales están intoxicados.

Domingo 01:30 - La discoteca termina oficialmente, se cierran las puertas de la sala. Un grupo de jóvenes permanece en las proximidades durante algún tiempo. Un pequeño grupo procede a una fiesta celebrada en el número 45 de la calle Princesa, en un apartamento alquilado por miembros del Club de salvamento y socorrismo de Silverlea. Hay informes contradictorios acerca de si Olivia asistió a esta fiesta o no.

Domingo 04:00 - La fiesta en el número 45 de la calle Princesa termina. La mayoría de los asistentes a la fiesta regresa a sus hogares o alojamiento de vacaciones, el resto se queda a dormir en el apartamento.

Domingo 08:00 - Susan Curran descubre que su hija Olivia no regresó al chalé la noche anterior pero en ese momento supone que se ha quedado a dormir con una amiga. La familia no llama a la policía hasta casi el mediodía.

Domingo 11:45 - Joseph Curran llama a la comisaría de policía de Silverlea para informar que su hija Olivia Curran ha desaparecido.

Ya es tarde. Leo lo que he escrito y no estoy seguro. Decido que la idea de Emily de que investigue el caso de Olivia Curran es un poco loca después de todo. Además, estoy bastante cansado. Pincho en la «x» para cerrar el archivo y el ordenador me pregunta si quiero guardar el documento. Casi digo que no pero en el último momento cambio de opinión. Me lo pienso un momento y luego creo una carpeta nueva que llamo «conchas de lapa» y guardo el documento allí. Me he dado cuenta de que no hay mucha gente interesada en lapas por lo que, si alguna vez me piratean el portátil, es menos probable que hurguen en una carpeta con tal nombre. A continuación, protejo con contraseña el archivo tal y como hago con todos mis documentos. Hoy en día no se es suficientemente cuidadoso.

Luego me pongo el pijama y me voy a dormir.

CAPÍTULO SIETE

Al día siguiente es domingo y Papá se levanta más tarde de lo normal. Las olas siguen siendo pequeñas por eso vamos de nuevo a Silverlea. Cuando se mete en el agua se me ocurre que podría ir a mirar si la marea ha arrastrado la ballena hacia la playa, pero entonces me acuerdo de que no vi nada desde el acantilado cuando estaba en casa así que decido que no merece la pena. Lo más seguro es que la ballena se haya hundido. En su lugar, decido ver si puedo avanzar un poco con mi proyecto de cangrejos ermitaños. Comienzo a caminar por la playa en dirección hacia Northend.

Northend es un lugar extraño. Hace muchos años se solía extraer plata del promontorio, de ahí le viene el nombre a la ciudad de Silverlea: «Tierra de plata». Había plata de verdad, pepitas reales que se extraían de las minas. Se excavaron túneles que atravesaban los acantilados e incluso en algunos lugares llegaban hasta la playa. Entonces, un día, hubo una gran tormenta, las olas derribaron el acantilado y, con él, casi toda la mina. Fue un gran desastre ya que murieron muchos mineros. Pasó hace mucho tiempo por eso en realidad ya no importa mucho. Lo interesante es que las pepitas de plata que se habían extraído y todas las que se habían almacenado también, listas para cargar en barcos y enviar hacia el continente, cayeron a la playa. Y siguen enterradas allí, en la arena y entre las grietas de las rocas. Hoy en día aún se supone que se pueden encontrar pepitas de plata en las charcas en las rocas o enterradas en la arena de la playa de Northend.

Cuando era pequeño, papá y yo pasábamos horas interminables en

Northend, yo con mi pequeño cubo y mi red y él con las mangas remangadas y la camisa abierta, buscando en las charcas entre las rocas, esperando encontrar una pepita de plata. Llamaba a papá con gran entusiasmo cada vez que encontraba algo y él se acercaba a ver. Nunca era plata; a veces era la pestaña de una lata de refresco, o el papel de aluminio de una bolsa de patatas fritas, pero aun así siempre me sonreía y me decía que tenía que seguir buscando y que algún día encontraríamos algo. Me gustaba tanto buscar plata que me negaba a marcharme y al final papá me tenía que llevar de vuelta en sus hombros mientras yo dormía, agotado.

Nunca encontramos plata, ni siquiera un poquito. Y ahora ya no buscamos. Supongo que me hice mayor. Ahora papá está más metido en el surf y yo, obviamente, no puedo hacer surf, por eso de no querer meterme al agua. Sin embargo, aún se ven a turistas en verano con sus cubos especiales que llevan escrito «Pepitas de plata de Silverlea» y sus «redes de pepitas», que en realidad no son más que redes de pesca normales y corrientes para niños que se pueden comprar en cualquier parte, pero que son más caras. Los turistas nunca encuentran nada tampoco. Estoy seguro de que toda la plata ha desaparecido.

Pero eso no significa que no haya nada interesante en Northend. De hecho, la playa es perfecta para mi proyecto.

Es una caminata de media hora por la arena hacia Northend y el ejercicio hace que entre en calor según me voy acercando. Veo que la marea sigue bajando, lo cual es bueno, aun así frunzo el ceño porque esta vez no estoy seguro de que esté lo suficientemente baja. Necesito que esté completamente baja para poder rodear el promontorio. Allí hay otra pequeña playa que es hacia donde me dirijo. Papá solía llamarla la «playa secreta» aunque en realidad no es secreta; es simplemente difícil de llegar y hay quien dice que es peligrosa. Hay una señal de advertencia y todo. Ya estoy pasándola. Dice:

PELIGRO
No pasar
Si la marea está subiendo

Cuando era niño no me gustaba pasar por esta señal. Tenía miedo de que la marea nos cortase el paso y nos ahogáramos. Papá solía decirme que no pasaba nada siempre y cuando estuviéramos atentos y vigilásemos la marea pero, incluso así, casi nos quedamos atrapados un par de veces. A él le gustaba pasar el letrero, en parte porque pensaba que teníamos más oportunidades de encontrar plata en las charcas de detrás del promontorio porque no había turistas que se adentraran allí. Y en parte porque papá es así.

Hoy en día me siento más seguro. Sé que tengo alrededor de una hora más o menos con la marea baja antes de que el agua te corte el paso por lo que no es realmente tan peligroso, siempre que estés pendiente de la hora. Estoy bastante seguro de que bajamar hoy es a las once pero no lo sé con certeza porque cuando miré hacia el mar esta mañana en casa todavía andaba pensando en la ballena. Tendré que estar atento, eso es todo.

Cuando llego al promontorio hay suficiente playa para caminar sin tener que trepar por las rocas. Una vez al otro lado, toda la playa principal de Silverlea está fuera de la vista bloqueada por las rocas que acabo de pasar. Esta es una pequeña playa curiosa, desde luego que sí. No hay otra manera de llegar aquí, no hay camino que baje por el acantilado. Ni siquiera se ve desde la cima por eso es tan peligroso quedarse atrapado aquí. Cuando la marea está alta no hay nada de playa y el acantilado es demasiado empinado como para poder treparlo.

No veo a nadie en la playa secreta, sé que estoy completamente solo. Y, como no venía nadie caminando detrás de mí por la playa, sé que las mías serán las únicas huellas en la arena en esta marea.

Pero no tengo mucho tiempo. Camino un poco más rápido sobre la arena dura y húmeda hacia el final de la segunda playa donde se encuentra la entrada a las charcas escondidas.

Papá y yo encontramos las charcas hace años. Al principio pensamos que eran tan solo unas cuevas pero, al cabo del tiempo, Emily me contó que en realidad eran parte de las minas. Las cuevas son restos de los túneles y las cámaras que se excavaron para las minas. Solo que ahora se llenan y se vacían con el mar cada vez que la marea sube y baja. Casi nadie sabe que existen ya que la única entrada que hay está debajo de un saliente de roca por el que hay que agacharse para pasar. Una vez dentro las cuevas están bastante oscuras. También hay que quitarse los zapatos porque el suelo dentro está mojado.

Echo un vistazo al mar antes de entrar. Creo que hay marea muerta lo que significa que no va a subir mucho. Es un poco arriesgado, la verdad. Especialmente porque cuando me pongo con uno de mis proyectos a veces pierdo la noción del tiempo. Delibero, mordiéndome las uñas mientras lo hago. Decido que echaré un vistazo rápido.

Hurgo en la mochila para coger mi linterna especial. La enciendo y me meto bajo la roca en la oscuridad. No me voy a quedar mucho tiempo, solo voy a ver qué encuentro.

CAPÍTULO OCHO

Avanzo por el agua helada con los vaqueros remangados por debajo de las rodillas. Mantengo la cabeza baja para no darme golpes con las rocas que forman el techo del túnel. Paso por un tramo donde una roca se ha caído del techo lo que me da un poco más de hueco, seguido de otro donde el techo está más bajo. No se ve mucho; no sale ningún rayo de luz de mi linterna pero eso no quiere decir que no funcione. Cuando llego a la cueva apunto la linterna hacia mi alrededor. Unas manchas de color brillan en la oscuridad y algo rojizo se desliza por el suelo. El único sonido es un continuo goteo.

Quizá debería explicar en qué consiste mi proyecto de cangrejos ermitaños y por qué tengo que venir hasta aquí para hacerlo.

Todo comenzó con Emily. Está estudiando medusas en la carrera, pero no cualquiera si no un tipo especialmente venenoso que vive en la costa de América del Sur (mejor dicho, se encuentran en aguas más cálidas porque vivir lo que se dice vivir, viven allá donde sea que floten ya que son medusas). Total que el año pasado estuvo seis semanas enteras en un barco de investigación estudiándolas. Observaron que cuando las medusas atrapan peces con sus tentáculos la mayoría de los peces mueren. Las medusas los cazan y se los comen. Sin embargo, hay unos peces que pueden nadar entre los tentáculos de las medusas todo lo que quieran sin que les afecte. Emily piensa que es porque tienen un antídoto especial en la sangre. Y eso es lo que está investigando. Dentro de poco se va a ir de investigación de nuevo en el mismo barco, el *Marianne Dupont*. Es francés, o canadiense, o algo así por el estilo, no estoy seguro. De cualquier forma, estaba un poco celoso y también triste porque se iba a ir tanto tiempo. Obviamente yo no podía ir porque tengo que ir al instituto y, además, costaría un montón. Pero entonces Emily me habló acerca de una investigación que una colega estaba haciendo en la universidad. Y lo mejor de todo era que esta científica necesitaba voluntarios.

Es una investigación de cangrejos ermitaños para estudiar, en concreto, su rango territorial y densidad de población. No se sabe mucho acerca de estos cangrejos porque no se han investigado tanto. Al menos hasta ahora que la Dra. Ribald ha decidido estudiarlos. Ese es su nombre, la científica amiga de Emily se llama Dra. Susan Ribald. Quiere que la gente que vive cerca de costas rocosas en cualquier parte del mundo supervise la playa y examine el número y la distribución de cangrejos ermitaños. Obviamente este estudio no es para cualquiera; tiene que ser gente profesional y científica. Emily sugirió que yo podría hacerlo porque soy de mente muy científica. Y en eso consiste mi proyecto, estoy ayudando con la investigación de la Dr. Ribald.

Somos un montón por todo el mundo o al menos lo éramos. Creo que hay bastantes que ya lo han dejado. La idea original era poner una mancha de pintura en las conchas de los cangrejos ermitaños que pudiéramos encontrar en una charca durante una marea baja para luego contar cuántos veíamos de nuevo en la misma charca durante la siguiente marea baja, a la vez que tratar de ver cómo de alejados se habían ido los demás. Bueno, yo lo intenté, pero me resultó muy difícil porque no fui capaz de encontrar ni un solo cangrejo cuando regresé para contarlos.

Fue entonces cuando tuve mi idea. Las charcas ocultas en Northend están dentro de una cueva en completa oscuridad. Sabía que había cangrejos ermitaños dentro porque los había visto cuando iba con papá de pequeño. Me acordé de que me daban miedo por la forma en la que se escabullían rápidamente en las charcas.

La idea era comprar pintura ultravioleta de la que brilla en la oscuridad y una de esas máquinas de escáner que se usan en las tiendas para comprobar si los billetes son falsos o no. Procedería a pintar las conchas de los cangrejos con pintura que brilla en la oscuridad y sería capaz de encontrarlos fácilmente cuando regresara a las cuevas.

Se lo conté a Emily y me ayudó a escribir una carta a la Dra. Ribald, quien me respondió diciendo que era «una idea realmente interesante» y me pidió que le mantuviese informada de qué tal me iba con el experimento. Así que me metí en Internet para comprar las cosas que necesitaba. No pude comprar el escáner por ser menor de edad pero descubrí que se pueden comprar linternas ultravioletas que parecen linternas normales pero que cuando las enciendes parece que no dan luz, hasta que encuentran la pintura especial y entonces brillan de mil colores.

Eso fue a principios de este año. Ahora, las cosas han avanzado un poco. Tengo más de doscientos cangrejos ermitaños dentro de las cuevas en Northend. Algunos brillan azul en la oscuridad, otros amarillos, verdes y otros rojos. Y como no pueden salir, encuentro montones cada vez que vuelvo.

Enciendo la linterna. Unos cuantos cangrejos brillan pero no tantos como de costumbre. A la Dr. Ribald le va a interesar este hallazgo. Lo primero es contarlos y cuando termine los pondré de nuevo en sus grupos correctos; los amarillos en la charca con la roca amarilla, los azules en la charca con la roca azul y así sucesivamente.

Y en eso consiste mi proyecto de cangrejos ermitaños. Ya dije que era una investigación científica seria. Y por eso, debido a que es tan importante, finalmente he decidido que no voy a investigar el misterio de Olivia Curran. Se interpondría con mi investigación científica y estoy seguro de que eso decepcionaría a la Dr. Ribald. Ella siempre dice que tengo un «enfoque inusualmente persistente».

Una hora después he contado treinta y dos cangrejos. Doce son rojos, diez verdes, ocho amarillos y los otros dos son azules (los azules son siempre los más difíciles de encontrar porque la pintura azul no brilla mucho). Es un número mucho más bajo que la última vez que vine. Quizá debería profundizar un poco más en las cuevas para mirar, pero no me gusta adentrarme mucho. Es como si pudiera sentir el peso de todo el acantilado sobre los hombros cuando me meto hacia el fondo.

Entonces siento una oleada de pánico al acordarme de la marea.

Mientras hacía el recuento, tuve que parar y subirme los vaqueros más arriba, muy por encima de las rodillas, porque el agua en las cuevas estaba subiendo, pero estaba tan ocupado preguntándome dónde estaban mis cangrejos que no me detuve a pensar por qué. Ahora lo sé, significa que la marea está subiendo. Afuera, el agua ya estará en la entrada de la cueva y no quedará mucha playa. Rápidamente cojo mi mochila del bordillo donde la dejé y me dirijo hacia la salida. Cuando llego, el agua me llega por encima de las rodillas y las olas están empujando hacia el interior de la cueva. No veo el mar. No veo nada más que el tenue resplandor de la luz a través del agua. Nunca se me había hecho tan tarde y dudo por un instante, deseando que hubiera otra salida, o que pudiera quedarme aquí y esperar hasta que la marea vuelva a bajar. Pero sé que esa no es solución. Las cuevas se llenan de agua hasta arriba; lo sé por la cantidad de percebes que crecen en el techo de la cueva.

No me queda otra opción. Mi mochila es resistente al agua, pero solo cuando doblo la parte superior varias veces. Me quito los vaqueros y los meto en la mochila, así que solo llevo la ropa interior. No hay nadie alrededor, pero me da vergüenza quitarme los calzoncillos también. Siento que me tiemblan las manos. Sé que tengo que moverme rápido. Luego miro hacia la salida que consiste en un estrecho pliegue en la roca por donde entra el agua. Si calculo mal, intentaré atravesarlo justo cuando entre una ola; pero no puedo ver el océano y no tengo forma de cronometrarlo. Simplemente espero hasta que parezca que el agua está retrocediendo y me lanzo.

La entrada a la cueva no es para claustrofóbicos ya que es verdaderamente estrecha. Tropiezo con una roca escondida debajo del agua pero las paredes están tan cerca que no me caigo sino que me golpeo el brazo contra la roca. Pero estoy bien. Momentos más tarde, estoy al aire libre, con un gris cielo en lo alto y los enormes acantilados rodeándome. Me sorprende la poca playa que queda. Voy a tener que correr para llegar al promontorio o me quedaré aquí varado. Tengo suerte de que las olas no sean muy grandes hoy.

Tengo que vadear por el promontorio pero llego justo a tiempo. Al cabo de diez minutos vuelvo a pasar el cartel que dice:

PELIGRO
No pasar
Si la marea está subiendo

Me visto de nuevo, pero me quito los zapatos y ando el resto del camino de regreso descalzo sobre la arena mojada, dejando que el borde de las olas me haga cosquillas en los pies.

CAPÍTULO NUEVE

Hoy ha sucedido algo que me ha hecho cambiar de opinión. No quiero que se diga que soy un indeciso pero por fin he decidido que voy a investigar la desaparición de Olivia Curran.

Es lunes y tengo que ir al instituto. Cuando era pequeño iba a la escuela de primaria de Silverlea pero el año pasado comencé en el Instituto de Educación Secundaria Isla de Lornea. Está en Newlea, la capital de la isla, a veinte minutos en coche o media hora en autobús escolar. Yo voy en autobús, lo cojo en la esquina de nuestro camino y hay otra chica que también lo coge conmigo. Se llama Jody. Somos una especie de amigos aunque es un año mayor que yo. A veces charlamos mientras esperamos al autobús e incluso seguimos charlando una vez que llega y nos subimos pero en cuanto llegamos al pueblo deja de hablarme porque ahí se montan unos chicos del instituto y no quiere que la vean hablando conmigo. No me importa. Lo entiendo. No es muy guay que te vean hablando conmigo.

Pero me estoy adelantando a la historia. Es porque estoy un poco alterado, ¡he encontrado una pista!

Esta mañana mientras esperábamos al autobús Jody no me dijo nada, estaba ocupada con el móvil. Cuando llegó el autobús me senté al frente y ella siguió hacia el fondo. Saqué mi libro como de costumbre; estoy leyendo un libro de texto titulado *Biología Marina: Función, Ecología y Biodiversidad* de Jeffery S. Levint. No lo tenían en la biblioteca del instituto pero yo insistí y la Sra. Smith, la bibliotecaria, finalmente lo encargó, creo que porque reconoce que es importante cultivar los jóvenes talentos. La verdad es que es bastante difícil de leer pero tiene muchas fotos. En fin, lo cierto es que no estaba pensando en Olivia Curran mientras leía, o al menos no creía que estuviera pensando en ella y en realidad tampoco estaba prestando atención al libro. Tenía la mente ocupada reflexionando sobre un montón de cosas. Por ejemplo, si a Olivia Curran la secuestraron o la asesinaron ¿quién tiene más probabilidades de haberlo cometido? Estaba repasando los posibles sospechosos en mi cabeza cuando, desde la parte trasera del autobús, unos chicos mayores de repente comenzaron a gritar «¡Pedófilo! ¡Pedoooooófilo!» mientras se reían los unos de los otros y de lo graciosos que eran.

En ese momento no le presté mucha atención. Fue más tarde, cuando llegué al instituto, que me di cuenta de la importancia que tenía.

No me gusta el instituto. No me interesa el deporte ni la música ni ninguna de las tonterías que les interesan a mis compañeros. No conozco a los futbolistas ni a los cantantes de los que siempre están hablando. Las lecciones no están mal, sobre todo las de ciencias, y algunos de los profes me caen bien pero a menudo no hay profesores cerca, como por ejemplo en los descansos y a la hora de comer. Y cuando no hay profes algunos de los chicos a veces me hacen pasar un mal rato.

Eso es lo que sucedió hoy a la hora del almuerzo. Iba de camino a la biblioteca para leer cuando unos chicos mayores me bloquearon el paso en el pasillo. Comenzaron quitándome la mochila mientras preguntaban en voz alta qué llevaba dentro. En realidad, no había mucho, excepto el libro *Biología Marina: Función, Ecología, Biodiversidad*, pero no quería que lo vieran porque, francamente, ese es el tipo de cosas que te puede causar problemas con estos chavales. Y entonces uno de ellos comenzó a insultarme. Bueno, eso no es tan insólito, me dicen que soy un raro y un solitario, lo cual ni siquiera me importa demasiado, mejor solo.... Pero hoy, el que estaba en el autobús esta mañana, me insultó de otra manera.

—Billy, eres un pedófilo de mierda, ¿a que sí? —Era Jared Carter. Vive en Silverlea. Está dos cursos por encima de mí y es verdaderamente estúpido. Una vez vi un trabajo suyo de Lenguage que el profesor estaba corrigiendo mientras los demás hacíamos unos ejercicios en clase. Yo ya había terminado mis ejercicios y estaba aburrido así que eché un vistazo a lo que estaba haciendo el profesor. Estaba corrigiendo los deberes de Jared. Traté de leerlos y, no te miento, es prácticamente analfabeto. Me causó un gran impacto.

—¿Qué le has llamado? —Uno de los amigos de Jared, un chico alto con pelo negro que no sabía cómo se llamaba comenzó a reírse de él.

—Un pedófilo —dijo Jared pero ahora ya no sonaba tan seguro de sí mismo.

—Pero ¿cómo va a ser un pedófilo si es un chaval? Será, no sé, el preferido de un pedófilo... Su putita o algo así. Pero no va a ser un pedófilo, ¿a qué no?

—¿Por qué no?

El chico alto de repente le pegó un mamporro a Jared en la cabeza. Lo hizo bastante fuerte. Aproveché la oportunidad para avanzar un poco por el pasillo.

—¡Joder! ¿Por qué me das? —gritó Jared. Sonaba herido.

—Porque eres tonto del culo, por eso. No sabes lo que es un pedófilo, ¿a qué no?

—Sí, claro que lo sé.

—A sí, ¿el qué?

Y ahí fue cuando me di cuenta. Justo cuando Jared se quedó sin saber qué decir. Porque cuando lo dijo en el autobús esta mañana no era porque supiera su significado, es demasiado estúpido para eso. Lo dijo porque vio al cojo. Los chicos de Silverlea le gritan eso cuando lo ven, como si fuera un acto reflejo, ni que fueran los perros de Pávlov. Por norma general yo trato de ignorar a los chicos de Silverlea siempre que puedo, por lo que nunca les he prestado mucha atención. Pero eso era antes, cuando no estaba buscando posibles asesinos o secuestradores.

La forma en la que el tipo cojea es un poco espeluznante. Supongo que esa será la razón por la que se meten con él. Pero necesitaba estar seguro.

—Hola, Jared —dije, esperando que esto no me metiera en problemas—. ¿Por qué decís siempre que el cojo es un pedófilo?

Los chavales se detuvieron y me miraron como si no se hubieran dado cuenta hasta ese mismo instante de que fuera capaz de hablar.

—Ya sabes quién te digo ¿no? ¿El cojo? Le estabais gritando desde el autobús esta mañana.

—¿Pero qué coño dices? Putita de pedófilo —dijo el más alto, volviéndose hacia mí otra vez.

Empecé a hablar sin pensarlo realmente. Ya no estaba tan seguro de que fuera una buena idea.

—Tan solo me preguntaba por qué le llamáis así —le dije, con la voz un poco quebrada.

—Porque lo es, joder, por eso —respondió Jared, aliviado de estar de vuelta en terreno firme. Comenzó a avanzar hacia mí.

—Sí, pero ... ¿por qué? —dije, retrocediendo un poco más.

En ese momento pensé que Jared me iba a pegar pero su amigo, el alto, le interrumpió.

—Le pillaron in fraganti. Me lo contó mi viejo. Le vieron con una colegiala. —Archivé esta información para revisarla luego y, como todo el mundo estaba mirando al chaval alto, aproveché la oportunidad para investigar un poco más.

—¿La mató? —pregunté esperanzado.

—No. Se la tiró o algo así. No lo sé. La violó, creo.

Eso me decepcionó pero supongo que si la hubiera matado no se le habría permitido mudarse a nuestra isla. Ya estaría en prisión.

—¿Sabes cómo se llama? —pregunté. Si supiera su nombre, razoné, podría buscar en Google y descubrir todo lo que necesitaba saber. Podría concluir la investigación esta misma noche. Pero no parecía saberlo.

—¡Y yo qué coño sé! Pedazo de raro… —dijo el chico alto dando un paso hacia mí. Total que ahora estaban Jared y él al unísono como si fueran a pegarme. Por propia experiencia sé que los matones en realidad no suelen querer pegar porque si lo hacen y les pillan se pueden meter en un buen lío con la directora. Pero si los amigotes están mirándolos entonces a veces sí que te dan, aunque sea solo porque no conocen mejor manera de terminar la conversación.

—¿Te vas a la mierda o voy a tener que darte un guantazo? —preguntó Jared.

Decidí que probablemente había obtenido tanta información como podía de Jared y sus matones así que agarré la mochila y elegí la primera opción.

A diferencia de Jared y sus amigos yo no soy un imbécil total. Ellos piensan que ese tipo es un pedófilo porque han juntado dos piezas de este rompecabezas tan particular: una es que camina con una cojera rara y la otra que han oído un rumor sobre su historial de violaciones. Pero yo tengo otra pieza, yo sé algo más acerca de él, algo que está directamente relacionado con Olivia Curran. Sé que estuvo allí la noche en la que ella desapareció. Y lo sé porque yo también estaba allí y lo vi escondido en la oscuridad.

* * *

TOTAL QUE FUE eso lo que finalmente me hizo decidir que iba a investigar. Llevaba tanto tiempo dándole vueltas a la cabeza intentando deducir quien podría ser un sospechoso verídico y por fin había encontrado uno, un sospechoso de verdad. Uno que realmente podría haber secuestrado a Olivia Curran. Y podría ser yo quien ayudara a rescatarla así que en realidad no tenía otra opción. Sabía por dónde empezar: Jody.

Estoy en el autobús de nuevo, de vuelta a casa. Espero a que todos los chicos de Silverlea se bajen y solo quedemos Jody y yo. Voy a hablar con ella porque sé que sabe quién es el pedófilo. Bueno, mejor dicho, su padre lo sabe. Los he visto juntos en la puerta de la iglesia. Papá y yo a menudo regresamos de la playa más o menos cuando termina la misa y siempre veo a Jody con su madre, ambas bien vestidas, y con su padre. A veces el padre está charlando con el pedófilo.

Por fin, el autobús llega a Silverlea y se bajan los últimos chavales. La nuestra es la última parada por lo que nos quedamos solos Jody y yo. Me levanto y camino hacia la parte trasera del autobús donde está sentada Jody.

—Hola, Jody —le digo, casualmente.

Ella levanta la vista de su teléfono móvil por un momento.

—Ah ... Hola, Billy.

Pero luego vuelve la mirada hacia la pantalla. Cuando había practicado la conversación en mi cabeza me imaginaba que iba a ser fácil. Ahora que estoy a punto de empezar no lo veo tan claro. Pero no queda mucho tiempo antes de que lleguemos a nuestra parada. Levanta la vista de nuevo.

— ¿Puedo ayudarte con algo?

No parece que de verdad quiera ayudarme, pero me armo de valor y me lanzo.

— Me preguntaba —empiezo—, ¿conoces a ese tipo, el cojo que vive en Silverlea?

Frunce el ceño.

—¿Sabes a quién me refiero? El cojo que siempre va de pesca por las noches. Tu padre lo conoce, los he visto hablar en la puerta de la iglesia.

—¿Te refieres al Sr. Foster? —contesta con una mueca.

—¿Se llama así?

—Supongo. ¿Por qué?

—¿Estás segura de que ese es su nombre?

—No, ¿por qué?

—Por nada —le digo. Entonces sigo—. ¿Le conocéis bien?

—Depende. ¿A qué vienen tantas preguntas?

Había decidido no decirle a Jody que estoy investigando la desaparición de Olivia Curran, somos amigos pero no tanto. Por lo que ahora no sé qué contestar.

—A nada, simplemente me preguntaba cómo se llamaba.

—¿Por qué?

— Por nada.

Frunce el ceño un buen rato y finalmente sacude la cabeza.

—Billy, qué raro eres, de verdad.

Reflexiono unos instantes, preguntándome si podría intentar un enfoque diferente. Pero decido no insistir. Como ya dije, Jody a veces se olvida de que somos amigos. No me importa. He obtenido la información que necesitaba. Se llama: Sr. Foster.

CAPÍTULO DIEZ

T engo que retroceder un poco, para explicarte las circunstancias en las que vi al Sr. Foster en la playa aquella noche. Como ya mencioné, yo también estaba allí.

A mí no me gustan las fiestas, ni las discotecas, ni cosas así, pero a papá sí le gustan, por eso a veces yo también tengo que ir. Y, en comparación con otras fiestas, la discoteca del Club de salvamento y socorrismo está bastante bien porque siempre hacen una barbacoa y a mí me gusta la comida a la parrilla. También me gusta porque marca el final del verano. Después de la fiesta el pueblo comienza a vaciarse y yo recupero mi playa. Va casi todo el mundo, los de aquí y los turistas y por alguna razón los dos grupos se mezclan como no lo han hecho durante el verano. Supongo que durante el verano los lugareños están demasiado concentrados en hacer el agosto «literalmente» como para preocuparse en entablar amistades.

La tarde de la fiesta papá tenía que llevar unos altavoces al club. Los cargamos en la camioneta y nos fuimos para allá. Hacía mucho calor y la playa estaba llena por lo que no había hueco en el aparcamiento. Papá tuvo que dejar la camioneta en el espacio destinado para las ambulancias en caso de emergencia en la playa. Papá no tiene reparos en aparcar la camioneta en cualquier sitio, pero tiene su cosa con los espacios para ambulancias. Me dejó en la camioneta con las llaves puestas en caso de que tuviera que moverla mientras él metía los altavoces en el club de uno en uno.

Ya era el final del verano por lo que la gente no se quedaba tanto tiempo en la playa y al poco rato ya se había quedado un sitio libre. Decidí mover la camioneta.

Se supone que yo aún no puedo conducir pero sé cómo hacerlo. Papá me enseñó el invierno pasado en el aparcamiento de Littlelea, cuando apenas había nadie. Se me dio bastante bien, excepto cuando arañé la chapa. Fue solo un rasguño y no fue mi culpa, el poste estaba demasiado bajo para que yo lo viera, pero papá se enfadó un montón de todos modos.

Esta vez tuve más cuidado. Retrocedí lentamente del hueco donde papá había aparcado y, cuando estaba a punto de avanzar hacia el sitio libre, una furgoneta me adelantó y aparcó en mi hueco.

Tal vez el otro conductor no se había dado cuenta de que yo iba a aparcar ahí; después de todo, me llevó un par de minutos dar marcha atrás y puede que no estuviera muy enderezado. Pero aun así, me molestó y me hizo fijarme en el conductor. Era el tipo raro, el de la cojera. Recuerdo que me enfadé con él y luego me sentí un poco culpable porque papá dice que no debo juzgar a otras personas por su aspecto. Pero gracias a este tipo tuve que esperar en mitad del aparcamiento hasta que hubiera otro espacio disponible. Así que simplemente me quedé mirándolo mientras abría la parte trasera de la furgoneta y comenzaba a sacar su equipo de pesca.

Por eso supe que tenía que ser él cuando, horas después, vi a alguien en la playa, acechando en la oscuridad.

—Échate para un lado —dijo papá. Ya había descargado los altavoces—. Voy a aparcar la camioneta en la playa, estacionamiento exclusivo para los habitantes del pueblo ¿no? —Me echó una sonrisa. Le gusta creerse que las leyes son solo para los turistas.

Me senté en el asiento del pasajero y papá condujo por el pequeño sendero que atraviesa la zona de arena blanda y piedras hasta que llegamos a la zona donde la arena está dura. Ahí es superfácil conducir, pero se supone que no debes hacerlo. Solo en caso de emergencia; por ejemplo si la marea arrastra un cuerpo de ballena hacia la playa la policía o los guardacostas sí que pueden conducir por la playa; o si eres mi padre y no hay otro sitio para aparcar. Papá avanzó por la playa hasta estar seguro de que no se veía la camioneta desde el aparcamiento para evitar que le pusieran una multa.

A continuación anduvimos de vuelta al club. Recuerdo que había mucho bullicio dentro. Había personas colocando pancartas y decoraciones, metiendo latas de cerveza en cubos de hielo y moviendo las mesas hacia la pared para hacer hueco para la pista de baile. Me asignaron un trabajo de inmediato. Tenía que coger las tablas de surf y los trajes de neopreno y sacarlos hacia afuera por la parte trasera. Me llevó bastante tiempo porque los trajes de neopreno pesan bastante y además huelen mal ya que la gente se hace pis en ellos. Cuando terminé y me hube lavado las manos muy bien, vi a papá abanicando la gran barbacoa con dos platos de papel, uno en cada mano, y a Emily riéndose de él porque tenía la cara roja. Vi una cerveza abierta en la mesa frente a papá y supe que iría para largo.

El club tardó poco tiempo en pasar de lleno a abarrotado y, al atardecer, la banda comenzó a tocar. Me tocó otro trabajo. El precio de la discoteca incluía una hamburguesa o un perrito caliente y una bebida: una lata de cerveza o una copa de plástico de vino para los adultos y Pepsi o Fanta para los menores de veintiún años. Mi trabajo consistía en dar la hamburguesa o el perrito. La Sra. Roberts, que normalmente trabaja en la tienda, estaba de pie a mi lado sirviendo las bebidas porque soy demasiado joven para tratar con el alcohol. Detrás de ella, papá estaba cocinando la carne y Emily le estaba echando una mano a la vez que daba sobrecitos de mayonesa y kétchup a la gente. La barbacoa no daba abasto y en seguida se formó una larga cola. Esa fue la segunda vez que hablé con Olivia Curran.

Había entrado con su familia pero creo que no quería que se pensasen que se iba a quedar con ellos toda la noche. Por eso, aunque estaba al lado de ellos estaban en grupos separados: la madre, el padre y el hermano estaban juntos y Olivia, que se había hecho amiga de otras chicas, estaba un poco más atrás, como si no quisiera que se la viera con sus padres.

Cuando el padre llegó al frente de la cola me reconoció y dijo algo así como que parecía tener todos los trabajos importantes en la ciudad, no recuerdo exactamente qué. Pero por lo menos me hizo recordar que no había mirado el problema de la wifi en Internet.

Olivia estaba muy cambiada, arreglada para la fiesta. Llevaba maquillaje y tenía el pelo recogido. Casi no la reconocí hasta que sonrió. Su sonrisa fue lo que me ayudó a reconocerla.

Al principio estaba ocupada hablando con las otras chicas. Estaban sonriendo y mirando a los socorristas, que estaban bebiendo cerveza y fingiendo no prestar atención, pero en realidad sí que estaban mirando. Olivia no me dijo nada cuando me entregó su billete, pero en seguida me reconoció e hizo un gesto.

—Ah, hola —dijo. Ahí es cuando sonrió. —Te obligan a hacer de todo, ¿no?

—A veces —asentí con la cabeza. —¿Quieres hamburguesa o perrito?

—¿Qué me recomiendas?

—La hamburguesa es más grande si tienes hambre.

—Ya. Pues un perrito por favor. —Me acercó el plato para que le pusiera el perrito.

—Ahí tienes.

Y luego su atención volvió hacia sus amigas y los socorristas. Le conté todo esto a la policía, a la inspectora que mencioné antes, pero simplemente dijo que no le parecía un detalle «significativo». Pues eso, no me dio la impresión de que fuera muy buena inspectora la verdad.

Un rato después, la cola para la comida por fin se redujo así que pude comer. Me tomé dos hamburguesas con mucho kétchup y un perrito, me quedé superlleno. Ya había anochecido y la fiesta estaba en pleno apogeo con la música a todo volumen. La gente comenzó a bailar y ya se veía que algunos adultos se estaban emborrachando. Emily intentó sacarme a bailar pero no me gusta bailar en absoluto y finalmente bostecé tanto que fui a buscar a papá para decirle que quería irme a casa.

Papá estaba fuera charlando con sus amigos surfistas y no quería irse aún porque se estaba divirtiendo. Por fin accedió a llevarme a casa en la camioneta pero resulta que no pudimos porque le había prestado su chaqueta, con las llaves en el bolsillo, a un amigo que tenía frío y ahora no sabía dónde estaba. Le dije que me iba a dormir en la parte trasera de la camioneta; no me importaba, lo hago a menudo cuando papá sale, pero papá dijo que esa noche hacía demasiado frío para dormir a la intemperie. Justo entonces Jody y su madre pasaron caminando, se iban a casa también y la madre de Jody se ofreció a llevarme de vuelta. A papá le pareció genial ya que eso le permitiría quedarse un rato más y seguir bebiendo cerveza. Aun así dijo que estaría de vuelta en casa en media hora.

Total que me fui con Jody y su madre. Recuerdo bien aquella noche, la playa estaba tranquila a pesar de poder oírse la música de la fiesta, que sonaba distante en lugar de retumbar en los oídos. La playa parecía vacía. Era como si todo el pueblo hubiera acudido a la fiesta. Pero justo cuando me estaba metiendo en el coche de la madre de Jody, noté una luz en la playa. Y vi quién era: el tipo raro con la cojera. Parecía que estaba poniendo un cebo en un anzuelo y cuando hubo terminado volvió a apagar la linterna y desapareció en la oscuridad. Pero esa no es la parte extraña. Lo que es extraño es lo siguiente: el Sr. Foster era probablemente la única persona en todo el pueblo que no había ido a la fiesta, si hasta yo fui. Pero este tío raro con su extraña cojera y con su pasado de violador no fue. Y a pesar de ello, estaba allí, al lado de la fiesta. Estaba solo, pescando en la oscuridad de la playa, o tal vez solo fingía estar pescando y en realidad estaba observando a la gente que entraba y salía de la fiesta. Igual estaba eligiendo a quien secuestrar. Y yo soy el único que sabe que él estaba allí.

CAPÍTULO ONCE

Es martes por la noche y me duele un poco la cabeza, será por todo lo que he estado pensando. He estado tratando de recordar más detalles de aquella noche y también intentando decidir qué hacer al respecto. Por fin he llegado a una conclusión importante.

Aunque sé que el Sr. Foster estuvo en la playa esa noche, aun sabiendo sus antecedentes de violación, no creo que sea suficiente para ir a la policía, aún no. Necesito pruebas. No sé a ciencia cierta lo que hace la policía para recopilar pistas pero tengo una idea por lo que he visto en las películas. Sus métodos no difieren tanto de los métodos que utilizamos los científicos para obtener pruebas en experimentos. Menos mal que soy un buen científico. Lo que tengo que hacer es reunir pruebas suficientes que demuestren que fue el Sr. Foster el que lo hizo.

También hay una parte de mí que no quiere acudir a la policía de momento. Porque temo que si les cuento lo de que el Sr. Foster es un pedófilo y encima estuvo allí aquella noche probablemente tomen las riendas de la investigación y me quiten de en medio con la excusa de que solo tengo once años. Me voy a perder toda la acción y eso no me apetece nada, acabo de empezar, todavía tengo mucha investigación por delante. O peor incluso, reflexiono recordando el incidente de la ballena, igual toman la decisión incorrecta de nuevo, no prestan atención a las pistas y es posible que nunca encuentren a Olivia. Total que tengo razones de sobra para continuar con la investigación por mi cuenta.

Tengo deberes que hacer en la mochila y ahí se quedan mientras sopeso

LA ISLA DE LOS AUSENTES

mis opciones. Ni siquiera he actualizado el proyecto de los cangrejos con los datos que recogí el pasado fin de semana y eso no le va a hacer nada de gracia a la Dr. Ribald. Me preocupa un poco, ya que Emily me ha contado que tiene muy mal genio. Pero ni siquiera eso me inspira a ponerme con el proyecto y en su lugar abro mi archivo secreto de la carpeta «conchas de lapa». Abro también la página de Wikipedia del caso Olivia Curran. Después de leer un poco, agrego la siguiente información a mi archivo:

Teorías sobre lo que le pasó a Olivia Curran

1. Muerte accidental.

Hay bastante gente que cree que es muy probable que Olivia saliera de la fiesta en algún momento de la noche para ir a bañarse. El agua está cálida a finales de agosto y es normal ver a gente metiéndose al agua por la noche, especialmente si han estado bebiendo. Al parecer a Olivia la vieron bebiendo cerveza en la fiesta. La teoría es que igual se metió muy hondo y le pilló una corriente o a lo mejor se la comió un tiburón (eso explicaría por qué no se ha encontrado su cuerpo). O igual, bajo los efectos del alcohol, se le olvidó que no se le daba muy bien nadar.

Admito que esta teoría tiene problemas. El primero es que parece que nadie fue a nadar con Olivia y lo que es más, nadie parece recordar que Olivia dijera que iba a bañarse. ¿Se podría explicar la falta de memoria colectiva por el abuso de alcohol? No lo sé. En segundo lugar, la policía no encontró su ropa apilada en la playa, que es lo normal cuando te vas a bañar. Hay una posibilidad de que fuera al agua con la ropa puesta, ¿por culpa del alcohol de nuevo? El tercer problema es que no se ha recuperado su cuerpo y las corrientes aquí tienden a devolver materia a la playa, no a hacerla desaparecer. Véase por ejemplo el caso de la ballena.

En conclusión, no creo que esta sea la teoría más probable no obstante no debo descartarla por completo, por eso decido agregarla a mi fichero.

A continuación añado unas notas sobre la segunda teoría.

2. Suicidio.

Leí, en uno de los muchos periódicos que cubrieron la noticia, que Olivia tenía un novio en su pueblo, no en Silverlea, que terminó con ella a principios de verano. El artículo decía que Olivia podría haber estado deprimida y por eso decidió suicidarse. Lo habría hecho nadando en la bahía aquella noche. Eso podría explicar la falta de ropa en la playa. Al fin y al cabo, si te metes en el mar con la intención de ahogarte no te vas a preocupar mucho por que se te moje la ropa ¿no?

Sin embargo, a los pocos días, los padres de Olivia emitieron un comunicado a la prensa diciendo que estaban muy enfadados con el periódico porque Olivia no había roto con su novio y había estado deseando regresar a casa para volver a verlo. Además, al igual que con la primera teoría tenemos el mismo problema: ¿dónde está el cuerpo?

A mí no me convence mucho esta teoría. Las dos veces que la vi, una arreglando la wifi en su chalé y la otra en la discoteca, no me pareció que estuviera deprimida en absoluto.

Continúo.

3. Asesinato / secuestro.

La última teoría es que alguien la ha secuestrado.

Todo parece indicar que esto es lo que ha sucedido, ya se sabe que los secuestros de adolescentes suceden a menudo. Esta teoría explica por qué desapareció sin previo aviso y por qué no se ha encontrado el cuerpo. El problema con esta teoría, al menos según Wikipedia, es que no hay ningún sospechoso obvio. La ubicación muy pública donde Olivia desapareció y la escasa iluminación en la playa y en el aparcamiento indica un abanico muy amplio de posibles sospechosos.

Wikipedia continúa diciendo que la investigación es la más grande que se haya llevado a cabo en la isla de Lornea, pero que hasta ahora no se ha encontrado a Olivia Curran, ni siquiera se ha encontrado una pista con credibilidad. Dejo de leer y recuerdo de nuevo esa noche. Me concentro en cómo estaba el Sr. Foster, en la expresión de su rostro cuando lo vi, iluminado tan solo por su pequeña linterna de pesca. Ahora que lo pienso no estaba tan cerca de la orilla, no tan cerca como debería haber estado si hubiera estado pescando de verdad. Recuerdo cómo apagó la linterna cuando terminó de poner el anzuelo o quizá la apagó porque me vio mirándole. En cualquier caso, con la linterna apagada, la oscuridad era total. No me queda la menor duda, el Sr. Foster estaba allí escondido en la oscuridad. Con la diferencia de que, desde su escondite, él sí habría sido capaz de verme, a mí y al resto de la gente que salía de la fiesta. Si Olivia salió del club la podría haber visto a la luz de las farolas, podría haberse acercado a ella sigilosamente, agarrarla y con su cuchillo de pesca... Tengo que dejar de imaginármelo, me dan escalofríos de solo pensarlo.

No muy convencido, decido buscar «Sr. Foster» en Google, pero es un nombre bastante común y no tengo muchas expectativas de éxito. La pantalla del ordenador confirma mis sospechas: «Aproximadamente 3.240.000 resultados en 0.67 segundos».

Lo intento de nuevo, añadiendo «Silverlea» a la búsqueda, pero no ayuda mucho. Pruebo con «Isla Lornea» y me emociono por un momento porque hay un tal «James Foster» que dirige una residencia de la tercera edad en Newlea, pero sigo algunos enlaces y encuentro una imagen que demuestra que no es el mismo Sr. Foster.

Persevero durante una hora pero sin éxito. Si el Sr. Foster ha secuestrado a Olivia Curran la tendrá escondida en el sótano o descuartizada en el congelador. No lo va a poner en Internet para que yo lo encuentre.

No, por supuesto que no. Si de verdad voy a encontrar la prueba que necesito para acudir a la policía voy a tener que ser un poco más ingenioso con mi investigación.

CAPÍTULO DOCE

S ilverlea no es muy grande y, a pesar de la cantidad de policía que tenemos ahora, en esta época del año está bastante tranquilo. Aun así, no sé dónde vive el Sr. Foster y no voy a ir calle por calle hasta que vea su furgoneta. Podría preguntarle al padre de Jody que dónde vive ya que él conoce al Sr. Foster, pero va a ser difícil porque nunca he hablado con él y seguro que me pregunta que porqué quiero saberlo. Si le digo que sospecho que el tal Sr. Foster ha secuestrado y asesinado a Olivia Curran, insistirá en llamar a la policía entonces tendré el mismo problema que antes. Necesito tener pruebas contundentes antes de hablar con nadie.

Pero tengo un plan. Sé que al Sr. Foster le gusta la pesca nocturna. Lo sé no solo desde la noche en que Olivia desapareció sino desde mucho antes ya que lo he visto en la playa muchas noches. Bueno para ser exactos lo veo los fines de semana cuando papá va a hacer surf. Según llegamos nosotros a la playa por la mañana temprano a menudo lo he visto recogiendo sus avíos de pesca, cojeando lentamente hacia su furgoneta.

Es probable que lo vea en la playa, en ese caso podría seguirlo. Puedo usar mi bici, es una bicicleta de montaña. Hace tiempo papá compró dos bicis, una para él con veintiuna marchas y otra para mí, pero solo con quince marchas. La idea era que iríamos de excursión en bici por la isla. Pero tras el primer intento ya nunca más volvimos, a papá no le gustó lo cerca y lo rápido que nos adelantaban los coches por las estrechas carreteras del pueblo. No las hemos usado mucho desde entonces pero tenemos un pequeño cobertizo en el jardín y todavía están allí guardadas. Solo tengo que engrasar la cadena y listo.

Es un plan sencillo, lo sé, pero eso significa que hay menos posibilidad de errores. Ya revisé mi bicicleta y la puse en la camioneta de papá, lista para mañana. Cuando papá vaya a hacer surf por la mañana yo voy a seguir al Sr. Foster hasta su casa para averiguar dónde vive.

CAPÍTULO TRECE

Ayer sábado no me salieron las cosas tan bien como esperaba. Papá ni siquiera quería ir a la playa porque hacía viento de mar, lo que perturba las olas, y porque había salido hasta tarde la noche anterior. Pero al final, le convencí y fuimos a Littlelea donde la playa está un poco más resguardada del viento.

Cuando llegamos al aparcamiento vi que la camioneta del Sr. Foster no estaba allí. Papá decidió que ya que estábamos en la playa igual se metía a hacer surf un rato así que cogí la bici de la camioneta y comencé a pedalear por la arena de la orilla en dirección a Silverlea. No es fácil pedalear por la playa y estuve todo el camino preocupado de que incluso si el Sr. Foster hubiera ido a pescar la noche pasada igual ya podría haberse marchado de vuelta cando yo llegase. No sé si fue a pescar o no, pero cuando llegué a Silverlea, empapado de sudor, el aparcamiento de la playa estaba vacío. Di una vuelta por la ciudad porque nunca se sabe pero no le encontré. Luego tuve que regresar en bicicleta por la playa para ver a papá tal y como habíamos acordado. Estaba enfadado porque llevaba esperando un buen rato y yo estaba agotado de pedalear.

Pero eso fue ayer. Hoy es domingo y el día va mejor. Empezamos bien la mañana; sin viento, con buenas olas y con papá encantado de ir a la playa. No tuve que ir en bici a ningún sitio porque papá nos condujo directamente a Silverlea y adivina qué furgoneta he visto nada más entrar en el aparcamiento.

Correcto, la del Sr. Foster.

No tengo tiempo que perder. El Sr. Foster viene cojeando de la playa cargando un cubo de pesca con una mano y un manojo de cañas con la otra.

Papá aparca en la parte delantera del aparcamiento, cerca de la camioneta del Sr. Foster. Ha visto lo buenas que son las olas y ya está impaciente por meterse al agua, pensando solo en las olas que va a coger. Por eso no se da cuenta de que estoy totalmente concentrado en mirar al Sr. Foster. No le quito ojo de encima cuando pone las cañas en el suelo para sacar las llaves del bolsillo, ni cuando abre la puerta trasera de la vieja furgoneta.

—Mira qué pedazo de olas, Billy —dice papá de pie, mirando al mar. Dirijo la mirada hacia el mar donde en ese momento un grupo de olas se alinea preparadas para romper, apenas hay viento y la superficie del agua está cristalina y perfectamente plana.

—Voy a tardar un par de horas —continúa papá, pero apenas le presto atención—. Es perfecto. —Se ríe cuando las olas comienzan a romper, recorriendo suavemente la playa—. Deberías quedarte un rato para vernos haciendo surf en lugar de salir corriendo como haces siempre.

—Ya —contesto. Obviamente hoy no tengo tiempo para las tonterías de papá. Lo único que necesito es que se vaya al agua para que yo pueda seguir al Sr. Foster. Tengo la bici preparada y respiro profundamente un par de veces para llenar bien los pulmones ya que se me ha ocurrido que el Sr. Foster igual no vive en Silverlea. Si es así voy a tener que pedalear duro para seguirle el ritmo.

—Va a ser un buen espectáculo. Súbete a la cafetería si quieres, desde allí se ve mejor. Puedes pedirte una bebida si te apetece, dile a Emily que cuando salga del agua pago la cuenta ¿vale?

Otra opción es coger la camioneta de papá. Sé que va a esconder las llaves en los muelles de suspensión de la rueda delantera del lado del conductor. El problema es que aún no tengo carné de conducir. Está permitido conducir en situaciones de emergencia, sin embargo no estoy convencido de que esto cuente como una emergencia. Ahora que lo pienso, con el tráfico y demás, probablemente será más rápido seguirle en bicicleta de todos modos.

—¿Billy? —Papá me interrumpe, sacudiendo la cabeza—. ¿Me has oído? He dicho que te subas a la cafetería si te aburres. —Una mirada preocupada le pasa por el rostro—. Pero bueno chico, ¿qué te pasa? Estás tan liado con tus proyectos locos. ¿En qué consiste el de hoy?

Es tan raro que papá me pregunte por mis proyectos que no sé qué decirle. Desde luego que ahora no es el momento de darle una explicación detallada sobre los cangrejos de colores ya que el Sr. Foster ha terminado de meter el equipo de pesca en su furgoneta y se dirige hacia la puerta del conductor. Se sienta en el asiento y oigo cómo cierra la puerta de un portazo.

—Nada del otro mundo.

Papá no contesta pero siento que me está mirando. Cuando finalmente habla no me gusta nada lo que dice.

—Ya es hora de que te metas en el agua, Billy, de que vayamos a hacer surf juntos. Estaría bien ¿no?

«Ahora no, papá» pienso para mí mismo. No me puedo creer que haya salido con esas ahora. Solo para deshacerme de él, digo:

—Vale, pero ahora no. No te querrás perder estas olas, ya lo has dicho, son superbuenas.

No lo digo en serio; de ninguna de las maneras me voy a meter al agua pero el Sr. Foster está a punto de marcharse y yo le diría cualquier cosa a papá para convencerle de que se vaya.

Aun así papá no se mueve, me está mirando.

—Buena idea —dice por fin lentamente—. ¿Qué te parece si te doy una clase rápida?

El tubo de escape de la camioneta del Sr. Foster tiembla cuando el motor se enciende. Los neumáticos comienzan a moverse con un crujido.

—Me parece bien, papá, pero luego ¿de acuerdo?

Respiro con alivio cuando veo que papá parece satisfecho con mi propuesta. Se agacha y coge la tabla.

—No te olvides de ir a la cafetería si tienes frío. —Mira hacia el mar. Otra ola está entrando, surgiendo de la superficie del océano como una suave colina de cristal, a punto de lanzarse hacia adelante. Papá silba.

—Mira eso. Dentro de nada estás ahí cogiendo olas conmigo.

Pero ya se ha ido, sigue ahí de pie pero su mente ya está en el agua. No puede evitarlo; le encanta cuando las olas son suaves como hoy, así que ni siquiera tengo que responderle. Se da la vuelta y corre por la playa hacia el océano. Justo a tiempo porque la camioneta del Sr. Foster comienza a salir marcha atrás de su sitio y tras un breve instante la caja de cambios cruje cuando cambia a primera.

Aprieto los pedales con los pies y llego a la salida del aparcamiento justo cuando la furgoneta está saliendo. Bajo la cabeza y pedaleo lo más fuerte que puedo.

CAPÍTULO CATORCE

La furgoneta gira hacia el norte para salir del aparcamiento y sigue a lo largo de la carretera paralela al mar. Noto que empiezo a quedarme atrás. Luego gira de nuevo hacia el interior, por la calle *Claymore*, que es donde se encuentran la mayoría de las tiendas en Silverlea. Ha girado casi antes de que yo llegara a la carretera del mar, va mucho más rápido que yo. Eso no lo había previsto.

Lo que es peor, la calle *Claymore* es un poco cuesta arriba. No ha pasado ni un minuto antes de que la furgoneta esté casi fuera de mi vista. Estoy pedaleando lo más rápido que puedo, levantándome, respirando con dificultad; no voy a ser capaz de mantener este ritmo por mucho tiempo. Me empieza a entrar el pánico, ¡estoy a punto de perderle!

Pero en ese momento la suerte me sonríe. Hay un semáforo en la esquina de la calle *Claymore* donde se cruza con la avenida *Alberton* y al Sr. Foster le pilla en rojo. Espera en el semáforo mientras yo pedaleo cuesta arriba lo más rápido que puedo, de pie sobre los pedales, la bicicleta balanceándose de un lado a otro debajo de mí. Por el rabillo del ojo veo que el semáforo está aún en rojo y consigo acercarme, pero no mucho. En seguida se pone en verde y el Sr. Foster comienza su marcha de nuevo por la calle *Claymore*, dejándome atrás con una nube de humo de su tubo de escape.

Y entonces tengo un gran golpe de suerte. Mientras el semáforo estaba en rojo un coche ha girado por la avenida y se le ha puesto delante. Lo debe llevar un viejo porque va muy despacio. El Sr. Foster no tarda mucho en pillarle pero no le adelanta, supongo que no querrá llamar la atención.

Siguen yendo más rápido de lo que yo puedo pedalear, pero por lo menos ahora no están desapareciendo en la distancia. Durante unos tres minutos, seguimos de esta manera, yo pedaleando tan rápido como puedo y el Sr. Foster y el anciano conduciendo lentamente en la distancia. Aun así, sé que no voy a poder mantener este ritmo por mucho tiempo. Si el viejo gira y se quita de en medio o si el Sr. Foster sigue hacia las afueras de la ciudad donde la carretera es recta y fácil de adelantar, no tendré esperanza alguna de atraparle.

Bajo la cabeza y me concentro en pedalear pero aun así noto como las piernas dejan de responderme y me quedo sin fuerzas. Delante de mí hay una curva y, cuando la pase, ya estaremos fuera de la ciudad. Voy a perderle. Me va a dar un infarto de tanto pedalear pero incluso así voy a perderle. Entonces noto el intermitente en su furgoneta y veo que el Sr. Foster va a girar a la derecha.

No sé el nombre de la carretera que coge y no llego hasta por lo menos un minuto después. Cuando lo hago tengo que parar. Dejo caer mi bicicleta y me apoyo en una farola con ambas manos. Me tiemblan las rodillas y me desplomo en el arcén. Creo que voy a vomitar. Me siento igual que cuando tenemos que hacer carreras en el instituto; los cuatrocientos metros es la peor de todas. He visto a chavales vomitando de verdad cuando terminan.

Al rato me recupero lo suficiente como para mirar de nuevo. Estoy en una carretera pequeña que no conozco. No hay tiendas, solo casas y no veo la furgoneta por ningún lado. Creo que probablemente lo he perdido.

Una vez ya recuperado del todo vuelvo a la bici y sigo adelante. No sé exactamente dónde voy, pero se me ocurre que ya que estoy aquí igual debería echar un vistazo. Silverlea no es muy grande y detrás de estas casas no hay más que campos, con un poco de suerte igual le encuentro y todo. Estas casas en la parte trasera de la ciudad son algo pequeñas, no son de las que se alquilan fácilmente a turistas, y hay bastantes que parecen que llevan vacías un tiempo. Nadie va a notar a un chico de once años montando en bicicleta.

El camino que cogió el Sr. Foster se ramifica ahora en tres calles menores. Cojo la primera y pedaleo hasta el final, esperando ver la camioneta aparcada en una de las casas pero no la veo así que doy la vuelta y vuelvo al camino. Tomo la segunda y nada. Estoy empezando a perder la esperanza, esto es inútil. Casi que mejor me vuelvo a la cafetería y me tomo un chocolate caliente. Así pongo a Emily al día de mis cangrejos. Pero solo queda una calle, mejor mirar por si acaso. Avanzo lentamente en la bici, observando cada casa. La mayoría están vacías y las que no lo están tienen viejos coches aparcados en la puerta. Hay una curva hacia el final y casi me doy la vuelta antes de llegar, menos mal que no lo hago. Aparcada en frente de la última casa se encuentra la camioneta del Sr. Foster.

Casi no me lo creo. El corazón, que ya me estaba latiendo rápido por todo el ejercicio que había hecho, se me acelera aún más. Será de los nervios. Me detengo al lado de un árbol para observar. La camioneta está aparcada en la parte de delante de una casa de un solo piso, parece descuidada y bien resguardada. En la parte de atrás hay un grupo de árboles de buen tamaño agrupados formando una especie de pequeño bosque.

Hay una vieja barca de pesca en un remolque en el patio delantero. Las luces de la casa están apagadas. La casa tiene un aire ciertamente sospechoso. Es exactamente el tipo de casa donde te imaginas que vive un pedófilo asesino.

Me entran escalofríos de solo estar aquí mirando. Lo que es peor es que sé que el Sr. Foster está en casa, igual me está vigilando, como lo hizo con Olivia aquella noche en la playa. Igual está saliendo a hurtadillas por la puerta trasera con el cuchillo de pesca listo para atacarme. Tiene sentido, si ha secuestrado a Olivia estará más atento que nunca ¿no? Supervisando el terreno por si hay algo fuera de lo normal, por si alguien le está vigilando. De repente caigo en la cuenta de que esta calle es muy tranquila, lo que es más, no me he cruzado con nadie desde que dejé atrás la calle *Claymore*. No hay vecinos en los patios y casi ningún coche aparcado. Podría estar avanzando hacia mi escondido entre los árboles. Me empieza a entrar el miedo. Quiero montarme en la bici y salir de aquí; casi lo hago pero consigo detenerme. Tengo que encontrar pruebas para llevar a la policía. Es peligroso, por eso deberé tener cuidado, más cuidado de lo normal.

Respiro hondo para intentar calmarme. Apoyo la bici en el arcén y me acerco lentamente escondiéndome detrás del tronco de un árbol en la verja del patio. Desde aquí veo el bosque y noto con alivio que no está allí. Estoy bastante cerca de la furgoneta, lo suficiente como para poder oír el ventilador enfriando el motor.

Echo otra mirada a la casa, buscando señales de vida. Ahora que estoy cerca se ve mejor. Tiene dos ventanas en la parte delantera, la más grande tiene las cortinas echadas por lo que no se ve nada. La ventana más pequeña es la cocina y no tiene cortinas. Veo un tramo de encimera, una tetera eléctrica y una torre de tazas, una de las tazas tiene un dibujo de peces. Las luces siguen apagadas así que no consigo ver el fondo de la cocina.

Busco alguna señal de que haya un sótano en la casa. Casi todos los asesinos usan sótanos y si Olivia sigue viva es ahí donde la tendrá escondida. Pero no sé cómo averiguar si una casa tiene sótano o no. No va a ser porque se vean las ventanas ya que estarían bajo tierra. Deduzco que probablemente la casa tenga un sótano y simplemente no se ve desde fuera.

Me escondo de nuevo detrás del tronco a pensar. He progresado bastante: ya sé dónde vive el Sr. Foster y por lo tanto probablemente conozco el paradero de Olivia, viva o muerta. Eso es bueno. Pero necesito más. Si acudo a la policía con lo que tengo no se lo van a creer. Pensarán que solo soy un chico, no se darán cuenta de que soy un científico de verdad. Incluso si consiguiera que me hicieran caso y que me creyeran seguramente mandarían a un agente para hacer un par de preguntas y el Sr. Foster le secuestraría, le pondría en el sótano y acabaría muerto también. No, definitivamente es demasiado pronto para ir a la policía. Tengo que terminar lo que vine a hacer. Tengo que hacer una vigilancia a fondo de la casa del Sr. Foster.

Esas vigilancias se ven a menudo en las películas. Las personas que las hacen siempre llevan bocatas o dónuts. Normalmente tienen una discusión, o a veces una charla sincera por la cual aprendes un poco acerca de sus vidas. Pero siempre funciona, siempre ven algo importante. Por eso sé que hacer una vigilancia es lo correcto. Obviamente no puedo simplemente sentarme en la calle a comer dónuts mientras miro la casa del Sr. Foster. Pero no te preocupes, como ya te dije antes tuve mucho tiempo para pensar la noche pasada.

Echo otro vistazo al patio delantero y esta vez me fijo en la barca. Es una barca de pesca sin cabina y bastante pequeña, como las que se usan para pescar en estuarios y no en mar abierto. La popa está mirando hacia la casa, el patio es tan pequeño que la proa está casi metida en el seto. Está cubierta por una loneta azul desteñida atada por la parte superior, con rajas donde el viento la ha rasgado. El remolque está bastante oxidado y por la cantidad de malas hierbas que han crecido a su alrededor no tiene pinta de haberse movido en mucho tiempo. Se acerca el invierno y este tipo de embarcación solo se usa en verano. Así que es poco probable que el Sr. Foster vaya a usarla pronto. Eso lo hace perfecta para lo que necesito. Amarro la bici a un poste para no tener que preocuparme de ella y me dirijo con cuidado hacia la casa del Sr. Foster. Cuando estoy delante de la casa, protegido de la vista por la barca, corro hacia ella y levanto la loneta.

Se me va a salir el corazón del pecho cuando llego. Tengo que subirme al remolque porque la barca está más alta de lo que esperaba. Y la loneta no está tan suelta tampoco. Por un instante creo que no voy a poder entrar, pero no tengo otra opción por eso me impulso hacia dentro y me encuentro con la cabeza y los hombros dentro de la barca y los pies en el seto. El olor a humedad y descomposición me invade de inmediato. Me entra el pánico. Igual he aterrizado en el cuerpo en descomposición de Olivia. Me retuerzo frenéticamente hacia atrás para salir y me dejo caer sobre la hierba, respirando con dificultad y en plena vista de las ventanas. Me medio escondo debajo del remolque e intento controlar la respiración. Me obligo a calmarme.

Es simplemente el olor a barca, a tripas de pescado y a agua de mar estancada. Todos los barcos huelen así cuando están viejos o cuando no están cuidados. Echo un vistazo a las ventanas del Sr. Foster y también a las casas de los vecinos. Ha habido suerte. Parece que nadie me ha visto, pero estoy totalmente expuesto tumbado aquí debajo. Si no me quito de en medio alguien va a verme en cualquier momento. Respiro hondo y lo intento de nuevo. Vuelvo a subir al remolque y me deslizo debajo de la cubierta por segunda vez. Esta vez estoy más tranquilo y me impulso sobre el asiento. Me deslizo dentro, se me engancha la mochila pero una vez que la suelto me impulso hacia el fondo de la barca de un golpe.

Al principio se balancea, pero luego se asienta. Realmente apesta, tanto es así que se me hace difícil respirar. Necesito un par de minutos para que los ojos se me acostumbren a la oscuridad, pero cuando lo hacen observo aliviado que no hay ningún cadáver, solo un suelo de madera resbaladizo y un charco de agua sucia sobre el que estoy tumbado. Intento levantarme del charco pero no lo logro y noto el agua calándome las rodillas. Decido ignorar este dato, me quito la mochila y la abro para sacar la cámara. Luego me arrastro con cuidado hacia la parte de detrás de la barca desde donde se ve mejor la casa. La loneta tiene una especie de recorte para el motor y por ahí entra la mayoría de la luz. A través de ese agujero se ve la casa perfectamente. Con el corazón aún latiéndome como loco me acomodo para ver qué va a suceder a continuación. No pasan ni cinco minutos cuando veo algo interesante.

CAPÍTULO QUINCE

De verdad que la casa parece bastante sospechosa. Faltan trozos de yeso en las paredes y los marcos de las ventanas necesitan una mano de pintura urgentemente. Ahora veo que me fijo noto que uno de los cristales de la ventana está roto. Las ventanas están muy sucias. Las cortinas también lo están, las que cubren la ventana grande tienen un lamparón amarillo enorme. Y ahora que lo pienso, ¿por qué tendrá las cortinas echadas en plena luz del día? Es obvio que el Sr. Foster esconde algo. Decido que lo mejor es preparar el equipo y largarme de aquí. No sé a ciencia cierta cuan peligroso es esto y mi escondite es muy incómodo.

En ese momento se enciende la luz de la cocina. Me quedo helado. Ahora veo más adentro y vislumbro a un hombre cruzando el umbral de la puerta. Es el Sr. Foster, lo sé por la cojera.

Intento agacharme para que no me vea, pero eso hace que el barco se balancee. Como mire ahora por la ventana me va a pillar. Pero tengo suerte y cuando me atrevo a mirar de nuevo veo que sigue de pie en la cocina. No parece haberse dado cuenta de nada. Entonces, antes incluso de que haya podido sacar una foto, sale de la cocina. Me cabreo conmigo mismo, ¿qué pasa si no tengo otra oportunidad?

Pero al rato, una franja de luz aparece entre las cortinas de la otra ventana y estas comienzan a abrirse. Ahora veo que es el salón. Es bastante grande pero está muy vacío. Los únicos muebles que hay son un sofá arrimado a una estufa de gas y una tele. Está todo sucio. Desparramadas por el suelo hay cajas de pizza, latas de cerveza y ceniceros llenos a rebosar de colillas. En medio de todo, cojeando por el salón con una bolsa de basura va el Sr. Foster. Al principio no soy capaz de ver lo que está haciendo pero enseguida me doy cuenta. Está haciendo limpieza. Coge las latas de cerveza y las estruja antes de meterlas en la bolsa. Me invade una sensación de triunfo. Tenía razón. Esto es exactamente lo que se puede esperar de un asesino: que viva solo en una casa misteriosa y sucia. ¿Qué estará haciendo ahora?

Ahora caigo: está tratando de destruir pruebas.

Me aseguro de que el *flash* de la cámara esté apagado y luego, con mucho cuidado, tomo varias fotografías, concentrándome en enfocar a la cara. Saco un par que son buenas. Cuando sale del salón estudio las fotos en la pantalla de la cámara mientras espero a ver en qué habitación aparece después.

En ese momento pasa lo peor que podría pasar. La puerta de entrada se abre de repente y antes de que tenga oportunidad de agacharme veo al Sr. Foster de pie parado a pocos metros de distancia. Casi se me escapa un grito de pánico cuando le veo dirigirse hacia mí. Lo único que puedo hacer es esconderme de nuevo en la barca donde noto el agua calándome la pierna mientras yazco tumbado. Me ha debido ver cuando miró por la ventana, o igual notó la barca balanceándose. Sopeso si debiera gritar para pedir ayuda pero por la pinta que tienen las casas me da la sensación de que en esta calle los vecinos no serían de gran ayuda. Agarro la cámara con la mano como si se tratase de una piedra. Es mi única arma. Cuando levante la loneta le pegaré con la cámara y saldré corriendo. Me imagino qué se sentirá en el sótano, encadenado al lado de la pobre Olivia. A pesar de que no tengo tiempo que perder, aun encuentro el tiempo para sentirme aterrado.

Y entonces le oigo justo al lado de la barca. Se oye un ruido, no identifico lo que es al principio pero entonces me doy cuenta de que es un silbido. El Sr. Foster está silbando según viene hacia mí. Intento respirar lo más lento posible, agarro bien la cámara y me preparo para defenderme. Espero. Cada segundo se hace eterno. Pero en lugar de oír la loneta levantarse, en lugar de ver sus manos grasientas acercándose hacia mí, noto que los silbidos se paran y en su lugar oigo un sonido metálico seguido de un golpe seco. Y entonces nada, ni un ruido. Durante un buen rato lo único que oigo es mi respiración, jadeos cortos que suenan increíblemente ruidosos. ¿Sigue ahí? No tengo manera de saberlo. Oigo la puerta de nuevo.

Sé que probablemente será una trampa. No hago ni un solo movimiento. Espero en la barca, segundos que se transforman en minutos. Me pregunto por qué el Sr. Foster no viene a por mí. En cualquier momento voy a ver su cara asomarse por el hueco entre la loneta y la barca. Pero entonces oigo otro ruido que me desconcierta. El motor de la camioneta ruge. Cambio de postura para asomarme de nuevo y veo, justo a tiempo, al Sr. Foster dando marcha atrás en la camioneta. No mira en mi dirección. Le veo salir de la calle y alejarse.

¿Qué narices está pasando? Asomo la cabeza por la cubierta e inmediatamente me siento aliviado de respirar aire fresco que no huele a pescado podrido. Echo un vistazo al patio, hacia la zona por la que escuché los ruidos y al menos soy capaz de aclarar uno de los misterios. No lo noté cuando me metí en la barca, pero hay un contenedor de metal en la esquina del patio. Recuerdo la bolsa negra de plástico y concluyo que el Sr. Foster estaba sacando la basura.

Tirando pruebas a la basura, mejor dicho.

Salgo de la barca y decido echar un vistazo. Con cuidado levanto la tapa del contenedor. Veo la bolsa de basura, huele a cigarrillos. La abro y lo único que veo son latas de cerveza y cajas de pizza. No sé si tendrán importancia, pero por si acaso saco fotos de todo.

A continuación se me presenta un dilema. Por primera vez tengo una oportunidad contundente de rescatar a Olivia. El Sr. Foster se ha marchado, no sé cuánto tardará en volver, ha dejado las luces encendidas pero quien sabe qué significado tiene eso, pero sí sé que se ha ido en la furgoneta. Si puedo entrar en la casa quizás pueda encontrar a Olivia y ayudarla a escapar. Pero solo pensarlo me aterroriza. ¿Y si regresa mientras estoy todavía dentro? A lo mejor sí que me vio y esto no es más que una trampa. Me siento paralizado por la indecisión. Pero me recompongo por segunda vez. Si vuelve creo que podré oír la furgoneta con suficiente tiempo para escapar. Tengo que intentarlo por lo menos. Debo ser valiente. Muy despacio, me acerco a la puerta principal.

Según me acerco a la casa siento una mirada en mi espalda. Casi puedo notar que hay alguien detrás de mí. Igual que cuando eres pequeño y estás seguro de que hay un monstruo debajo de la cama, pero estás solo y tienes demasiado miedo para mirar. Me doy la vuelta, listo para enfrentarme a quien sea que esté ahí. Pero no hay nadie. Estoy solo. Las ventanas de los vecinos del Sr. Foster están vacías. Observo durante un largo rato pero nada se mueve, aparte de las ramas de los árboles que se balancean con el viento.

Me giro hacia la puerta y la empujo con cuidado. No se mueve. Giro el picaporte y empujo un poco más fuerte, pero nada. Me apoyo contra la puerta para empujar pero está claro que está cerrada. Siento una oleada de alivio seguida por la duda de si lo he intentado con suficiente fuerza. Decido probar suerte con la ventana de la cocina, deslizando los dedos por el marco para ver si puedo abrirla. Hace demasiado frío para dejar ventanas abiertas pero merece la pena intentarlo. Mala suerte, la ventana está cerrada, de hecho parece que lleva tiempo sin haberse abierto. Se me ocurre que podría romper el cristal y colarme por la ventana, pero decido no hacerlo. Ya sé que es un pedófilo e igual sea un asesino también, pero no está bien ir rompiendo los cristales de la gente.

Me dirijo a la ventana del salón. No hay suerte con esta tampoco, está cerrada también. El marco tiene una grieta que inspecciono, pudo haber sucedido al cerrar la ventana de golpe. La grieta ha forzado el marco y hay un hueco. Podría sacar mi navaja suiza e intentar agrandar el hueco, quizá lo suficiente para poder colarme. Entonces se me ocurre algo. Solo voy a oír la furgoneta del Sr. Foster si decide volver en ella. ¿Qué pasa si ha aparcado en la esquina y viene caminando con sigilo para pillarme in fraganti? Me quedo helado en el sitio. Y es entonces cuando lo veo.

CAPÍTULO DIECISÉIS

H ay un bulto en el suelo detrás de la puerta. Tal vez un poco escondida pero definitivamente salta a la vista en la desordenada casa del Sr. Foster. Es una mochila rosa. Reconozco la marca ya que algunas chicas del instituto las llevan a clase, el logotipo es un gran corazón rojo en la parte de delante. Me pregunto ¿qué hará el Sr. Foster con una mochila de chica?

Me quedo un rato parado en el sitio, sin poder dejar de mirar a la mochila. No sé qué sentido tiene ver una mochila aquí pero me da mala espina, es un mal presagio. Parece como si mi mente estuviera intentando encontrar luz en un túnel oscuro, pero no lo consigue. No entiendo nada pero sé que es mala señal, muy mala.

También se me ocurre otra cosa. Hasta este preciso momento me he tomado la investigación como un juego o como uno de mis experimentos científicos, importantes -por supuesto- pero sin ninguna implicación real. Esto lo cambia todo. Cuando miro hacia la mochila sé que esta situación es muy real. Sé que el Sr. Foster podría estar de camino preparado para pillarme en su casa. Un hombre adulto, dos veces más grande que yo, y aquí estoy yo espiando por la ventana de su casa, solo, sin vecinos que sean testigos de cómo me arrastra hacia dentro para no ser visto nunca más. Tengo que salir de aquí pitando.

Así que decido no intentar entrar, en su lugar me pongo manos a la obra. El plan no era que yo vigilase la casa en persona, sabía que solo tendría, como mucho, un par de horas y la probabilidad de ver algo justo en esas dos horas no era muy alta que digamos. Tengo que vigilar de manera continua pero eso no es problema, la tecnología está de mi parte.

Esperaba que hubiera un árbol o un arbusto pero resulta que el interior de la barca es bastante mejor. Está escondida pero a la vez lo suficientemente cerca como para que el objetivo capture todo lo que pasa dentro de la casa. Lo que es mejor, está resguardado de la lluvia. La cámara es resistente al agua por supuesto, pero a veces la lluvia se cuela por el objetivo y entonces no se ve nada.

Utilizo un par de abrazaderas para fijar la cámara a la parte trasera de la barca, de modo que esté mirando hacia la casa. Para esta vigilancia he escogido mi mejor cámara, la más nueva. Es una cámara Denver WCT-3004 recomendada para la fotografía de fauna salvaje. Se activa con el movimiento y cuando la compré tenía 258 reseñas en Internet, la mayoría de cuatro y cinco estrellas. Había alguna de una estrella pero eran de gente que no supo cómo configurar la cámara correctamente. No me preocupa en absoluto ya que a mí se me da bastante bien configurar cámaras. Tengo mucha experiencia. Fue bastante cara la verdad, me tuve que gastar casi todo el dinero que había cobrado configurando la wifi en los chalés. Pero mereció la pena, sobre todo por un detalle importante. La Denver tiene visión infrarroja. Lo que significa que si el Sr. Foster decide hacer una escapada en medio de la noche seré capaz de verlo.

Cuando estoy seguro de que la cámara está preparada para grabar y las abrazaderas están bien sujetas, retrocedo despacio, asegurándome de que no he dejado nada al descubierto que pueda delatarme. A continuación camino hacia la bici mirando alrededor por si acaso el Sr. Foster me está al acecho pero no le veo. Me siento mejor cuando por fin me monto en la bici. No tan solo mejor, me siento orgulloso. Por lo menos alguien está haciendo algo para rescatar a la pobre Olivia. También noto una sensación familiar: la impaciencia de querer ver lo que graba la cámara.

CAPÍTULO DIECISIETE

El sentirme bien no me dura mucho.

—Pero bueno Billy, ¿dónde leches has estado?

Papá está enfadado. Apenas voy por la mitad del aparcamiento y papá ya me está gritando.

—Llevo media hora esperándote. Te he buscado por todas partes.

Aprieto los frenos de la bici y veo de inmediato lo que ha sucedido. Es el viento: ha cambiado de dirección. Esta mañana soplaba viento de tierra que es el bueno para las olas pero ha debido cambiar de dirección ya que ahora es viento de mar. Este viento no le gusta nada a los surfistas porque arruina las olas. Detrás de papá, de pie con las manos en jarras, veo que las suaves olas de antes han sido reemplazadas por una marejada poco apetecible.

—Te dije que no te fueras lejos, te lo dije. Pon la mierda de la bici en la camioneta y vámonos.

Abro la boca para contarle sobre el Sr. Foster y su espeluznante casa, para explicarle que voy a atraparle por secuestrar y asesinar a Olivia, o lo que sea que haya hecho con ella. Pero no me salen las palabras. En su lugar, dejo que papá agarre la bici y la eche de mala manera en la camioneta, sin cuidado de no arañar la chapa. Si eso lo hiciera yo me caería un rapapolvo de cuidado. Luego se monta en la camioneta y acelera el motor de forma desproporcionada hasta que me subo a su lado. Esta vez no intento subirme en la parte trasera. Nunca me deja ir atrás cuando está de tan mal humor.

—Joder, Billy —continúa tan pronto como cierro la puerta—. ¿Qué he hecho mal contigo? —Sacude la cabeza y sigue—: ¿Te acuerdas del hijo de

Craig, James? —me pregunta pero no tengo oportunidad de decir que sí—. Va a hacer surf con Craig todos los fines de semana. Incluso cuando las olas son grandes por lo menos lo intenta. Se mete en el agua y se lanza. ¿Pero tú? Es que tú ni te acercas a la orilla. —Papá sacude la cabeza otra vez— ¿En qué me he equivocado tanto?

No es una comparación justa. James es dos años mayor que yo y se le dan fenomenal los deportes. Está en el equipo de fútbol del instituto y todo. Y de todos modos, papá tiene mogollón de amigos con los que ir a hacer surf, ¿qué más dará si voy con él o no? Me abrocho el cinturón de seguridad en silencio y espero a que pase el chaparrón.

—¿A dónde vas de todos modos? —pregunta al cabo de unos minutos, cuando ya vamos por la ciudad—. Venimos a la playa todos los fines de semana y siempre andas ocupado. ¿Dónde te metes? ¿Qué haces? —Nos detenemos en el mismo semáforo que pilló al Sr. Foster antes en rojo—. Vamos, Billy, dímelo.

Esta vez de verdad parece querer una respuesta. Intento pensar lo más rápido posible. Sigue de mal humor, demasiado como para arriesgarme a decirle la verdad.

—Ya te lo he contado —respondo—. Estoy haciendo un estudio sobre los hábitos territoriales de los cangrejos ermitaños —empiezo, pero me interrumpe.

—Por dios, ¿todavía estás haciendo eso? Joder Billy ya no eres un crío. No puedes andar ... —Levanta ambas manos del volante pero se detiene. Hincha las mejillas y se sujeta la cabeza con las manos—. ¡Joder, joder, joder! —Me sorprende al golpear el volante. El semáforo se pone en verde pero no nos movemos. Suena una bocina detrás de nosotros. Papá baja la ventanilla y, bastante enfadado, asoma la cabeza—. ¿Por qué no te vas a tomar por culo? —le grita al coche de atrás. Pero se pone en marcha de todos modos. Estoy demasiado asustado para mirar hacia atrás en caso de que el otro conductor vaya a salir a pelearse con nosotros, pero cuando por fin miro veo que está girando por una esquina. Continuamos en silencio durante un rato, él conduciendo y yo fingiendo mirar por la ventana.

Al cabo de un rato, cuando ya hemos salido de Silverlea, para el coche en el arcén. La carretera a nuestro alrededor está vacía. Pasan los minutos y papá no dice nada, simplemente continúa sentado mirando por el parabrisas.

—Billy, lo siento —dice por fin. Le ha cambiado el tono. Está más tranquilo. Suena abatido—. Siento haberme puesto de esa manera. —Suspira y deja de hablar de nuevo. El único sonido entre nosotros es el ronroneo del motor.

De repente, comienza a hablar de nuevo.

—A veces me preocupo, Billy. Me preocupa que estamos solos los dos y que … que tal vez no sea un buen padre. Me preocupa que pases tanto tiempo solo. —Me mira y espera a que le devuelva la mirada—. Ni siquiera sé si es seguro, desde que desapareció esa chica...

No contesto. Ni siquiera me muevo. Estoy demasiado sorprendido de que de repente mencione el caso de Olivia.

—¿Sabes a qué me refiero? Sé que es difícil que estemos solos los dos. Pero tenemos que mantenernos unidos. Tenemos que salir adelante.

Sigo sin decir nada.

—Voy a compensarte. ¿Qué te parece, Billy?

Me mira y todavía no digo nada. Ni siquiera le miro.

—¡Billy!

Ahora me giro pero aun así no digo nada.

Según le miro papá abre y cierra la boca varias veces, como si estuviera intentando decir algo pero no le salieran las palabras. Por fin arranca.

—Mira, he visto a Pete en el agua hoy. ¿Te acuerdas de Pete, «el Gran Pete»? Es el dueño de la tienda de surf de Newlea. Estuvimos charlando un rato cuando llegó el viento y se acabaron las olas. ¿Qué te parece que visitemos su tienda esta tarde? Podemos escoger una tabla para ti, tu primera tabla de surf; molaría ¿verdad?

Lo mejor que se puede hacer cuando papá está así es seguirle la corriente, pero de verdad que no me esperaba que fuera a salir con estas.

CAPÍTULO DIECIOCHO

Ahora que nos vamos conociendo un poco mejor supongo que debería hablarte de mamá. .Te puedo contar lo que sé de mamá, que no es mucho porque era muy pequeño cuando sucedió todo y a papá no le gusta hablar de ello. Y cuando digo que no le gusta, no estoy exagerando.

Para ser sincero a mí tampoco me gusta mucho hablar de ello, pero igual te andas preguntando por qué no está aquí en casa con papá y conmigo.

Mamá trabajaba de enfermera en un hospital. No aquí, en la isla de Lornea, sino en el continente donde vivíamos antes, bastante lejos de aquí la verdad. Ni siquiera sé dónde porque papá se pone muy raro cada vez que le pregunto. Esto es lo que me ha contado papá. Una noche, mamá volvía a casa desde el trabajo. Iba sola en el coche y llovía a cántaros. Era tarde y no había casi nadie en la autopista y lo más seguro es que estuviera cansada después de haber estado todo el día trabajando, salvando vidas en el hospital. Delante de ella, un camión a remolque tuvo un fallo eléctrico y se quedó parado en medio de la carretera. Transportaba uno de esos contenedores de acero que con el frenazo repentino acabó atravesando los dos carriles. El conductor no tuvo tiempo de hacer nada, se le habían apagado todas las luces y estaba en una parte de la carretera que no tenía farolas. Tan solo se quedó ahí plantado, con un contenedor de acero bloqueando la autopista. Fue mala suerte que mamá fuera el primer coche en llegar. Papá me dijo que habría sido todo muy rápido y que mamá no se dio cuenta de nada. Pero hay veces que me lo pregunto. Cuando vamos en el coche hacia Newlea y veo un árbol o un edificio al lado de la carretera cuento los segundos que tardamos en llegar y me imagino lo que debió sentir mamá en aquel momento. Cuando frenó pero el coche no se paró sino que derrapó en la carretera. Me pregunto si en ese instante supo que iba a morir y cómo se debió sentir.

Total, que en realidad no sé lo que pasó. A veces me da la sensación de que papá no me lo ha contado todo. No sé si trató de frenar o si trató de esquivarlo. No sé qué había en el contenedor, si murió en el momento en que lo golpeó, o si la llevaron al hospital y murió de manera lenta y dolorosa.

No recuerdo el funeral. Tal vez no fui. La mayoría de mis recuerdos son de aquí, de la isla de Lornea. Me imagino que nos mudaríamos aquí al poco de haber sucedido pero no sé por qué papá eligió este sitio. Creo que no habíamos venido antes y no tenemos ningún familiar aquí. De hecho no tenemos familiares en ningún sitio que yo sepa. Supongo que tal vez papá quería comenzar de nuevo. ¿Quizás pensó que sería mejor si viviéramos en un lugar sin autopistas? No lo sé. Como ya dije, a papá no le gusta hablar de este tema y yo dejé de preguntarle hace mucho tiempo.

Nunca hemos regresado. Me refiero a dónde vivíamos antes con mamá. A papá no le gusta que le recuerden nada de esa época y de todos modos está demasiado lejos. Así que no hemos ido, no hablamos de ello y si alguna vez le he preguntado o si sale algo en la televisión que me recuerde lo que pasó, papá me dice que tenemos que mirar hacia adelante en la vida, no hacia atrás.

Pues ya lo sabes. Ya puedes dejar de preguntarte.

CAPÍTULO DIECINUEVE

—**H**ombre, Sam ¿cómo te va, colega?

—Qué pasa tío. ¿Cómo andas?

Acabamos de cruzar el umbral de la tienda de surf «La habitación verde». El dependiente y papá se saludan con la mano como lo hacen los surfistas y se ponen a charlar. No digo nada porque estoy un poco absorto después de contarte lo de mamá. Ahora mismo se me pasa.

El dependiente tiene el pelo rubio, largo hasta los hombros y lleva pantalones cortos aunque hace frío. Los pelos amarillos de las piernas parecen un forro peludo. Se le nota que está entusiasmado de ver a papá, es normal, esto sucede a menudo. Se debe a que papá es una especie de celebridad para los surfistas de la zona. A veces, cuando hay competiciones de surf y cuando convencen a papá para que se presente, siempre gana, especialmente si las olas son grandes. Por eso a los surfistas les encanta charlar con papá.

Hay un fuerte olor a goma en la tienda, por los trajes de neopreno, y una pantalla grande en la pared muestra un video de surf. No entiendo los videos de surf. Todos muestran exactamente lo mismo, gente cogiendo olas una y otra vez. Quizá sea por eso por lo que el dependiente está tan contento de ver a papá: estará aburrido de ver el video.

—¿Saliste al agua esta mañana? —pregunta el dependiente—. Estaba bastante guay ¿no?

—Sí, no estuvo mal. Hasta que entró el viento…

—Ah, sí. Vaya putada ¿verdad? ¿Qué os trae por aquí? ¿Queréis comprar algo o estáis echando un vistazo? —Se le ve ilusionado con cualquiera de las dos opciones.

—De hecho ... —papá parece un poco incómodo, se rasca la oreja—... Pete me dijo que me pasara y si veía algo que me gustaba igual me podía hacer un descuento ... ¿te lo ha contado?

—Sí, claro. Me dijo que igual venías.

—Genial. Pues mira, en realidad estoy buscando una tabla para mi hijo.

El dependiente parece notar mi presencia por primera vez. Igual me vio cuando entré pero asumió que había entrado por accidente. Estoy bastante fuera de lugar en las tiendas de surf.

—Ah, de puta madre. —Siento los ojos del dependiente sobre mí y hay un destello de reconocimiento entre nosotros—. ¡Qué pasa, colega! —Es la primera vez en su vida que me ha dirigido la palabra—. No sabía que eras el hijo de Sam Wheatley. —Hace una mueca extraña, como si no fuera capaz de creérselo.

No le digo nada.

—Entonces qué, ¿vas a ser un héroe del surf igual que tu viejo?

Se le nota el entusiasmo forzado en su voz y aun así no digo nada.

—¿Vas a ganar el Campeonato de la Isla cuando seas mayor? Quizás incluso te haces profesional, ¿molaría, no?

Ha habido un par de veces, después de alguna competición de surf, que he oído a la gente decir que papá podría haber sido un surfista profesional, si no hubiera tenido que cuidar de un niño, claro está.

—No —le digo por fin, solo para callarlo. Miro a papá. Ha sido él quien me ha traído aquí.

—Sí, estamos buscando una tabla, ¿a que sí, Billy? Dile hola a ... —Está claro que papá no sabe cómo se llama el dependiente. El tipo salta a su ayuda, como si le resultara más vergonzoso a él que a papá.

—Shane. Te acuerdas, ¿verdad?

—Sí, sí, claro colega. —Papá se da un toquecito en la cabeza, como si se le hubiera perdido el nombre dentro—. Saluda a Shane, Billy.

—Hola Shane —digo levantando una mano para saludar. Y Shane pone su tono de venta. Aunque me está mirando, es a papá a quien intenta impresionar.

—¿Total que estás buscando una tabla nueva? Bueno, has venido al lugar correcto. Tenemos estas que han entrado hace poco, las Micro Machine, para alevines como tú. ¿Querías una evolutiva o prefieres una retro?

Menos mal que papá le interrumpe.

—Billy no está ... todavía no está a ese nivel. Estamos buscando algo más para principiantes. Pero algo en condiciones, algo decente. —Papá me mira y sonríe.

En ese momento el mismísimo Gran Pete entra. Ve a papá y comienzan a hablar sobre las olas de esta mañana, por lo que nos quedamos Shane y yo ahí parados hasta que Pete le sugiere a Shane que me enseñe las tablas.

—Sí, claro. Genial. —Shane asiente con entusiasmo—. Billy, ¿te vienes?

No me queda otra, así que le sigo hacia una sala con las paredes llenas de estantes verticales, cada uno sostiene una tabla apoyada en el suelo. Shane se dirige hacia una pared y comienza a sacar tablas, examinándolas. No sé qué es lo que está buscando, a mí me parecen todas iguales. Oigo a papá y al Gran Pete charlando en la habitación de al lado.

—Entonces, ¿cuéntame, Billy? ¿Cómo es que estás aprendiendo ahora? —Shane me pregunta—. Quiero decir, por mi genial, vaya, de puta madre. No es un problema en absoluto, pero me pregunto, con tu viejo siendo quien es... Ya sabes.

Me encojo de hombros y no respondo. Está claro que no voy a contarle al tal Shane mi problema con el agua. No es que me dé vergüenza ni nada. Es solo que Shane es un idiota. Pero a ti te lo cuento si quieres.

Lo que pasa es que me da un poco de miedo el mar, eso es todo. Sé que es bastante extraño para alguien que vive en una isla y en especial a alguien como yo que vive en una casa con vistas al mar y que va a ser biólogo marino cuando sea mayor. Pero este tipo de cosas no es tan raro. ¿Sabías, por ejemplo, que Neil Armstrong tenía miedo a las alturas? De hecho es una fobia bastante común entre pilotos.

En cualquier caso, no es que yo le tenga miedo al agua. Es solo que no me gusta ir a lo hondo o que me cubra por encima de la cintura. Todo lo demás no tengo ningún problema. No me importan las charcas ni las pozas. Y sé nadar muy bien si me hace falta. Papá se encargó de ello. Me hizo ir a clases de natación durante años. En las piscinas estoy bien porque hay socorristas y no tengo que ir a lo hondo si no quiero. Es el mar abierto lo que no me gusta. Será porque es tan grande, tan profundo y tiene corrientes que pueden llevarte mar adentro. Me dan escalofríos solo de pensarlo. No me gusta el mar en absoluto.

Siento que se me acelera el pulso pensando en ello. Y empiezo a sentir calor. La habitación y todas estas tablas de surf comienzan a darme vueltas. Veo la cara de Shane, de repente parece bastante preocupado por algo. Él no me da vueltas de momento pero creo que va a comenzar bastante pronto. Veo unos puntos de luz blanca cuando cierro los ojos y la respiración me suena mal, estoy jadeando. En ese momento siento una mano en el hombro.

—Oye, Billy, ¿estás bien? ¿Has visto algo que te guste? —Papá ha vuelto.

Sin embargo, su voz suena distante. Le oigo hablar con Shane—. A Billy le pone un poco nervioso el mar, pero no pasa nada. Sabe nadar y vamos a ir poco a poco, ¿a que sí, Billy? —Se ha agachado para hablarme y ahora me da una palmada en la espalda—. Voy a enseñarte y vas a aprender a coger olas de verdad.

Poco a poco, mi visión vuelve a la normalidad y la respiración se me ralentiza. Siento la mano de papá todavía en mi hombro, me está agarrando con fuerza, sosteniéndome, empujándome.

—¿Qué te parece esta? —dice, señalando a una de las tablas. Shane la saca para que la inspeccionemos. Es azul y tiene tres delfines pintados en la parte superior. Cuando era pequeño me encantaban los delfines. Me pregunto si aún se acuerda—. Esta es genial. ¿Qué te parece, Billy?

Una hora después, estoy listo con una tabla de surf y un traje de neopreno. Regresamos a casa y papá me cuenta una y otra vez lo chulos que son los rieles y cómo molan los gráficos. Me pregunto cómo narices me las voy a apañar para no estrenar ninguna de las dos adquisiciones.

Y por cierto, para que lo sepas, creo que los delfines son uno de los animales más sobrevalorados del océano.

CAPÍTULO VEINTE

E s viernes por la noche. He estado en el instituto toda la semana. Esperaba tener la oportunidad de volver a casa del Sr. Foster para recoger la tarjeta de memoria de la cámara, pero entre las clases y que cada vez se hace de noche más temprano al final no he podido. El tiempo está horrible también. Apenas ha dejado de llover en toda la semana. Y ahora se ha vuelto loco del todo. Tengo una estación meteorológica en el tejado de la casa. Registra la velocidad media del viento y la velocidad máxima de las ráfagas. Esta noche la media es cuarenta y cuatro nudos y la mayor ráfaga ha sido de cincuenta y cinco nudos. Eso se considera una tormenta real según la clasificación de la Escala de Beaufort.

Las tormentas aquí en el acantilado dan bastante miedo pero también son alucinantes. Cuando soplan las ráfagas fuertes tiembla toda la casa y el viento aúlla como si estuviéramos rodeados de lobos. A veces me gusta salir e inclinarme hacia el viento, pero no cerca del borde del acantilado por supuesto. Las nubes atraviesan el cielo como cuando pasas a doble velocidad una cinta de video e incluso de noche el mar es más blanco que negro debido al oleaje.

Se supone que el viento alcanzará su punto máximo ahora y luego amainará con rapidez. Eso espero, porque no voy a poder dormir hasta que lo haga, hasta que los lobos dejen de aullar de esta manera. Y necesito dormir porque seguro que papá se levanta temprano mañana para ir a hacer surf lo que significa que podré ir a casa del Sr. Foster por fin. Tengo una semana llena de grabaciones que recoger. Quizás papá incluso esté en el agua todo el día. Si es así podré repasar las grabaciones mañana por la tarde y elegir las mejores partes para entregarlas a la policía. Luego podrán detener al Sr. Foster, rescatar a Olivia y podré volver a la normalidad.

He estado considerando si debiera ser inspector y biólogo marino cuando sea mayor. Creo que me gustaría pero no sé si se permite tener dos trabajos. No conozco a nadie que tenga dos, excepto Emily claro. Es camarera y científica, aunque lo que hace en el café no es un trabajo real para alguien tan inteligente como ella. Ahora que lo pienso, prefiero ser biólogo marino a oficial de policía. La mayoría de las veces lo único que hace la policía es sentarse en los coches patrulla comiendo dónuts.

Estoy agotado. No he tenido una buena semana en el instituto. Para ser honestos, también estoy un poco preocupado porque este es el primer fin de semana desde que papá me compró la tabla de surf. En algún momento voy a tener que explicarle que no voy a usarla. Me estremezco al pensarlo. Bajo el aullido de los lobos oigo el rugido del océano, recordándome nuestra cita pendiente. En ese momento la ventana chirría como si hubiera alguien intentando entrar. Sé que no hay nadie, es tan solo la tormenta. Miro la pantalla de la estación meteorológica. Esta última ráfaga alcanzó los cincuenta y ocho nudos. De ninguna manera voy a poder dormir hasta que no se calme la tormenta.

CAPÍTULO VEINTIUNO

La tormenta no amainó hasta las tres de la mañana, aun así papá se ha levantado nada más amanecer. No hay nada de viento pero las olas son enormes. Es obvio que hoy voy a guardar las distancias con el mar pero tengo que admitir que las vistas desde aquí arriba son impresionantes. Mar adentro las olas parecen grandes pliegues que se extienden a lo largo de las siete millas de bahía. Cerca de la playa, donde las olas rompen, forman grandes cuevas redondas y huecas que se alzan en vertical y se sostienen más de lo que parece posible. Cuando por fin rompen, cada una lo hace generando un enorme estruendo que hace que las ventanas tiemblen. A continuación, un mar de espuma blanca barre la playa cual tsunami. Incluso la playa está salvaje. Toda cubierta de una espuma blanquecina que se tambalea como gelatina.

Si piensas que solo los locos querrían meterse en el agua hoy, deberías ver a papá. Está tarareando en la cocina, los ojos abiertos como platos. Supongo que sí parece un loco de remate. A papá le encantan los días así, vive por y para ellos.

La temperatura ha bajado al pasar la tormenta. Estoy tiritando y eso que llevo el jersey puesto. Me pongo los calcetines y zapatos y bajo las escaleras. Papá está descalzo y solo lleva vaqueros.

—¡Qué pasa, chaval! ¿Has visto las olas? —Veo que está desayunando un gran tazón de cereales cuando entro en la cocina. Nervioso, le echo un vistazo rápido a la tabla de surf que compramos el otro día y que lleva apoyada contra la pared de la cocina desde que volvimos de la tienda. Papá me sigue con la mirada.

—Ala, ala, no te pases. Lo siento, grandullón. Ya sé que te prometí que iríamos a hacer surf este fin de semana, pero no creo que hoy sea un buen día para ti. El oleaje es enorme.

Oímos el crujido que genera otra ola según rompe en la bahía y miramos hacia la ventana, que tiembla en respuesta. Ola tras ola cubren el mar hasta donde la vista llega. Papa da un silbido.

—Quizá dentro de unos añitos ¿vale? Nos metemos juntos en olas grandes. Te aseguro que no hay sensación que se compare con eso, ni siquiera el...

No termina la frase y se mete las últimas cucharadas del desayuno en la boca.

—A lo mejor podemos ir mañana al mediodía. —Continúa cuando ha terminado de masticar—. No se pronostica que este oleaje vaya a durar mucho. Igual mañana nos metemos juntos, ¿vale?

No le contesto. No tiene sentido porque papá en realidad no me va a prestar atención. Parece que ni siquiera esté aquí en la cocina conmigo. Solo está pensando en una cosa.

—Venga, nos vamos. Tenemos que llegar antes de que se levante el viento. ¿Estás listo?

No he desayunado, pero asiento de todos modos. Si le hago esperar se va a enfadar.

Solo me da tiempo a coger la mochila y un trozo de pan cuando oigo el motor de la camioneta. Salgo. No hay duda de a dónde vamos. Nadie sería capaz de remar a través de las gigantescas olas que golpean la playa de Silverlea, ni siquiera papá. Pero en Littlelea la desembocadura del río les da mejor forma y el acantilado brinda algo de protección, por lo que son más pequeñas: es el único sitio donde ir cuando las olas son así de imponentes. Meto la bici en la camioneta porque sé que voy a tener que atravesar la playa para llegar a casa del Sr. Foster y coger la tarjeta de memoria de mi cámara.

Me subo a la parte trasera de la camioneta y le doy un bocado al pan. Voy a sentarme contra la cabina, como lo hago siempre, pero la bici está de por medio. Así que me tengo que apiñar en la esquina. La tabla de papá está apoyada contra la esquina y la muevo para tener más espacio. Ahí es cuando lo veo.

Al principio no sé lo que es, pero refleja la luz como si fuera un trozo de espejo. Lo que quiera que sea, es pequeño y está atrapado entre el lateral de la camioneta y el suelo. Intento acercarme para examinarlo pero en ese momento papá coge un bache y me golpeo la cabeza contra el lateral de la camioneta. Está conduciendo como un loco. Me froto la cabeza y aprieto los párpados. Casi decido olvidar el asunto pero en ese momento el objeto brilla otra vez.

Lo intento de nuevo, con más cuidado esta vez. Será un tornillo o un clavo, del trabajo de papá, pero me parece que brilla demasiado para eso. Intento meter los dedos por la ranura pero no me caben. No llego ni a tocarlo y es imposible que lo pueda coger. Ahora de cerca me doy cuenta de por qué lo reconozco, por qué está tan fuera de lugar. Es una horquilla de pelo. La parte que refleja la luz es el diamante de decoración.

Está claro que ni papá ni yo tenemos horquillas en casa. Las chicas del instituto las llevan, por eso sé lo que son. También sé que no tienen diamantes de verdad. Pero eso no es lo que me llama la atención, no es que me crea que he encontrado algo valioso. Echo un vistazo a ver si encuentro un trozo de alambre o algo parecido con lo que pueda cogerla, pero no veo nada. Para entonces ya estamos entrando en el aparcamiento de Littlelea. Ya hay tres o cuatro coches aparcados, todos amigos surfistas de papá. Todo el mundo viene a la playa en días así, aunque no todos se atreven a meterse a hacer surf.

Papá mete un frenazo que hace que las ruedas derrapen en la gravilla del aparcamiento y abre la puerta antes incluso de apagar el motor.

—Qué pasa, chavales —le grita al grupo que está estudiando las olas. Son lo suficientemente grandes como para que ni siquiera necesites subir las dunas para verlas.

—El mejor día del año, ¿no? —Papá da un grito de entusiasmo y se vuelve hacia mí—. Sal, Billy, voy a coger la tabla.

Así que no tengo oportunidad de sacar la horquilla, o lo que sea que esté ahí atrapado. Me molesta no haber podido examinar el objeto pero no me dura mucho, tengo cosas más importantes que hacer. Voy a recoger la tarjeta de memoria de la cámara que puse en casa del Sr. Foster y podré estudiar las pruebas. Decido olvidarme de la horquilla de momento y cojo la bici. Me quedo mientras papá se cambia, solo por ser educado ya que están todos tan entusiasmados. Al cabo de un rato comienzo a empujar la bici por las dunas.

CAPÍTULO VEINTIDÓS

Hay mucha gente en la playa, vienen a ver el mar cuando hay tormentas como esta. La marea está alta y no hay casi sitio en la playa, todo el mundo está apiñado en las dunas.

Me gustan las tormentas. Se encuentran todo tipo de cosas en la playa cuando las olas son grandes. Todo el pecio que está flotando en el océano acaba en la playa y los restos de echazón también. La diferencia es que el pecio es consecuencia de un accidente y el echazón se hace a posta. No entiendo por qué hace falta distinguir ambos términos. Me acuerdo una vez, después de una tormenta, que la playa amaneció cubierta de tarrinas de plástico llenas de mantequilla, se podían comer y todo. Recogí cuantas me cupieron en la mochila y me las llevé a casa. Estuvimos comiendo mantequilla naufragada durante dos meses. Debieron salir de un barco de carga. Eso se llama pecio, aunque a mí me parece mejor llamarlo mantequilla, o plástico. Otra vez encontré una boya cubierta de extrañas criaturas. No las había visto en mi vida, parecían serpientes, o extraterrestres, o quizá serpientes alienígenas. Estaban pegadas a la boya y las cabezas se entrelazaban y estiraban como si estuvieran intentando volver a meterse en el agua. Lo busqué en Google, se llaman percebes. En Europa se los comen como un manjar y son carísimos. Desde entonces siempre que hay tormenta los busco en la playa, no para comérmelos, ¡qué asco!, si no para venderlos. No los he vuelto a encontrar.

Todo lo que encuentro hoy son un par de cocos. No me molesto en cogerlos ya que tengo muchos en casa. Ah, y un gran cangrejo muerto, lo que me recuerda a mi estudio de cangrejos ermitaños. Va a estar bien finiquitar el asunto este de Olivia para poder volver a dedicarme a mi proyecto.

Así que cuando llego a Silverlea acelero un poco mientras atravieso el pueblo hasta que llego a casa del Sr. Foster. Incluso desde aquí se oye el crujido de las olas en la playa, pero aparte de eso hay un silencio inquietante y me doy cuenta por primera vez de que la mayoría de las casas vecinas están vacías. De hecho las demás casas están igual que cuando las vi por última vez: las cortinas echadas de la misma manera, los patios vacíos. Me dan escalofríos solo de pensarlo.

La furgoneta del Sr. Foster está aparcada en su casa. Esperaba que no estuviera ya que me resultaría más sencillo coger la tarjeta de memoria. Pero ya se sabe que ser investigador no es fácil. Amarro la bici a un árbol con el candado y observo la casa durante un rato. Las cortinas están abiertas pero esta vez las luces están apagadas y no veo ningún movimiento dentro. Al cabo de un rato me lanzo, corriendo desde el árbol hasta la barca desde donde estoy un poco mejor protegido de la vista en caso de que alguien mire desde la casa, y me escabullo bajo la loneta. Veo que la cámara está tal y como la dejé y me arrastro hasta llegar a ella.

Muevo la mano delante del objetivo para ver si oigo el ruido que hace cuando se enciende, pero no oigo nada. No tiene batería. No me preocupa. La duración de la batería depende de cuantos videos haya grabado la cámara. Sin hacer ni uno la batería dura casi dos semanas. Esta vez no ha durado ni siquiera una semana, lo que quiere decir que habrá grabado bastantes.

Cojo la cámara, saco la batería, la tarjeta de memoria y las reemplazo con nuevas; después, pongo la cámara de nuevo en el agarre. Las luces siguen apagadas en la casa. A lo mejor el Sr. Foster no está en casa. Quizá se haya ido a dar un paseo. Me quedo esperando un rato, pero no pasa nada y lo que de verdad quiero es irme a casa a descargar los videos. Al cabo de un rato salgo de la barca y camino con sigilo hacia la bicicleta.

CAPÍTULO VEINTITRÉS

Atravieso Silverlea en bici y continúo por la playa hacia Littlelea. La marea sigue alta por lo cual no queda nada de arena dura por la que pedalear. Cuando por fin llego a la camioneta estoy agotado.

—Oye, Billy, te estábamos esperando —me dice papá cuando llego.

Está de buen humor, sentado en el asiento del copiloto de la camioneta de Pete, que es igual que la suya pero con el logo de la tienda de surf pintado en verde en ambas puertas.

—La marea está demasiado alta. Vamos a desayunar y cuando baje volvemos al agua de nuevo —explica papá. O algo por el estilo. Lo importante es que el plan incluye desayunar.

Pongo la bici en la camioneta de papá y conducimos de vuelta a Silverlea, justo el lugar del que acabo de volver agotado de pedalear. En serio, hay veces que no puedo esperar hasta ser adulto y poder tomar mis propias decisiones. Preferiría ir a casa a descargar los videos pero sé que es mejor no discutir.

La cafetería *Sunrise* está medio vacía, así que nos sentamos todos juntos en una mesa al lado de la ventana. Papá y sus amigos no hacen más que charlar de surf, que si viste lo grande que era la ola que cogí al final, que si mis olas eran más grandes que las tuyas; por supuesto yo no hago ni caso a este tipo de conversaciones. Sopeso sacar mi portátil aquí mismo y empezar a ver los videos de la casa del Sr. Foster, pero decido que no es buena idea. Entonces, sin venir a cuento, noto que han dejado de hablar de surf y han pasado a hablar de Olivia Curran. Antes de que consiga coger el hilo de la conversación Emily se acerca a apuntar nuestro pedido.

—Hola chicos —dice guiñándome un ojo. Entonces pone cara de sorpresa —. ¿A qué vienen las caras largas? ¿No estáis encantados con las olas?

—Sí, están genial —dice el Gran Pete. Pero Karl nos estaba contando que será un día de estos cuando por fin la marea arrastrará el cuerpo de la pobre chica a la playa.

Karl trabaja para la Guardia Costera aquí en la isla, pero no le conozco muy bien. La verdad es que es un poco raro.

—Van a incrementar los esfuerzos en la búsqueda del cuerpo de Olivia Curran. La semana que viene… —interviene Pete, pero luego se detiene. Se hace un momento de silencio mientras consideramos esto y a continuación Pete hace un gesto con la mano como para quitarle importancia al tema.

—Oye, olvidad que he dicho nada. Es un día muy agradable. ¿Dices que tenéis tortitas hoy, guapa?

Emily le sonríe, parece contenta de cambiar de tema.

—Claro que sí. —Toma nota de nuestros pedidos en su libreta y camina de regreso a la cocina. Estoy bastante seguro de que sabe que todos los amigos de papá la están observando según se aleja, porque parece que está caminando un poco raro. Cuando está fuera del alcance del oído, Karl abre su bocaza de nuevo.

—¿Sigue saliendo con el socorrista?

—Creo que sí —responde Pete, aún observándola—. ¿Por qué? ¿Te animas a intentarlo? —Y se ríe. Yo también me río un poco porque Emily nunca saldría con alguien como Karl.

— Ni hablar. He oído que es muy exigente —responde Karl.

Como ya dije, Karl es un poco extraño.

* * *

AL CABO de media hora y solo unos momentos después de que me termine el perrito caliente, papá me da una palmada en el hombro.

—Vamos, Billy. —Es lo primero que ha dicho en un tiempo y su voz suena tensa, como si el buen humor de antes se hubiera disipado por completo—. Nos vamos. Tengo que ir a trabajar.

—¿Pero no ibas a hacer surf de nuevo? —respondo. Ya me había hecho a la idea de que íbamos a volver a Littlelea y que podría subir por el acantilado hasta casa para descargar la tarjeta.

—No tengo tiempo. Tengo que pintar los chalés en el hotel. —Empiezo a interrumpirlo para recordarle que había dicho que volvería a hacer surf, pero continúa hablando con lo que parece una falsa alegría—: Y, esta vez, me tienes que ayudar.

El Gran Pete lo mira como si también estuviera sorprendido. Pero no dice nada. Pienso con rapidez. Tengo que descargar la tarjeta tan pronto como pueda, pero hay que tener cuidado al discutir con papá, sobre todo en público.

—¿No puedo hacer los deberes en vez de pintar? Tengo un montón de mates que hacer.

—Hazlo esta noche —sugiere papá.

—Iba a hacer Geografía esta noche.

Papá no contesta, pero mira a sus amigos y suspira. La mayoría de ellos están casados y a veces se queja de que no se imaginan lo que es ser padre soltero.

— Mira, Billy. Haz lo que te dé la gana. —Gesticula con la cabeza como si fuera yo el que está siendo poco razonable y deja dos billetes en la mesa.

—Pete, dale esto a Emily cuando salga, ¿vale? —Se levanta y nos vamos, papá y yo, aunque el resto se va a volver a la playa.

Volvemos juntos en la camioneta hasta el hotel. Por el camino, papá comienza a preguntarme qué estoy haciendo en Matemáticas, como si sintiera haberse enfadado conmigo antes pero no quisiera admitirlo. Le digo que es álgebra y no sabe cómo seguir porque no tiene ni idea de álgebra. Papá ni siquiera terminó la educación secundaria. Quizá no fuera su culpa, pero es por eso por lo que ahora hace chapuzas. En realidad da igual, ni siquiera tengo deberes de mates.

Llegamos al hotel y aparcamos justo en frente de los chalés. Hay dos filas con cinco chalés en cada una. Sigue con su humor raro cuando entra en uno de los chalés con las brochas y demás utensilios. Entro en otro y coloco mis cosas en la mesa pequeña.

Conecto la tarjeta al portátil y comienzo a descargar el contenido. Aparece la pestaña que confirma que hay cinco horas de grabación con un total de 118 ficheros. Eso suena a mucho, pero en realidad es menos de lo normal. Cuando configuras este tipo de cámaras hay veces que comienzan a grabar tan solo si el viento mueve hojas. Es un rollo verlos todos. Se pueden poner a doble velocidad para que pase más rápido, pero tengo que admitir que hay cientos de ficheros en casa que aún no he visto.

Empiezo a ver estos videos, uno tras otro, pensando que igual voy a coger un refresco de la nevera. Noto que también hay un paquete de galletas en la estantería. Es una de las ventajas de tener acceso a tantos chalés, casi siempre encuentro galletas allá donde voy. Pero no puedo ni coger el refresco, porque entonces veo unas imágenes que hacen que me olvide de todo.

CAPÍTULO VEINTICUATRO

Me imaginaba que la mayoría de las grabaciones no me iban a servir de nada. El patio de la casa está muy descuidado y justo en frente de la barca hay un arbusto al que le han crecido las malas hierbas de tal manera que alcanzan el objetivo, lo cual ha generado dos acontecimientos. Primero, las ramas de las malas hierbas han activado la cámara todo el rato por lo que la mayoría de las grabaciones muestran la estúpida planta balanceándose con el viento y nada más. Y lo que es peor, en varias ocasiones la planta entera se ha quedado atascada en frente de la cámara y no se ve la casa en absoluto, solo unas ramas verdes mal enfocadas.

Al principio temo que todas las grabaciones vayan a ser de ramas pero al rato la planta se quita de en medio. Supongo que la dirección del viento cambió.

La primera grabación que veo en la cual sucede algo muestra lo siguiente: el Sr. Foster abre la puerta de su casa, la cierra con llave y se dirige cojeando a su furgoneta. A continuación se ve la furgoneta alejándose con lentitud. Treinta segundos después la grabación se detiene, lo que significa que no pasó nada más. Guardo la grabación en mi fichero de la investigación, aunque en realidad no sé qué significado tiene. Después se ve más verde, la planta otra vez en todo el medio y, cuando por fin se ve algo de nuevo, la furgoneta está aparcada y las luces de la casa encendidas. La cámara solo parece haber captado algún movimiento del interior de la casa cuando el Sr. Foster se acerca mucho a las ventanas. Hay un par de grabaciones en las que se puede distinguir a alguien moviéndose, pero no me molesto en guardarlas. Estoy empezando a impacientarme y echo un vistazo rápido a las siguientes grabaciones. De repente veo una imagen que me deja sin aliento.

La hora en la pantalla indica que se grabó el domingo a las 4:37 de la tarde, el mismo día que puse la cámara. En la pantalla se ve que está empezando a anochecer. Las luces están encendidas en la casa, tanto las de la cocina como las del salón, así que se ve fenomenal. El movimiento de las cortinas en el salón parece ser lo que ha activado la cámara. Alguien las está echando. Pero no es el Sr. Foster. Es una chica.

La grabación es corta. No se le ve la cara muy bien, pero se ve que es una chica adolescente y de pelo rubio. Justo antes de cerrar las cortinas por completo la chica se para un instante y mira por la ventana. En ese momento veo sin duda quién es.

Ahí está. Por fin he encontrado a Olivia Curran.

CAPÍTULO VEINTICINCO

—No estoy de acuerdo. No creo que se haya ahogado.

La inspectora Jessica West solía trabajar en la capital y solo estaba atendiendo a la reunión por cortesía. No se esperaba que fuera a decir nada y mucho menos que interrumpiese a su superior mientras este resumía los progresos realizados en la investigación durante el mes transcurrido desde la desaparición de Olivia Curran. El inspector jefe Langley continuó hablando, esperando que se diera cuenta del gesto y se callara. Pero el comisario Collins levantó una mano para detenerlo y se volvió hacia ella.

—¿Por qué no? —preguntó.

Se hizo el silencio en la pequeña sala y todas las miradas se volvieron hacia ella.

En lo que concernía a la mayoría de los oficiales de policía de la isla, la inspectora West no pintaba nada en aquella reunión. La comisaría de policía de la Isla de Lornea era pequeña pero capaz de resolver cualquier caso y los oficiales comprendían mejor que cualquier visitante la naturaleza de los crímenes cometidos en la isla. Sin embargo, cuando se presentó este caso el comisario de policía no dudó en pedir ayuda a los cuerpos de policía de los alrededores. Resultó ser una buena decisión. Dado que la mayoría de los habitantes de Silverlea habían estado presentes cuando la chica desapareció, tomar declaraciones y llevar a cabo búsquedas había requerido un gran esfuerzo incluso teniendo en cuenta la ayuda recibida del exterior. Por eso el comisario había llegado a comisario, solía acertar con las grandes decisiones.

—No veo por qué de repente decide ir a nadar —respondió West, deseando tener algo más irrebatible que decir—. Sin decírselo a nadie.

Langley parecía dispuesto a continuar con su resumen. Sacudió la cabeza.

—Gracias por su aportación, inspectora; tomo nota.

Revisó sus notas hasta que encontró lo que buscaba. A continuación, comenzó a leer de nuevo.

—En los últimos cinco años, hemos tenido nueve ahogamientos accidentales en la isla. Casi la mitad fueron de gente que se fueron a bañar por la noche. En uno de los casos, la víctima no avisó a nadie de dónde iba. —Se giró hacia West, como si quisiera apaciguarla—. La gente subestima el poder de las corrientes. Se emborrachan. Creen que el mar está precioso por la noche pero no aprecian lo peligroso que puede llegar a ser.

—Y en esos casos, ¿cuántas veces no apareció el cuerpo en la playa a los pocos días? —intervino el inspector Rogers. También había venido de la capital para ayudar en el caso y le habían asignado trabajar con West. Pero al ser un inspector con bastante experiencia le había resultado más fácil encajar. Y quizás porque era hombre también. Langley dudó al responderle.

—Por lo general están en el agua alrededor de una semana. Está claro que en este caso está siendo más largo. Pero no es inaudito. Toda la costa este de la isla está llena de acantilados y cuevas marinas. Podría estar en cualquier lugar de ese tramo. —Se volvió hacia el comisario—. Ahí es donde tenemos que centrarnos, en mantener la búsqueda. No en elucubraciones sin fundamento.

El comisario estaba sentado detrás de su escritorio, con la barbilla apoyada en una mano, escuchando. Tamborileó los dedos de su otra mano varias veces mientras observaba a sus agentes.

—Muy bien. Cuéntame otra vez lo de Joseph Curran. ¿Estás seguro de que no hay nada sospechoso?

—Sin condenas previas, ni siquiera una multa por exceso de velocidad. Hemos hablado con sus amigos y colegas. Nada insólito en su relación con la hija. Es un típico padre de familia —Langley sacudió la cabeza—. Hemos buscado y rebuscado, a la madre también. No hay nada sospechoso. Si los Curran lo hicieron, son unos criminales geniales y sin motivo.

El jefe asintió. —¿Y el novio?

—Luke Grimwald. Llevaban saliendo un par de meses. Las amigas dicen que no era nada serio. Estaba en el continente. De ninguna manera podría haber llegado hasta aquí.

—¿Y qué me dices del hermano? ¿Lo habéis investigado?

—¿William Curran? Tiene catorce años, jefe.

—Puede suceder.

Langley dudó un momento. —Los padres se fueron de la fiesta para llevarlo de vuelta al chalé de alquiler. La vieron varias veces después de que se fuera. La madre informó que entró en su habitación de su hijo para comprobar que dormía antes de irse a la cama.

—Está bien —el comisario parecía satisfecho—. ¿Estáis seguros de que no hay nadie más aquí en la isla que conociera?

—No.

—¿Y no quedan más pistas que seguir, nada nuevo?

—No.

El comisario reflexionó durante un momento.

—Lo cual nos deja dos posibilidades. Algo le sucedió: fue secuestrada por un completo desconocido sin conexión alguna con ella, alguien a quien nadie vio a pesar de que todo el pueblo estaba presente. O por alguna razón que no sabemos, se metió en el agua. —Volvió a tamborilear con los dedos.

—Se metió al agua —dijo el inspector jefe Langley—. Esto es la Isla de Lornea. Aquí no abducen a la gente.

Hubo un breve silencio en la sala. West fue quien lo rompió.

—Y ¿qué pasa con su ropa? ¿Dónde está si de verdad fue a bañarse?

Langley se volvió para mirarla. —La marea estaba baja. La habría dejado cerca de la orilla, el paseo está bastante lejos cuando la marea está baja. Así que cuando no salió, la marea se la tragó.

—¿Y también se desvaneció, al igual que el cuerpo?

—Puede ser. O puede que ni siquiera se molestara en quitársela en primer lugar.

—No hay nada que sugiera comportamiento suicida.

Langley se encogió de hombros. —Esos comportamientos son precisamente los que los padres tienden a esconder.

West y Langley se miraron el uno al otro.

—¿Pero por qué no le dijo a nadie que se iba a bañar? —reiteró West.

—Debe comprender la naturaleza de la isla, inspectora —Langley comenzaba a sonar frustrado—. Esto no es la capital. No estamos buscando asesinos en serie aquí, a pesar de lo divertido que le pueda parecer.

West abrió la boca para responder, pero el inspector Rogers le lanzó una mirada de advertencia. Volvió a cerrar la boca.

—Creo que ya es suficiente, inspector jefe, inspectora —interrumpió el comisario—. Estamos dando vueltas sin llegar a ningún lado.

Se hizo el silencio durante el cual el único sonido que se oía era al comisario acariciándose el bigote.

—Como ya saben, el motivo de esta reunión es para decidir si continuar trabajando en este caso al nivel actual de recursos, o si reducirlos a algo un poco más sostenible. En un mundo ideal, investigaríamos cada crimen y cada delito potencial hasta llegar a su conclusión. Pero ya les avisaré cuando estemos operando en un mundo ideal.

La broma no sirvió para levantar el estado de ánimo de los presentes. El comisario no pareció darse cuenta.

—Los padres han buscado -y recibido- mucho interés mediático en este caso. He respondido enfocando toda nuestra capacidad de investigación en este caso. Y trayendo ayuda externa —asintió con la cabeza a Rogers y West —. Es frustrante cuando este nivel de esfuerzo no da frutos. —El jefe volvió a tamborilear con los dedos sobre el escritorio—. Sin embargo, esta es mi conclusión. Sin nada concreto que seguir no tengo más remedio que reducir las cosas a un nivel más sostenible. También me inclino a coincidir con el inspector jefe Langley en que lo más probable es que la chica se metiera al agua y no saliera.

Se detuvo y se volvió hacia West.

—A pesar de sus preocupaciones, inspectora.

Langley asentía con la cabeza.

—Por lo tanto, es una decisión que se toma sola. —El comisario se volvió hacia los dos inspectores de la capital—. Me aseguraré de resaltar a sus comisarios que han sido de gran ayuda aquí. Pero a la vez les informaré que los liberaré al final de la semana. Quiero agradecerles a ambos ofrecerse a venir para ayudar. Sé que todos los presentes comparten el sentimiento. —Se detuvo y enderezó los papeles sobre su escritorio. La reunión había terminado.

CAPÍTULO VEINTISÉIS

La inspectora West y el inspector Rogers estaban sentados en la barra del bar, medio vacío a esas horas, cuando la edición de las noticias de la noche empezó su retransmisión. El televisor era un pequeño modelo de pantalla plana que resaltaba por parecer barato entre los espejos, la cristalería y los oscuros paneles de madera que adornaban el bar del Gran Hotel de Silverlea. Ni West ni Rogers estaban de humor para hablar, así que se giraron para escuchar las noticias. El volumen estaba bajo, pero el bar estaba tan vacío que no tuvieron ningún problema en seguir el programa.

La presentadora tenía ese aspecto demasiado maquillado que se ve en las noticias de la televisión local. Estaba sentada en un moderno sofá verde lima, rodeada de periódicos. Levantó uno hacia la cámara.

— Hoy se ha producido un avance en el caso de la adolescente desaparecida Olivia Curran.

La presentadora hablaba extendiendo las vocales al final de las palabras, marca característica del acento de los isleños al que West no acababa de acostumbrarse.

—Parece que los padres de la niña han publicado anuncios a toda página en los principales periódicos del país. Están apelando al público para cualquier información sobre lo que le haya podido suceder a su hija. Jim, ¿qué más puedes decirnos al respecto? —Se giró y la imagen procedió a mostrar a un hombre de pie junto a un kiosco en una calle de la ciudad.

—Así es, Jenny —confirmó, llevándose la mano a la oreja e ignorando las

90

miradas irritadas de los peatones que pasaban a su lado y se tenían que bajar de la acera—. Este caso se está convirtiendo en una de las investigaciones más importantes jamás vistas en la isla de Lornea y con anuncios a toda página en la mayoría de los periódicos nacionales, parece que va a continuar. Como ya se sabe, no se ha arrestado a nadie hasta la fecha y la policía continúa sin saber qué le ha podido suceder a Olivia, o incluso si aún sigue viva.

El hombre se quedó de pie escuchando mientras la presentadora le hacía otra pregunta.

—El jefe de la Comisaría de Policía de la Isla de Lornea, el comisario Collins, ha confirmado que van a comenzar a reducir los recursos de la investigación debido a que no han surgido pistas de valor. Dinos, ¿esta respuesta de los padres es debida, de alguna manera, a la propuesta de la policía?

—Bueno, Jenny, los padres no lo han dicho con esas palabras. Su único comentario ha sido que quieren hacer todo lo humanamente posible para encontrar a su hija. Pero desde luego que la decisión de publicar estos anuncios parece una notable coincidencia.

La imagen mostró de nuevo el estudio con el sofá verde lima. La presentadora se giró para mirar a la cámara de cerca.

—Y por supuesto, si usted tiene alguna información relacionada con Olivia Curran y su desaparición, puede contactar con la comisaría de policía de la Isla de Lornea en el número que mostramos ahora en la pantalla. —Sonrió con tristeza a la cámara durante unos instantes. A continuación su semblante se iluminó al comenzar una nueva historia sobre un equipo de fútbol femenino.

West se giró. Había visto el anuncio esa mañana. Todo el departamento lo había visto. Era bastante sencillo, una gran fotografía mostrando la cara de Olivia Curran con las palabras:

«¿Has visto a Olivia?»

También contenía una breve descripción de lo que pasó la noche de la desaparición y el número al que llamar.

—Es muy astuto esto que están haciendo —dijo Rogers. Era un hombretón de unos cuarenta años, un tío grande y, por lo que había visto West, bastante directo—. No sé lo que costará un anuncio de esos, pero el hecho de que lo están pagando es noticia de por sí. Hace que salga en la tele, se va a ver por todas partes. Hazme caso.

West reflexionó durante unos instantes.

—Bueno, al fin y al cabo son los dueños de una empresa de relaciones públicas —contestó por fin—, ¿qué te esperabas?

Rogers no pareció oírla.

—Son los pequeños detalles. Por ejemplo, eso de usar solo el nombre de pila. ¿Lo has notado? ¿Alguna vez te has dado cuenta de que parece que a los famosos solo les hace falta su nombre propio? Elvis. Cher. No sé… Frida. Yo creo que están intentando hacer lo mismo con esta chica. —Sacudió la cabeza—. No se van a rendir. De verdad que son muy persistentes.

—¿Persistentes? —respondió West—. Su hija ha desaparecido. Están desesperados y todo el mundo sabe que no hemos avanzado nada. ¿No harías tú todo lo que estuviera en tu mano para que la investigación continuase?

—Sí que hemos avanzado. Hemos seguido todas las pistas y nos han llevado a … ninguna parte. Lo que indica que, con toda probabilidad, la chica se fue a bañar y se ahogó. En algún momento vas a tener que aceptarlo.

—Con la única excepción de que no hay ninguna prueba que corrobore que se fue a bañar. No se lo dijo a nadie, no se ha encontrado su ropa en la playa y, por supuesto, tampoco se ha encontrado el cuerpo.

Rogers la miró. West continuó.

—Solo te lo digo a ti porque parece que nadie más me hace caso.

—No puedes ignorar las probabilidades. Y lo más probable, en este caso, es que se ahogó.

West no respondió y apretó los labios.

—Fue lo primero que te dije cuando llegamos a la isla. El secreto de ser un buen inspector es resolver los casos que puedes y los que no, dejarlos pasar. Es duro, pero así es. —Rogers dio un trago a su cerveza y se giró hacia la televisión.

West siguió observándolo, sintiéndose confundida. Rogers le caía bien. Le había caído bien desde el momento en que llegaron juntos, en el mismo ferry y les asignaron como compañeros temporales en el caso Curran. No es que los demás la trataran mal. Al contrario, a pesar de su juventud, a pesar de que todo el mundo supiera que acababa de empezar con el puesto de inspectora, aun así la enviaron a tomar declaraciones, a hablar con testigos. Pero, según las pistas comenzaron a escasear, se dio cuenta de que le asignaban las monótonas tareas que nadie quería hacer. Bueno, se las asignaban a ella y a Rogers, los dos forasteros.

Tomó un sorbo de su vino.

—Igual es un farol —dijo West, con poca convicción—. Salir en público diciendo lo desesperado que estás y cuánto echas de menos a tu hija, para que nadie se crea que has sido tú el que se la llevó.

Rogers negó con la cabeza. —No, no ha sido él.

—¿Se te han olvidado las estadísticas? En cuatro de cada cinco casos de secuestro de menores, el padre es el culpable.

—Lo que deja uno de cada cinco en el cual el padre no lo hizo. Y quizá ni siquiera la secuestraron.

West se rio de repente. Rogers la miró sorprendido, se terminó la cerveza y puso el vaso en la barra del bar.

—¿Quieres otra?

Dudó. Ya se había tomado tres copas de vino y rara vez tomaba más de una.

—Vamos, es nuestra última noche en esta maldita isla. Nos lo merecemos.

—¿A sí? A mí no me parece que tengamos mucho que celebrar.

—No seas así, inspectora. Lo primero que tienes que aprender en este oficio es que no puedes ganar en todo. Si no te acuerdas de eso te vas a volver loca.

West sonrió. En el mes que había pasado trabajando con Rogers, este le había dicho por los menos diez veces «lo primero que tienes que aprender». No le importaba. Rogers tenía más de diez años de experiencia en grandes investigaciones, mientras que para ella este era su primer caso.

—Vale, una más —contestó, deslizando su vacía copa hacia él.

Rogers levantó la mano, el camarero se acercó. Tendría unos veinte años, llevaba una camisa blanca reluciente y estaba más acostumbrado a servir a turistas que a los dos inspectores que se alojaban en el hotel desde hace un mes. El camarero había tenido la esperanza de hacer que los inspectores hablaran del caso desde que habían llegado, pero apenas habían ido al bar, hasta esta noche. Esta noche, sabía, era su última oportunidad.

—¿Lo mismo, inspectora?

—Sí.

El camarero descorchó la botella que había abierto para West a primera hora de la tarde y la vació en su vaso. Cuando no alcanzó la medida completa, le quitó el corcho a una segunda botella y llenó la copa generosamente por encima de la línea de medida. Luego, mientras servía la cerveza de Rogers, preguntó con la mayor naturalidad posible.

—Entonces, ¿es cierto que os marcháis en el primer ferry de la mañana?

West esperó a que Rogers le contestara que no podían hablar del caso, pero no fue eso lo que dijo.

—Así es.

—Y, ¿a qué viene eso? —continuó el camarero.

Rogers se encogió de hombros.

—Pues como dijo la televisión. No se pueden destinar recursos ilimitados a un único caso. Da igual lo importantes que sean los padres, o las tácticas que empleen.

El camarero utilizó un pequeño palito de madera plano para quitar el exceso de espuma de la cerveza.

—¿Eso es todo, pues? ¿Os rendís?

—Nadie dice que nos estemos rindiendo. Todavía hay inspectores investigando el caso. Solo que nosotros ya no.

El camarero dejó la cerveza en frente de Rogers con cuidado y frunció el ceño.

—Pues no lo entiendo.

El rostro de Rogers mostró cierta molestia y West sonrió para sus adentros; sentía que había llegado a conocer ese gesto en las últimas semanas.

—¿Qué es lo que no entiendes?

—No entiendo nada. Ni por qué habéis venido a investigar el caso en primer lugar… Ni por qué os vais ahora cuando el caso está aún sin resolver.

Rogers suspiró.

—Mira, no es tan difícil. Lornea es un sitio pequeño, ¿no? Cuando se da un caso grande y difícil como este, la policía pide ayuda a las comisarías colindantes. Ahí es donde entramos nosotros. —Señaló hacia West y a sí mismo—. Vinimos para ayudar a poner la investigación en marcha. Pero los crímenes no dejan de suceder en otros lugares. Hemos hecho lo que hemos podido, ahora nos tenemos que volver. Es así de sencillo.

El camarero ladeó la cabeza mientras consideraba la respuesta.

—Entonces, ¿vosotros sois los agentes especiales, los superpolicías? —preguntó. West le observó con más detenimiento. Tenía un tatuaje parcialmente cubierto por la manga de la camisa. Intuyó que al camarero le gustaban los comics.

—Bueno, yo no lo llamaría superpolicías. —dijo Rogers—. Pero sí, algo por el estilo.

—En realidad, somos más bien los menos importantes —intervino West de repente—. Somos los inspectores de los que nuestros departamentos pueden prescindir. —Sonrió al camarero, consciente del gesto que aparecía en el rostro de Rogers. No le estaba gustando nada su descripción.

—Se trata más bien de quién esté disponible. Necesitas gente que esté dispuesta a dejarlo todo de inmediato. Inspectores que no estén envueltos en otro caso. Gente que tenga familia que les entienda y les apoye —Rogers tosió—. O a los que no les importe abandonar a sus familias por un tiempo.

El camarero estaba ahora asistiendo con la cabeza.

—Ah, ya lo pillo. Entonces, ¿tenéis que volver, para resolver otros casos?

—Así es. —Rogers parecía contento.

—¿Antes de saber lo que le pasó a Olivia Curran?

Ambos inspectores se quedaron en silencio.

—Más o menos —dijo Rogers por fin.

West se acercó la copa y comenzó a acariciar el tallo. El camarero se retiró al otro extremo de la barra y reanudó su lenta labor de secar copas.

—Ya sé que tienes razón, pero aun así no me sienta bien haber fracasado en mi primer caso —dijo West—. Y peor todavía, irnos cuando aún no sabemos qué le sucedió.

Rogers se encogió de hombros de nuevo.

—Así es el trabajo, inspectora. Trabajas en un caso. Tal vez lo resuelvas, tal vez no.

—Y, ¿no te molesta, ni siquiera un poco? —preguntó.

—No. Y no te debería molestar a ti tampoco.

—Ya lo sé. —West miró hacia su copa. El bar del hotel se reflejaba en la superficie del vino—. Sin embargo lo hace. Supongo que tan solo me gustaría saber qué le pasó.

Rogers la observó durante unos instantes y a continuación soltó una carcajada.

—Bueno, tarde o temprano lo vas a saber. Con la cantidad de cobertura mediática que acaban de comprar los padres, este caso va a seguir saliendo en los periódicos aparezca la chiquilla o no.

Ella lo miró, sorprendida por el sonido. Tenía una risa agradable.

—En fin. Se supone que no íbamos a hablar del caso —dijo Rogers, forzando una nota más optimista en su voz—. ¿No estás deseando volver a tierra firme, a la civilización?

Jessica West pensó en lo que le esperaba en casa al día siguiente. Una imagen se formó en su mente, su apartamento de una habitación, en una parte barata de la ciudad, el contrato de alquiler firmado a toda prisa después de que la relación con Matthew se torciera. Las cosas en el trabajo iban mejor, suponía. Después de cinco años en la Comisaría de Policía de Hartford, había superado los exámenes para inspectora en su primer intento. La ciudad era una curiosa mezcla, sede de grandes empresas de seguros pero con un rápido ascenso en el ranking de la pobreza. Los casos de maltrato doméstico eran habituales. También lo eran los tiroteos al azar. ¿Era eso de verdad más civilizado que esto, dónde se podía oler el brezo silvestre y no escuchar más sonido que el del océano?

—No vacié la nevera —dijo pensativa—, antes de venir aquí, quiero decir. Temo qué civilizaciones me voy a encontrar ahí.

Rogers hizo una mueca. Luego, observándola con detenimiento, continuó.

—¿Y tu novio? —Miró hacia otro lado, como si no estuviera tan interesado—. ¿Cómo dijiste que se llamaba? ¿Matthew? ¿No se ocupa de esas cosas?

West se había dado cuenta de que utilizaba la misma voz cuando tomaba declaraciones, cuando pensaba que el testigo podría decir algo interesante. Se mordió el labio por un momento y luego decidió sincerarse.

—No es que sea un novio como tal. Ya no —lo observó mientras hablaba, sabiendo que era el vino lo que la hacía abrirse, pero sin importarle demasiado.

Rogers volvió a fruncir el ceño, su gran cara de oso revelaba el esfuerzo de tratar de encajar lo que le decía ahora, con lo que había descrito cuando le preguntó por primera vez sobre sus circunstancias.

—Nos separamos hace tiempo. Cuando llegué aquí, hice ver que seguíamos juntos. Pensé que sería más sencillo así. No quería ninguna complicación. ¿Entiendes? —lo miró, buscando en su rostro para ver si de verdad la entendía.

Parecía haber una buena razón para la mentira. Incluso en Hartford, el número de agentes masculinos superaba al de las mujeres en una proporción de cuatro a uno, pero la Comisaría de Policía de la isla de Lornea llevaba quince años de retraso. Estaba formado en su totalidad por agentes masculinos, la mayoría de los cuales había hecho poco por ocultar su curiosidad cuando llegó a la isla. Además, era una comisaría pequeña, el tipo de lugar en el que todos conocían los asuntos de los demás, o esperaban conocerlos.

—Lo entiendo —dijo Rogers, asintiendo con la cabeza, pero sin dejar de fruncir el ceño porque no lo entendía del todo. Esperó un momento y continuó—. Entonces, ¿qué ha pasado? Con el tal Matthew, quiero decir.

En otra ocasión West habría desviado la conversación hacia otros asuntos, pero aquella era su última noche en la isla. Era casi seguro que sería la última vez que vería al inspector Rogers. Y, supuso, estaba lista para hablar.

—Llevaba una vida bastante diferente, antes de entrar en la policía, quiero decir. Él formaba parte de esa vida. Tratamos de hacer que funcionara pero. . . —Se detuvo, cambiando de opinión acerca de lo de hablar del pasado—. Nos distanciamos. De hecho, es una de las razones por las que me ofrecí a venir para el caso. A Matthew le estaba costando aceptar que se había acabado.

—¿A qué te refieres? ¿Se puso violento en algún momento? —Rogers entrecerró los ojos.

Ella sonrió, pero negó con la cabeza. —No, nada de eso. Es que las cosas cambiaron mucho cuando me alisté. No terminó de adaptarse a mi nueva vida.

Rogers gruñó pero pareció aceptar la explicación. No le preguntó qué era lo que había hecho antes de inscribirse. West supuso que no importaba mucho. Una vez policía, siempre policía.

—¿Y tú? —preguntó West—: ¿Por qué te ofreciste a venir aquí. ¿Para ser un superpolicía?

Rogers levantó la vista al oír la palabra y sonrió.

—Solía venir aquí de niño. —Rogers miró a su alrededor—. Incluso nos alojamos aquí en Silverlea. —Se encogió de hombros—. Supongo que eso despertó mi interés. Además, mi exmujer acaba de decidir hacer todo lo posible para hacerme la vida imposible.

—Vaya, lo siento.

—No lo hagas. Pero no termines como yo. Soy un estereotipo andante. Mi exmujer no me habla y veo a mi hijo una vez al mes. —Le sonrió, y ella volvió a considerar al hombre sentado frente a ella. No estaba mal; eso le pareció desde el momento en que le asignaron trabajar con él. Pelo rubio, con entradas. Tal vez tenía diez kilos de más, pero los llevaba bien. Al mirarlo, le recordó una vez más a un oso. Un oso amistoso con manos enormes.

Se extendió un silencio entre ellos, pero un silencio cómodo. Se observaron el uno al otro. La mención de la esposa de Rogers había desencadenado algo en la mente de West. Hasta ese momento no lo había considerado más que un compañero y un colega. Ahora, otro aspecto de él salía a la luz, como hombre. Un hombre que al parecer estaba disponible.

Apartó la mirada. ¿En qué narices estaba pensando? A lo largo de su corta carrera de agente de policía y de su aún más corta carrera de inspectora, las compañeras de alto nivel le habían advertido que no se involucrara con nadie del trabajo. Los cotilleos de la comisaría se encargarían de que nadie olvidara el asunto. Hasta la fecha había seguido ese consejo. Pero, hasta entonces, había estado con Matthew. Y había una manera fácil de desechar las voces de advertencia. Mañana no volvería a ver al inspector Rogers. No volvería a ver a los colegas de la comisaría de Lornea. Mañana por la mañana, cogería su pequeña maleta y conduciría hasta el puerto. Se subiría al ferry y volvería a su antigua vida, para no volver nunca más a la isla de Lornea. Y tal y como se sentía, un poco de compañía humana sería bienvenida.

Suspiró. Le miró, preguntándose si él también estaría pensando algo remotamente parecido. Se terminó el vino.

—¿Te apetece otra? —preguntó.

CAPÍTULO VEINTISIETE

A West le costó reconocer la sequedad de la garganta y el mal sabor de boca ya que hacía bastante que no bebía tanto. Pero incluso así, seguía sin entender por qué su habitación parecía distinta. Era igual que siempre, pero al revés, como si en medio de la noche se hubiera transformado en el reflejo de un espejo. Entonces se acordó. No era su habitación. Estaba en la habitación de al lado. Miró al otro lado de la cama y suspiró.

—Ay, joder —susurró con cuidado para no despertarle.

Se cubrió la cara con las manos según los acontecimientos de la noche anterior iban emergiendo de su memoria. Rogers había aceptado su sugerencia de tomar otra copa. Esa se había convertido en otra y acabaron cogiendo la botella de Jack Daniels del bar y llevándosela a la habitación. Mal que bien recordaba haberse sentado en la cama, observando las maletas de Rogers, cerradas y listas para la marcha. No quería pensar en lo que ocurrió después. Echó un vistazo hacia la botella, ahora ya casi vacía.

«No importa» se dijo a sí misma. «No le voy a volver a ver nunca más. Ni a los demás tampoco».

Se sentó en la cama y se miró en el espejo que estaba frente a ella. Observó su rostro cansado, la ropa revuelta por el suelo.

«Un baño» pensó. «Necesito ir a nadar».

Diez minutos después y, ayudada por el alcohol que todavía corría por su sangre, avanzaba con energía por la playa. El aire de octubre le había puesto la piel de gallina en los brazos y las piernas y el sol, aún bajo, permanecía

98

cubierto por un manto de nubes. Extendió la vista hacia ambos lados, pero no vio a nadie más en los seis kilómetros de largo que era la playa. Aspiró el aire fresco de la mañana, se cuestionó su cordura y escuchó el rugir de las olas al romper.

El hotel tenía una piscina cubierta climatizada que podría haber utilizado. Pero era diminuta, casi no podías dar ni cinco brazadas y ya te tenías que dar la vuelta. Y mantenían el agua demasiado caliente, bastante más de lo que estaba acostumbrada. No le iba a servir. Si quería reconciliarse con la isla de Lornea, aceptar el fracaso de su primer caso importante y asumir el lío en que se había metido anoche, lo que necesitaba era el mar abierto.

Llegó a la parte baja de la playa donde la arena se cala con los últimos vestigios de las olas que rompen mar adentro. Dejó la toalla donde pensaba que no se mojaría y esperó que la marea estuviera bajando. Respiró con profundidad dos veces y se dirigió hacia la orilla, sintiéndose aún torpe por la influencia del alcohol. A los pocos instantes estaba en el agua, la frialdad salpicando su cuerpo. El frío le hizo jadear, pero se obligó a seguir adelante, a concentrarse solo en el movimiento de las piernas.

Cuando el agua le llegaba por la cintura se inclinó hacia adelante y se sumergió. El intenso frío le cortó la respiración y tuvo que salir de inmediato. Pero al cabo de un par de jadeos lo intentó de nuevo. Esta vez, al sumergirse se obligó a bucear durante unos segundos. Mantuvo los ojos abiertos, observando cómo la arena amarillenta se deslizaba bajo su cuerpo. Entonces se impulsó hacia arriba y se elevó a través de la verdosa agua hacia la superficie, donde comenzó a dar poderosas brazadas.

El movimiento de los brazos bajo el agua la impulsaba hacia delante con facilidad. Relajó la respiración mientras ladeaba la cabeza, alternando de un lado a otro. Se movía con suavidad, sin ningún rastro de torpeza. Se encontraba como pez en el agua.

Nadaba mar adentro, dando fuertes brazadas para pasar el rompeolas. Continuó nadando hasta que entró en calor. Entonces se paró. Observó el hotel mientras flotaba en el agua. La noche anterior había pasado ya al olvido.

Extendió su campo de visión. Vista desde aquí, la playa era preciosa. Un gran campo de arena, con el enclave de Silverlea situado a mitad de camino, los bajos acantilados de Northend que parecían estar más cerca de lo que debían estar en realidad. No había tenido tiempo para hacer lo que todos los turistas hacían aquí: buscar plata. Bueno, quizá tendría que volver en otra ocasión. Se volvió hacia el otro extremo de la playa; los acantilados más altos y severos de Littlelea estaban medio ocultos por la niebla.

Precisamente eran esos acantilados a los que había ido a los pocos días de llegar a la isla. Había ido a ver a un chico y a su padre que habían estado en la fiesta, para tomar declaraciones. Un chico extraño, ¿cómo se llamaba? Billy. Billy Wheatley.

Hizo una mueca al recordarlo y reanudó la natación, esta vez en paralelo a la playa. La siguiente vez que movió la cabeza hacia la playa notó una silueta caminando en dirección a su ropa. La silueta saludó con la mano. Dejó de nadar. Casi sin pensar cogió un gran aliento y se sumergió, con los pies por delante, en el agua. Una vez cubierta la cabeza, expiró y miró hacia arriba observando como las burbujas desaparecían por encima de ella hasta la superficie, viendo cómo se arremolinaba su pelo, hasta que el agua se volvió demasiado oscura para ver. Sintió un momento de miedo ante la posibilidad de no llegar a tocar fondo y que se estuviera dejando hundir para siempre, pero entonces notó la arena con los pies. Dobló las rodillas hasta que sus brazos tocaron el fondo también y cogió dos puñados de arena. Durante un segundo, se quedó allí. Tenía los ojos abiertos, pero no veía nada. Se preguntó qué criaturas podrían estar observándola desde las sombras. Se preguntó si los ojos muertos de Olivia Curran estarían mirándola desde algún lugar bajo el agua.

Cuando salió a la superficie nadó con rapidez hacia la playa, disfrutando cuando las olas la impulsaban hacia la arena. Cuando notó el fondo se puso de pie y salió del agua. Tenía la piel roja del frío.

—Gracias —dijo, cogiendo la toalla que le ofrecía Rogers. Se inclinó hacia adelante, escurriéndose el agua del pelo.

—Nadas muy bien, inspectora West. —Rogers se cuidó de apartar los ojos de la fina tela de su bañador mientras se cubría con la toalla.

—Crecí nadando.

—Yo también, pero aun así no nado como tú. —Rogers levantó la mirada hacia su cara y sonrió.

—No, quiero decir que crecí nadando en serio. Cuando tenía cinco años mi padre decidió que iba a ser nadadora profesional. Me llevaba a natación todos los días antes del colegio. Y cuando cumplí los siete años, me llevaba al salir de clase también.

—¡No me jodas! ¿Te lo tomaste en serio?

—Mi padre sí. Soñaba con que ganara una medalla en las olimpiadas.

La observó un instante, para ver si estaba hablando en serio.

—Y ¿ganaste alguna?

West recordó su infancia. Los primeros años, cuando era solo su padre el que la gritaba desde el bordillo de la piscina, cronómetro en mano. Las competiciones a las que viajaban en el coche de su padre, con su incesante olor a cloro por las toallas y los bañadores húmedos. A los pocos años, cuando no era solo ella si no Sarah también, y no era solo su padre el que les gritaba, sino que tenían un equipo completo de entrenadores, nutricionistas y fisioterapeutas. Podría haber terminado en éxito olímpico, aunque sabía que Sarah era la que tenía más probabilidad de hacerlo. Pero no fue así como acabó. Era demasiado para explicarle a Rogers y ¿acaso quería hacerlo?

—No —respondió mirando hacia otro lado.

—¿Por qué no? ¿Qué pasó?

Sin pensar, West giró los hombros, buscando el ardor que aún recordaba después de cada carrera.

—No era lo suficientemente buena. —Se giró, no quería que Rogers le viera la cara.

Rogers no pareció hacer caso.

—A mí me parece que eres muy buena. No tenía ni idea de que trabajase con una atleta.

West había oído este tipo de comentario otras veces. Siempre le molestaba.

—Yo nunca gané nada de pequeño. Estaba demasiado ocupado emborrachándome y saliendo con chicas. —continuó Rogers, echándole una gran sonrisa.

—¿Te importa si no hablamos de ello, por favor? —pidió West.

Se quedaron callados, solo se oía el rumor del viento rodando por la arena.

Caminaron en silencio durante un rato, pero West se sentía angustiada. Al pensar en su pasado la sensación de fracaso se acentuaba una vez más. Al dejar la isla de Lornea y el caso sin resolver, estaba fallando de nuevo. Igual que le había fallado a su padre. Igual que le había fallado a Sarah. No había podido hacer nada aquella vez, pero ahora se suponía que debía ayudar. Era una inspectora de policía. Se suponía que esta vez sí que podría arreglar las cosas. Sin embargo, una niña seguía desaparecida. Otra familia en el limbo, sin saber si su hija estaba viva o muerta. No se sentía bien.

Con una sacudida se dio cuenta de que Rogers estaba hablando de nuevo.

—De todos modos, ¿supongo que no has mirado el móvil esta mañana? Teniendo en cuenta que está en el suelo de mi habitación de hotel.

West devolvió su mente al presente.

—No. ¿Por qué?

—El jefe quiere vernos.

Ella se detuvo.

—¿Por qué?

—No lo sé.

—¿Cómo qué no?

—Pues que no lo ha dicho. Lo único que ha dicho es que quería que fuésemos a la comisaría.

—¿Cuándo?

Rogers miró el reloj.

—Dijo que estuviéramos allí a las nueve, es decir, dentro de unos diez minutos. Por eso he bajado a la playa a buscarte. ¿Qué crees, que me apetecía dar un paseo?

—Y ¿no ha dicho nada de por qué?

—No. Solo que era urgente. Tal vez quiera despedirse y darnos las gracias por nuestro esfuerzo.

—Pero ¿no lo hizo ayer?

—¿Quizá quiera hacerlo de nuevo?

West no respondió pero su mente se aferró a la reunión. Ofrecía un resquicio de esperanza.

CAPÍTULO VEINTIOCHO

West no tardó ni diez minutos en ducharse y vestirse. Ambos fueron en el mismo coche los veinte minutos de trayecto hacia la comisaría. Había varios oficiales tomando un descanso y uno de ellos le dio un empujón amistoso al inspector Rogers.

—Ya sabía que nos ibas a echar de menos, Rogers... ¡Tan pronto de vuelta!

Rogers le sonrió pero se encogió de hombros cuando Deaton le preguntó a qué habían venido. West no dijo nada y nadie le dijo nada tampoco, pero el jefe Langley levantó la vista cuando esta pasó por su mesa. Asintió a modo de saludo.

—Inspector Rogers, inspectora West... —dijo el jefe desde la ventana. Señaló las dos sillas que se encontraban enfrente de su mesa y sirvió dos cafés de la máquina que tenía en su despacho para su uso exclusivo. Se sentaron. West miró a su alrededor, no había anticipado entrar en esa oficina de nuevo.

El jefe mantenía su despacho ordenado. Había una estantería bastante llena de libros que parecían haber tenido buen uso. Quizá era así como quería pasar sus últimos años de servicio antes de la jubilación. Encima de la mesa había un periódico.

—Tengo entendido que tenéis el billete reservado para esta mañana —dijo el comisario Collins con una sonrisa mientras se sentaba—. Estoy seguro de que tendréis ganas de ver a vuestras familias y amigos —añadió levantando las cejas.

West notó como Rogers la miraba de reojo pero ella tan solo asintió con una expresión en blanco.

—Pero también estoy seguro de que os habréis enterado de lo que pasó ayer. —Dirigió su mirada al periódico que estaba abierto por la página del anuncio de Olivia Curran. Su rostro no dejaba ver nada. Le dio un sorbo al café—. Ayer por la tarde hablé por teléfono con Joseph Curran —continuó el jefe—. Me informó de que su intención es pagar por otra ronda de anuncios la semana que viene, y la siguiente, y cada semana que pase hasta que su hija aparezca o hasta que se le acabe el dinero, lo que pase primero.

Se calló y les sonrió con pocas ganas.

—Como ya sabéis, la familia Curran tiene bastante dinero.

Esta vez sonrió con más ganas. A continuación unió sus manos en gesto de oración.

—Cuando llegué esta mañana a las 8 ya habíamos recibido veinte llamadas. Todas de gente que cree haber visto a Olivia, originarias de todo el país.

El jefe observó a los inspectores mientras hablaba.

—¿Alguna llamada interesante, jefe? —preguntó Rogers, su voz ronca en comparación con el tono del jefe.

—Nada obvio, no. Langley y Strickland están en proceso de investigarlas. Si Langley no está equivocado y la chica se ahogó mientras se bañaba, no van a encontrar nada importante. Lo único que van a hacer es perder un montón de tiempo investigando llamadas inútiles. Pero si Langley se equivoca… —el jefe subió las cejas— bueno, hay una pequeña posibilidad de que encontremos algo útil. Por eso he pedido que volváis.

Collins comenzó a tamborilear los dedos en su mesa.

—Iré al grano. Anoche hablé con vuestros jefes. Les expliqué los últimos acontecimientos y cómo nos podríamos beneficiar de vuestra ayuda, si pudierais quedaros un poco más. La conclusión es que ambos están dispuestos a acceder a mi petición, siempre y cuando vosotros estéis de acuerdo.

West se dio cuenta de que había estado aguantando la respiración. Aspiró con fuerza.

—Entonces, ¿no va a reducir los recursos en el caso? —preguntó.

—Oficialmente no, claro que no. Oficiosamente, sí. Está claro que no puedo continuar dedicando toda la capacidad de mis agentes a un único caso. Es cierto que no hay muchos incidentes en Lornea, pero incluso así todavía hay delitos que investigar —concluyó con una sonrisa—. Langley continúa siendo el jefe de la investigación, igual que antes, pero si no os importa, vosotros dos seréis los únicos agentes trabajando en el caso de verdad. La búsqueda en los acantilados de Silverlea continuará con ayuda de los guardacostas.

—¿Así que vamos a estar investigando las pistas que los anuncios generen? —preguntó Rogers.

El jefe le dio otro sorbo al café.

—Más o menos. Sugiero que repasen el caso desde el principio, es posible que se nos haya pasado algo.

—Posible pero ¿improbable? —indagó Rogers. El jefe no le contestó.

—No vamos a seguir pagando el hotel, pero hay bastantes apartamentos en Silverlea que están vacíos en esta época del año. Tendréis un poco de más espacio —sonrió—, y seguiréis siendo vecinos.

—¿Cuánto tiempo nos vamos a quedar? —continuó Rogers.

El comisario Collins se encogió de hombros.

—Asumiendo que no encontramos nada y que los Curran por fin deciden que están malgastando el dinero yo creo que unos tres meses. Todos los casos tienen su límite, incluyendo los que los padres de la víctima tienen una empresa de relaciones públicas.

Se hizo el silencio.

—Entiendo que no teníais pensado quedaros tanto tiempo en la isla. Y seguro que tenéis ganas de regresar a vuestras casas y ver a la familia.

Dos imágenes pasaron por la mente de West. Su apartamento en Hartford y una imagen de Matthew. Desaparecieron casi tan pronto como aparecieron. Sintió que el peso de la decepción se disipaba. Esta era una segunda oportunidad. Una oportunidad para no fracasar. Entonces se le ocurrió otro pensamiento. Se formó otra imagen, esta vez era la espalda peluda de Rogers, de espaldas a ella en las gruesas sábanas blancas de la cama del hotel. ¿Iba a ser un problema?

Se preguntó si Rogers se quedaría. Había dejado claro que pensaba que el caso no tenía solución. Si se marchaba como había planeado, sería más sencillo, pensó. No se preocuparía de que su noche juntos se hiciera pública.

Pero la voz de Rogers interrumpió sus pensamientos.

—Yo puedo quedarme un poco más, jefe. No tengo mucho que hacer ahora mismo.

—Muy bien, muy bien. ¿Inspectora West? —La atención del jefe giró hacia ella.

Intentó pensar rápido. No soportaba la idea de que todo el mundo en la comisaría supiera que se había acostado con Rogers. Pero luego parpadeó. ¿A quién coño le importaba en realidad? No dudó de su respuesta.

—Yo también, jefe. Me gustaría quedarme el tiempo que sea necesario.

Miró a Rogers y sus ojos se encontraron por un momento antes de que ambos apartaran la mirada.

CAPÍTULO VEINTINUEVE

Siento que el corazón me redobla como un tambor mientras clavo la mirada en la imagen en la pantalla del portátil. He parado el video y la imagen muestra a la chica, de pie, mirándome de frente. La chica que está toda América buscando: Olivia Curran.

La he encontrado. La he grabado con la cámara que uso para estudiar la fauna salvaje. Tengo que pellizcarme porque aún no me lo creo. Me pellizco los brazos hasta que me duelen y ella sigue ahí, congelada en la pantalla de mi ordenador, mirando por la ventana directamente hacia la cámara. Entonces las preguntas me empiezan a aturullar la cabeza. Parece que está bien. ¿Cómo es que no está encerrada en el sótano?

Me fijo en la fecha de la grabación. Es de hace seis días. Avanzo la grabación un par de segundos. Lo cierto es que no se ve muy bien. Las ventanas están muy sucias y con las luces encendidas la cara de la chica está a contraluz por lo que en lugar del rostro solo se ven sombras. En las imágenes siguientes parece que le ha cambiado el semblante.

Enfoco lo más que puedo para intentar averiguar si parece asustada o no. Es difícil decidir, pero desde luego que sonriendo no está.

¿Qué significado tiene este descubrimiento? Si se encuentra en el salón quizá es porque se ha escapado del sótano, o de dónde quiera que la tenga escondida. Pero si se acaba de escapar de un asesino, ¿para qué va y cierra las cortinas? ¿Por qué no se lanza a la puerta para huir?

Entonces se me ocurre otra cosa. Algo muy obvio que quizá ya hayáis deducido pero que me alegra un montón de todas maneras: Olivia Curran está viva. Aunque los reporteros de la tele siempre hablan de ella como si siguiera viva es obvio que desde hace un tiempo ya nadie cree que lo esté. Incluso los padres, cuando miran hacia la cámara y hacen como que estuvieran dirigiéndose directamente a Olivia, diciéndole lo mucho que la quieren y que solo desean que vuelva pronto a casa, se les nota que en realidad no se lo creen. Se les ve, por lo mucho que lloran, que deben pensar que está muerta.

Pero no lo está. Está viva y ¡he sido yo quién la ha encontrado!

Repaso el video un par de veces, intentando memorizar todos los detalles. ¿Igual la policía me pide que les ayude en otros casos? ¿Tendré tiempo para hacer investigaciones y también los deberes? ¿Voy a ser famoso? Como el chaval francés, Tintín. Me gustaba leer sus aventuras de pequeño. Con la pequeña diferencia de que él no es de verdad y yo sí.

De repente noto algo en el video. La furgoneta del Sr. Foster está aparcada en la puerta. No le veo fuera, lo que quiere decir que estará dentro de la casa. Ese detalle me trae de vuelta a la realidad de sopetón. ¿Qué le estará haciendo a Olivia dentro de la casa? Me dan escalofríos solo de pensarlo.

Entonces se me ocurre que tengo que llamar a la policía lo antes posible. Pero no me queda mucho por ver así que decido terminar la grabación antes de hacer nada. Y menos mal, porque las imágenes que veo a continuación lo cambian todo. Y no para bien.

La grabación número 000753 comienza con la puerta abriéndose. Ese movimiento debe ser el que hace que el sensor de la cámara se active porque cuando la grabación comienza la puerta ya está medio abierta. En seguida noto algo raro. El interior de la casa brilla con un extraño color rojo, como si fuera el interior de un volcán rodeado por completa oscuridad. Al cabo de un instante me doy cuenta de lo que pasa: la grabación se hizo de noche. La cámara está grabando en infrarrojo. La luz roja que brilla en el interior no es más que una indicación de que la temperatura dentro de la casa es más cálida que fuera. Entonces un monstruo con la cara y las manos blancas brillantes aparece cojeando por la imagen. Pero está claro que no es un monstruo, es el Sr. Foster con la imagen distorsionada por efecto de la temperatura. Sale y pone un objeto negro en la puerta para sujetarla. Deduzco que deber ser una piedra. A continuación desaparece de la imagen camino de su furgoneta. Debe de abrir la puerta trasera de la furgoneta ya que veo una pequeña mancha roja invadiendo la esquina inferior de la imagen, debe provenir del interior de la furgoneta. El Sr. Foster regresa a la casa, se para en la puerta y echa un vistazo a su alrededor. Desaparece dentro y a continuación, y esto es lo raro de verdad, reaparece cargando algo.

De hecho, esa no es la palabra apropiada. No está cargando algo, lo está arrastrando. Parece ser algo grande y pesado, como un tronco de árbol doblado. Es difícil intentar ver qué es, ya que los colores son muy extraños. Pero he visto bastantes videos de infrarrojo desde que me compré la cámara y consigo averiguarlo. Es una alfombra. Una alfombra mal enrollada. Es más grande que él y el Sr. Foster está agarrando un extremo mientras la intenta sacar de la casa. Sigue arrastrándola en frente de la cámara y desaparece con lentitud por el extremo izquierdo de la pantalla. Al cabo de un momento se oye el portazo de la furgoneta.

No veo si hay algo dentro de la alfombra pero por los bultos parece que hay algo enrollado dentro.

La grabación termina con el Sr. Foster cerrando la puerta de su casa y volviendo a su furgoneta, que oigo alejarse. A continuación hay treinta segundos sin imagen, durante los cuales la cámara se queda encendida por si acaso hay algo más que grabar.

Me he quedado de piedra. Veo la grabación tres veces seguidas y a la cuarta comienzo a copiar todas las imágenes en las que se ve la alfombra con claridad. Es obvio que hay un cuerpo dentro. Seguro que es ella. Tiene que ser Olivia. En algún momento entre las 16:37 del domingo y esta grabación de la madrugada del lunes a las 2:12 ha debido matarla. La alegría que sentí hace un momento desaparece sin traza. En su lugar, siento una especie de terror.

Una terrible ocurrencia se me pasa por la cabeza. Si no fuera tan solo un chaval, si hubiera hecho una vigilancia completa con café y dónuts podría haberla salvado. La habría visto asomarse por la ventana y habría llamado a la policía. Pero no fue así como pasó. En su lugar utilicé la cámara y el resultado es que está muerta. Tuve la oportunidad de salvarla y la desperdicié.

Está muerta y es mi culpa.

No soy capaz de entender cómo me siento. Nunca me he sentido igual en la vida. Estoy destrozado, supongo. Me siento vacío. Y horrorizado. Me entra el pánico. En seguida se me ocurre que tengo que eliminar estas pruebas. Antes de que se descubra todo y me echen la culpa a mí. Muevo el cursor hacia la palabra «eliminar».

«¡No! ¡Piensa Billy!»

He llegado demasiado tarde para salvar a Olivia, pero el Sr. Foster tiene un gran historial. Lo ha hecho antes y lo hará de nuevo. A menos que alguien consiga detenerle.

Me doy cuenta de que tengo la boca seca así que voy a por un refresco. Ya de paso me como unas galletas también. Intento recomponerme. Tengo que ser profesional. Así es la ciencia. En las investigaciones científicas tienes que recopilar y presentar toda la información que obtienes para que otro científico sea capaz de seguir tu método y llegar a las mismas conclusiones. Me imagino que será lo mismo con las investigaciones criminales. Tengo que enviar toda la información a la policía para que lleguen a la misma conclusión y arresten al Sr. Foster. Solo que no les diré quién soy. De esa manera, no podrán culparme. Quiero decir, no es que yo la haya matado, tan solo hice lo que pude. Soy apenas un adolescente y al menos la encontré. Es más de lo que ha hecho la policía.

Y una vez que he tomado la decisión todo es más fácil. Mi respiración se ralentiza y me vuelven a funcionar las manos. Abro el documento de Word y empiezo a redactar mis notas. Etiqueto todos los videos importantes e incluyo las imágenes de la pantalla junto a los nombres de archivo correctos. Produzco una cronología con el momento en que ocurrió cada suceso y calculo a qué hora debió ser asesinada. Entonces recuerdo que aún no he terminado de ver todos los videos así que por fin vuelvo a ver los últimos y, en efecto, ahí está el Sr. Foster volviendo a su casa al día siguiente. Me fijo en la hora: 05:55. Pero estoy tan absorto en mi trabajo que no me doy cuenta de que la puerta del chalé se abre detrás de mí.

—Billy, ¿me puedes ayudar con. . .? —comienza una voz. Luego—: Pero ¿qué es eso? ¿Qué leches estás haciendo?

Desde la primera frase a la segunda, la voz de papá ha pasado de la calma a la ira.

CAPÍTULO TREINTA

Tengo la pantalla del reproductor de video abierta en una esquina y la cierro con rapidez, pero eso deja el documento de Word expuesto a la vista. Muevo el ratón tan rápido como puedo para cerrarlo. Pero temo que haya estado en la pantalla lo suficiente para que papá lea el título:

INVESTIGACION SOBRE LA DESAPARICION / MUERTE DE OLIVIA CURRAN

—¿Qué narices es eso, Billy? ¿No decías que tenías deberes de Matemáticas? Te has librado de ayudarme porque tenías Matemáticas. ¿Me has mentido?

Es muy difícil volver al mundo de papá después de lo que he estado haciendo y la verdad es que no entiendo porque está tan enfadado. ¿Igual si le digo que acabé las mates? No, porque entonces se cabreará lo mismo por no haberle avisado y ofrecerme a ayudarle. De cualquier forma, no se me ocurre esa excusa a tiempo.

—«Investigación sobre la desaparición de Olivia Curran». Eso no son Matemáticas. ¿Qué estás haciendo?

—No es nada —contesto mientras cierro la pantalla del portátil. Noto cómo me pongo colorado—. Es tan solo un proyecto que nos han mandado para… Valores Éticos.

No sé por qué suelto eso; es lo primero que me viene a la cabeza. No es muy buena excusa la verdad, pero lo que sí sé es que es mejor que contarle lo que he estado haciendo en realidad. No quiero ni pensar el mosqueo que se pillaría si supiera que la chica está muerta y yo podría haberla salvado.

—¿Valores Éticos? ¿Estáis dando el caso de la chica en esa mierda de asignatura? Pero ¿a quién se le ocurre eso?

Resulta ser una gran excusa porque papá siempre se enfada cuando le cuento lo que hacemos en valores éticos. Me parece que es porque él no dio esa asignatura cuando fue al instituto así que no entiende muy bien de qué va.

—Madre mía, el mundo está loco.

Papá no parece saber qué decir y aprovecho la oportunidad para seguir hablando.

—Sí, va de temas de seguridad y bienestar. Cómo protegernos de pedófilos y demás.

—¿De pedófilos?

—Sí. Los pedófilos son hombres a los que les gusta… —pero papá me interrumpe.

—No me jodas, Billy. Ya sé lo que es un pedófilo. Y no me parece el tema más apropiado para un trabajo de instituto.

En ese momento se calla y mira hacia el portátil, con la pantalla cerrada. A continuación me clava con la mirada.

—No me estarás mintiendo, ¿no, Billy?

Dudo por un instante. Quizá se lo debería contar todo. Al fin y al cabo, esto es asunto de mayores. Y papá es un adulto ¿no? Pero me invade el sentimiento de culpa por no haber llegado a tiempo para salvar a Olivia. Y con eso se me quitan las ganas de contárselo. Se lo contaré a la policía y que lidien ellos con el asunto. Mejor que papá no se entere. Mejor que nadie se entere jamás de que pude haberla salvado. Reniego con la cabeza.

—No, papá.

Durante un rato, el único ruido es el de la respiración de papá, irregular porque sigue enfadado. Empiezo a creer que me he librado pero entonces continúa.

—Muy bien. Enséñame lo que estás haciendo entonces. Abre el portátil. Ahora mismo.

Me ha pillado el farol. No puedo dejarle ver los detalles, toda la información que he recopilado acerca del Sr. Foster y de cómo asesinó a Olivia. Y es demasiado tarde para ser honesto ahora. Acabo de mentir a papá y no hay vuelta atrás. Tengo que hacer lo posible para que no vea el trabajo, pero se acerca por detrás y abre el portátil. La pantalla se ilumina y muestra el comando de inicio.

«Bienvenido usuario: Billy Weathley»

«Introduzca la contraseña»

—¿Cuál es tu contraseña, Billy? Ponla. Quiero ver lo que has estado haciendo.

Dudo. La manera en la que papá está de pie al lado mío me aterroriza.

—Pon la contraseña, Billy. ¡Ahora mismo!

El grito que da me hace poner los dedos en el teclado, pero me detengo justo antes de teclear la palabra que palpita en mi cabeza. Todas mis contraseñas son variaciones de una raíz de dos palabras, con diferentes terminaciones y números para hacerlas más seguras. Pero papá no conoce la raíz. Empiezo a teclear.

«Contraseña incorrecta».

—Ah —digo. Y lo intento de nuevo. Escribo la misma palabra por segunda vez. El ordenador emite el mismo sonido de error y continúa bloqueado.

—¿Qué haces, Billy?

—No lo entiendo. No puedo desbloquearlo. El otro día cambié la contraseña y se me ha olvidado cuál es.

—¡Mentira! —Papá golpea la mesa con tal fuerza que hace que la lata de refresco vacía se caiga al suelo. Me quedo inmóvil, sin saber qué hacer. Entonces el enfado de papá se convierte en frustración de no saber qué decirme.

—Lo tengo anotado en casa —le explico—. Cuando volvamos puedo intentarlo de nuevo. Es que cambio la contraseña a menudo por seguridad y se me ha olvidado. —Hago como que lo intento de nuevo, todavía escribiendo la palabra equivocada porque, está claro que no se me ha olvidado la contraseña. Jamás se me olvidaría.

—Billy, ¿me estás mintiendo? ¿Es verdad que estáis dando el caso de esa chica en Valores Éticos?

No me queda más remedio que asentir.

—Te lo juro, papá.

Me responde con un gran suspiro.

—Ay joder. . . Todo el maldito pueblo se ha vuelto loco con el tema de la chica. —Se rasca la cabeza y me doy cuenta de que tiene las manos manchadas de pintura blanca. Le cae un goterón por el pelo—. Qué digo el pueblo, ¡todo el país! Se fue a bañar y se ahogó. Eso es todo. No sé por qué no lo asumen ya de una vez.

—¿Quieres que te ayude a pintar? —le pegunto al rato. Está claro que no puedo volver a trabajar con el ordenador ahora y si le ayudo es más probable que se le olvide pedirme ver los deberes cuando lleguemos a casa. Papá vuelve a suspirar.

—Vale, buena idea. Estoy en el chalé número seis. Ven a lijar.

CAPÍTULO TREINTA Y UNO

E s muy tarde y papá está durmiendo ya. Ni siquiera se acordó de revisarme los deberes cuando llegamos a casa. Estuve lijando con él un par de horas y creo que eso le ayudó a olvidarse. Ahora me duelen los hombros una barbaridad. Cuando llegamos a casa subí corriendo a mi habitación para hacer deberes que sí pudiera enseñarle, por si acaso. Escribí un par de párrafos explicando que la policía no tiene ni idea de qué le ha pasado a Olivia, lo copié casi todo de Wikipedia. Cuando acabé, bajé al salón y papá estaba viendo la tele con una lata de cerveza abierta en la mano y otra de repuesto apoyada en el reposabrazos del sofá, así que ni me molesté en decirle nada. En su lugar, volví a mi cuarto para ponerme manos a la obra con la tarea que tenía que hacer: organizar mis ficheros para mandárselos a la policía.

Sé dónde mandarlos. Desde hace unos días han puesto un montón de anuncios en los periódicos pidiendo información al público y han dado un número de teléfono y un correo electrónico. Pone que la información puede ser anónima, pero si mandas un correo no eres muy anónimo que digamos. La policía solo tendría que responder al correo y preguntarte quién eres y aunque no contestases ya tendrían tu dirección de correo de todas formas. Pero tengo un plan para evitar que me pillen. Se puede crear una dirección de correo que sea imposible de rastrear y hay programas con los que puedes hacer que manden un correo por países de todo el mundo, como por Rusia y Australia, e incluso países raros como Polonia o Senegal. No sé muy bien cómo lo hacen, pero he leído un poco y más o menos entiendo lo básico.

Esto es lo que escribo:

«*URGENTE*

Para el Comisario Jefe Larry Collins,

Le escribo para decirle que Olivia Curran está muerta. Fue capturada por el Sr. Foster, un conocido pedófilo de la zona, quien la tenía prisionera en el número 16 de la calle Speyside. La mayor parte del tiempo la tenía encerrada en el sótano, pero desgraciadamente el pasado domingo se debió escapar del sótano y el Sr. Foster la mató. Aquí le muestro una fotografía de Olivia cerrando las cortinas antes de que la mataran.

Aquí hay otra foto en la que se le ve cargando el cuerpo, que ha enrollado en una alfombra, en medio de la noche. La foto no es muy nítida porque fue grabada con el modo infrarrojo de una cámara Denver WCT-3004 Fauna Silvestre (pero por desgracia esta no es el último modelo que tiene mucha mejor resolución).

También he visto que el Sr. Foster tiene una mochila rosa de chicas, que quizá pertenezca a Olivia. Siento decirle que no tengo ninguna foto ya que se me olvidó hacer una. Supongo que la encontrarán dentro de la casa cuando hagan la redada.

Creo que deberían arrestar al Sr. Foster de inmediato para que no pueda matar a otras chicas.

Firmado:

HK»

QUIERO FIRMAR «ANÓNIMO» pero es una palabra un poco difícil de deletrear así que en su lugar tecleo dos letras al azar. Adjunto las imágenes y preparo el correo para mandarlo. Tras una pequeña investigación en Internet descargo un programa para desviar correos. Luego configuro una VPN (por si no lo sabes eso es una red privada virtual) e instalo un buscador que no registre la IP de mi portátil. Por último, utilizo un programa llamado Guerrilla Mail para crear una dirección de correo temporal que uso para abrir una cuenta permanente en Google mail con un nombre falso (pongo Harry King y así, si alguien decide seguir la pista de los correos encontrará que las iniciales se corresponden con el nombre de la cuenta). Este último paso no era necesario en realidad, podría haber mandado el correo desde la cuenta de Guerrilla pero no me gustaba el logo que mostraba una silueta de un hombre con un rifle.

Fue un curro impresionante. Eran casi las doce cuando por fin le di a «enviar». La policía lo recibirá por la mañana. Bueno, lo van a recibir en seguida, incluso cuando lo mandan por todo el mundo solo tarda un par de segundos en llegar, pero no creo que haya nadie en la comisaría a estas horas de la noche. A lo que voy es que mañana la policía hará una redada en casa del Sr. Foster y lo arrestará.

Me da mucha pena no haber llegado a tiempo para salvar a Olivia pero por lo menos lo mandarán a prisión y todo volverá a la normalidad aquí en la isla, y en la playa también. He estado preocupado por mis cangrejos, pensando que la guardia costera ha podido dañar las muestras durante la búsqueda. Tengo ganas de retomar mi estudio. Me ha gustado ser investigador pero creo que prefiero ser biólogo marino.

Me pongo el pijama. Oigo los ronquidos de papá mientras me lavo los dientes. Cuando me meto en la cama tengo un montón de cosas dándome vueltas en la cabeza y no me puedo dormir. No sé por qué pero empiezo a pensar en la contraseña de nuevo. Decido que voy a decirte cuál es mi contraseña. No para que te cueles en mi portátil, por supuesto que no te voy a dar la contraseña completa. No te voy a revelar la segunda parte, donde he puesto ciertos signos que no son muy interesantes la verdad. Te diré la primera parte porque creo que nos estamos empezando a conocer y no tengo a nadie más a quien se lo pueda contar. Me tienes que prometer que no se lo dirás a nadie ¿de acuerdo?

¿Me lo prometes?

La primera parte de mi contraseña es BabyEva.

CAPÍTULO TREINTA Y DOS

Nada más levantarme pongo las noticias en el canal local aunque en realidad aún no espero nada. Seguramente todos los agentes estarán aún desayunando. No habrán leído mi correo. Me cuesta un montón pero intento olvidarme del asunto por ahora.

Papá va a hacer surf hoy en Silverlea y, aprovechando que la marea está baja, decido ir a las cuevas y hacer recuento de cangrejos. Me aseguro de coger todo mi equipamiento y me apresuro hacia Northend en cuanto que llegamos. Temo que he estado descuidando mi proyecto estos últimos días. Espero que a la Dra. Ribald no le importe mucho. Me imagino que lo entendería si supiera la razón.

Hace muy buen día, el primer día de sol desde hace tiempo. Siento el calor del sol en la espalda, casi como pasa en verano, y corro por esa arena dura que queda justo después de que rompan las olas, a veces tengo que correr playa arriba para que no me pille ninguna ola que de repente entra con más fuerza que las demás. Es entretenido y, para cuando llego a Northend, ya he dejado de preguntarme si la policía habrá hecho ya la redada en casa del Sr. Foster.

Me quito los calcetines y los zapatos y los dejo en la roca de siempre, después me enrollo los pantalones hasta las rodillas. Por una parte no quiero entrar en la cueva, donde hace frío y está oscuro. Hace un día demasiado bueno aquí fuera. Pero lo hago de todos modos. Doy un paso hacia la fría agua de la charca que se encuentra en la entrada de la cueva. El agua brilla con la luz del sol y veo un destello de color de plata cuando un banco de peces se aleja con rapidez. Casi me agacho a cogerlos. Me recuerda a cuando era pequeño y buscaba pepitas de plata. Pero ya no soy un niño y tengo cosas que hacer.

Paso con cuidado a través de las algas hasta llegar a la pared del acantilado donde un pequeño agujero negro marca la entrada de las cuevas. El agua aquí es profunda y tienes que agacharte para pasar, lo cual asusta un poco, pero lo he hecho tantas veces que no dudo ni un instante. Me agacho bajo el saliente rocoso, avanzo con la espalda doblada y, una vez dentro de la cueva, me incorporo. En frente de mí todo es oscuridad. Se diría que aquí no llega la luz pero lo cierto es que sí que entra un poco de luz del sol por la boca de la cueva. Poco a poco, se me adaptan los ojos hasta que puedo distinguir la morfología de la cueva. Esta primera cámara es casi circular, con suaves protuberancias en las paredes y el techo, como si la roca hubiera crecido aquí dentro. En cuanto al tamaño, será como la mitad de una pista de tenis, pero eso es solo la primera cámara. La cueva se extiende más allá pero las charcas no, así que no tengo necesidad de adentrarme tanto.

Enciendo la linterna ultravioleta y apunto hacia el agua a mi alrededor. Como siempre, me preocupa que no se haya encendido ya que no emite un rayo de luz como las linternas normales. Solo cuando encuentras algo que refleja la luz ultravioleta sabes seguro que funciona.

Enfoco la mirada en el fondo de la charca como de costumbre, pero lo único que veo al principio son mis pies. Después veo anémonas. Se han puesto moradas con la luz, pero brillan muy oscuras por eso tardo un rato en encontrarlas. Continúo el barrido de la charca con la linterna, esperando encontrar los verdes, azules, amarillos y rojos de los cangrejos.

Me quedo buscando un buen rato, hasta que noto los pies congelados por el frío, pero no encuentro nada. Se me ocurre que igual no encuentro ningún cangrejo, eso sería un desastre. Pero entonces ilumino debajo de una roca plana al fondo de la cueva y una extraña luz azul brilla desde el fondo del agua. Está bastante profundo y tengo que meter el brazo entero en el agua lo que hace que se me moje la manga. Agarro el cangrejo y lo saco para inspeccionarlo. Parece como si fuera una concha sola, las patas y las pinzas están escondidas en el cuerpo del cangrejo. No me hace falta ver el número 13 pintado en la concha para reconocer a uno de mis favoritos. No sé por qué pero a este le he puesto Gary.

Apunto la posición de Gary en el cuaderno que llevo atado al cuello. A continuación lo pongo de vuelta donde estaba y sigo con mi búsqueda, al final encuentro dos cangrejos más: el número 27 y otro que no tiene número ya que no he podido anotarlos a todos. Y después se me agota el tiempo. Parece que hay muchos cangrejos que han desaparecido. Me quedo un pelín más pero no sé por qué hoy no tengo ganas de estar en la cueva. Bastante antes de que lo dicte la marea me veo agachándome para salir de la cueva hacia el aire libre.

Me siento en la roca donde dejé mis zapatos. Siento el calor del sol en los pies y decido anudar mis zapatos y colgármelos al cuello. Luego me siento allí un rato, pensando en mis cosas. Tres cangrejos de los doscientos que pinté al principio no son muchos y me pregunto qué habrá salido mal. La primera vez que intenté hacer este experimento en las charcas de Littlelea tuve el mismo problema de perder los cangrejos. Creía que lo había resuelto con la idea de la luz ultravioleta, pero ahora no estoy tan seguro. Me pregunto si decir que los cangrejos ermitaños se mueven mucho más de lo que la gente cree es una conclusión científica útil. Considero la posibilidad de enviar un correo electrónico a la Dra. Ribald y preguntarle, pero todavía no ha respondido a mi último correo y esperaba poder enviarle algunos resultados antes de volver a molestarla.

Así que estoy un poco desanimado mientras vuelvo a la playa donde he quedado con papá. Pero con el sol todavía brillando vuelvo a mi juego de acercarme a la orilla del agua lo más posible sin dejar que me mojen las olas. Luego, a mitad de camino, cambio el juego y salto en los charcos que quedan en la playa, calentados ahora por el sol. Es como saltar en pequeños baños de arena. Y poco a poco, mi estado de ánimo mejora. El problema de mi estudio, decido, es que no he podido dedicarle la atención que se merece. Hacer un estudio científico además de ir al instituto es bastante duro. Y si a eso le añades atrapar a un asesino no es de extrañar que las cosas no vayan tan bien.

Pero ahora puedo regresar a mis estudios. Seguro que la policía ya habrá atrapado al Sr. Foster. Y pensando en eso, recuerdo que tengo que recuperar la cámara de la barca del Sr. Foster. Me ilusiona pensar que habrá captado toda la redada policial. Igual lo puedo colgar en YouTube. Siempre y cuando utilice un nombre falso, claro está.

Pero cuando llegamos a casa (es domingo y papá no está trabajando) y veo las noticias no dicen nada de ninguna redada. De hecho, no hay nada en absoluto sobre el caso de Olivia Curran. Miro en el ordenador de mi habitación y busco en todos los sitios que se me ocurren, pero sigo sin encontrar nada. Lo pienso un rato y decido que quizá la información esté subiendo por los eslabones de autoridad. Eso debe ser lo que ocurre con la información importante. Y tal vez haya agentes especializados que lleguen de la capital, igual del FBI y todo. El ferry llega a las dos de la tarde los domingos y tal vez estén esperando a que lleguen los refuerzos para arrestarlo.

CAPÍTULO TREINTA Y TRES

E s miércoles por la noche. Hace cuatro días que envié mi correo a la policía. Cuatro días y todavía no han hecho nada. Lo que me preocupa es que el Sr. Foster pueda volver a asesinar.

Si nos miras a papá y a mí en este momento, pensarías que estamos los dos juntos viendo la televisión, pero en realidad, una nueva idea se está formando en mi mente. El programa que estamos viendo es uno de esos programas nocturnos en los que los adultos hablan de noticias y política. Normalmente, estaría arriba conectado a Internet, pero esta noche estoy decepcionado después de no haber encontrado nada sobre la redada del Sr. Foster y quería ver si había alguna novedad al respecto en este programa. No la hay. Pero me da una idea de todas formas.

No hablan de nada interesante. Hoy se trata de un hospital donde la gente sigue muriendo, más de lo normal quiero decir. Pero lo interesante es cómo llegaron a saber de ello. Al parecer había alguien que trabajaba en el hospital, un «denunciante». Esta persona pasó mucho tiempo tratando de contarle a todo el mundo acerca de los médicos malvados, pero nadie le hacía caso y por fin fue a contárselo a los periódicos. Entonces los periódicos publicaron un reportaje y ahí fue cuando descubrieron a los médicos malvados. Y por eso están hablando de ello en el programa de hoy. Y eso me da una idea. Es lo mismo que en mi caso. Si la policía no va a arrestar al Sr. Foster por su cuenta, puedo obligarles a hacerlo convirtiéndome en denunciante. Puedo enviar la información al *Island Times*. Publicarán el reportaje y entonces la policía tendrá que hacer algo.

Al principio no lo pienso con seriedad. Tan solo me gusta la idea. Me gusta la idea de hacer algo. Pero cuanto más pienso, más me convenzo de que es lo correcto. Míralo de esta manera:

Si no se lo digo al *Island Times* y la policía no hace nada, el Sr. Foster podría decidir matar a otra chica. Podría estar planeándolo ahora mismo. Hice lo incorrecto antes y Olivia Curran terminó muerta. Si hago lo correcto ahora podría salvar la vida de una chica inocente.

También está la cuestión del tiempo. El *Island Times* sale una vez a la semana, los viernes, así que no tengo mucho tiempo para decidir. Si no envío las fotografías ahora, esta misma noche, me perderé el periódico de esta semana. Eso le daría al Sr. Foster una semana entera para matar a otra chica.

Cuanto más lo pienso, más seguro estoy. Tengo que ser el denunciante y tengo que hacerlo ahora mismo, antes de irme a la cama. De esta manera, los periodistas lo recibirán mañana por la mañana y tendrán todo el día para ponerlo en el periódico del viernes. Y la policía tendrá que ir a detener al Sr. Foster.

Arriba, abro mi portátil y me pongo a trabajar. No he podido averiguar en el programa si es ilegal ser denunciante o no, pero decido volver a utilizar mi nueva cuenta de Gmail de Harry King para mantener el anonimato. Entonces decido que podría ser más seguro crear otra, para que sea diferente a la de la policía. Para cuando he configurado todo eso y he enviado el correo electrónico a quince países diferentes, ya es muy tarde, así que no tengo mucho tiempo para escribir el correo electrónico. Pero sé lo que tengo que enviarles: las mismas fotografías que envié a la policía. La foto con la cara de Olivia Curran en la ventana y también la que muestra al Sr. Foster, con la cara blanca y brillante como un monstruo, arrastrando el cadáver fuera de su casa.

Justo antes de enviarlo tengo un momento de preocupación por si esto no es lo correcto. ¿Y si me meto en un lío? Pero me obligo a dejar de pensar así. Ser un denunciante da miedo; eso es lo que decía el programa de televisión. Pero si no lo hago, otra chica puede morir.

Mi dedo se cierne sobre el botón. Un pinchazo y mi mensaje volará dos veces alrededor del mundo, antes de aterrizar en la bandeja de entrada del *Island Times*. Una vez hecho no podré retractarlo. Entorno los ojos y aprieto el dedo sobre el teclado. Cuando vuelvo a abrir los ojos, el correo electrónico ha desaparecido.

CAPÍTULO TREINTA Y CUATRO

West se despertó con el sonido de la lluvia golpeando las ventanas del estrecho y húmedo apartamento que se había convertido en su hogar. Estaba sola, el edredón de su cama de matrimonio cubierto con dos mantas. Siempre y cuando durmiera con el pijama puesto no pasaría frío, al menos no mucho. Se levantó, corrió las endebles cortinas de la ventana sobre la cama y observó el cielo bajo y plomizo. Las gruesas gotas de lluvia corrían por el cristal, emborronando las fachadas de las casas que le quitaban las vistas al mar.

Se metió en el cubículo de la ducha, donde los codos tocaban las finas mamparas de plástico y amenazaban con romperlas. Abrió el grifo y salió un fino hilo de agua. La dejó caer sobre su mano hasta que se calentó todo lo que podía. Con una mueca, se metió dentro.

Tan rápido como pudo, empezó a lavarse el pelo. Mientras estaba aplicando el champú, oyó el sonido de la ducha de al lado. Seguido por la puerta del cubículo de al lado cerrándose y el sonido del agua golpeando una bandeja de plástico idéntica a la de ella. Luego, irritantemente claro, el sonido de un alegre silbido.

Ese optimismo que emanaba del apartamento contiguo era una novedad. Ladeó la cabeza y pensó por un momento en lo que podría significar. Había entrado en el apartamento de Rogers solo un par de veces, pero eran suficientes para saber que estaba tan poco preparado para la llegada del invierno como el suyo. Y no habían avanzado casi nada en el caso. Los Curran habían cumplido su promesa, publicando su séptima ronda de anuncios tan solo dos días antes, pero todo lo que generaba eran rumores, nada de valor. Lo cual no explicaba la exuberancia de Rogers. Decidió concentrarse en enjabonarse el pelo.

Rogers era majo. No había mencionado la noche que pasaron juntos, ni a ella ni, sobre todo, a nadie más. Y habían vuelto con facilidad a la relación de trabajo que habían tenido antes. La mayoría de las veces, cuando ella lo miraba, era capaz de olvidar que habían pasado una noche de borrachera juntos. Y cuando no lo olvidaba, sentía una especie de calidez al respecto. Era algo del pasado y no es que se arrepintiese de ello. Sin embargo, eso no significaba que su buen humor no la irritara.

Una vez que se hubo vestido y recogido sus cosas, encontró al inspector Rogers relajado en la tumbona de plástico de su pequeño porche, observando la lluvia que caía del tejado, fumando su primer cigarrillo del día. La saludó con un rápido movimiento de cejas y apagó el cigarrillo.

—Buenos días. ¿Lista para atacar el día? —lo dijo con un tono que hizo que West lo observara, tratando de identificar por qué parecía tan contento.

Se puso de pie. Las llaves estaban sobre la mesa a su lado.

—¿Quieres conducir? —ofreció, notando hacia dónde miraba West. Rogers nunca le preguntaba si quería conducir.

El primer trabajo de la mañana era recoger la bolsa de correos del sargento Wiggins. Era un alma alegre que se había asignado el cargo de contar las cartas para ella cada mañana. Los lunes eran los peores, ya que ni Rogers ni ella trabajaban los fines de semana. Hoy era lunes.

—Solo doce hoy. Sin duda está disminuyendo —observó Wiggins. Y era cierto. Incluso con la última ronda de anuncios en los periódicos y una aparición de Joseph y Susan Curran en un popular programa de entrevistas, el interés público por el caso de su hija se estaba desvaneciendo. West dio las gracias al sargento y llevó la bolsa a su escritorio, apartando dos tazas de café vacías antes de sentarse. Rogers ya estaba sentado frente a ella, frunciendo el ceño ante la pantalla de su terminal.

West abrió el cierre de velcro de la bolsa de correos y sacó las cartas.

—¿Cuántas tienes? —preguntó Rogers.

—Doce. ¿Y tú?

Pasó un dedo por la pantalla, contando en su cabeza.

—Veintisiete —dijo cuando terminó.

No apartó los ojos de la pantalla y ella no esperaba que dijera nada más, pero su buen humor aquella mañana parecía hacerle más sociable. Continuó, recostándose en la silla.

—Es increíble, ¿verdad? Incluso ahora, dos meses después de su desaparición, tenemos veintisiete locos enviando correos electrónicos para decir que han visto a Olivia Curran. Aunque está claro que no la han visto. Solo han visto a una adolescente que se parece un poco a ella. —Miró hacia su pila de cartas y luego la miró—. ¿Sigues pensando que valía la pena quedarse?

Se mordió el labio antes de responder.

—Todavía hay esperanzas.

Habían desarrollado un sistema básico de detección. El color verde significaba que el chivatazo tenía la menor credibilidad posible. Hacían el trabajo suficiente para confirmar su condición de inútil, luego se archivaba y se olvidaba. Casi todas las pistas que llegaban eran verdes.

De vez en cuando, una pista era clasificada en naranja. El naranja significaba que había alguna razón limitada para pensar que la información pudiera ser creíble. Las pistas naranjas se programaban para una investigación más profunda, aunque se incorporaban a una cola y esperaban su turno. Una pista naranja podía requerir una o varias llamadas para ser validada, o más bien invalidada. Si tenían mucha suerte, una pista naranja podía requerir un viaje fuera de la oficina. Un verdadero trabajo de inspector, como decía Rogers. Sin embargo, la mayoría de las veces las pistas naranjas solían pasar a verdes con rapidez.

Y por último estaban las pistas rojas. O mejor dicho, quedaba la hipotética posibilidad de que existieran pistas rojas. Una pista roja, si es que algún día se recibía una, era aquella que contenía información creíble o relevante para la investigación. Pero en casi un mes de búsqueda no habían recibido ni una pista roja. Nadie en la comisaría creía que fueran a recibir una a estas alturas. Había pasado demasiado tiempo. Nadie, excepto West. Incluso después de todo este tiempo seguía esperando, cuando abría una carta o un correo electrónico, o escuchaba un mensaje telefónico, que la información fuera útil. Rogers había empezado a burlarse de ella por eso, aunque lo hacía con un cierto respeto por su dedicación.

El primer sobre que West abrió aquella mañana no contenía más que una nota manuscrita en una hoja de papel que tenía la marca de agua del *City Garden Grand Hotel*. Resultaba difícil leer los garabatos en tinta negra, pero tras un momento, West descifró las palabras. Un remitente anónimo afirmaba haber visto a Olivia Curran en una piscina al aire libre en Manila, Filipinas. No había detalles, ni siquiera la fecha en la que se suponía que había tenido lugar el avistamiento. Su instinto le decía que esta información no tenía ningún valor, pero se dirigió a su ordenador y tecleó «Manila» en la barra de búsqueda de la base de datos de investigación. No le salió nada. Probó con «Filipinas» y luego con «*City Garden Grand Hotel*», con resultados similares. Probó con diferentes grafías, de varias formas que se pudieran usar. Nada. No se había visto a Olivia Curran en ningún lugar de Filipinas.

A la desesperada, tecleó «piscina» y aparecieron cinco listados. Otras cinco personas creían haber visto a la chica desaparecida en piscinas. Tres en Estados Unidos, una en Argentina y la otra en Francia. Satisfecha con el resultado, pulsó el botón para crear una nueva entrada. Escaneó la carta y adjuntó la versión digital a la entrada y luego archivó la copia original en el expediente del día; si alguna vez había que revisarla, podría encontrarse vinculada a través de la fecha. Escribió los detalles del avistamiento, añadió las palabras clave Manila, Filipinas y piscina, y codificó la entrada en verde. A continuación, se acercó y cogió el siguiente sobre.

Pasaron tres horas.

—¿Cómo te va? Me está entrando hambre. —La voz de Rogers interrumpió su trabajo.

West ojeó los sobres restantes.

—Me faltan tres. Quiero terminarlos antes del almuerzo —dijo, esperando que la dejara volver a ello. Pero no lo hizo.

—Tengo otros dos avistamientos en París.

—¿París? —repitió West. Buscó en su mente. París había surgido antes, ¿tenía algún significado?

—Sí, pero no te emociones. No valen nada. En ambos casos hicieron fotos. Edad equivocada, altura equivocada. Una de ellas estaba gorda y todo. ¿Cómo va a engordar en dos meses? ¿Creen que ha estado escondida todo este tiempo comiendo bollos en la cima de la Torre Eiffel?

—Aun así, Francia —dijo West, recordando—. Vi unos avistamientos en Francia el otro día. —Se quedó pensativa.

—¿Y todavía te preguntas si de verdad puede ser una coincidencia? Pues no lo es. Te diré lo que es. —Rogers se inclinó hacia delante—. Imagínate a trescientos veinte millones de estadounidenses que saben que esta chica está desaparecida y piensan que es una tragedia sobre todo porque la muchacha es guapa. Cuando esta gente se va de vacaciones, que a veces lo hacen, dejan de mirar al suelo y miran a su alrededor para variar. Y cuando lo hacen, de repente, empiezan a fijarse en los demás. Incluyendo a chicas adolescentes que son monas y que se parecen un poco a Olivia Curran. Créeme. Es solo por eso que Francia sigue apareciendo. Muchos americanos van de vacaciones a Europa en esta época del año.

West ya había oído esta teoría de Rogers, pero la estaba perfeccionando a medida que pasaba el tiempo. Tenía que admitir que parecía coincidir con las pruebas que estaban acumulando.

—Creía que lo normal era ir a París en primavera —añadió ella, pero Rogers la ignoró.

Ya que había perdido la concentración decidió hacerle otra pregunta.

—De todas maneras, ¿cómo es que estabas silbando en la ducha esta mañana? ¿No te sale el agua helada?

Levantó la vista fingiendo sorpresa, pero sin poder contener una sonrisa.

—¿Helada?

—Sí.

—No.

—¿Cómo que «no»?

—Pues que no está helada. Bueno, ya no. Le pedí al hermano de Tommy que le echara un vistazo. Es fontanero. En todo caso, ahora sale quizá demasiado caliente. —Hizo la mímica de encogerse ante el agua caliente.

—¿Tommy? ¿Quién es Tommy?

—¡Tommy! Ya sabes, el flaco de la patrulla. Estábamos en el bar la otra noche y me estaba quejando de la ducha. Ahí fue cuando me dijo que su hermano podría echarle un vistazo.

West se quedó pensativa un momento, sintiéndose un poco excluida por el hecho de que nadie la hubiera invitado a ir al bar. Pero tampoco se había esforzado mucho con los colegas.

—¿Y no se te ocurrió pedirle que mirara la mía también?

—No sabía que la tuya saliera fría también. —Rogers puso cara de que esto era obvio—. ¿De verdad que estaba silbando?

Ella lo ignoró.

—¿Tienes el número del fontanero?

—No. —Rogers se encogió de hombros—. ¿Me estabas espiando? En la ducha, quiero decir.

—No. No te estaba espiando. Estaba en la ducha en el mismo momento y te oí silbar.

—¿Tenías el vaso del cepillo de dientes contra la pared para escuchar mejor?

— No seas idiota.

Rogers se limitó a sonreírle.

West sacudió la cabeza y miró hacia otro lado.

—Vamos —dijo Rogers.

—¿Vamos a dónde?

—A comer. Estoy muerto de hambre.

CAPÍTULO TREINTA Y CINCO

Rogers condujo esta vez, aunque la cafetería estaba a solo cinco minutos andando. Se sentaron en la mesa de siempre y Rogers comenzó a masticar su habitual bocadillo de pavo. West lo miraba, sin apetito suficiente como para tomarse la sopa de pollo que había pedido.

—¿Puedo hacerte una pregunta? —dijo West después de un rato.

—No sé. ¿Puedes? —respondió Rogers, sin levantar la vista. West estaba acostumbrada a su sarcasmo y apenas lo oyó.

—Si estás tan seguro de que estamos perdiendo el tiempo aquí, ¿por qué te quedaste?

Rogers no respondió al principio. Cogió una servilleta de papel y se limpió la grasa de la comisura de los labios, luego la dobló y la colocó bajo el borde de su plato. La miró.

—¿Quién dice que estemos perdiendo el tiempo?

—Tú. Lo dices todo el rato. Te quejas de que todas las pistas son una mierda.

—Porque lo son.

—¿Y entonces para qué estás aquí?

Rogers se encogió de hombros.

—Ya te lo dije.

—¿Cuándo? —West frunció el ceño.

—Aquella noche… —la miró un instante y luego apartó la mirada. En seguida continuó—. Ya te he dicho que no tengo prisa en volver a casa y enfrentarme a mi exmujer. —Se quedó pensativo un momento—. Y quizás me has enseñado algo.

—¿El qué?

—No sé. ¿El no rendirse? ¿No perder la esperanza? Parece que tú te lo crees de todos modos.

Un ceño fruncido apareció en la cara de West y Rogers se rio.

—¿Por fin te das cuenta de que el trabajo de inspectora no es muy glamuroso? No es como sale en las películas ¿a qué no? Hay que meter información en una base de datos y esperar a encontrar la aguja en el pajar. Así es el trabajo. Y es lo mismo aquí o en Nueva York. Al menos aquí puedo dar paseos por la playa. —Sonrió. Ambos sabían que aún no había dado ningún paseo por la playa—. Te lo digo en serio. No soy un tipo complicado. Me gusta estar aquí. La gente me cae bien. Es un buen cambio de aires. Y lo mejor de todo, está muy lejos de mi exmujer.

—¿De verdad no crees que haya ninguna posibilidad de resolver el caso?

Cogió un palillo y se hurgó un hueco en los dientes.

—Depende de si hay un caso que resolver.

West apartó la mirada.

—¿Y tú? ¿Vas a decirme de una vez por qué te has quedado?

La pregunta la sorprendió.

—¿Qué quieres decir?

—Aquel día, en la playa, empezaste a contarme algo y luego te callaste de repente.

Sintió que se ponía un poco colorada.

—No, no es verdad.

—Sí, sí que lo es. Me estabas contando que estabas entrenando para natación a nivel profesional. Pero luego lo dejaste y te apuntaste a la policía. No es una transición muy normal que digamos. Y tú eres la persona más decidida que he conocido. Por eso tiene que haber una causa.

West estaba a punto de decirle que estaba equivocado. Pero había sido ella quien había empezado la conversación. Le parecía justo contribuir.

—Cuéntamelo —dijo Rogers, que seguía hurgándose los dientes.

—De acuerdo —respondió West—. Si de verdad quieres saberlo. Ocurrió cuando tenía diecinueve años. Me iba bastante bien. Iba a participar en los campeonatos nacionales. Aquel año se celebraban en Florida. Estábamos allí. . . —West hizo una pausa y miró a la mesa por un momento. Rogers entrecerró los ojos, pero dejó que se tomara su tiempo—. Estaba allí con mi mejor amiga, Sarah. Crecimos juntas. Nunca nos separábamos. Nunca. Íbamos al mismo colegio. Las dos hacíamos natación. Nos alentábamos la una a la otra. Éramos. . . íntimas. Muy amigas.

Rogers esperó.

—Sarah Donaldson. ¿Te suena el nombre?

—¿Debería?

—A lo mejor, igual sí. Hubiera ganado una medalla en las olimpiadas de Pekín, sin ninguna duda. —West dejó de hablar de repente. No había razón para contar la historia que había comenzado. Tan solo le causaba dolor.

—¿Hubiera? ¿Qué pasó? —preguntó Rogers.

Durante un largo rato, West no dijo nada. Consideró la posibilidad de callarse de nuevo. Pero sabía que ahora que había empezado no la iba a dejar tranquila.

—Compartíamos habitación Sarah y yo siempre compartíamos. La noche antes de la competición Sarah estaba inquieta, llena de energía. Siempre estaba así antes de una carrera. Normalmente se iba al gimnasio o algo así, para tranquilizarse un poco. Pero el hotel no tenía gimnasio. Así que decidió irse a correr unos cuantos kilómetros. Me pidió que la acompañara, pero yo prefería descansar antes de las carreras. —West miró al techo de la cafetería, como si la historia aún le doliera. Luego volvió a mirar a Rogers y continuó hablando—. No era tarde ni nada. El hotel estaba en la parte buena de la ciudad. No había razón para preocuparse, ni para pensarlo dos veces. Pero cuando pasó una hora y aún no había vuelto me empecé a preocupar. Se lo dije a mi entrenador. La esperamos juntos. Y cuando no volvió a medianoche, llamamos a la policía. Nunca olvidaré aquella noche. Nadie podía dormir. Solo esperábamos, rezando para que volviera a entrar por la puerta. Y que todo volviera a la normalidad.

West hizo una larga pausa. Rogers le dio tiempo.

—Pero no fue así. Encontraron su cuerpo a la mañana siguiente. Tirado detrás de unos arbustos en un parque. El tío, «el monstruo» mejor dicho, la había violado y luego la estranguló. —La voz de West se quebró un poco con las últimas palabras.

—¿Le cogieron? —preguntó Rogers tras una pausa.

West asintió.

—No en ese momento. Unos años más tarde. Un policía de tráfico le pilló in fraganti. Entre tanto había cometido cuatro violaciones más.

—Madre de dios.

—No fue solo eso —dijo West un momento después—. No estoy estableciendo una relación directa entre el asesinato de Sarah y mi ingreso en el cuerpo. Eso sería... simplificar mucho las cosas. Pero sí que. . . se podría decir que a partir de entonces ya nunca tuve el mismo enfoque. Nunca pude estar a la altura de mi potencial. —Se encogió de hombros—. No es que eso importe mucho.

Esta vez Rogers parecía confundido.

—Hablo de las competiciones. No conseguí clasificarme para las olimpiadas. Mis tiempos bajaron mucho. Acabaron echándome del equipo. Después de lo que había pasado casi que ni me parecía importante.

—Joder —dijo Rogers.

—¿Y tú? —preguntó West, tratando de forzar su voz para que sonara más natural—. ¿Por qué te alistaste?

—Mi padre era policía. Mi abuelo también. Nunca tuve mucha imaginación de niño.

—Una buena razón. Mejor que la mía.

—Joder, Jessica, lo siento. No debería haberme burlado de ti. Sobre lo de que estés decidida. Tienes una buena razón.

Ella le dirigió una sonrisa, dando un gran suspiro.

—¿Volvemos a la faena? ¿Seguimos buscando la aguja? —preguntó Rogers y West asintió.

Ninguno de los dos lo sabía aún, pero la aguja que llevaban tanto tiempo buscando estaba esperándoles en sus escritorios.

CAPÍTULO TREINTA Y SEIS

L a aguja apareció justo después del almuerzo. West había terminado las pistas que le quedaban y levantó la vista, con la intención de ofrecer a Rogers ayuda con las suyas. Pero tuvo que esperar, ya que había ido a por más café. Había una máquina expendedora en el pasillo con la que estaba desarrollando una relación de amor-odio. Volvió caminando. Colocó un vaso de cartón delante de West.

—¿Cuántas camisas me voy a arruinar antes de aprender a usar esa máquina de mierda?

West sonrió con simpatía y cogió su café.

—Ya he terminado —dijo—. ¿Quieres que te ayude?

—Vale.

Arrastró su silla alrededor de los dos escritorios para poder ver su pantalla. Como él seguía liado con su camisa, ella abrió el siguiente correo electrónico y empezó a leerlo en voz alta.

—Muy bien. Ya empezamos. «Urgente», escrito todo con mayúsculas. «Para el Comisario Jefe Larry Collins». Sí, claro. Como que lo va a leer él en persona. «Le escribo para decirle que Olivia Curran está muerta. Fue capturada por el Sr. Foster. . .» —De repente, se quedó quieta y siguió leyendo en silencio. Sintió que él se ponía rígido a su lado.

—Mierda. Mira esto, Ollie.

El correo electrónico ocupaba la mitad superior de la pantalla; una imagen ocupaba la mayoría de la parte inferior. Era demasiado oscura para distinguir lo que mostraba al principio, pero tenía un aspecto espeluznante.

Se acercaron a la pantalla. Mostraba a un hombre arrastrando una alfombra desde una casa en lo que debía ser la mitad de la noche, la imagen capturada por una cámara infrarroja.

—¿Qué coño es eso? —exclamó Rogers. Procedieron a leer el resto del correo electrónico.

«*URGENTE*

Para el Comisario Jefe Larry Collins

Le escribo para decirle que Olivia Curran está muerta. Fue capturada por el Sr. Foster, un conocido pedófilo de la zona, quien la tenía prisionera en el número 16 de la calle Speyside. La mayor parte del tiempo la tenía encerrada en el sótano, pero desgraciadamente el pasado domingo se debió escapar del sótano y el Sr. Foster la mató. Aquí le muestro una fotografía de Olivia cerrando las cortinas antes de que la mataran.

Aquí hay otra foto en la que se le ve cargando el cuerpo, que ha escondido en una alfombra, en medio de la noche. La foto no es muy nítida porque fue grabada con el modo infrarrojo de una cámara Denver WCT-3004 Fauna Silvestre (pero por desgracia esta no es el último modelo que tiene mucha mejor resolución).

También he visto que el Sr. Foster tiene una mochila rosa de chicas, que quizá pertenezca a Olivia. Siento decirle que no tengo ninguna foto ya que se me olvidó hacer una. Supongo que la encontrarán en la casa cuando hagan la redada.

Creo que deberían arrestar al Sr. Foster de inmediato para que no pueda matar a otras chicas.

Firmado

HK»

—Desplázate hacia abajo —dijo West y cuando Rogers lo hizo, apareció una segunda imagen. La cara de una chica en una ventana, esta vez tomada de día, pero en la misma casa.

—¡Dios mío! —gritó Rogers derramando su café—. ¿Es ella? ¿Es Olivia Curran?

CAPÍTULO TREINTA Y SIETE

—**D**eberíamos hacer esto más a menudo —dijo la mujer apoyando su cabeza en el hombro de su marido. Ella tenía treinta y muchos, él ya había cumplido los cuarenta. Ella tenía algunas canas que se le notaban en las raíces; él ya no estaba delgado y en forma como cuando se conocieron, sino que le estaba creciendo la barriga. Sus hijas, que ahora tenían cuatro y seis años, corrían por la playa, ajenas al frío.

—Es bueno alejarse —contestó él, dejando que su cabeza permaneciera allí un rato—. Viene bien un descanso de vez en cuando.

Las niñas se habían portado muy bien durante todo el viaje, pero tres horas de coche y dos más en el ferry habían sido suficientes. Ahora estaban cuál animales salvajes liberados tras meses de cautiverio. Corriendo hacia aquí y allá, agachándose para inspeccionar las piedras de la playa y cavando agujeros en la arena con las manos.

—¿Qué quieres hacer? —preguntó la mujer. El hombre observó a sus hijas durante un rato antes de responder—. Creo que deberíamos cansarlas y asegurarnos de que se acuesten temprano —dijo al fin, y ella levantó la cabeza para mirarlo a la cara.

—¿Ah sí? —Levantó una ceja con curiosidad—. ¿Y por qué quieres eso?

—No te hagas la tímida conmigo. Hablo de una cena tranquila en el restaurante del hotel con una buena botella de vino. No voy a proponer nada después de eso.

Ella sonrió. Después de un momento, volvió a hablar.

—¿Cuándo fue la última vez que cenamos juntos?

—Hace mil años. Tal vez más. Vamos. —Se levantó y caminó por la arena para reunirse con sus hijas—. Vamos a hacer una competición. ¿Quién puede encontrar tres tipos de conchas? La ganadora se llevará un trozo de tarta de chocolate.

En menos de diez segundos, la mayor había presentado a su padre tres tipos de conchas, dos blancas y una azul, y a la menor casi se le saltaban las lágrimas al pensar que había perdido. Pero él suavizó la situación restableciendo el desafío.

—Muy bien, ahora tenéis que decirme qué tipos de conchas son.

—¿Qué tipos de conchas? —preguntaron las chicas, confundidas.

—Sí, yo os ayudo con la primera. —Cogió la concha azul que sostenía su hija con la mano y la levantó para que ambas pudieran verla—. Esta es una concha de mejillón. Cuando están vivas, hay dos iguales, así —encontró una segunda concha azul en la playa y las juntó—. El animalito vive aquí y cuando tiene hambre se abre, deja que el agua del mar fluya y filtra pequeños trozos de comida.

—¿Papá?

—¿Sí, Chloe?

—¿Qué es esta concha de aquí?

Levantó una segunda concha. La miró, confundido. Luego sacó un iPhone del bolsillo y empezó a pulsar la pantalla.

—Voy a echar un vistazo. Encontrad más conchas —dijo mientras trabajaba, y las chicas se fueron, acostumbradas a esas interrupciones.

Su mujer le observaba desde donde estaba sentada, sobre un parche de guijarros para que los pantalones no se le llenaran de arena. Se sintió un poco decepcionada de que estuviera con el móvil tan pronto, pero sería un correo electrónico de trabajo. Lo mejor era responderlo cuanto antes para que pudiera concentrarse en la familia. Disfrutaba viéndolo con las niñas, cuando encontraba tiempo.

—¿Chloe?

—¿Sí?

–Es una lapa zapatilla —le mostró la pantalla de su iPhone—. ¿Lo ves? Al parecer, viven en grandes grupos como este. La de abajo es siempre la hembra, es decir, la chica, y las pequeñas de arriba son los chicos. Cuando ella muere —se detuvo y se corrigió—, o tan solo se va por alguna razón, entonces uno de los chicos se convierte en la nueva chica. ¿Qué te parece? ¿Te lo imaginas? Todas las lapas zapatilla nacen siendo chicos.

A pesar de lo extraño de este hecho, Chloe estaba acostumbrada a que el mundo no tuviera sentido y mantuvo la cabeza a un lado por un momento para considerarlo. Luego continuó preguntando.

—¿Dónde viven?

El hombre volvió a consultar su teléfono, pero no le sirvió de mucho y decidió improvisar.

—En las charcas, supongo. Mira, vamos a hacer una competición de verdad. Nos quitamos los zapatos y quien encuentre lo más interesante en la charca, se lleva el trozo de tarta de chocolate.

Las niñas se quitaron los zapatos y los calcetines y se abrieron paso con cuidado entre los guijarros hasta llegar a las rocas más grandes. Solo la mujer se quedó donde estaba, estirando las piernas y dejando que el bajo sol de noviembre le calentara la cara.

Había sido su idea, la mini escapada a la isla de Lornea. Había ido un par de veces cuando era niña y le gustaba la idea de que las niñas visitaran la isla también, pero nunca lo había hecho. Entonces apareció en su Facebook un bonito hotel con piscina cubierta. Parecía encantador y, cuando pinchó en el anuncio, vio que estaba en la isla de Lornea. Es curioso cómo son las coincidencias, pensó, ya que Lornea estaba tan presente en las noticias en esos días. Total que lo reservó. Su único requisito era que no quería ir a Silverlea, el pueblo donde la pobre chica había desaparecido. En su lugar, estaban en el otro lado de la isla, frente al continente, donde el mar era tranquilo y sin amenazas. No había mucha gente en Lornea en temporada baja, por lo que el hotel les salió barato. La habitación familiar era en realidad dos habitaciones, una con literas para las niñas y una puerta que las separaba de la habitación principal. Peter y ella podrían cenar en el restaurante del hotel mientras las niñas dormían. Una rara oportunidad para pasar una velada juntos. Lo que ocurriera después parecía estar en la mente de ella tanto como, aparentemente, en la de él.

Les observaba a los tres, abriéndose paso por las rocas, deteniéndose en los numerosos charcos e inclinándose para investigar. Su marido tenía los pantalones remangados hasta debajo de la rodilla; su hija menor, Sarah, se había quitado las mallas por completo. Sacudió la cabeza con exasperación, acabaría cogiendo un resfriado, pero sus gritos de alegría se filtraron por la playa hasta la mujer y lo dejó pasar por ahora. Respiró los olores de la playa. La sal y el olor a barro de las algas.

De repente, un grito rompió la tranquila calma. Y cuando el ruido debería haber cesado si, por ejemplo, una de las chicas hubiera visto un gran cangrejo, o se hubiera salpicado, continuó, haciéndose más fuerte y penetrante. Más desesperado.

La mujer se puso en pie y se movió casi sin darse cuenta. Corrió por la arena, dispuesta a lanzarse sobre cualquier peligro al que se enfrentaran sus hijas, pero sin entender aún de qué se trataba. Su atención se centró en

LA ISLA DE LOS AUSENTES

Chloe, de pie en medio de un profundo charco de agua, con las manos en la cara, temblando de terror. El hombre también corría hacia ella, tan rápido como podía sobre la superficie irregular.

—¿Qué pasa? —gritó la mujer, pero nadie respondió. El único ruido eran los gritos. Llegó a las rocas y no se detuvo a quitarse los zapatos, sino que siguió adelante, atravesando la primera charca. Levantó la vista para ver a su marido cogiendo a Chloe en brazos y llevándola a una gran roca plana, lejos de donde había estado parada. Momentos después, la mujer también estaba allí, aterrorizada por la mirada de su familia. Su marido tenía a Chloe en brazos y ella cogió a Sarah también mientras preguntaba una y otra vez:

—¿Qué pasa? ¿Qué ha pasado?

El rostro de su marido estaba pálido. Miró a las niñas un momento antes de responder, como si no quisiera que lo supieran. Pero eran ellas las que la habían encontrado.

—Parece una mano. Una mano humana. Chloe ha encontrado una mano en la charca esa.

CAPÍTULO TREINTA Y OCHO

Ya es viernes y todavía no hay nada en el *Island Times*.
Miré la página web del periódico esta mañana en casa y nada.
Entonces, justo después de llegar al instituto me escaqueé a la
biblioteca antes de que empezaran las clases. Tuve que preguntarle a la
bibliotecaria si había llegado ya el periódico de hoy. No le sentó muy bien ya
que lo estaba leyendo en ese preciso instante pero le dije que lo necesitaba
para un trabajo en clase y con un suspiro melodramático me lo prestó. Hojeé
el periódico y vi que no había nada de Olivia Curran, absolutamente nada.
No lo entiendo.

Ahora estoy en clase de mates, dándole vueltas a la cabeza. Creo que hay
dos posibles explicaciones. La primera es que no envié el correo bien. Me
doy cuenta de que lo puedo comprobar esta tarde cuando llegue a casa. Es
un poco complicado, no es tan simple como mirar en la carpeta de
«enviados» de mi cuenta secreta de Gmail. Es más el hacer un rastreo para
ver si el correo fue rechazado por alguno de los servidores extranjeros por
donde lo mandé. Es difícil de explicar, pero créeme, es posible. La segunda
posibilidad es que envié el correo electrónico bien, pero llegó demasiado
tarde para que el *Island Times* lo incluyera en el periódico de esta semana. Yo
creo que si quisieran lo podrían haber hecho, pero una cosa que he notado en
los adultos es que tardan una eternidad en hacer cualquier cosa. Incluso las
cosas importantes.

Igual que en matemáticas. Me encantan las mates, pero el temario es muy
básico. Ahora estamos dando fracciones. Ya sabía hacer fracciones cuando

tenía seis años. Solo vamos por mitad de la clase y ya he terminado las dos páginas de ejercicios que nos han dado. Estoy a punto de levantar la mano para pedir más ejercicios cuando se abre la puerta de la clase.

Levanto la vista sin pensar, no para ver quién es sino porque el ruido me ha llamado la atención. Seguro que será uno de mis compañeros que vuelve del baño. Están siempre yendo, creo que es una especie de broma. Pero no es eso. Es la directora, la Sra. Sharpe. Y creo que me está mirando.

Le hace un gesto a mi profesora para que se acerque, con la mano abierta como indicando cinco minutos. La señora Walker se acerca a la puerta y se ponen a susurrar entre ellos. Entonces de repente la profe me clava la mirada, ahora sí estoy seguro de ello. Veo por primera vez que no están solas, hay un hombre y una mujer detrás de ellos en el pasillo, pero no les reconozco.

—Billy —me dice la profe con un tono raro—. ¿Puedes venir un momento, por favor?

Siento una punzada de alarma. Mis compañeros me están mirando, preguntándose qué habré hecho. Pero no puedo hacer nada. Empujo la silla hacia atrás y chirría en el suelo, llamando aún más la atención. Siento los ojos de toda la clase en mi espalda mientras me dirijo a la puerta.

Cuando llego, la directora Sharpe me pone las manos en los hombros y me guía hacia el pasillo. Luego cierra la puerta de la clase para que estemos solos en el pasillo él y yo con los dos desconocidos. La directora les hace un gesto con la cabeza.

—¿Billy Wheatley? —pregunta uno de ellos, el hombre. Es un tío muy grande con manos peludas—. Soy el inspector Oliver Rogers y esta es mi colega, la inspectora Jessica West. Creo que ya os habéis conocido. —Hay una dureza en su voz, como si estuviera siendo sarcástico.

Lucho por contener el pánico. ¿Inspectores? ¿De la policía? Me da zumbidos la cabeza tratando de averiguar qué está pasando. Entonces registro las palabras del hombre por fin y miro a la mujer. No la reconozco. No entiendo nada.

—Hola, Billy. Te tomé declaración cuando Olivia Curran desapareció. ¿Te acuerdas?

Me fijo en su cara. Empiezo a reconocerla. Fue ella la que no pensó que mis pruebas fueran significativas. La que no era muy buena investigando. ¿Se trata de eso? ¿Por fin se han dado cuenta del error que cometieron?

Asiento con la cabeza y luego miro al suelo, esperando a ver qué ocurre a continuación.

—Billy —dice el inspector; ya se me ha olvidado cómo se llama—. Nos gustaría hacerte algunas preguntas sobre un correo electrónico que enviaste a la Comisaría de Policía de la Isla de Lornea y luego al periódico *Island Times*. Nos gustaría hacerte esas preguntas en la comisaría. La directora ha accedido a acompañarte hasta que localicemos a tu padre y, cuando lo hagamos, vamos a entrevistarte. ¿Te parece bien?

Se hace el silencio en el pasillo. No sé qué me horroriza más: la idea de ir a la comisaría o que me acompañe la directora. Nunca he hablado con ella.

—¿Es obligatorio? —pregunto, me sale voz de pito. Los inspectores se miran el uno a la otra.

—Vamos, Billy. Tan solo vamos a charlar —dice la mujer. Extiende el brazo, como si me estuviera invitando a ir con ella y de mala gana empiezo a caminar.

CAPÍTULO TREINTA Y NUEVE

No es un coche de policía de verdad sino un Ford rojo, pero me meten al igual que en las películas empujándome la cabeza hacia abajo para que no me choque con el techo; no lo entiendo, llevo toda la vida montándome en coches sin haberme chocado nunca. La inspectora se sube a mi lado. La directora Sharpe va en el asiento del copiloto. No dice nada, solo finge estar interesada en las vistas.

Nos dirigimos a la comisaría de Newlea. Está en la carretera principal y he pasado por delante con papá muchas veces, pero nunca hemos entrado. Atravesamos una gran verja negra y me sorprende un poco ver que solo hay un pequeño aparcamiento dentro; no sé por qué, pero esperaba algo más. Sin embargo, hay muchos coches de policía de verdad, con las marcas blancas y negras de la Comisaría de Policía de la Isla de Lornea. El inspector conduce hasta el final, pero no hay ningún sitio libre, así que la inspectora le sugiere que nos deje en la puerta mientras él se va a buscar un espacio para aparcar. Nunca supe que la policía tuviera que hacer eso; siempre supuse que podrían aparcar donde quisieran.

La inspectora nos lleva al interior, a una especie de mostrador, donde un policía de uniforme está sentado detrás de un gran escritorio. La inspectora está a mi lado mientras el agente me pregunta mi nombre y mi dirección, y los anota. Luego pregunta el nombre y la dirección de la directora Sharpe. La directora no puede llamarse a sí misma Sra. Sharpe y me entero de que su nombre de pila es Wendy. El policía anota todo esto en un libro, un libro de verdad, no en un ordenador. Entonces la inspectora se dirige a la Sra. Sharpe.

—Vamos a tomarle las huellas dactilares a Billy. Nos ayudarán a eliminarlo en caso de que haya contaminado alguna escena del crimen.

La directora asiente con la cabeza como si le pareciera buena idea y entramos juntos en otra habitación. Mi cerebro va a mil por hora pero sigo sin entender nada. ¿Para qué quieren mis huellas dactilares? ¿Creen que estoy involucrado? ¿Igual se piensan que soy el cómplice del Sr. Foster? Trato de recordar lo que pudiera haber tocado. Están la barca, por supuesto, y también las ventanas cuando quise comprobar si estaban cerradas. ¿Por qué no me puse unos guantes de plástico? Tengo un montón en casa.

—Billy, ven conmigo, por favor. —La voz de la inspectora atraviesa el caos de mi cabeza.

Tampoco hay ordenador en la sala de huellas dactilares. La inspectora me dice que me remangue y a continuación presiona cada dedo en una almohadilla de tinta y luego en un papel con un cuadrito para cada dedo. Hacemos las dos manos y después toma las huellas de la palma de las manos también.

—Vale, Billy, ya puedes lavarte las manos. —Me señala un lavabo en la pared de enfrente y me las lavo muy bien. No me gusta la sensación de tener tinta en las manos. Me hace sentir culpable de algo.

Entonces el inspector vuelve. Asoma la cabeza por la puerta, así que supongo que ha conseguido encontrar un sitio para aparcar.

—Ya viene el padre de camino. Vamos a la sala.

Me conducen a una sala con las palabras «Sala de interrogación 4» grabadas en la puerta y una bombilla dentro de una pequeña rejilla justo encima de la entrada. Está apagada. No hay mucho en el interior, solo una mesa con sillas y una grabadora anticuada sobre la mesa. No hay ventanas.

Antes de que nos hayamos sentado, el inspector se dirige hacia la directora.

—Gracias por venir, pero el padre de Billy acaba de llegar. No la necesitaremos después de todo. Ya he hablado con mis colegas para que la lleven de vuelta al instituto.

La directora Sharpe asiente. La miro y creo que parece decepcionada. Pero en ese momento otro policía trae a papá a la habitación y ya no puedo prestarle ninguna atención a la directora porque papá está de un humor de perros. Sé que no es una situación normal, pero papá está muy enfadado.

—¿Qué demonios es todo esto? —pregunta de inmediato. Parece que se fija en el inspector que sigue de pie junto a la puerta.

—Tú. ¿De qué va esto? ¿Por qué habéis arrastrado a mi hijo a la comisaría?

—No le hemos arrastrado, señor. Ha accedido de manera voluntaria a responder a algunas preguntas.

—¿No está detenido? Entonces no podéis retenerlo, es solo un niño de todos modos, da igual lo que sea que haya hecho. Vamos Billy. Nos vamos de aquí ahora mismo. —Papá camina alrededor de la mesa hasta donde estoy sentado y está a punto de cogerme de la mano cuando el inspector se las arregla para interponerse entre nosotros.

—Preferimos hacer las cosas de buenas —interviene la inspectora—. Pero si se niega, podemos arrestar a Billy por obstrucción a la justicia e interferir con una investigación.

Nadie dice nada durante unos instantes.

Entonces el inspector habla.

—Señor, voy a necesitar que se calme y tome asiento.

Por un momento pienso que papá todavía va a pasar por delante de él. Contengo la respiración.

—Ahora mismo, por favor.

Nunca he visto a papá con esa mirada. Sus ojos recorren la habitación como si intentara averiguar si hay escapatoria por una ventana o algo así y luego se queda mirándome fijamente, renegando con la cabeza. De manera muy lenta, papá toma asiento.

Los inspectores vuelven a sentarse también en frente de nosotros. Sin embargo, ambos siguen respirando con dificultad. Entonces el inspector presiona dos botones en la grabadora.

—Comienza la grabación —dice—. En presencia del inspector Oliver Rogers y la inspectora Jessica West.

Esta vez hago un esfuerzo por recordar los nombres. Cuando termina de dar nuestros nombres, me desliza un papel por el escritorio.

—Billy. Este correo electrónico fue enviado al Comisario en Jefe Larry Collins de la Comisaría de Policía de la Isla de Lornea el domingo 19 de noviembre. ¿Lo reconoces?

Miro el papel. Es una copia impresa de mi correo electrónico. Debajo están las dos fotografías que envié. Todas firmadas por HK. Intento pensar rápido, para averiguar por qué creen que fui yo quien lo envié. ¿Hay alguna manera de que lo hayan podido rastrear hacia mí? Estoy bastante seguro de que envié el correo electrónico por la ruta correcta. Miro al inspector Rogers a la cara. Todavía parece enfadado. La mujer parece un poco más simpática. Ahora la recuerdo mejor. Me echa una pequeña sonrisa que dura tan solo un segundo, como si quisiera darme ánimos. Pero niego con la cabeza.

—¿No? ¿No lo reconoces? ¿Estás seguro? —Mientras el inspector Rogers habla saca una bolsa de plástico transparente del suelo. No la había visto allí hasta ahora. Pero mientras juguetea con la cremallera de la bolsa siento que se me encoje el estómago del miedo.

—Has hecho un buen trabajo con el correo electrónico Billy, lo reconozco. Lo rastreamos a través de... —mira sus papeles—. Ah aquí: Azerbaiyán, Rusia, Bulgaria. . . Pero al final lo perdimos en Colombia. En su lugar, le hicimos una visita a Philip Foster para ver si había notado a alguien inusual merodeando por los alrededores de su casa. —Juguetea un poco más con la bolsa—. Y esto es lo que encontramos. —Saca mi cámara de la bolsa y la hace girar una y otra vez en sus manos. Al final deja de jugar con ella y la sostiene mostrando una etiqueta en la parte superior. Se la enseña a papá. La puse para cuando utilizaba la cámara para grabar a animales salvajes. Por si alguien la encontraba y pensaba que se había perdido. Pone:

Propiedad de Billy Wheatley
Clifftop Cottage, Littlelea
IMPORTANTE TRABAJO CIENTÍFICO
¡¡¡NO TOCAR!!!

—Un error de principiante, ¿no te parece? —Me sonríe, pero yo solo miro a la mesa.

—Y luego encontramos el segundo correo electrónico. No hiciste tan buen trabajo con ese, el *Island Times* fue capaz de rastrearlo hasta Venezuela antes de perderlo. Por suerte, el comisario tiene muy buena relación con el editor y le convenció de no publicarlo de momento. Si lo hubieran hecho… —sacudió la cabeza y miró a papá—. Si hubieran publicado este correo, estaríamos teniendo una conversación muy diferente hoy. Billy... Mírame.

De mala gana, levanto la cabeza y por fin asiento.

—Billy, esta es una situación muy seria. Estamos hablando de asuntos sociales, tribunal de menores, centros de detención para jóvenes. Pero quizá podamos evitarlo si cooperas. ¿Enviaste este correo electrónico o no?

Esta vez asiento con la cabeza.

—Para el beneficio de la cinta, Billy Wheatley está asintiendo con la cabeza.

—Y este segundo correo electrónico —el inspector Rogers sostiene otra hoja de papel—, enviado al editor del *Island Times*, ¿también lo enviaste tú? —Rogers lo desliza hacia mí para que pueda verlo mejor, pero no me hace falta. Esta vez asiento enseguida y me sorprendo al ver que una lágrima ha caído sobre la mesa delante de mí.

—Solo trataba de ayudar —digo por fin—. Quería encontrar a Olivia Curran porque nadie la encontraba. Solo que cuando lo hice ya era demasiado tarde. Pero eso no es mi culpa. Yo no lo hice, no le ayudé a matarla. Me cree, ¿verdad?

—De nuevo, en beneficio de la cinta, Billy Wheatley está asintiendo.

—Envié el segundo correo porque no estaban haciendo nada. Sé que ya estaba muerta por aquel entonces, pero podría estar capturando a otra chica. ¿Lo han arrestado ya? Podría estar matando a alguien ahora mismo.

—¿Es esa la chica desaparecida? —pregunta papá de repente. Está mirando el correo electrónico con asombro. —¿Qué leches está pasando, Billy?

Los inspectores se miran. Rogers es quien rompe el silencio.

—Si me permite, señor, se lo explicaré. Su hijo se ha formado la opinión de que Philip Foster está relacionado con la desaparición de Olivia Curran. Con estos correos electrónicos ha hecho perder una gran cantidad de tiempo a la policía. Si el *Island Times* hubiera publicado esas fotografías, podría haber causado un daño irreparable a cualquier juicio resultante de esta investigación. Por eso le hemos traído hoy.

—Pero es ella, ¿no? ¿Es Olivia Curran? —Papá le interrumpe—. Si la ha encontrado, ¿qué más da cómo lo hizo?

Se produce otro silencio y aprovecho para llenarlo.

—Estaba en su casa, papá. La vi en la ventana. Por eso envié los correos electrónicos. —Empujo los correos electrónicos a través de la mesa hacia los inspectores, por lo que la foto de Olivia está justo en frente de ellos.

El inspector Rogers ni siquiera lo mira.

—Billy. Philip Foster tiene una hija de dieciséis años que viene a visitarle los fines de semana. Hemos confirmado que la fotografía de la chica en la ventana es de la hija del Sr. Foster. También mencionaste una mochila rosa. Esta también pertenece a la hija del Sr. Foster.

Miro fijamente al inspector Rogers. Noto que se me está abriendo la boca. Por el rabillo del ojo, veo a papá frotándose la cara.

—¿Y qué me dice del sótano? ¿No han encontrado nada en el sótano?

—Billy, esa casa no tiene sótano.

—Bueno... —Arrugo la cara con confusión—. La alfombra, entonces. ¿Qué hacía sacando una alfombra en medio de la noche si no se era para deshacerse del cuerpo?

El inspector Rogers da un gran suspiro y se sirve un vaso de agua.

—La misteriosa alfombra…—Sacude la cabeza—. ¿Quieres un vaso de agua, Billy? ¿Sr. Wheatley?

Mira a papá, quien asiente; luego nos sirve un vaso a cada uno. Cuando vuelve a hablar, es más bien a papá a quien se dirige.

—Philip Foster está renovando su propiedad de Silverlea para alquilarla durante las vacaciones. Parece que quería evitar las tarifas necesarias para echar la alfombra al vertedero. —Hace una pausa para beber un sorbo de agua—. El Sr. Foster llevó la alfombra al vertedero en mitad de la noche y la dejó frente a la puerta. Hemos confirmado que encontraron la alfombra allí la mañana después de que su hijo tomara esta fotografía. El personal del vertedero la llevó al interior cuando llegaron al trabajo. Están seguros de que no contenía ningún cuerpo. Para asegurarnos, hemos mandado a un equipo de agentes para que rebusque entre la basura y encuentre la alfombra. —Hace una pausa—. Tuvieron que remover un montón de basura. Por fin la localizamos ayer. No hay rastros de sangre, ni nada sospechoso. —Rogers se dirige de nuevo a papá—. Parece que el Sr. Foster lo utilizó para envolver unas placas de yeso húmedas. Por eso parece pesado en la imagen que envió su hijo. En cierto modo, Billy, nos has alertado sobre un delito. Pero se trata de un crimen de vertido ilegal de residuos, no de un asesinato. Mientras tanto, la investigación ha tenido que desviar recursos de investigación legítima para dedicarse a esta búsqueda inútil.

Hay una larga pausa mientras todos parecen asimilarlo. Entonces el inspector Rogers se vuelve hacia mí.

—Has causado muchas molestias a mucha gente. Y has acusado a un hombre inocente. —El inspector Rogers se sienta y junta las puntas de los dedos de ambas manos. Luego parece molesto cuando la inspectora West me hace una pregunta.

—¿Qué fue lo que te hizo pensar que estaba involucrado, Billy? Me refiero a Philip Foster.

Es la primera pregunta que me piden que responda y me coge por sorpresa. Hay tantas razones que no las tengo ordenadas en mi mente.

—En el instituto —digo antes de pensarlo—, le llaman pedófilo. Y lo vi en la playa aquella noche. Estaba pescando. Es cojo. Y es un raro. —No quise decir la última parte. Miro hacia la mesa.

West suspira. Mira a Rogers, que niega con la cabeza.

—Mira, Billy —dice West—. Entendemos que hayas querido ayudar. Lo has hecho fatal, pero entendemos que tenías buenas intenciones.

Mira al inspector Rogers y este asiente con la cabeza antes de continuar.

—Philip Foster solía ser profesor en un instituto. Estaba en la capital, en una zona bastante dura según cuentan. Hubo una niña, una chica de catorce años que hizo una acusación contra él. —Hace una pausa para tomar aire—. Lo hemos comprobado. No hay nada sospechoso. Ni pruebas, ni testigos, ni historia, nada. Y la chica implicada tenía fama de inventarse cosas —mira a papá—. ¿Tal vez la chica se puso en contra de él por alguna razón? No lo sabemos. Pero no se tomó ninguna medida contra él. Al final se retiró la denuncia.

Respira de nuevo, como si la siguiente parte fuera difícil.

—Pero parece que el padre de la niña no se quedó satisfecho. Siguió a Philip Foster a casa desde el instituto un día con un bate de béisbol. Se las arregló para romperle la pierna antes de que alguien lo sacara de allí. El Sr. Foster y su esposa vinieron a la isla para intentar empezar de nuevo.

Entonces el inspector Rogers se entromete.

—Hasta que llegaste tú, Billy.

Me mira con dureza. Está a punto de decir algo más cuando se me ocurre algo.

—Pero yo lo vi —interrumpo—. Aunque no haya hecho lo del instituto, vi la furgoneta del señor Foster la noche que Olivia desapareció. Vi su linterna de pesca en la orilla. Estaba solo en la playa. Escondido en la oscuridad. ¿Cómo pueden estar seguro de que no lo hizo?

El inspector Rogers no deja de mirarme durante un buen rato. Luego revuelve la pila de papeles que tiene delante hasta que encuentra el que quiere.

—Philip Foster estuvo en la playa de Silverlea aquella noche. Estuvo pescando hasta las 22:30, momento en el que se dio por vencido al no haber pescado nada. Entre las 22:30 y las 23:15, estuvo bebiendo con varias personas de la fiesta, entre ellas un tal Brian Richards —Rogers mira a papá—. Es un vecino suyo, ¿no es así, señor Wheatley?

Papá no dice nada.

—La hija del Sr. Foster también estuvo en la fiesta y se fueron, alrededor de las 23:15, juntos en coche a Newlea sin parar y llegaron a su casa justo antes de la medianoche. Su esposa confirmó que se quedó allí el resto de la noche. Philip Foster no está involucrado en la desaparición de Olivia Curran.

En ese momento llaman a la puerta. Apenas lo registro, pero la inspectora West se levanta. Los ojos del inspector Rogers permanecen fijos en mí.

Nos quedamos sentados en silencio durante lo que parece una eternidad. Y entonces, justo cuando el inspector Rogers abre la boca para hablar de nuevo, la inspectora West le llama desde la puerta.

—Rogers, será mejor que vengas. Han encontrado algo.

CAPÍTULO CUARENTA

Los inspectores West y Rogers no tuvieron tiempo ni para coger un café antes de unirse a lo que parecía la comisaría entera en la pequeña sala de reuniones. En una pared la pantalla de un proyector mostraba una imagen difuminada de una mano que parecía haber sido amputada a mitad del antebrazo. A pesar de que la sala estaba a rebosar el silencio era absoluto. El inspector jefe Langley y el comisario Collins estaban de pie al frente, esperando que entraran todos.

—¿Podéis echar las persianas, por favor? —pidió Langley mientras el jefe observaba a los presentes—. Y daos prisa.

La sala se oscureció. La imagen en la pantalla cambió de una mano ensombrecida a una imagen en color nítida, con manchas verdes, amarillas y púrpuras. Los colores no tenían sentido. Era repugnante.

—Vale, creo que tengo vuestra atención —dijo Langley, y sin esperar respuesta continuó—. Como algunos de vosotros ya sabéis, esta mañana se encontró la mano y parte del antebrazo de una joven blanca en las charcas de rocas en la zona oeste de la playa de Goldhaven. El informe patológico tardará unos días, pero esta marca de nacimiento en la muñeca —dio un golpecito en la pantalla, haciendo que se tambaleara y que la imagen se distorsionara— indica que quizá pertenezca a Olivia Curran. Tampoco nos hace falta esperar al informe patológico para saber que la mano fue amputada a propósito. Lo que quiere decir que esta investigación pasa a ser un caso de asesinato.

Varios murmullos comenzaron a formarse en la sala, pero Langley los ignoró.

—Podemos deducir, por el avanzado estado de descomposición, que Olivia falleció en el momento de su desaparición, el veintiocho de agosto de este año, o no mucho después. Pero la mano fue amputada con bastante posterioridad, quizá en la última semana. Podremos confirmar la cronología según vayamos avanzando.

Langley hizo una pausa y miró a su alrededor en la sala.

—Quiero dejar una cosa bien clara. Esto no tiene nada que ver con la información que recibieron los inspectores Rogers y West acerca del vecino de Silverlea, Philip Foster. Ya sé que hay muchos aquí que han trabajado muy duro siguiendo esa pista, pero es hora de abandonarla.

Dirigió a Rogers una mirada compasiva, que pareció haberse endurecido en el momento en que se dirigió hacia West.

—Entonces, ¿alguna idea?

Hubo un corto silencio seguido de varias preguntas a la vez.

—¿Cómo se cortó el brazo? —preguntó uno de los oficiales.

Langley se giró hacia él. —Lo sabremos seguro más tarde, pero yo diría que con una sierra o un cuchillo de cocina.

—¿Pudo haber sido un animal? ¿Un bocado de un tiburón?

—No.

—¿Un barco entonces? ¿Arrancado por la hélice de una lancha motora?

—Tampoco. Se ven las marcas aquí. —Langley apuntó hacia la pantalla y no cabía duda—. Quien fuera que cortó la mano no es un experto. A menos que lo hiciera con los ojos cerrados.

—¿Dónde dice que encontraron la mano? —preguntó un agente.

—En una charca. Unas niñas estaban jugando y la encontraron. Se han llevado un susto de muerte.

—¿En qué charca? —preguntó West.

—En la playa de Goldhaven —respondió Langley.

—Ahí es donde está el puerto del ferry ¿no? —intervino Rogers.

—Así es. —Langley sonaba impaciente, como si esperase que todo el mundo debiera saber eso.

Entonces el agente intervino de nuevo. —Toda la costa hacia Goldhaven está llena de barrancos y peñascos. Es un lugar perfecto para esconder un cuerpo.

—Y un infierno para intentar encontrar uno —replicó otro.

—Va a ser aún peor si tenemos que encontrar partes del cuerpo por separado —dijo Langley.

Los agentes se miraron unos a otros. Sabían que la búsqueda les tocaría a ellos.

—¿Cómo son las corrientes por esa zona? —preguntó el primer agente—. ¿Es posible que el cuerpo fuera arrastrado hacia allí desde esta parte de la isla?

El otro agente negó con la cabeza. Era uno de los veteranos de la brigada y un ávido pescador. Conocía las corrientes. —Yo creo que no. Cualquier cosa que entre en el agua aquí va a ir hacia el norte o hacia el sur, pero no hacia la parte de atrás de la isla.

—Que comprueben eso ahora mismo. Que hablen con la guarda costera —intervino el comisario Collins dándole la orden a Langley, quien asintió con la cabeza—. No quiero que haya miembros del público encontrando partes del cuerpo por toda la isla —concluyó Collins. Se hizo otro silencio, esta vez más largo.

—¿Qué pasa si es solo la mano? —dijo West—. ¿Y si no hay otras partes que encontrar?

Langley la miró y preguntó—: ¿Cómo?

—Quiero decir, ¿por qué cortar la mano y encima la mano con la marca de nacimiento? —preguntó West. Era consciente de que todas las cabezas se giraban para mirarla.

—¿A qué te refieres? —intervino Rogers—. No lo pillo.

—No lo sé. Pero ¿por qué cortar un brazo meses después de haber matado a alguien? —respondió West—. ¿A qué viene eso?

—¿Quizá el asesino volvió para intentar deshacerse de pruebas? —respondió Rogers, pero no parecía muy convencido.

Se hizo otro silencio y esta vez fue Langley quien lo rompió.

—Está claro que necesitamos más información. El comisario y yo hemos acordado lo siguiente. Primero —señaló con un dedo en el aire—: Vamos a encontrarla, ya sea el resto de su cuerpo, o cualquier otra parte que pueda estar rondando. Hablad con los guardacostas. Hablad con los pescadores locales, con los oceanógrafos de la universidad si es necesario. Trazad una zona plausible de donde podría haber salido este brazo y luego haced un plan para buscarlo. Quiero que la encuentren antes que nadie.

—Segundo: Goldhaven es ahora un área de interés. No hemos tenido razón alguna para centrar nuestra atención allí hasta ahora. Pues bien, eso ha cambiado. Vamos a ir puerta por puerta. Averigüemos si alguien vio algo sospechoso. Ya sea en las últimas dos semanas, cuando creemos que le quitaron el brazo, o cuando desapareció por primera vez. Rogers, West, os quiero a ambos dirigiendo esa tarea.

—Tercero: Este caso es ahora la prioridad número uno de esta comisaría.

Todo lo demás se queda paralizado. Todo. Ya tenemos la atención de toda la nación sobre nosotros, gracias a los señores Curran. Tenemos que estar preparados para que esta atención explote cuando la noticia salga a la luz. Quiero que los próximos titulares describan como hemos capturado al asesino. ¿Está claro?

Nadie se movió cuando terminó de hablar, pero dejó que el silencio se prolongara durante unos segundos.

—¿A qué esperáis, pues? No vamos a pillar a nadie aquí sentados. Organizaos y poneos en marcha. —Apagó el proyector y la imagen se quedó en blanco.

CAPÍTULO CUARENTA Y UNO

R ogers condujo a Goldhaven, ambos se sentaron casi en silencio sumidos en sus pensamientos. Llegaron y se encontraron la playa cerrada, con agentes de policía apostados cada cincuenta metros a lo largo del corto paseo marítimo. Le bloqueaban la entrada a los pocos turistas que aún quedaban.

La marea había subido. La charca donde se había encontrado el brazo estaba oculta bajo el agua. Aun así, un equipo de policía trabajaba en una fila, realizando una búsqueda a mano a lo largo de la marca de marea alta donde yacían rizos de algas secos mezclados con palos y trozos de plástico al azar. No era una playa bonita: unos cuantos parches de arena seguido por rocas que se extendían hasta el pesado muro de piedra que formaba la entrada al puerto. Era la primera vez que West regresaba a Goldhaven desde que había llegado a la isla. Se dio cuenta de lo bonita que era la playa de Silverlea, con sus arenas blancas que se extendían ininterrumpidamente durante kilómetros en todas direcciones.

—Vamos. Será mejor que nos pongamos manos a la obra —dijo Rogers.

Se separaron, cada uno con una lista de calles para trabajar, y West comenzó la ardua tarea de llamar puerta por puerta. Casi la mitad de las casas estaban vacías. Y en las que había gente, no sabían nada. Entonces una mujer la invitó a entrar. Le contó a West, en un susurro bajo, que había visto una furgoneta verde aparcada delante de su casa durante toda una semana, más o menos cuando la desaparición de Olivia.

—¿Por qué le llamó la atención? —preguntó West.

—Porque no lo había visto ahí nunca —susurró la mujer.

—¿Sabe a quién pertenece?

—No.

—¿Hay alguna otra razón por la que crea que pueda ser relevante?

La mujer se quedó pensativa durante un largo rato.

—No —contestó por fin.

—Muy bien. . . ¿Supongo que no tomaría nota de la matrícula? —preguntó West.

La mujer sacudió la cabeza con tristeza, como si este fallo pudiera costarle caro a la policía.

Quizá no era nada, estaba claro que no era nada, pero había que anotarlo todo, junto con todo lo demás. La marca del vehículo, el color. Todo tendría que ir a una nueva base de datos, similar a la que West y Rogers habían elaborado con tanta diligencia durante los tres meses anteriores y que ahora no tenía ningún valor.

Y así continuó. Puerta tras puerta, residente tras residente. Hora tras hora.

—¿Qué? —preguntó Rogers cuando se reunieron de nuevo, una vez que ya era demasiado tarde para llamar a más puertas.

—Nada —dijo West.

—¿Estás bien? —preguntó Rogers de nuevo.

—Claro —afirmó West.

Ninguno de los dos habló mucho durante el viaje de vuelta a Silverlea. Al cabo de un rato, Rogers encendió la radio. Una voz explicaba con una nota de emoción que se encontraba en la isla de Lornea, donde la policía se concentraba ahora en la ciudad portuaria de Goldhaven.

«Hoy hemos presenciado cómo el comisario de policía Larry Collins confirmaba la dramática noticia de que se sospecha que Olivia Curran, la adolescente desaparecida, murió en el momento de su desaparición o en torno a él: la peor noticia posible para sus padres. Y fue en esta misma playa donde se encontró el espantoso hallazgo de la mano de Olivia en algún momento de ayer».

«El comisario Collins no ha podido confirmar si este descubrimiento significa que la policía está más cerca de resolver el misterio que se ha apoderado de la isla durante los últimos meses. Pero no hay duda de que este hallazgo no hará más que aumentar la presión sobre una comisaría de policía ya muy criticada por haber avanzado poco -o nada- en este caso».

Rogers apagó la radio y suspiró.

—Necesito una cerveza. ¿Te apetece tomar una?

West giró el cuello todo lo que le permitió el reposacabezas del coche.

—Ve tú. Déjame en la comisaría si quieres.

—Venga, vente a tomar una cerveza.

West no respondió.

—¿Seguro que estás bien? Pareces un poco callada. Pensé que estarías contenta. Tenemos una pista. Por fin es un caso real.

—¿Contenta? —respondió West con brusquedad—. La chica ha muerto. Hemos llegado demasiado tarde.

Rogers tamborileó con los dedos sobre el volante.

—Vamos, Jess. Eso lo sabemos ya desde hace tres meses. Pero ahora hay un caso que investigar. Y una pista real. Tenemos una oportunidad de atrapar a este tipo.

—¿Ah sí? Tal vez ese sea el problema —dijo West, subiendo la voz a su pesar—. ¿Qué hacemos aquí yendo de puerta en puerta? ¿Y por qué no lo hace Langley? Nosotros somos los que hemos trabajado en este caso. Y ahora él vuelve a intervenir y se hace cargo. . .

—Langley siempre ha estado a cargo del caso. ¿Qué esperabas? ¿Que este asunto se convierta en el caso de más alto perfil que la isla haya visto y que él vaya y se lo entregue a un par de agentes de la capital? Vamos, mujer. Ven a tomar una cerveza. Parece que la necesitas.

West no respondió.

—Mira, no digo que no esté de acuerdo contigo. Pero al menos estamos avanzando. Venga. Ven a tomar una cerveza y nos desahogamos.

—De verdad que no puedo —dijo West—. Tengo que ir a la comisaría a terminar el papeleo del chaval de esta mañana.

Rogers frunció el ceño ante esto. —¿Qué tienes que hacer?

—Escribir un informe —suspiró West—. Y meter las huellas dactilares del chico en la base de datos. Supongo que ahora ya no importa, pero el jefe me pidió que las pusiera, por si el chico ha estado metiendo las narices en la escena del crimen.

—Joder, Jess, no tienes que hacerlo tú. Lo primero que debes aprender en este trabajo es lo siguiente: cuando la mierda empieza a salpicar, delegas. Déjale una nota a Diane, pídele que lo haga ella. Vamos, solo una cerveza. —Sintió que estaba ganando y le dedicó una breve sonrisa—. Una cervecita de nada.

—Venga, vale —dijo West—. Una y no más.

Rogers soltó una carcajada.

—¿De qué te ríes? —preguntó West.

—De nada. Me estaba acordando del chaval de esta mañana. Le hemos acojonado pero bien.

CAPÍTULO CUARENTA Y DOS

Cuando vuelven a la sala, el inspector Rogers ni siquiera se sienta antes de empezar a hablar de nuevo.

—Billy, voy a ser muy clarito contigo. No quiero volver a verte, jamás. No quiero volver a saber de ti. No vas ni a rozar a Philip Foster, ni vas a meter las narices en esta investigación. Nunca más. ¿Me entiendes?

No digo nada. No nos dicen de qué han hablado fuera de la sala, pero de repente parecen tener prisa.

—Y usted, Sr. Wheatley. Será mejor que mantenga a su hijo bien vigilado a partir de ahora, o lo va a perder. ¿Nos entendemos?

Miro a papá y veo que al cabo de un rato asiente.

—Muy bien. La inspectora West les acompañará a la salida.

Sale de la habitación. Al rato, la inspectora nos lleva a papá y a mí fuera de la comisaría. Papá tiene que firmar unos papeles y luego salimos. De repente estamos solos papá y yo. No puedo creer lo rápido que ha sucedido todo.

Me siento un poco mejor fuera, pero también tengo miedo porque es evidente que papá sigue enfadado y ahora no hay nadie cerca para calmarlo. Papá no tiene su camioneta ya que la policía lo trajo en un coche de patrulla y tenemos que coger un taxi. Papá le pregunta al taxista cuánto va a costar y el hombre le responde que treinta dólares. Veo que esto hace que papá se enfade aún más y no me habla en todo el camino a casa. Me quedo sentado, mirándome los pies todo el trayecto e intentando no resoplar. Cuando llegamos a casa, voy a subir las escaleras, pero papá no me deja.

—Siéntate ahí. Ahora me toca a mí aclararte unas cosas.

Hago lo que me dice y tomo el asiento más alejado que puedo en la mesa de la cocina. Pero papá no se sienta. Se pasea arriba y abajo. Está temblando. Nunca lo había visto así.

—¿Sabes lo que has hecho hoy? Casi nos has jodido. Eso es lo que has hecho.

Se sienta, pero parece que no pudiera contenerse si se está quieto. Así que se levanta otra vez y empieza a pasearse de nuevo. Le pega un puñetazo a la pared.

—La policía. La jodida policía. Todavía no entiendo por qué nos han dejado marchar, así sin más. Pensé que estábamos jodidos pero de verdad. Ay dios mío, creía que te iban a . . . —Se detiene y se acerca mucho a mí—. No puedes ir por ahí llamando la atención, Billy. Es que no puedes. No con. . .

De repente, se gira y golpea con el puño el armario de la pared donde guardamos las tazas. El armario se mueve, se desnivela y se oye un enorme ruido en el interior. Sin embargo, esto detiene su rabia por un momento. Se queda mirándolo y luego se mira el puño. Tiene sangre en los nudillos. Luego se oyen más golpes mientras los vasos se van cayendo hasta la base del armario. No decimos nada al respecto.

—No puedes hacer eso, Billy. No puedes llamar la atención de esa manera. ¿No te lo he enseñado? ¿No te he dicho millones de veces que tenemos que mantenernos escondidos? No sabes quién puede estar buscándonos.

No sé qué quiere decir con eso. No tengo ganas de decir nada, pero tampoco me gusta el silencio.

—¿Quién está buscándonos?

Papá no me responde al principio. En su lugar, vuelve a sentarse y pone la cabeza entre las manos para que no pueda verle la cara. Sigue en la misma postura cuando por fin habla.

—Nadie, Billy. Nadie te está buscando. Nadie nos está buscando.

No entiendo a qué se refiere por eso no digo nada. Entonces, después de lo que me parece una eternidad, papá retira las manos y me mira de nuevo.

—¿Cómo es que no tenía ni idea de lo que estabas haciendo? ¿Es que acaso no te estoy cuidando bien?

No sé si papá quiere que le responda a esta pregunta, así que no sé qué decir. De verdad que no tiene sentido. Papá no me cuida; yo me cuido a mí mismo. Frunzo el ceño en señal de confusión.

—He tratado de hacer lo correcto contigo, Billy. Es solo que eres. . . No me has salido como me esperaba. ¿Me entiendes? Si supieras lo mucho que abandoné por ti.

Papá sacude la cabeza y suelta una pequeña carcajada. Hay una mancha de sangre en el tablero de la mesa de sus nudillos.

—A partir de ahora vamos a hacerlo mejor. Tú y yo. Vamos a hacerlo mucho mejor. Vamos a hacer cosas juntos. Como solíamos hacer antes. ¿Te acuerdas de cuando íbamos a buscar pepitas de plata en Northend? Pues lo mismo. —Sus ojos se dirigen a la tabla de surf que me compró, apoyada en un rincón de la habitación, sin usar y, tal y como deseaba que se quedara, olvidada—. Vamos a hacer surf. Eso es lo que haremos. Te voy a enseñar a hacer surf. No soy bueno en muchas cosas en este mundo, hijo, pero el surf es algo que sí que sé hacer.

Y de repente, papá empieza a llorar. Grandes lagrimones asoman en sus ojos y le caen por las mejillas. Al principio no parece importarle, pero luego se las limpia y da un sorbo enorme.

—Joder, lárgate de aquí. Tengo que limpiar este puto desastre.

Se acerca al armario y lo abre. Una lluvia de piezas rotas cae sobre la encimera y el suelo. Vuelve a maldecir y luego se ríe.

—Luego hablamos, ¿vale?

Totalmente desconcertado, subo las escaleras antes de que le dé tiempo a cambiar de opinión.

CAPÍTULO CUARENTA Y TRES

A cabo de ver las noticias. Puede que me haya equivocado sobre el Sr. Foster, pero tenía razón con lo de que Olivia estaba muerta. Acaban de encontrar parte de su cuerpo en la playa de Goldhaven. Debió ser por eso que la policía dejó de interrogarme tan de repente. Debieron de haberse enterado en ese mismo momento.

Me paso toda la noche llorando. No lo puedo evitar. No hago más que pensar en lo que pasó en la comisaría y en todo lo que soltó papá aquí en casa y, aunque no entiendo muy bien porqué lloro, no soy capaz de parar. No pego ojo en toda la noche.

A la mañana siguiente no bajo a la cocina. Voy a faltar a clase pero para mi sorpresa papá no viene a decirme que me prepare. Cuando por fin decido ir a la cocina papá ya se ha marchado. Parece que ha intentado recoger la cocina un poco. Ha descolgado el armario y lo ha puesto en el suelo, supongo que lo arreglará luego. La basura está llena de trozos de vasos y tazas rotas y hay una lata de sopa abierta en la encimera sujetando una nota de papá. Me siento y la leo.

«Hola Billy,

Siento haberme enfadado tanto anoche. Es tan solo que me pilló un poco desprevenido. Tengo cosas que hacer esta mañana pero luego vamos a salir juntos, tú y yo. Igual podemos estrenar la nueva tabla de surf ¿vale?

Te quiero,

Papá»

Me tomo la sopa mientras me caen lagrimones por la cara. Intento pensar. Intento dar sentido a lo que está pasando.

En un principio pienso en Olivia. Está muerta, pero no sucedió lo que yo pensaba. No fue el Sr. Foster, lo malentendí todo. Solo de pensarlo me arde la cara de vergüenza. La que he liado. Pero no es mi culpa, tenía pruebas de sobra. Y si el Sr. Foster no lo hizo ¿entonces quién la mató?

Luego mis pensamientos se vuelven hacia papá. ¿Por qué estaba tan enfadado? Entiendo que no le sentara bien pero nunca jamás le he visto ponerse así. Casi nunca dice palabrotas delante de mí y la retahíla que soltó ayer fue impresionante. Y lo del armario ya ni te cuento. Era como si hubiera querido pegarme a mí. Pero ¿por qué? No entiendo nada. Y ¿dónde se ha metido ahora?

Me paso todo el día en casa sin salir, sentado, pensando. Al cabo de un rato no sé por qué pero ya no quiero estar en la cocina y me voy a mi habitación. La puerta de mi cuarto no tiene cerrojo y muevo la mesa para bloquearla. Y ahí me quedo, pensando. Y según pienso, algunas cosas empiezan a aclararse en mi cabeza.

CAPÍTULO CUARENTA Y CUATRO

Hoy papá me ha obligado a ir a clase. Pero no me ha ido mal. Nadie sabe lo que pasó en la comisaría y, para ser sincero, a nadie le importa en absoluto lo de Olivia Curran. En casa es distinto. Papá está todo el rato intentando charlar conmigo. Parece si quisiera fingir que, así de repente, le interesa muchísimo lo que haga. Es bastante raro la verdad. Me da mal rollo.

Ya es sábado por la mañana. O al menos lo será cuando me levante. Papá querrá ir a hacer surf pero no pienso ir con él. Me voy a escaquear antes de que se levante. Creo que es mejor que le evite hasta que entienda de que va todo esto. Desde luego es lo mejor para mí. Así que me levanto una hora antes de lo normal y bajo con sigilo las escaleras. No me puedo pasar todo el día sin comer y me sirvo un tazón de cereales. Acabo de echar la leche cuando me doy cuenta de que está en la puerta, mirándome.

—¿Qué hay, Billy? Estás muy madrugador.

La voz le sale muy rara, con tono sospechoso. Me quedo helado con la cuchara en el aire, los Cheerios y la leche cayéndose de nuevo al tazón.

—Ayer no tuve oportunidad de contártelo —continúa— pero quería decirte que hoy vamos al agua. Vamos a estrenar tu tabla. —Le cambia el tono a uno de falsa alegría, como si quisiera pretender que todo va bien, cuando lo cierto es que los últimos días han sido horribles—. A estas alturas del año no hay muchos días que vengan con condiciones adecuadas para ti. Hoy vamos a intentarlo. Tú y yo, vamos a ir juntos. ¿De acuerdo?

Me arrepiento de haberme servido el desayunado, solo con ver el bol se me revuelven las tripas. Muy despacio, dejo la cuchara en la encimera.

—Hoy tenía planeado ir a ver los cangrejos de mi proyecto —consigo decir. Me sale la voz entrecortada. Papá me ignora.

Intenta mantener la calma, pero le noto en el tono de voz que está enfadado. Es más, me da la sensación de que se imaginaba lo que le iba a decir y ya tenía planeada su respuesta.

—Mira, Billy. Lo que hiciste el otro día, con la policía, es muy serio. Van a tener que cambiar las cosas ¿te enteras? Se te acabaron las aventuras por ahí tú solo, se acabaron los proyectitos científicos. Hoy vamos a pasar el día juntos y vamos a hacer surf. Y ¿sabes qué? Te va a encantar. Vamos a estar los dos, tú y yo, en el agua. ¿Qué te parece?

No sé qué decirle. Lo ha soltado con una dureza en la voz que no reconozco. No sé por qué pero me preocupa. Me da miedo. Normalmente, cuando se pone con el rollo del surf le cuento que tengo deberes, o que la Dra. Ribald está esperando a que le mande unos resultados, o cualquier excusa así. Pero hoy no digo nada. Será que estoy agotado con todo lo que está pasando.

—Ya entiendo que tienes tu cosa con el agua. Créeme, lo entiendo. Pero no te va a pasar nada. De eso me encargo yo. —Papá continúa hablando. No le presto atención hasta el final cuando me dice—: No hay más que hablar, ¿de acuerdo? Nada de que te encuentras mal, que tienes que hacer deberes. Hoy vamos a hacer surf y se acabó la discusión.

No me termino el desayuno. Espero en la entrada mientras prepara el equipamiento y lo carga en la camioneta. Miro hacia la bahía y por primera vez soy consciente de que hoy no tengo escapatoria. Las olas no son grandes, al menos no son enormes, y no hace tanto frío como lo ha hecho los últimos días. Pero el solo hecho de pensar que me tengo que meter en el agua hace que se me encoja el estómago. Oigo el crujir de las olas según rompen en la playa. Me imagino metiéndome en el agua, avanzando poco a poco, el agua cubriéndome cada vez más hasta que al final me cubre del todo y no doy pie. Noto que se me nubla la vista y oigo un zumbido en las orejas.

—Súbete a la camioneta, Billy.

CAPÍTULO CUARENTA Y CINCO

E n un momento de rebeldía decido montarme en la parte de atrás de la camioneta, donde están las tablas de surf. Será que no me apetece sentarme a su lado con el humor que tiene.

Tenía la puerta del pasajero abierta para que entrara y suspira cuando le ignoro, pero no me dice nada. Se limita a cerrar la puerta con un portazo y se sube a su asiento.

Siento que la camioneta vibra cuando el motor se pone en marcha. Salimos de la entrada y bajamos por el carril lleno de baches hasta la carretera principal, tomando el desvío a Littlelea. Esto me alivia, al menos. Las olas serán más pequeñas allí. Antes de que me dé cuenta, estamos entrando en el aparcamiento. Llegamos tan temprano que no hay nadie. La puerta de papá se abre de golpe y sale de un salto.

—Ponte el traje, Billy —me suelta.

—¿No vamos a echar un vistazo primero? ¿Para ver si las condiciones son apropiadas? —pregunto porque, a veces, papá lo hace y decide que las olas no merecen la pena.

—No es necesario. Las condiciones son perfectas para ti.

No me muevo.

—Madre mía, Billy, tienes casi doce años. Ponte el traje de una vez.

Intento pensar en algo que pueda decir o hacer para salir de esta, pero no se me ocurre nada. Así que poco a poco empiezo a deshacerme los cordones de las zapatillas. Papá sigue hablando. Pero no le estoy prestando atención.

—¿Te acuerdas de Donny? Su hijo tiene solo ocho años, bueno a lo mejor ya tiene nueve. Pero está arrasando, es genial con la tabla.

Papá saca mi tabla de la parte trasera de la camioneta y la pone en el césped, hablando todo el tiempo. Y es entonces cuando lo veo de nuevo. Ese objeto que ya había visto antes, atrapado en el hueco entre el lado de la camioneta y el suelo. Creo que era una horquilla de pelo. Tal vez los baches que hemos pasado la han aflojado un poco, porque es más fácil de ver, y está claro que es una horquilla. No tengo ninguna duda.

—Billy, que te pongas el traje —me dice papá de nuevo. Me lanza el traje y se va a su asiento para ponerse el suyo. Hago lo que me dice, pero mientras me subo el traje de neopreno por las piernas en lo que me estoy concentrando en realidad es en examinar el suelo a mi alrededor en busca de un trozo de alambre, o de un clavo, o de cualquier cosa que me sirva para desatascar la horquilla. Ni siquiera sé por qué de repente le estoy dando tanta importancia. Bueno no, eso no es cierto. Tengo la horrible sensación de que sí que lo sé.

Llevo varios días dándole vueltas a la cabeza y he pasado mucho tiempo en Internet, leyendo todas las noticias que he encontrado sobre el caso de Olivia Curran. Ahora que han encontrado la mano salen noticias por todas partes. En una de ellas vi una fotografía de Olivia que le hicieron el día que desapareció. Se la hizo una de las chicas que había conocido durante las vacaciones. En ella se ve a Olivia de pie al lado de una chica, con los brazos alrededor de sus hombros. No sé por qué, pero algo me hizo estudiar esa fotografía. Algo me hizo notar su cabello. Estaba recogido. Y llevaba una horquilla con una flor decorada con brillantes pequeñitos. Recuerdo que yo también la vi aquella noche cuando le di el perrito caliente. Y es exactamente igual a la que está atascada en la parte trasera de la camioneta de papá.

—Mira, Billy —me interrumpe papá—. Escucha, porque esto es importante. Vamos a caminar hasta que te llegue el agua hasta la cintura y entonces vamos a empezar a remar. Vamos a aprovechar la corriente del río para cruzar el rompeolas. ¿Vale? Puede que tengas que bucear bajo un par de olas, pero no muchas. ¿Listo?

Me mira a los ojos y le cambia la voz a un tono más tranquilo.

—A ver, Billy, no te me vayas a poner malo ahora. No sé por qué te estás poniendo tan pálido, pero contrólate un pelín ¿vale?

En ese momento se sienta a mi lado mientras me estoy poniendo las botas de neopreno. Parece que cambia de táctica.

—Mira hijo, ya sé que te preocupa un poco lo de meterte en el agua. Pero no pasa nada. De verdad que no. Voy a estar contigo todo el tiempo. Y siempre y cuando sigas mis instrucciones y te mantengas alejado de las olas según están rompiendo no te va a pasar nada. Seguro que te encanta y todo.

No digo nada. Tengo la cabeza a mil por hora. Sigo pensando en la horquilla. En lo que significa que esté ahí, atascada. Tengo la extraña sensación de que estoy a punto de entenderlo todo. Que las piezas del rompecabezas están a punto de encajar. Parece que de repente, el mundo que me rodea se volviera transparente, coherente, comprensible. Pero en ese momento la voz de papá vuelve a tener el tono áspero de esta mañana.

—Billy, estos últimos días has causado un montón de problemas y estoy intentando hacer un esfuerzo contigo, de verdad que sí. Pero ahora te toca a ti esforzarte, por eso vas a meterte en el agua conmigo y vas a darlo todo. ¿Me entiendes?

En ese momento entra un coche en el aparcamiento y hace que se calle de repente. El coche aparca a pocos metros de distancia y sale un hombre que le silba a su perro. No le conocemos pero aun así nos saluda con simpatía mientras cierra la puerta del coche. Entonces papá se inclina hacia mí y su voz es un gruñido bajo.

—Solo te pido una cosa, no me avergüences. ¿De acuerdo, Billy?

Siento que voy a llorar de nuevo. Siento que me tiembla el labio inferior y toda esa sensación de comprensión desaparece en un soplo. Me digo que no voy a llorar. Resoplo un poco, pero luego asiento con la cabeza. Papá me pone la mano en la cabeza y me alborota el pelo.

—Así me gusta. Con estas olas perfectas y de buen tamaño, sin muchedumbre de la que preocuparse nos lo vamos a pasar genial. Te lo prometo. Es lo bueno que tiene llegar temprano, que no hay nadie. Ya verás cómo se pone luego. Venga, te voy a poner cera en la tabla.

Papá se baja de un salto y se agacha junto a mi tabla. Su tabla ya está encerada y lista para salir, las llaves de la camioneta escondidas detrás del volante. Mientras él está de espaldas, aprovecho mi oportunidad. En el suelo, cerca de la parte trasera de la camioneta, hay un pequeño trozo de cable, lo cojo, vuelvo a subir a la camioneta y, arrodillado, intento meterlo en el hueco que hay detrás de la horquilla. No es lo suficientemente largo y lo único que consigo al principio es moverla. Saco el cable y trato de enderezarlo para extenderlo. Casi sale bien. Dos veces engancho la horquilla y creo que la voy a sacar, pero parece estar atascada en el sitio. Lo vuelvo a intentar, con las manos temblándome de nervios porque sé que papá va a terminar en cualquier momento. Y entonces lo consigo: el alambre se engancha por fin en la flor de la horquilla.

—¡Billy! ¿Qué leches estás haciendo ahora? ¡Sal de ahí!

La voz de papá suena fuerte. Estaba justo detrás de mí. No tengo tiempo ni de mirar la horquilla y la aprieto en la palma de la mano y me doy la vuelta para que no pueda ver lo que tengo, o lo que he estado haciendo. Papá está en frente de mí con cara de enfado.

—Billy. Vamos. Baja. Nos vamos ahora mismo.

Bajo de la camioneta mientras sujeto la horquilla con fuerza en la palma de la mano. Papá me pasa la tabla y no tengo más remedio que cogerla y meterla bajo el brazo. Él también coge la suya y me empuja para que comience a andar.

Al principio, papá está detrás de mí y no me atrevo a abrir la mano para mirar lo que tengo. Siento su respiración justo detrás de mí y entonces su tabla se choca con la mía.

—Pero bueno —se queja papá, deteniéndose de inmediato—. ¡No te pares así de repente!

Me adelanta, inspeccionando la parte de la tabla que se chocó con la mía, por si está dañada. Pero fue un golpecito de nada.

—Venga, date prisa.

Con papá delante de mí, por fin tengo la oportunidad de estudiar la horquilla. Abro la mano y la observo. Es una horquilla plateada de niña, con un dibujo de flores en la parte superior y diamantes dispuestos en forma de pétalos. Vuelvo a pensar en la fotografía que vi el otro día. Es el mismo diseño; estoy seguro de ello. Igual que la que llevaba Olivia Curran. Pero lo peor es que también veo lo que la mantenía atascada en el camión. En el otro extremo de la horquilla hay un pequeño mechón de pelo todavía pegado a un trozo de piel, ambos cubiertos de sangre reseca.

CAPÍTULO CUARENTA Y SEIS

E l Departamento de Archivos de la Comisaría de Policía de la Isla de Lornea tenía un total de dos empleadas: Sharon Davenport, una joven técnica de unos treinta años y su jefa, Diane Pittman, una veterana que llevaba trabajando allí más tiempo del que nadie recordaba y que tenía fama de ser implacable. Si la tarea de procesar el papeleo generado por las actividades de Billy Wheatley hubiera recaído en Diane Pittman, es casi seguro que habría actuado con mayor rapidez. Y podría haber cambiado las cosas.

Por desgracia, Diane Pittman no trabajaba los sábados. Por eso fue Sharon Davenport la que se encontró en la bandeja de entrada la tarjeta con las huellas dactilares de Billy Wheatley e instrucciones escritas a mano por la inspectora West de introducirlas en la base de datos nacional de huellas dactilares. La inspectora no había dicho que fuera urgente, por lo que Sharon retrasó su tarea mientras escribía un largo correo electrónico a su hermana, respondiendo a una serie de preguntas sobre los planes de su próxima boda.

Una vez hecho esto, dirigió su atención a la tarjeta de huellas dactilares. Sharon había visto lo que había sucedido con Billy Wheatley y no estaba del todo de acuerdo. En su opinión, parecía ser un buen chico que tan solo había querido ayudar. Ser recompensado con una visita a la comisaría y una broncaza por parte de los inspectores aquellos de la capital le había parecido un poco exagerado. El chico había estado a punto de llorar y ese padre tan enfadado que parecía que iba a matarle. Y para colmo tendría sus huellas dactilares registradas en la base de datos hasta que cumpliese los dieciséis años.

Pero, muy a su pesar, entendía por qué había que introducirlas: existía la posibilidad de que sus huellas hubieran contaminado la escena del crimen, sobre todo ahora que la pobre chica había resultado estar muerta después de todo. Sharon no tenía ninguna duda de que iba a cumplir con su obligación. A eso de las nueve y media recogió la tarjeta de huellas dactilares pertenecientes a Billy y se dirigió al monitor con el escáner.

El ordenador que utilizaban para introducir las huellas dactilares en la comisaría de Lornea se encontraba al fondo del despacho de los técnicos. No era un equipo muy moderno. No parecían ser más que un escáner y un ordenador normales y de hecho lo eran; la única diferencia era el programa que le habían instalado. El escáner convertía las impresiones en tinta en archivos digitales y el ordenador los subía a la base de datos central. Se indexaban y archivaban para que pudieran accederse desde cualquier ordenador autorizado conectado a Internet. Si una huella dactilar que contuviera el mismo patrón se encontraba vinculada a cualquier delito o investigación en cualquier lugar no solo de Estados Unidos sino también de un gran número de otros países, aparecería en cuestión de minutos. Lo único que Sharon tenía que hacer era crear una nueva entrada con los detalles de Billy Wheatley tal y como estaban escritos en la tarjeta. Pero cuando intentó hacerlo apareció un mensaje de error que Sharon no había visto nunca. Tras deliberar durante un rato, finalmente cogió el teléfono.

—Langley. ¿Qué pasa?

—Siento molestarle señor Langley. Soy Sharon del departamento de archivos. Me ha surgido un contratiempo con el archivo de Billy Wheatley.

—¿Wheatley? ¿Quién leches es ese?

—Billy Wheatley. Es el chico que los inspectores West y Rogers trajeron el otro día.

—Pues será mejor que hables con ellos. —Langley ya estaba colgando el teléfono cuando Sharon le interrumpió.

—Creo que puede ser importante.

Se oyó un suspiro.

—¿Más importante que buscar al que le ha cortado el brazo a Olivia Curran? Porque eso es lo que estás interrumpiendo.

Sharon hizo una pausa, sin saber cómo continuar, pero se dio cuenta de que el jefe seguía en la línea.

—Es que estaba añadiendo sus huellas al archivo. Pero sucedió algo extraño.

Hubo otro suspiro, seguido de un «qué?».

—Algo muy extraño en realidad. Ya hay una entrada para el chico, pero tiene otro nombre y una descripción que no tiene ningún sentido.

—Ya te he dicho que estoy un pelín ocupado. ¿Puedes ir al grano?

—Bueno, es que. . . Dice que está en la lista de personas desaparecidas. Y que está bajo riesgo porque su padre ha intentado matarlo al menos en una ocasión.

CAPÍTULO CUARENTA Y SIETE

Quiero que se pare el mundo. Mis piernas siguen funcionando; sigo a papá hasta el agua. Hemos bajado por las dunas y ahora vamos pisando la arena dura y húmeda de la playa. Delante de nosotros se extiende el océano donde un conjunto de olas se acercan y rompen con un rugido constante, como aviones que despegan de un aeropuerto lejano.

Me noto la respiración rápida y llena de pánico. La horquilla del pelo me arde en las manos. Una parte de mí quiere soltarla, abrir la mano y tirarla para alejarme para siempre de la horrorosa visión de la sangre reseca en el mechón. Pero no puedo. Si lo hago, papá me verá y entonces lo sabrá. Sabrá que lo sé.

¿Pero qué es exactamente lo que sé? Se me cruzan ideas por la mente como relámpagos en una tormenta, demasiado rápidos para entenderlos bien. ¿Qué significado tiene todo esto?

«¿Papá mató a Olivia Curran?»

No. No. Es una locura.

Mis piernas funcionan de manera automática. Siguiéndolo por la playa hacia el agua. Hacia el mar abierto que tanto odio, que tanto me aterra.

«¿Papá mató a Olivia Curran?»

Desde luego que explicaría ciertas cosas. Los estados de ánimo cambiantes. El enfado en la comisaría.

«No».

Sacudo la cabeza y el pensamiento desaparece. Casi me río. Es una locura. Pero siento las lágrimas presionándome para fluir por los ojos.

—No me voy a despegar de ti, ¿vale? —Papá se vuelve hacia mí y espera un momento para que caminemos al mismo tiempo. De repente parece diferente. Tan grande y fuerte, tan en su elemento, preparándose para entrar en el agua. Este es su mundo. Debe notarme el rostro, pero si lo hace parece que lo ignora adrede.

—Solo hay que remar fuerte al principio. Tenemos que atravesar estas olitas.

Llegamos a la orilla. Papá coloca su tabla en la arena para atarse la correa. Yo no puedo hacer lo mismo, porque sigo sujetando la horquilla con las manos. Miro a mi alrededor, desesperado por encontrar algún lugar donde pueda esconderla. No voy a tirarla ahora que sé lo importante que es y no quiero que papá me pille con ella. Pero no veo ningún sitio. La marea está a medio subir y en un rato toda la playa a mi alrededor va a estar cubierta de agua. Si la dejo aquí en cualquier sitio no volveré a encontrarla y no se me ocurre ninguna excusa para volver por la playa a algún lugar donde pueda esconder la horquilla. Un momento, tengo una idea.

—Papá. Necesito ir al baño.

—Háztelo en el traje.

—No es ese el que necesito —digo, casi llorando.

Esto lo detiene durante un par de segundos, pero no mucho más.

—Ni hablar. Ni se te ocurra, Billy. Te vas a meter en el agua ahora mismo, sin excusas. Vamos a quitarte esta estúpida fobia ahora mismo. O te aguantas, o te cagas en el traje. No me importa lo que elijas. Así que venga, ponte la correa.

Papá se me queda mirando y no me queda elección. Me agacho y pongo la tabla en la arena y luego intento enrollar el velcro de la correa alrededor del tobillo, pero no puedo con la horquilla en la mano. Hago lo único que se me ocurre. Me subo la mano hasta donde el traje me aprieta el cuello, tiro de él como si lo estuviera ajustando porque me resulta incómodo y me meto la horquilla en el traje. Al hacerlo, vislumbro el extremo, con el mechón de pelo, la piel y la sangre pegada. Lo siento ahí todo metido entre el pecho y el traje.

—Muy bien, vamos a coger unas olas. —Papá hace un último intento de hacer que esto suene como algo divertido y nos lanzamos al agua.

Tengo las botas puestas, pero aun así el agua me entra y me sube por las piernas. Creo que debe estar fría pero parece que no me afecta. Como si fuera otra persona la que va avanzando por el agua. Entonces llega la primera ola. A tan poca distancia es tan solo una línea de agua blanca y espumosa, pero aun así me llega hasta los muslos. Parece que me agarra y me quiere arrastrar a lo más profundo. Respiro tan rápido como puedo. En ese momento noto el frío por primera vez. El agua está helada y me invade el pánico.

«Piensa», me digo a mí mismo. Tengo que pensar. ¿Qué significado tiene la horquilla? La pregunta me retumba en la cabeza. ¿Quiere decir que papá está involucrado de alguna manera? ¿Significa que papá la mató? ¿Papá mató a Olivia Curran?

Sé que tiene sentido. Estaba allí la noche de la desaparición, aparcó la camioneta un poco escondida en la playa. Dijo que era para que no le pusieran una multa, pero ¿y si tuviera otra razón?

Y luego, cuando me quise ir a casa, no me llevó. Me dijo que quería quedarse un rato más. Me fui a casa con la madre de Jody. Pero me hizo decir a la policía que volvimos a casa juntos. Papá me obligó a mentirles.

Las ideas me aturullan la cabeza tan rápido que ni siquiera puedo procesarlas todas. Me estoy volviendo loco. Papá me dijo que regresó media hora después que yo, a eso de las once. Olivia Curran no desapareció hasta más tarde. Por eso no pudo haber sido papá. A menos que me estuviera mintiendo. Yo estaba dormido y no sé cuándo regresó.

Me llevo la mano al pecho. Siento el contorno de la horquilla con los dedos. La horquilla que pertenecía a Olivia Curran y que estaba atascada en la parte trasera de su camioneta, pegada allí con sangre seca. Siento que voy a vomitar.

Papá mató a Olivia Curran.

Me golpea otra ola. El agua me cubre un poco más ahora lo que hace que la ola casi me arrastre, pero siento su mano en la parte baja de mi espalda, manteniéndome erguido y empujándome hacia delante. Intento retroceder, pero no puedo. Papá está detrás de mí, empujándome hacia las olas. Unas olas horribles y heladas que tiran de mí e intentan mantenerme bajo el agua.

Una tercera ola me golpea y me arranca la tabla de las manos. Siento que la mano de papá se mueve con rapidez hacia mi cabeza mientras mis pies se resbalan en la arena. Papá me empuja bajo el agua y, de repente, la visión se vuelve verde y con burbujas mientras tengo la cara sumergida. Respiro una bocanada de agua salada. Doy una patada de pánico. El pie toca el fondo del mar y me impulso hacia arriba. Consigo sacar la cabeza sobre la superficie del agua y veo a papá allí mismo, muy cerca de mí. De repente lo comprendo todo. Me invade el terror. Por supuesto que papá mató a Olivia Curran. Es obvio. Y él sabe que lo sé. Por eso estamos aquí así de temprano para que nadie nos vea. Estamos en su territorio. Papá va a ahogarme. Va a matarme para que no se lo cuente a nadie.

Dice algo, pero no oigo el que. Mi mente se acelera de repente, los pensamientos se disparan en mi cabeza como el final de un espectáculo de fuegos artificiales. Tal vez sea mi vida la que pasa ante mis ojos antes de morir. De repente veo la cara de mamá. Nítida, como si de verdad estuviera aquí. Veo sus ojos, fríos y vacíos. No puedo evitarlo. Grito. La boca se me inunda de agua salada.

Toso y me atraganto, e intento atravesar el agua para alejarme de él, pero estoy ya muy profundo y la corriente del río nos arrastra mar afuera con premura. Y ahora viene otra ola. Entre el crujido de las olas consigo oír a papá.

—Agáchate. Es más fácil si te sumerges por debajo de la ola.

Pero no lo hago. Intento ponerme de pie y saltar hacia la pared de agua que se me acerca. Pero esta vez, la ola me hace perder el equilibrio y me empuja hacia atrás y bajo el agua. Siento como la espalda golpea la arena del fondo antes de que la energía de la ola pase por encima de mí. Lucho por salir a la superficie. Cuando por fin salgo al aire veo que papá viene decidido hacia mí, el agua le llega tan solo por la cintura. Me coge del brazo y me lleva mar adentro.

—Estamos en medio de una corriente. Súbete a la tabla y rema.

Dudo un instante. Me pregunto si podría correr a la orilla, escapar de él. ¿Pero luego qué? Y mientras dudo, mi cuerpo responde a su orden casi por sí solo. Condicionado tal vez por toda una vida escuchándole, siguiendo sus órdenes.

Mi padre me está arrastrado mar adentro para ahogarme y yo no hago más que obedecerle.

CAPÍTULO CUARENTA Y OCHO

M e tumbo en la tabla y empiezo a remar. Casi me resbalo pero la cera se me pega al traje y consigo sujetarme. Noto la horquilla presionándome el pecho, pero desvío la atención a la llegada de la siguiente ola. Tumbado en la tabla de repente parece mucho más grande. Una pared de agua blanca que se eleva sobre mí.

—¡Sumérgete! ¡Métete por debajo de la ola! —grita papá, e intento hacer lo que dice, copiando un movimiento que he visto hacerle a él y a todos sus amigos cuando empujan la tabla para bucear bajo la ola. Empujo la parte delantera de la tabla pero apenas responde. Cuando la ola me golpea, invade con violencia el hueco que he creado entre mi cuerpo y la tabla al intentar presionarla. El agua me arrastra de golpe, se me cuela en la boca y de repente me noto rodando bajo la ola. No sé dónde está la superficie. Rozo la arena del fondo con la cabeza y siento que la tabla tira de mí. Vuelvo a salir a la superficie y me doy cuenta de que estoy gritando. Papá sigue ahí. Siento como me empuja de nuevo en la tabla. Su voz me dice que lo vamos a conseguir, que no va a dejar que fracase.

—¡Rema! Vamos, Billy. Tan solo tienes que mover los brazos.

Jadeando, hago lo que me dice y me veo remando hacia otra ola. Pero esta vez, cuando llega hacia mí, siento que papá me da un empujón con fuerza en la espalda y el impulso que me da me empuja hacia la pared de agua haciendo que la atraviese. No estoy remando ni intentando bucear. Tan solo me agarro a los lados de la tabla con todas mis fuerzas.

—Ahora rema de nuevo, ve a la izquierda un poco. Ahí es donde está la corriente.

El miedo que le tengo a papá no supera el terror a esta agua rugiente y movediza, así que hago lo que me dice. Y ahora es un poco más fácil. A mi alrededor, el agua burbujea y chisporrotea de una forma que nunca había visto antes y la siguiente ola aún no ha roto: se levanta hacia mí cual pequeña colina. Aunque me pongo rígido y me preparo para el golpe que me va a dar cuando me alcance, esta vez solo me levanta y luego me deslizo por la superficie del agua mientras la ola rueda por debajo. Papá sigue a mi lado. Siento que mi velocidad aumenta cada vez que me da un empujón desde atrás. Otras dos olas vienen hacia nosotros y nos pasan por debajo. Ahora siento la fuerza de la corriente que nos arrastra como si fuera una cinta transportadora.

Papá está a mi lado, animándome a seguir. Me duele la garganta por haber tragado agua. Me duelen los brazos de tanto remar; es la corriente la que me saca, no mi forma de remar. Pero aun así, veo que estamos progresando.

Papá se ha adelantado y se detiene un momento, sentándose en su tabla para mirar a su alrededor.

—Vamos, Billy, dale un poco más. Ya casi estamos fuera.

Mis patéticas brazadas me acercan más a él, cada una me cuesta la vida. Me quedo sin aliento y me detengo cuando me pongo a su altura. Le miro a la cara, por una parte quiero sentirme tranquilo de estar aquí con él, pero otra parte estoy aterrado. ¿Va a intentar empujarme bajo el agua de nuevo? ¿Qué se siente al ahogarse?

—No te pares. Sigue adelante por si viene otro grupo de olas.

Me da otro empujón mar adentro lo que me aleja aún más de la seguridad de la playa. Esta vez, agacho la cabeza e intento hacer lo que me dice. Intento ignorar cómo me arden los brazos. Doy patadas con las piernas tal y como me enseñaron en natación, a pesar de que están fuera del agua y no ayuda nada. Lenta y dolorosamente, nos adentramos en el mar.

Por fin papá se detiene.

—Ya estamos. Descansa un rato.

Dejo de remar pero me quedo tumbado sobre la tabla, con la respiración agitada por el esfuerzo y el pánico.

—Siéntate, intenta respirar más despacio.

Lo ignoro. Si acaso mi respiración se acelera.

—Siéntate, Billy. Mira, así, en la tabla.

Su voz me trae de vuelta y trato de hacer lo que dice, sentándome con las piernas colgando en el agua. Es difícil. Tras unos cuantos bandazos a ambos lados, me caigo y tengo la cabeza bajo el agua una vez más. Estiro las piernas para impulsarme, esperando tocar la arena del fondo, pero esta vez no hay nada. Me sumerjo aún más y sigo sin sentirla y entonces, presa del pánico, intento nadar hacia la superficie. Consigo salir, chapoteando y llorando.

—Eso es. Inténtalo de nuevo, una vez más —oigo decir a papá.

Me agarro a la tabla como si me fuera la vida en ello. Luego, cuando recupero el aliento, vuelvo a subirme y trato de sentarme igual que papá. Esta vez lo consigo, aunque no me siento seguro, como si pudiera volver a caerme en cualquier momento. Pero miro a mi alrededor. Intento orientarme.

Estamos a unos cuatrocientos metros de las rocas y tal vez a la misma distancia de la playa, aunque parece estar mucho más lejos. No hay nadie haciendo surf. Y desde la playa no se me ve, he intentado ver a papá desde la playa mil veces y con las olas no se ve nada. Papá podría ahogarme ahora mismo y nadie lo vería. Nadie podría detenerlo.

Lo único a mi favor es que la mar está en calma. Mientras remábamos, era como si las olas no iban a parar de venir nunca, pero ahora la superficie del agua está plana.

Papá está sentado. Mirando al mar. Parece que me está ignorando. ¿Y si intento remar hacia la playa? No podría, no me quedan fuerzas en los brazos.

En su lugar me quedo sentado, pensando. ¿Por qué mató a Olivia Curran? ¿Qué consigue con ello? Tal vez es una de esas personas a las que les gustan esas cosas. Tal vez mata a gente todo el tiempo. Igual tenemos el patio lleno de muertos que ha enterrado allí.

Tal vez mató a mamá.

Esta idea me deja de piedra. Recuerdo que hace un tiempo intenté investigar la muerte de mamá en Internet. No encontré nada, así que busqué en los archivos digitales de los periódicos. Pensé en todas las palabras clave que se podrían haber utilizado para describir el accidente. Probé con «enfermera, autopista, camión volcado, accidente, muerte, Laura Wheatley». Lo único que quería era ver su cara. Papá no guarda ninguna foto de ella y yo tan solo quería verle el rostro.

Pero no encontré nada. Bueno, eso no es del todo cierto. Encontré muchas enfermeras que habían tenido accidentes de coche a lo largo de los años. Pero ninguna que se llamara Laura Wheatley. En aquel momento no entendí el porqué, pero ahora sí lo entiendo. Mamá no murió en un accidente de coche. Papá la mató. Y ahora quiere matarme a mí.

Giro la cabeza para mirarle. Sigue observando el horizonte donde unas líneas empiezan a definirse: se acerca otro grupo de olas. Esta vez, me pongo a remar casi sin pensarlo. Papá está distraído y esta va a ser mi única oportunidad de escapar de él. Estoy remando tan rápido como puedo. Ni siquiera pienso en qué dirección ir. No estoy seguro de estar pensando en absoluto. Solo remo para alejarme del hombre que me quiere muerto. Pero no he dado ni diez brazadas antes de que se dé cuenta.

—¡Oye! ¡Billy! ¿Qué haces? —grita tras de mí. Siento que vuelve a la posición de remo en su tabla. Casi en un instante, con solo un par de brazadas, reduce a la mitad la ventaja que llevaba.

—Billy, ¿dónde vas? Está a punto de entrar un grupo de olas. No te alejes.

Pero no le hago caso. Al contrario, remo con más fuerza todavía. El pánico se ha apoderado de mi cuerpo porque ahora no me duelen los brazos y siento cómo las manos empiezan a tirar de mí hacia delante mejor que antes. No oigo muy bien lo que dice papá, solo pillo unas palabras entrecortadas:

—Sentido contrario. . . Ahogar. . . Párate.

Levanto la mirada y veo que me dirijo hacia la playa, hacia la arena. Me vale. Si puedo llegar a la playa correré hacia las rocas. Conozco esas rocas. Hay lugares en los que puedo esconderme, lugares en los que papá no podrá encontrarme. Es mi única oportunidad.

Durante un extraño medio minuto tan solo remamos, yo unos metros por delante de él. Oigo a papá detrás de mí, su voz suena cada vez más enfadada. Si me atrapa ahora, sé lo que hará. Me va a meter la cabeza debajo del agua hasta que me ahogue.

—Billy, viene una ola. Date la vuelta.

Pero no le hago caso. Es una trampa. Y en ese momento siento las piernas elevándose por encima de mi cabeza. Y entonces todo parece suceder a cámara lenta. La ola me golpea por detrás y por los lados y me arrastra por su cara. Pero esta vez no es un bulto de espuma blanca ni una pared de cristal intacta, si no una ola que está rompiendo aquí mismo, encima de mí. Me atrapa, me absorbe en su interior, me pone boca abajo y luego me lanza hacia delante y me hunde en el agua. La violencia del proceso es aterradora. No me dio tiempo de tomar una bocanada de aire y ahora ya es demasiado tarde. Estoy en medio de un rugiente torbellino de agua que me arrastra de un lado a otro bajo la superficie, pero esta vez no toco el fondo. Estoy atrapado dando volteretas bajo el agua sin aliento en los pulmones.

Mantengo los ojos abiertos. Veo cascadas de burbujas por todas partes; no tengo ni idea de dónde está la superficie. Sigo girando y girando, entremezclándome con burbujas.

Dura una eternidad. La ola me retiene lo que me parecen varios minutos durante los cuales el agua continúa rugiendo alrededor de mi cabeza. Soy consciente de lo que está sucediendo, de verdad que soy capaz de notar cómo me estoy ahogando. Me doy cuenta de que tengo los ojos cerrados de nuevo y los abro en un intento desesperado por ver dónde puede estar la superficie. Pero lo único que veo es agua negra a mi alrededor, ya no queda nada de la verdosa agua que vi antes. Aspiro y me trago media bocanada de agua, desesperado por respirar. Pero mi cuerpo me impide continuar, comienzo a vomitar. Me estoy quedando sin oxígeno. Me voy a morir, ahogado. Siento como está pasando. Como si me partieran en dos: una mitad de mí lo único que quiere es aspirar una bocanada de océano y que pare este momento pero la otra mitad sigue luchando, aterrorizado por lo que pueda pasar después. Aterrado por la oscuridad hacia la que me estoy hundiendo.

Y entonces algo tira de mí. ¿La tabla? ¿Papá? No lo sé. Sea lo que sea, siento que me empuja hacia abajo, enviándome al abismo. Pero entonces desaparece y estoy solo de nuevo. Ya es demasiado tarde. Abro un poco la boca; se inunda enseguida y un acto reflejo hace que la cierre de nuevo. Empiezo a notar que la fuerza del ciclón de agua se reduce un poco y a mi alrededor puedo ver burbujas en la negrura. Pero en lugar de subir a mi alrededor, están cayendo. Hacia el fondo del océano.

En ese momento lo entiendo. Estoy boca abajo. Todo este tiempo he estado nadando en sentido contrario, hacia el fondo en vez de hacia la superficie. Doy un giro en el agua como puedo y cambio de dirección. Es mi última batalla. Si esto no funciona, tendré que rendirme. Cederé a la rabia de los pulmones, tomaré una última bocanada de agua salada y así moriré. Ya casi siento que está pasando.

Pero sigo luchando. Noto que es más fácil nadar hacia arriba y el agua ya no es negra, es verde de nuevo y eso me da ánimos. Por fin se torna casi blanca donde solo hay espuma y burbujas y de repente salgo a la superficie. Tomo una bocanada de aire antes de volver a hundirme, pero es suficiente para que comience a patalear como un loco, y la siguiente vez que saco la cabeza puedo mantenerla ahí y aspiro una mezcla de agua y aire, tosiendo y escupiendo. Permanezco así durante un minuto, aferrándome al lateral de la tabla que sigue a mi lado, unida al tobillo por la correa. Entonces veo a papá. La ola debe de haberme hecho rodar un buen trecho hacia la playa, porque está a unos treinta metros mar adentro y una ola está a punto de golpearle. Veo cómo se gira para enfrentarse a ella y se agacha con agilidad. Luego lo pierdo de vista tras un muro de agua y burbujas.

Sé que tengo que aprovechar esta oportunidad. Me subo a la tabla y empiezo a remar de nuevo, esta vez en dirección a la playa. Si consigo llegar a la orilla puedo ir a las rocas. Conozco lugares en los que puedo esconderme. No sé qué haré después, pero ahora mismo no pienso en eso. Lo único que quiero es no ahogarme.

Siento que la ola me levanta por detrás, como antes, pero esta vez es menos violenta. Durante medio segundo, cabalgo sobre la espuma, pero luego me hace caer de nuevo. Me vuelve a entrar el pánico, pero consigo mantener la boca cerrada y la ola me devuelve de nuevo a la superficie. La tabla está aquí otra vez, esperándome en el extremo de la correa, me subo de nuevo y sigo hacia la playa. Oigo a papá llamándome, pero a mucha distancia. Puedo llegar. Sé que lo voy a conseguir. Entonces llega otra ola. Esta vez estoy preparado. Me agarro a la parte delantera de la tabla y aguanto. La ola atrapa la tabla y la levanta, haciéndome deslizar hacia delante y de repente estoy avanzando hacia la playa, cubriendo la distancia con facilidad. He visto cómo los surfistas lo hacen cuando quieren llegar a la orilla. Se quedan tumbados, esperando, mientras la ola los arrastra. Hago lo mismo y aguanto unos veinte segundos antes de que me lance de lado al agua. Pero esta vez, toco el fondo. Esta última ola me ha traído a la orilla. No me atrevo a girarme para ver dónde está papá. En su lugar, me pongo en pie con dificultad e intento correr, pero el agua parece espesa como la miel y me arrastra hacia el mar haciendo que me mueva con lentitud. Entonces oigo a papá de nuevo, gritando. Debe de haber cogido una ola también. Miro hacia atrás. Está a unos treinta metros de mí. Tengo que correr. Tengo que llegar a las rocas. Tengo que llegar antes de que papá me atrape.

Por fin estoy libre del agua, en la arena. Hago un último esfuerzo. Agacho la cabeza y trato de correr. Pero solo consigo dar un par de pasos antes de que algo me agarre la pierna y haga que me tropiece hacia delante. Agito los brazos en el aire y caigo como un plomo, la arena arañándome la cara y llenándome la boca. ¿Qué me ha hecho tropezar? ¿Me habrá tirado algo papá para pararme? Intento moverme, pero oigo los pasos de papá acercándose a mí. Me duele todo el cuerpo. Intento arrastrarme, pero algo vuelve a tirar de mi pierna. Miro hacia atrás y sigo la línea negra de la correa hasta donde me ancla la tabla de surf. Eso es lo que me ha hecho tropezar. Pienso en desatarme la correa, pero no tengo tiempo. Papá está corriendo hacia mí. Me arrastro de todos modos hacia las rocas, arrastrando la tabla conmigo, pero él acorta la distancia en segundos. Pisa la correa y me agarra de la pierna, tirando de mí. Grito. No hay nadie que pueda oírme, pero sigo gritando como un loco.

Si voy a morir desde luego que no lo voy a hacer en silencio.

CAPÍTULO CUARENTA Y NUEVE

—¿**P**uedes repetir eso, por favor? —preguntó el jefe Langley.

—Pone que está en la lista de personas desaparecidas. Y está en alto riesgo porque su padre ha intentado matarlo al menos en una ocasión. . . —comenzó Sharon Davenport.

—¿Dónde estás?

—Estoy en la oficina de archivos.

—No te muevas de ahí. Voy de camino.

Dos minutos después, Langley se inclinaba sobre la joven mientras esta se sentaba frente a su terminal. Langley miraba la pantalla.

—¿Ves aquí? Intenté crear una entrada para William Wheatley, sin embargo sus huellas ya estaban en el sistema. Están bajo el nombre de Benjamin Austin. . . —Davenport comenzó de nuevo. Había girado su silla para dejarle que viera mejor.

—Sí. ¿Quién es el padre? No lo veo.

Sharon Davenport tecleó con rapidez en el cuadro de búsqueda. Apareció un icono de un reloj de arena girando y, unos instantes después, la pantalla se actualizó.

—Jamie Stone —leyó Sharon Davenport—. Perseguido por la policía del Estado de Oregón por asesinato, intento de asesinato, pervertir el curso de la justicia y -ay, Dios mío-, secuestro de niños. —Se giró y miró al teniente.

—Imprime eso. Ahora mismo —dijo Langley, mientras cogía el teléfono del escritorio.

* * *

LOS DOS PRIMEROS coches de policía llegaron a la casa de la cima del acantilado justo después de las once, noventa minutos después de que el jefe Langley hiciera su llamada. West iba en el segundo coche, su fin de semana se había cancelado de repente, aunque en realidad no había tenido ningún plan. La habían recogido en Silverlea y luego la habían llevado, con las sirenas encendidas, hasta el puente que conducía a Littlelea. Allí habían apagado las sirenas para no alertar a los residentes de la casa del acantilado de lo que estaba a punto de suceder.

El agente al volante cogió demasiado rápido el camino de entrada, rozando el lateral del coche patrulla con un terraplén bordeado de arbustos de mora, pero ninguno de los pasajeros del vehículo lo mencionó ni pareció darse cuenta. Ya tenían el pulso al máximo. Se notaba la adrenalina en el aire.

El primer coche de policía se acercó a la casa, el conductor del coche de West se detuvo un poco más adelante en el camino, bloqueándolo como posible salida en caso de que Stone intentara escapar. West abrió la puerta de un empujón y continuó a pie, con su arma en la mano. Llegó al pequeño patio delantero de la casa justo cuando los ocupantes del primer coche golpeaban la puerta. Observó la escena, con el corazón bombeando tan fuerte que corría el riesgo de que el ruido la distrajera. Esperó, respirando con dificultad, preparándose para abrir fuego tal y como le habían enseñado.

No hubo respuesta a los gritos de Langley. Golpeó la puerta de madera una vez más. Luego, con una señal a un agente uniformado que estaba a su lado, se retiró del camino. El agente uniformado estaba preparado con un pesado cilindro de acero, pintado de rojo brillante. Recordaba haber usado el artefacto durante sus meses en la academia, allí lo habían apodado «la llavecita». La puerta resistió el primer golpe, pero al segundo la madera se astilló y la puerta cedió hacia adentro. Langley entró primero, con su pistola en mano. West recordó las maniobras de entrenamiento de nuevo, en las que había entrado en casas medio derruidas mientras siluetas de cartón de ladrones o niños le saltaban al paso para que ella los disparara o los ignorara. Su mente se agitó. ¿Estaría el niño aquí, como una versión de carne y hueso de las maniobras?

Señaló con la cabeza a Rogers, que ya estaba a su lado. Luego cruzó la puerta.

Llevaba directamente a la cocina, más pequeña de lo que ella recordaba. En la encimera había unas cuantas tazas y cuencos. Había un ligero olor a café. Uno de los armarios de la pared estaba apoyado en el suelo, con un parche descolorido encima que mostraba con claridad dónde había estado colgado hasta hace poco. Había unas escaleras que salían de la cocina y desde allí oyó los gritos de «nada» mientras los hombres que la precedían buscaban en el resto de la casa. La escalera crujió cuando Langley volvió a bajar, sus zapatos golpeando la madera desnuda.

—Aquí no hay nadie. —Sacudió la cabeza. Luego se volvió hacia el patrullero—: Llama a la radio e informa. —Langley salió al exterior.

—Bueno, ¿dónde se han metido, entonces? ¡Joder! —preguntó Rogers a nadie en particular.

Comprobaron los alrededores de la casa y Langley les hizo esperar fuera mientras organizaba la escena. Se quedaron junto al muro bajo, mirando la playa. Había puntos en el agua, gente nadando quizás o quizá surfistas.

—Vaya puto desastre —dijo Rogers, dando una patada a la pared—. No me puedo creer que hayamos tenido al hijo de puta ahí mismo, delante de nosotros.

West frunció el ceño.

—¿Crees que es él? ¿Crees que Stone también es responsable de lo de Curran?

—¿Crees que no lo es? Ya lo viste. Estaba. . . —Rogers cerró la mano en un puño mientras buscaba la palabra adecuada—. …Estaba bastante nervioso cuando hablamos con él. Como si escondiera algo. ¿No lo notaste?

West no respondió.

—Creo que estaba esperando a que le acusáramos de algo. Apuesto a que no se creía la suerte que tuvo cuando lo dejamos ir.

West pensó en la entrevista con Sam y Billy Wheatley, tal y como los conocían entonces.

—Si es verdad que parecía un poco tenso —dijo.

—Ya estará a medio camino del puto México —respondió Rogers, sin escucharla en realidad. Infló las mejillas y resopló.

—Tal vez —respondió West.

—Nada de tal vez. Seguro. ¿No harías tú lo mismo?

—Solo digo que no lo sé. —Miró a su alrededor—. No parece una casa que hayan abandonado para siempre.

—¿Cómo tiene que estar la casa, entonces? ¿Qué te esperas, una nota de despedida? —Rogers se dio la vuelta y se quedó mirando el vacío que se extendía frente al acantilado. El silencio flotaba en el frío aire.

—No —dijo por fin West—. Solo estoy tratando de entender esto. Este tío mata a Olivia Curran y su hijo viene con un elaborado y loco plan de que el vecino es el asesino. ¿Tú le ves algún sentido?

Rogers se libró de responder porque el jefe Langley se acercó a ellos.

—Stone trabaja para el dueño del Gran Hotel de Silverlea, James

Matthews. Puede que incluso esté trabajando hoy. Vamos a revolver ese lugar, si está ahí vamos a encontrarlo. Id allí. A ver lo que puedes averiguar.

Se dieron la vuelta para irse, pero Langley tenía una última cosa que añadir.

—Ah. Y si encontráis al cabrón, tratad de no dejarlo escapar esta vez, ¿de acuerdo?

CAPÍTULO CINCUENTA

C ogieron el coche patrulla y bajaron la colina hacia Silverlea. Al llegar al puente, tuvieron que reducir la velocidad. Más adelante había otro coche patrulla aparcado de lado, bloqueando la carretera. Dos agentes uniformados estaban de pie en la carretera, parando a todos los coches y comprobando sus ocupantes. Rogers encendió la sirena durante un par de segundos hasta que los coches de delante despejaron el camino.

—¿Habéis encontrado algo? —preguntó, frenando junto al agente, que negó con la cabeza.

—No hay ningún rastro de ellos, jefe —respondió.

—Bueno, seguid buscando. —Rogers se mordió el labio y siguió conduciendo.

Condujeron en silencio por el bonito camino que llevaba al Gran Hotel de Silverlea.

—¿Crees que se acordarán de nosotros? —preguntó Rogers cuando llegaron. West no respondió. En su lugar, abrió la puerta de un empujón y subió corriendo los escalones.

La recepcionista levantó la vista del mostrador y su rostro se iluminó con una sonrisa.

—Buenos días, inspector Rogers, qué alegría ...—comenzó a decir con simpatía, pero Rogers la cortó.

—Hola, Wendy. Me temo que estamos de servicio. Tenemos que hablar con el jefe. ¿Sabes dónde está?

—¿El Sr. Matthews? —pareció nerviosa por un segundo, pero se recompuso—. Bueno, los sábados suele ir a jugar al golf, pero le he visto pasar antes. ¿Quieres que compruebe si todavía está en su oficina?

—Sí, por favor —dijo Rogers, y esperó delante de ella mientras cogía el teléfono.

—El mundo es un pañuelo —le dijo Rogers a West.

—¿Qué?

—La isla de Lornea, que es pequeña. Todo el mundo se conoce.

Antes de que West pudiera responder, Wendy se dirigió a ellos.

—Está de suerte, inspector Rogers. El Sr. Matthews sigue en su despacho. —Hizo una pausa, cubriendo el auricular con la mano— ¿Le gustaría verle ahora?

—Sí, si es posible. Su despacho está por aquí, ¿verdad? —Rogers no esperó a que ella respondiera, sino que rodeó el mostrador y avanzó hacia el pasillo que había detrás. West le siguió y la aturdida Wendy siguió unos pasos por detrás. A los pocos metros, llegaron a una puerta con la etiqueta «Gerente». Rogers llamó tres veces y estaba a punto de volver a llamar cuando una voz del interior les dijo que entraran. Lo hicieron sin dudarlo.

—¿James Matthews? —preguntó Rogers al hombre que estaba sentado tras el escritorio. Matthews estaba vestido con ropa de golf y aún tenía el teléfono en la mano. Colgó el auricular, con una expresión de confusión en el rostro.

—El inspector Rogers y...

—Inspectora West —continuó West. Sacó su placa y la mostró. Rogers hizo lo mismo.

—¿Hay algún problema?

—Podría decirse que sí —dijo Rogers—. ¿Puede confirmar si un tal Sam Wheatley trabaja aquí en el hotel? Dio su nombre como contacto de trabajo.

—¿Sam? ¿De qué se trata?

—Si pudiera responder a la pregunta —dijo Rogers.

—Bueno, podría, pero necesitaré que primero me diga por qué.

—Estamos investigando el asesinato de Olivia Curran. ¿Podría decirme si Sam Wheatley trabaja para usted?

Matthews parecía que empezaba a enfadarse.

—Mire, inspector Rogers, creo que debo avisarle de que soy muy amigo de su jefe, el comisario Larry Collins.

—Y yo debo avisarle de que se me está agotando la paciencia muy rápido. ¿Sam Wheatley trabaja aquí en el hotel o no?

James Matthews miró a Rogers a los ojos, poniéndose rojo. West les interrumpió.

—Sr. Matthews. Es urgente. Y bastante importante.

Durante un largo momento, Matthews siguió mirando al inspector Rogers, pero luego miró a West y sacudió un poco la cabeza.

—Muy bien, tomen asiento.

Había tan solo una silla frente al escritorio. Rogers gruñó y West se sentó. Matthews respiró y exhaló lentamente.

—Inspectora West —Matthews levantó un dedo como si acabara de situarla—, ustedes son los dos agentes que se hospedaron aquí al principio de la investigación de Curran —dijo ladeando la cabeza.

—Así es.

—Bueno, confío en que tuvieran una estancia agradable. Puse las habitaciones a disposición de la comisaría de policía. Quería aportar con lo que pudiera.

—Se lo agradecemos, señor. Ahora, volvamos a Sam Wheatley. ¿Puede confirmar si trabaja para usted y si conoce su paradero actual?

Matthews levantó ambas manos como si estuviera derrotado.

—Trabaja para mí, pero no aquí. Se ocupa del mantenimiento de mis casas de vacaciones. Pero estoy seguro de que no está involucrado de ninguna manera.

—Y hoy, ¿está trabajando?

—Miren, he hablado con Larry; ya sé lo de la mano de la pobre chica que encontraron en Goldhaven. Y estoy seguro de que Sam Wheatley no tiene nada que ver con eso.

—Si pudiera limitarse a responder las preguntas —dijo Rogers paseando de un lado a otro del despacho. Encontró otra silla, la acercó al escritorio y se sentó.

Matthews volvió a fruncir el ceño. Se volvió hacia West.

—Me temo que no lo sé. Trabaja muchos fines de semana, pero se organiza su propio horario. Podría llamarle si quiere.

—¿Qué número tiene? —interrumpió Rogers. Hubo una pausa.

—Lo comprobaré —dijo Matthews. Hubo otra pausa mientras buscaba en el ordenador y luego en el móvil. Encontró un número y se lo mostró a Rogers, que lo anotó en una libreta que había sacado del bolsillo. Rogers hizo un gesto hacia el teléfono.

—Compruébelo.

Matthews marcó el número. Esperaron mientras Matthews escuchaba en silencio durante unos instantes. Luego colgó.

—No da señal.

—Vale —dijo West unos momentos después—. Vamos a necesitar una lista de todos los lugares donde podría estar trabajando. Las casas de alquiler que mencionó. ¿Podría conseguir esa información de inmediato? Vamos a tener que registrarlas todas.

Matthews suspiró levemente, pero volvió a coger el teléfono, marcando un solo dígito en el teclado del teléfono, y dio instrucciones cortas y claras a quien estuviera al otro lado.

—En unos minutos nos traen la información. —Sonrió con una fina sonrisa a los dos inspectores.

—Muchas gracias.

Rogers sacó su teléfono móvil del bolsillo y comprobó si había mensajes. No había ninguno y negó con la cabeza a West.

—¿Qué puede decirnos sobre Sam Wheatley? ¿Cómo le conoció? ¿Desde cuándo trabaja para usted? —preguntó West.

El director permaneció un rato en silencio antes de responder.

—Bueno, yo no diría que le conozco tan bien. Creo que le conocí hace unos siete u ocho años. Si no me falla la memoria creo que vino al hotel buscando trabajo. Nuestro hombre de mantenimiento estaba a punto de jubilarse y le dije que le daría una oportunidad.

—¿Y realizó alguna comprobación de antecedentes? ¿Comprobó sus referencias?

Matthews hizo una pausa.

—Hace mucho tiempo ya, pero para un puesto como este no habría indagado demasiado. ¿Puedo preguntar por qué están interesados?

Ambos inspectores ignoraron la pregunta.

—¿Y lo conoce fuera del trabajo? —preguntó West—. ¿Podría darnos los nombres de algún familiar aquí en la isla? ¿O de amigos cercanos?

Matthews negó con la cabeza.

—Nunca hemos socializado en realidad. —Pensó por un momento—. Creo que le gusta el surf. Podrían probar a preguntar entre esa gente.

West miró a su compañero.

—¿El nombre Jamie Stone le suena de algo?

—No. ¿Debería?

De nuevo, los inspectores ignoraron la pregunta.

—¿Hay algo más que pueda decirnos sobre Sam Wheatley? ¿Algo que pueda indicarnos su paradero?

Matthews volvió a negar con la cabeza.

—Solo sé que es extremadamente fiable y que nunca ha dado problemas. Para ser sincero, conozco un poco más a su hijo, que es una especie de genio de la informática. Arregla las conexiones de Internet de muchos de nuestros chalés.

West miró a Rogers, que había levantado la vista de su teléfono al oír esto.

—¿Billy Wheatley?

—Así es.

Llamaron a la puerta y ésta se entreabrió. Una chica se asomó a la puerta, sosteniendo una hoja de papel. Matthews le hizo un gesto para que entrara y se acercara al escritorio, mirando a los inspectores pero sin establecer contacto visual.

—Gracias, Cheryl —dijo Matthews, y luego esperó a que saliera del despacho. Lo estudió durante un rato, cogió un bolígrafo y empezó a garabatear en él. Cuando terminó, se lo tendió al inspector Rogers—. Esta es una lista de nuestras propiedades. He señalado las que Sam está trabajando en este momento.

Rogers lo cogió y le echó un vistazo. A continuación, marcó un número en su móvil y empezó a dar instrucciones para que los patrulleros visitaran las propiedades que Matthews había indicado. Cuando terminó, su teléfono móvil emitió un fuerte pitido.

—Gracias, señor Matthews. Ha sido de gran ayuda —dijo West, levantándose de la silla.

—Bueno, eso espero. Espero que sean capaz de encontrarlo. Aunque reitero que no creo ni por un momento que Sam Wheatley tenga algo que ver con la muerte de la pobre chica.

—Ya. Gracias de todas formas. —West se levantó para marcharse, pero Rogers se quedó en la silla a su lado. No quitaba la vista de la pantalla de su teléfono móvil.

—Ya lo tenemos —dijo Rogers.

Ella no le respondió. Por fin Rogers la miró de nuevo y se explicó.

—Langley ha encontrado su camioneta, abandonada junto al río.

CAPÍTULO CINCUENTA Y UNO

E ra tarde el domingo por la noche cuando el comisario Collins convocó la reunión. Hizo que uno de los patrulleros trajera comida para llevar y los cuatro -Langley, Rogers, West y el jefe- se sentaron en su pequeño y pulcro despacho, devorando pizza en silencio. Había sido un día largo sin oportunidad de comer. Cuando terminaron, el jefe dio el pistoletazo de salida, resumiendo lo que habían descubierto hasta ese momento acerca de Jamie Stone.

—Hoy he hablado por teléfono con un tal Randy Springer. Es el comisario de Crab Creek, donde ocurrió todo esto. Le molestó que llamara en domingo, pero recuerda bien a Stone. Springer está seguro de que Stone es nuestro asesino. Dice que sabía que reaparecería tarde o temprano. Stone es del tipo que acaba atacando de nuevo.

El jefe hizo una pausa y pareció pensar por un momento.

—Dice que Stone es violento y muy peligroso. Estará armado y si se ve acorralado no dudará en disparar para escapar.

Collins volvió a hacer una pausa de un par de minutos.

—Springer se tomó la molestia de reiterar este detalle varias veces. Dijo que nos asegurásemos de disparar primero y preguntar después. —El jefe miró a su equipo—: No quiero que nadie corra riesgos innecesarios. Especialmente con el niño por medio. Suponiendo que siga vivo, claro.

Se hizo silencio en la sala mientras los inspectores consideraban esa posibilidad. Aunque no había comido en todo el día, West no había tocado la pizza. Había oído acerca de los crímenes de Stone con una creciente sensación de horror. Pensó en cómo habría debido ser para el chico vivir con él. Pero sobre todo, pensaba en cómo había perdido dos oportunidades de rescatarlo. Se le retorcieron las tripas. El jefe continuó.

—Vale, vamos a algunos detalles. Langley ¿qué nos cuentas de la camioneta? ¿Qué sabemos hasta ahora?

Langley se apartó de la pared donde había estado apoyado y leyó de su cuaderno.

—Es una Ford rojo, matrícula del 97. Descubierta sin llave en un aparcamiento rural junto al río. Con barro fresco en el parachoques, como si hubiera andado fuera de la carretera esta mañana. También tiene lo que parece ser agua de río en el suelo.

—¿Hay algo dentro? ¿Alguna señal del niño?

—Tenía tablas de surf y trajes de neopreno en la parte de atrás. Estaban todavía húmedos lo que indica que se habían usado hacía poco. Aparte de eso, no hay mucho. Vimos unas huellas, sin embargo, una bota grande de hombre y una zapatilla de deporte de niño que conducían a la carretera. Mi hipótesis es se fueron a hace surf esta mañana, cuando volvieron a la casa y vieron que estábamos allí huyeron por las carreteras secundarias. Abandonaron la camioneta cuando se dieron cuenta de que habíamos puesto controles en la carretera.

—Muy bien. —Collins pensó por un momento—. ¿Supongo que no tenemos ninguna cámara de seguridad por la zona?

Langley negó con la cabeza.

—¿Algo de la policía científica?

—No hay ningún laboratorio en la isla lo suficientemente grande como para registrar la camioneta, por eso la vamos a mandar en el ferry esta noche a la capital. Espero que tengamos los resultados mañana por la tarde.

—Vale. Haz un seguimiento profundo, quiero saberlo en cuanto haya algo. ¿Qué hay de las casas de vacaciones de las que se encarga? ¿Habéis encontrado algo allí? ¿Rogers?

—No está escondido ahí. Las estamos vigilando todas y nada.

—No dejéis de vigilar. Va a hacer frío esta noche. Si están huyendo van a necesitar un lugar para esconderse. Esos chalés vacíos van a ser muy tentadores —añadió Collins—. ¿Qué hay de las rutas de escape de la isla?

Langley retomó este punto. —Estamos vigilando el puerto y revisando las cámaras de seguridad. Nadie que coincida con su descripción subió al ferry hoy. Por supuesto, podría tener una embarcación privada que desconocemos, pero no hay rastro de ella. Y no se ha denunciado el robo de nada. Estamos trabajando en la hipótesis de que todavía está en la isla en algún lugar.

—¿Qué hay de la casa? ¿Algo?

Langley negó con la cabeza. —Nada. Pero seguiremos buscando. Vamos a mirar de arriba abajo.

—Muy bien. Ya habrá tiempo para eso.

Collins se quedó callado un momento, sin mirar a ninguno de ellos. Se acarició el bigote.

—Bien. Pensemos en su coartada. West, le tomaste declaración, ¿verdad? ¿Qué dijo?

La inspectora West había imprimido copias; las repartió ahora. Se aclaró la garganta.

—Afirma que no conoció a los Curran cuando llegaron para las vacaciones. Recogieron la llave del chalé de una caja con candado. Afirma que ni siquiera sabía quién era la hija, no hasta que salió en las noticias. Pero acudió a la fiesta —dudó por un instante—. Nos dijo que se fue sobre las once de la noche para llevar a su hijo a casa. A Olivia la vieron después de esa hora, así que no se le hizo ningún seguimiento.

—¿El hijo confirma que se fueron juntos?

—En su momento lo hizo —dijo West—. Pero luego encontré esto. Échele un vistazo.

Repartió una segunda declaración.

—Es la declaración de Linda Richards. Vive cerca de los Wheatley. Dice que iba a llevar a su hija a casa y se ofreció a llevar a Billy Wheatley al mismo tiempo. Stone estaba hablando con unos amigos y quería quedarse más tiempo. Total, que el chico volvió a casa cuando dijo, pero Stone no.

Langley se inclinó hacia adelante, hojeando el documento para sí mismo.

—¿Cómo se nos ha podido pasar esto por alto?

Nadie respondió.

—¿Quién tomó la declaración de Linda Richard? —preguntó el jefe.

—Fue Strickland —respondió West.

El jefe se acarició el bigote y resopló con fuerza. Se hizo el silencio en la sala.

—¿No detectaste nada raro en Stone? ¿Cuándo le tomaste declaración? —preguntó Langley por fin.

—¿Raro cómo qué? —preguntó West.

—¡Cómo que te estaba contando un puto cuento! —Se le notaba la ira en la voz.

—No. No noté nada en ese momento — respondió West—. No había ninguna razón para sospechar de él.

—¿Y qué hay de cuando lo tuviste sentado frente a ti. ¿Aquí en la comisaría? ¿No notaste nada entonces?

—Estábamos centrados en el niño. No había ninguna razón para considerar a su padre como sospechoso en ese momento.

—Jesús, vaya desastre.

West abrió la boca para decir algo, pero el jefe la detuvo.

—Ya he oído suficiente. Tenemos que investigar esto. Si Stone no se fue a las once, ¿cuándo se fue? ¿Quién lo vio después? Tenemos que construir un caso contra este tío y tenemos que atraparlo.

West escuchaba mientras el jefe daba sus órdenes, pero no estaba del todo concentrada. No podía quitarse de la cabeza el enfado de Langley. ¿Era su culpa que hubieran dejado escapar a Stone? ¿Debería haberse dado cuenta de que había algo que no cuadraba entre Billy y su padre?

—Bien, terminemos por ahora —dijo el jefe, interrumpiendo sus pensamientos—. Langley, Rogers, vosotros a casa a descansar. Quiero que la búsqueda se reanude en cuanto amanezca. West, espera aquí un momento. Tengo que hablar contigo.

Los demás agentes recogieron sus cosas y pasaron junto a ella. Langley la miró con dureza al pasar. Rogers enarcó las cejas. Cuando se fueron, Collins cerró la puerta en silencio. Luego volvió a su escritorio.

—¿Jefe? —preguntó West unos momentos después, con la preocupación escrita en su rostro.

El jefe no respondió al principio. Por fin levantó la vista.

—Inspectora West. Hay algo que debes saber. Además de hablar con el comisario Springer esta tarde, me han llamado dos periodistas. Es solo cuestión de tiempo antes de que descubran que tomamos declaración a Jamie Stone hace dos meses y no hicimos nada, y luego lo tuvimos en la comisaría esta misma semana y también lo dejamos ir. —Miró a West. Su rostro era sombrío.

—Jefe...

—Cuando eso ocurra —Collins la interrumpió—, vamos a recibir un buen golpe. Si se enteran de que fuiste tú -y puede que no sea capaz de evitarlo- es posible que tú recibas el mazazo.

Sus ojos se posaron en West. Ella no era capaz de descifrar sus pensamientos.

—Si en efecto resulta que entrevistaste a un asesino en dos ocasiones, va a haber gente, dentro y fuera del departamento, que te lo eche en cara.

West sintió que se ponía colorada. No pudo hacer nada para evitarlo. Abrió la boca para hablar de nuevo, pero él levantó una mano.

—No me malinterpretes, inspectora West. Soy muy consciente de que los asesinos pueden ser muy buenos mintiendo. También soy consciente de que este departamento está bajo una presión extrema. —Hizo una pausa. Luego se balanceó en su silla y miró por la ventana—. Sabes, vine aquí pensando que pasaría mis últimos años lejos del punto de mira —dijo, su voz de repente era mucho más cálida—. Ya estaba harto de psicópatas asesinos de niños y del circo mediático que les siguen. Al cabo del tiempo te das cuenta de que, por muchos que atrapes, siempre habrá más. Es una enfermedad de nuestra sociedad. —Se volvió hacia ella—. Esta es una comisaría pequeña, inspectora. En una isla pequeña y remota. La gente de aquí es muy tradicional. Una mujer inspectora. Un comisario de policía negro. Ambos son conceptos difíciles para la gente de aquí. Tenemos que ser conscientes de ello.

West no respondió. No entendía lo que el jefe le estaba diciendo y no le dio tiempo a procesarlo.

—Inspectora, creo que sería mejor que te apartaras de la vista durante un tiempo, solo hasta que atrapemos a Stone. Si tardamos más de lo que espero, existe el peligro de que la actitud hacia ti se endurezca.

West seguía sin entender.

—¿Apartada de la vista? ¿Qué quiere decir?

El jefe volvió a acariciar su bigote. —He hecho algunos arreglos. Quiero que investigues los antecedentes de Stone. Habla con la madre del chico y con el resto de la familia. Asegúrales que estamos haciendo todo lo posible por encontrarlo. Lo último que necesitamos es que se lancen a por él. Y ellos conocían a Stone. Tal vez alguien de allí sepa algo que nos ayude a encontrar dónde se esconde.

West frunció el ceño. Parecía una posibilidad remota.

—Pero jefe, yo quiero encontrarlo. Quiero estar aquí.

Collins respondió con brusquedad. —No. Langley lo tiene todo bajo control. Va a revolver la isla entera. Si Stone sigue aquí, Langley lo encontrará. Mientras tanto quiero a alguien en el continente. Quiero saber de primera mano lo que hizo este tipo.

—Pero. . . —West abrió la boca para expresar otra objeción, pero Collins la detuvo.

—Sin peros, inspectora. Le he dicho al comisario Springer que le espere mañana a la hora de comer. Deberías hablar primero con él. Parece el tipo de hombre que espera eso.

—¿Mañana a la hora de comer? ¿Cómo voy a llegar a tiempo?

Como si fuera una señal, llamaron a la puerta. A la orden del comisario Collins se abrió y Diane Pittman asomó la cabeza por la puerta. Miró a West para comprobar quién era antes de hablar.

—El helicóptero viene de camino, señor. Dicen que en media hora. Preguntan qué hacia dónde se dirigen.

Los ojos de Collins se dirigieron a West.

—Todavía te hospedas en Silverlea, ¿no?

—Sí.

—¿Puedes hacer la maleta y estar lista para salir en media hora?

Ella parpadeó dos veces antes de responder.

—Sí, claro —dijo.

—Muy bien. —Se volvió hacia la mujer mayor, que seguía de pie sosteniendo la puerta entreabierta—. Diles que aterricen en la playa. —Se volvió hacia West—: Te recogerán allí.

Por un momento, ella no entendió que la estaba despidiendo. En cuanto cayó se levantó despacio, con la cabeza dándole vueltas. Pero él la llamó de nuevo.

—Una cosa más, inspectora.

—¿Sí?

—Si algo no te cuadra allí me lo haces saber de inmediato, ¿de acuerdo?

CAPÍTULO CINCUENTA Y DOS

Fuera del despacho del jefe, el edificio estaba tranquilo, pero no la tranquilidad habitual de los domingos por la noche. Esta noche, el lugar tenía la sensación de estar desierto, ya que todo el departamento había participado en la búsqueda del día. Había tazas con restos de café frío sobre los escritorios. Los ordenadores, encendidos, mostraban en bucle los salvapantallas de «Comisaría de Policía Isla de Lornea».

La inspectora West entró en la oficina en estado de shock. Casi no vio a Rogers esperándola, recostado en una silla que no era la suya y haciendo girar un lápiz entre sus dedos.

—¿Qué ha pasado? ¿Está cabreado porque no descubriéramos que Stone es nuestro sospechoso cuando le entrevistamos con el chico?

—No.

—No estás enfadada con Langley por lo que dijo en la reunión, ¿no? Este tío es un poco imbécil. Y no te vas a comer el marrón tú sola. Si la hemos cagado, lo hemos hecho los dos juntos y no tengo ningún problema en decírselo al jefe. —Rogers se estaba calentando según hablaba. West le interrumpió.

—Quiere que vaya a Crab Creek, donde Stone mató por primera vez. Quiere que investigue aquello. Por si descubro algo allí que nos pueda ayudar a cazar a Stone.

Rogers frunció el ceño.

—¿Cómo va a ayudar eso? Stone está aquí. Aquí es donde vamos a atraparlo.

West no respondió.

—Bueno, ¿cuándo te marchas entonces?

—Ahora mismo, esta misma noche. El helicóptero me va a recoger en media hora.

A Rogers se le notaba la confusión en el rostro.

—Supongo que entonces necesitarás que alguien te lleve al apartamento.

Condujeron juntos hasta su casa. West hizo la maleta tan rápido como pudo, metiendo dos mudas de ropa en una bolsa de viaje. Mientras cerraba la cremallera, el teléfono móvil emitió un pitido anunciando los mensajes de Pittman que contenían los detalles de su vuelo. Luego, Rogers la condujo hasta el Club de salvamento y socorrismo y de ahí fueron a la playa. West esperaba en el asiento delantero, con la bolsa a sus pies. Apenas hablaron.

Unos instantes más tarde, una luz brillante apareció en el cielo, sobrevolando el promontorio desde el norte. Solo cuando se acercó fue posible distinguir las aspas del rotor y la forma del helicóptero. Y entonces, cuando ya estaba casi encima, redujo la velocidad y descendió, formando un torrente de ruido y levantando pequeños tornados de agua de mar en la playa. Desde el interior del coche parecía todo un poco irreal. El patín izquierdo tocó la arena primero.

—Bueno, te mantendré informada —dijo Rogers cuando hubo aterrizado. Los rotores seguían dando vueltas y tuvo que alzar la voz sobre el ruido. Dentro del helicóptero, el piloto les hizo un gesto.

Asintió con la cabeza y le miró. Tenía una mirada distante, como si estuviera deseando volver a la búsqueda de Stone.

—Sí, yo también —respondió al fin. Extendió la mano para abrir la puerta.

—Lo vamos a atrapar, en tu honor —se apresuró a decir Rogers—. Vamos a pillar a este hijo de puta.

West dudó un momento, permaneció en silencio y luego abrió la puerta.

Fuera, el ruido era ensordecedor. Una corriente de aire caliente y con un fuerte olor a gasolina se dirigía hacia ella, levantando arena que le picaba en la cara. West se agachó y se cubrió la cabeza para protegerse. A sus pies, pequeños charcos de agua de mar temblaban como si estuvieran vivos. Corrió hacia el helicóptero, llegó al lateral pintado y brillante y deslizó la puerta trasera hacia atrás. Subió y cerró la puerta, tuvo que usar ambas manos para que se moviera. Una vez cerrada la puerta el ruido se redujo a la mitad. El interior era cálido. El piloto se volvió para mirarla y dijo algo que no oyó. Luego señaló los auriculares que descansaban en el gancho sobre su asiento. Se levantó para cogerlos.

—Bienvenida a bordo, inspectora —dijo una voz en sus oídos—. ¿Podría abrocharse el cinturón, por favor? Despegaremos enseguida.

Su acento continental la sorprendió. Ya se había acostumbrado a la forma de hablar de los isleños.

—Vamos al aeropuerto Logan de Boston, ¿verdad? —dijo el piloto y, esta vez, ella asintió.

—¿A qué hora es tu vuelo?

—A las diez cuarenta y cinco.

—Vamos muy justos, pero haremos lo que podamos. ¿Es tu primera vez en helicóptero? —añadió, y ella asintió.

—¿Cómo lo sabes?

—Se nota por la cara de terror. —En la penumbra de la cabina del helicóptero le pareció verle sonreír, pero luego se volvió a los mandos. Apenas había terminado de colocarse el cinturón cuando el ruido del motor se elevó. Las hélices comenzaron a girar, muy despacio al principio, pero ganando velocidad a continuación hasta que el helicóptero despegó. El suelo, la playa, el mar, todo se desvaneció bajo ellos. Era como estar borracho en un ascensor. Luego giraron y la vista desde la ventana de West cambió. La ciudad se alejó. En su lugar, se veía tan solo la oscuridad de las dunas y luego el océano. Notó que había estado apretando el reposabrazos y se obligó a relajar la mano. El helicóptero cogió velocidad y voló por encima del agua para rodear los acantilados. No lo parecía, pero ahora se movían rápido, porque ya estaban en Littlelea. Intentó ver la casa del chico, en la cima del acantilado, pero no pudo encontrarla. Entonces se dio cuenta de que estaba mirando hacia el lugar equivocado. Estaba desorientada.

Entonces la vio. La casa de Billy Wheatley en el acantilado, el hogar que había compartido durante tanto tiempo con un asesino, un asesino de niños. Desde allí arriba, se veía aún más precaria, encaramada justo al borde del acantilado. De alguna manera era apropiado. El niño había vivido una vida tan precaria. ¿Era posible que su vida hubiera finalizado tan pronto?

Sobrevolando la casa distinguió las luces del equipo de búsqueda, que seguía trabajando, dos o tres coches patrulla aparcados en el estrecho camino de entrada. Entonces el piloto giró con brusquedad a la derecha y se adentró hacia el mar, de modo que las rocas negras de los acantilados pasaron a su izquierda. West se estremeció y se apartó de la ventanilla, como si eso fuera a ser de ayuda en caso de que el piloto perdiera el control y se fueran a chocar con la oscura pared rocosa.

Entonces el acantilado desapareció tras ellos y pasaron con estrépito por delante de la lisa torre del faro que se alzaba sobre las rocas. Y luego solo quedaba agua debajo de ellos. Un mar oscuro, salpicado de destellos blancos donde las luces del helicóptero se reflejaban en las olas. West se volvió para mirar hacia atrás. Vio la isla y las luces de los pueblos, alejándose. El piloto hizo otro ajuste de rumbo y aumentó la potencia. El rugido del motor cambió. Se oyó el gemido del sistema hidráulico seguido de un ruido metálico. La voz del piloto volvió a sonar en los auriculares, clara y familiar, sin su acento isleño, pero sin ninguna entonación tampoco.

—Ya les he explicado tu situación a los de la torre de control de Boston. Van a intentar darnos una buena ruta de entrada, pero no están seguros. —Ajustó uno de los controles sobre su cabeza—. Quienquiera que haya reservado tu vuelo debe querer de verdad que llegues a tu destino —continuó—, o igual quiere que te vayas de la isla pronto.

Era un comentario inofensivo al que West no le apetecía responder y en la cabina había suficiente oscuridad como para poder guardar silencio. En el exterior, la oscuridad parpadeaba con las luces de navegación y se entretuvo observando los patrones de las olas en la superficie del mar. Se preguntó si de verdad había una buena razón para hacer este viaje. O si tan solo la habían querido dejar de lado.

CAPÍTULO CINCUENTA Y TRES

Tras pasar tres meses en la desolada isla de Lornea, la ciudad le parecía enorme. Las dos pistas del aeropuerto de Boston se extendían como brazos gigantescos hacia el puerto repleto de grandes barcos, sus contenedores alzándose en vertical en competición con los rascacielos de la ciudad. Boston se extendía detrás del aeropuerto, las cintas amarillas de las autopistas se entrelazaban a su alrededor. Miles de luces brillaban en la noche, cada una representaba una vida humana, como la suya, avanzando por la noche en esta roca que gira alrededor del sol. Estaba de vuelta en la civilización y no estaba segura de estar contenta por ello.

La sección del aeropuerto reservada para helicópteros estaba en la zona norte a casi un kilómetro de la terminal de pasajeros, pero West vio que había un coche de seguridad del aeropuerto esperándola. Atravesó la pista a toda velocidad, con las luces naranjas encendidas, eclipsadas por los aviones que se dirigían a la terminal para desembarcar a sus pasajeros o lanzarlos hacia el cielo. El coche la dejó al lado de una puerta lateral y el conductor se bajó para abrirla. Cuando la cerró tras ella se vio en la zona de facturación de una terminal de pasajeros tan iluminada que hizo que le lloraran los ojos. Se echó la bolsa al hombro y corrió hacia el mostrador.

Su sensación de desarraigo continuó al llegar. Al frente de su fila una familia discutía por el peso de las maletas. Había gente por todas partes. Gente que continuaba sus vidas, demasiado ocupados para preocuparse de los acontecimientos que se estaban dando en una pequeña y tranquila isla que yacía en la oscuridad del Atlántico, más allá de la línea del horizonte.

Sabía que debería interrumpir a la familia, explicarle a la chica del mostrador quien era y que iba a perder el vuelo. Pero se contuvo. La repentina enormidad de la terminal la intimidaba. Para su gran alivio, abrieron el mostrador de al lado y el empleado la llamó.

West se encontró un poco mejor cuando embarcó. Quizá era debido a haber dejado atrás la terminal, tan llena de gente. Tal vez era tan solo alivio de no haber perdido el avión. En cualquier caso, despegaron y se vio estirando el cuello para intentar identificar la isla de Lornea por la ventana. Creyó haberla visto justo antes de que se metieran en un banco de nubes, ascendiendo hacia la oscuridad de la noche.

El vuelo hasta el aeropuerto de Dulles en Washington no tardó mucho y cuando aterrizaron lloviznaba. West tuvo que esperar una hora rodeada de hormigón y mármol para coger la última conexión. El único resquicio que quedaba de su punto de origen eran algunos artículos en los periódicos de la zona que informaban de los avances en el caso de Olivia Curran. Cuando despegaron de nuevo quiso dormir, pero el asiento era tan pequeño que no conseguía coger la postura adecuada. En su lugar decidió repasar el expediente de principio a fin, una vez más. Ojeó la revista de a bordo antes de sentir que por fin los ojos le pesaban lo suficiente como para dejarla dormir. Apoyó la cabeza en la ventana mientras fuera los enormes motores los propulsaban a través del poderoso continente americano.

Aterrizaron a las dos y media de la madrugada, hora local. En Lornea serían las cinco y, tras la siesta en el avión, West se encontraba lo suficientemente alerta como para alquilar un coche de inmediato y comenzar las cuatro horas de viaje hasta su destino final, Crab Creek. Llegó a las siete de la mañana y se dirigió a un pequeño hotel de carretera. Estaba tan cansada que le dio igual que la habitación oliera a humedad. Se puso el despertador para las nueve, se echó en la cama y se quedó dormida al instante. El sonido de su respiración, algo atascada después de tantas horas en el avión, era el único ruido que acompañaba el bajo zumbido de la nevera.

CAPÍTULO CINCUENTA Y CUATRO

—No sé qué esperas conseguir viniendo aquí, inspectora. Como ya le dije a tu jefe, está todo escrito en el expediente.

El comisario de Crab Creek, Randy Springer, tenía una enorme tripa apenas sujeta por la camisa del uniforme. La frente le brillaba por el sudor. Estaba renegando con la cabeza, o por lo menos lo intentaba, el grosor de su cuello le limitaba el movimiento.

—El comisario Collins quería que viniera a hablar con usted en persona. Es un caso muy importante.

—Sí, sí, ya lo sé —dijo Springer, que parecía molesto—. Tan solo creo que sería más útil si estuvieras allí intentando atrapar a ese hijo de puta en lugar de estar aquí plantada en mi despacho. —La miró a los ojos pero no pareció dispuesto a sostenerle la mirada. Carraspeó, como si algo de su garganta se le hubiera quedado atascado en la boca.

—Bueno, te diré lo que le dije a tu jefe. Jamie Stone es un cabronazo. Uno de los peores que he conocido. Mucha gente de aquí se alegrará si le metéis cuatro tiros en cuanto lo pilléis. —Esta vez aspiró con fuerza y miró a su alrededor. West se preguntó si iba a escupir el contenido de su boca.

—¿Podría hablarme del caso? —preguntó.

—Te lo acabo de decir. Está todo en el expediente. ¿Lo has leído?

—Sí. Lo he leído durante el vuelo, pero creo que me ayudará escuchar su versión. Usted trabajó en el caso, ¿verdad?

—Si has leído el expediente, ¿para qué me preguntas? Aquí también tenemos delitos que investigar.

West esperó, sin saber qué decir a continuación. Se preguntó si de verdad iba a negarse a decírselo.

—Vale —pareció darse por vencido—, ¿por dónde quieres que empiece?

Pensó con rapidez. El expediente estaba mal redactado; daba por sentado que el lector tenía conocimientos previos de la zona.

—Tal vez podría empezar con la familia. Son muy conocidos por la zona. ¿No es así?

El comisario Springer respiró profundamente, pero antes de responderle, cogió el teléfono de su mesa.

—Laura, tráeme un café, ¿quieres? Voy a estar aquí un rato. —Hizo ver que no era su elección y no le preguntó a West si quería uno ella también. Colgó el teléfono y la miró.

De repente, sonrió. West no le devolvió la sonrisa.

—Sí. Se podría decir que la familia es conocida —hablaba como si solo un tonto no fuera consciente de ello—. Los Austin son dueños de muchas tierras. Tienen hoteles y también un par de centros comerciales. Bill Austin fue el alcalde hasta el año pasado, que dejó el cargo. Sería el abuelo del chico.

—¿Entonces se trata de una familia influyente?

—Una familia con buena reputación. Una buena familia. Recuérdame otra vez que importancia tiene esto.

—Estoy tan solo intentando entender el contexto del crimen.

Suspiró.

—Entender el contexto… —se repitió para sí mismo y luego resopló de nuevo.

—¿Y la madre? —preguntó West—. ¿Qué sabe de ella?

—¿Christine? —Levantó un par de manos rosadas y se encogió de hombros—. Era una buena chica. Nunca se metió en problemas.

—¿La conocía? ¿Antes de que sucediera todo?

—Sabía de ella. Al menos un poco. Todo el mundo se conoce aquí. Y una chica guapa como ella. . . es difícil que pasara desapercibida. —Los ojos del comisario Springer se desviaron hacia el rostro de West y ella sintió que la examinaba con una mirada casual. No pareció gustarle lo que vio.

—El expediente dice que fue internada en un hospital psiquiátrico después de lo ocurrido. ¿Todavía está allí, o ya ha salido?

—¿Por qué quieres saberlo?

—¿Cómo dice?

—¿Qué importancia tiene eso?

West frunció el ceño.

—Me gustaría hablar con ella. Estoy intentando averiguar su paradero. El expediente no da el nombre del hospital...—Empezó a hojear el expediente para mostrárselo, pero él se limitó a encogerse de hombros. West dejó de buscar—. ¿Y todavía sigue allí?

—No lo sé.

—Ya, ¿y cómo se llama el hospital?

Volvió a encogerse de hombros. —Habrá que preguntarle a la familia, supongo.

Hubo una pausa. West respiró hondo, recordándose que no serviría de nada enfadarse con el comisario.

—Era joven, ¿no? ¿Cuándo ocurrió? ¿Qué tendría, veintiuno, veintidós años?

—Si eso es lo que pone en el expediente.

—¿Y él también era joven?

En respuesta, el comisario señaló la carpeta que tenía en sus manos. West miró su regazo y alisó la tela de su falda por las rodillas.

—¿Quizás podría contarme lo que pasó? ¿Con sus propias palabras?

—Podría, inspectora West. Y lo haré, en cuanto tenga mi café —contestó con una mueca.

Unos largos momentos después, llamaron a la puerta. La chica que West había visto sentada fuera de la oficina entró, llevando una bandeja de cartón con dos vasos para llevar. Alguien había escrito la palabra «jefe» en uno de ellos. El comisario Springer sacó uno de la bandeja y le quitó la tapa, mientras Laura le entregaba a West el otro vaso, sonriéndole mientras lo hacía. Una vez que se hubo ido, el jefe hizo ademán de abrir el cajón de su escritorio y añadir edulcorante a su café. Solo entonces, comenzó a hablar de nuevo.

—Muy bien, empecemos pues. Sí, era joven. Y no era precisamente el tipo que quieres que te presente tu hija como novio. Y menos si eres de una familia de alta sociedad como Bill Austin. Él era un don nadie, ni siquiera había terminado la secundaria. Un vago, se pasaba todo el día en la playa. Sin trabajo ni nada. Se imaginaba que iba a ganarse la vida con el surf. Pero no era más que una fantasía. No iba a llegar a nada. Y tuvo la suerte de dejar embarazada a Christine Austin, pero incluso eso se las arregló para arruinarlo.

Se detuvo un momento y dio un sorbo a su café. West esperó a que continuara.

—Christine de ninguna manera había querido tener niños, pero dejó correr el embarazo demasiado tiempo como para poder hacer algo al respecto. Y luego, cuando salieron, resulta que eran dos, gemelos. Aunque no eran idénticos. Era obvio que él no podría mantenerlos: sin trabajo, sin dinero, sin familia a la que recurrir. Por eso se torcieron las cosas bastante rápido. Christine y los niños se mudaron a la casa de los padres. Una casa antigua en las afueras de la ciudad. Un buen hogar. Ahí es donde está el lago, donde cometió el crimen. Él seguía viviendo en la ciudad.

Agitó las manos como si esto no fuera un detalle importante.

—Los visitaba, pero siempre era difícil, ¿sabes? Stone no se llevaba bien con la familia. No puedes culparlos. Un tipo como ese arruinando la vida de tu hija y todavía merodeando como una mosca puñetera. —El comisario se detuvo de nuevo, como si estuviera pensando en esto.

—Observo que en el expediente —dijo West para incitarle— no hay nada sobre cuál pudo ser su motivo.

Frunció el ceño.

—¿Motivo, oportunidad? Eso es lo que buscas cuando no tienes testigos sólidos que puedan decirte lo qué pasó y quién lo hizo.

—Sí —respondió con paciencia—, pero nos preguntábamos si podría ayudarnos a entender mejor lo que pasó en el caso Curran.

El esfuerzo de hablar parecía haber dejado al comisario sin aliento. Ahora estaba casi jadeando, con la frente brillante de sudor.

—¿Qué tal si me dejas terminar, ahora que me has hecho empezar?

A West le sorprendió el disgusto no disimulado en su voz, pero asintió de todas formas.

—Total, que como estaba diciendo, siguió así durante un tiempo, él molestando a la familia, ella tratando de seguir adelante. Pero no era sostenible, ¿entiendes lo que quiero decir?

West volvió a asentir.

—Christine tiene un hermano. Un tipo inteligente. Se llama Paul Austin. Trabaja en un bufete de abogados en la ciudad.

El comisario Springer volvió a dar un sorbo a su café. Luego suspiró.

—Un fin de semana viene de visita y cuando llega se encuentra la casa abierta de par en par. No entiende nada, no tiene sentido. Aun así, entra. Mira por la casa pero no había nadie. «Qué raro», piensa. De repente oye gritos procedentes del jardín. Corre hacia fuera y es entonces cuando lo ve. Ve al tipo que ha estado molestando a su hermana, el tal Jamie Stone, de pie junto al lago. Está sujetando a Christine Austin bajo el agua, tratando de ahogarla. Uno de los gemelos está en la orilla, atado a un cochecito, ese es Ben. Su hermana, Eva, está flotando boca abajo en el lago. Stone ya la ha ahogado.

No era nada que West no hubiera leído ya, pero el hecho de escuchar las palabras en alto les daba un poder que no había sentido antes. Hacía calor en la habitación, pero ella sintió frío. Su mente le proporcionó la imagen de archivo del bebé muerto fotografiado a orillas del lago, la piel amarillenta excepto donde brillaban los moratones. La niña no se había ido sin luchar. West no dijo nada y esperó.

—Paul corre hacia el lago. Intenta apartar a Stone de su hermana. Pero Stone lo ve venir. Le da un puñetazo y golpea a Paul en la cabeza. Se pelean, pero Paul sale victorioso. Arrastra a Christine a la orilla. Ella está consciente pero no puede hacer nada. Stone ya se está levantando, Paul ve al otro bebé, Eva, flotando en el lago. Sabe que Stone podría escapar, pero ¿qué opción tiene? Va a por el bebé pero una vez que llega allí descubre que es demasiado tarde para ella. Y cuando vuelve a la orilla, Stone ha desaparecido. Y se ha llevado al niño con él. Ben ha desaparecido. Hicimos una búsqueda por todo el estado. Buscamos en todos los lugares donde podría haberse deshecho de un cuerpo, pero no encontramos nada. Se nos escapó.

El comisario Springer apartó la vista un momento, con una mirada melancólica.

—Fui el primero en llegar a la escena.

West no dijo nada. El comisario volvió a mirarla.

—Así que, como ya le he dicho, hay mucha gente que se alegrará si encontráis a Jamie Stone y le metéis un tiro entre ceja y ceja.

CAPÍTULO CINCUENTA Y CINCO

Durante unos instantes el único sonido es el de nuestra respiración, ambos sin aliento. Poco a poco, abro los ojos para mirar a papá. Su rostro muestra una sonrisa enloquecida. De repente a echa la cabeza hacia atrás y suelta una carcajada.

—¡Vaya sacudida, chaval! ¡Pensé que te ibas a quedar dando vueltas en el agua para siempre!

Se ríe de nuevo. El ruido llena la playa vacía en la que nos encontramos, solos, en los trajes de neopreno.

—Ven aquí. Anda, ven. —Me agarra y me acerca a él, parecemos dos focas pegadas—. Venga, para. Deja de llorar. —Se aparta y me mira, todavía agarrándome los hombros—. Supongo que las olas eran un poco más grandes de lo que me esperaba. —Se ríe de nuevo y me da una palmada en el hombro—. Pero lo hiciste bien. Conseguiste salir y coger una ola. Lástima que después te pusieras a correr por la playa como un loco. Pero poco a poco vamos avanzando.

Levanto la cabeza. Miro a mi padre. No sé qué está pasando en realidad. Hace un rato estaba intentando matarme. Tenía la ira escrita en su cara. Ahora actúa como si no hubiera pasado nada.

Me siento flácido como un muñeco de trapo mientras me aprieta de nuevo.

—Pero lo entiendo. Por fin lo entiendo, de verdad. No te gusta el agua. No pasa nada. Hay mucha gente a la que no le gusta tampoco. Si así eres tú, pues adelante. —Se ríe de nuevo—. Pero qué manera de asustarte... Nunca he visto a nadie reaccionar así. Ni que estuviera intentando matarte.

Se ríe y me abraza con fuerza. A continuación se arrodilla a mi lado y me desata la correa que aún tengo atada al tobillo. Luego coge las tablas, se las coloca debajo del brazo y con el otro me rodea los hombros.

—Vamos a cambiarnos de ropa y luego nos vamos a desayunar. Pero no vamos a ir a la cafetería, vayamos a otro sitio, a uno mejor.

Camino a su lado sin saber qué pensar. Parece que de repente mi padre, el de siempre, ha regresado. El padre que recuerdo de cuando era pequeño. El padre que me llevaba a la piscina, que pasaba tiempo conmigo. El mismo que se sentaba en mi habitación porque me daba miedo de que los monstruos de debajo de la cama me atacaran mientras dormía. Entonces, con una repentina sensación de vacío en el estómago, recuerdo algo. Me llevo la mano al pecho, buscando la horquilla ensangrentada que saqué de la parte trasera de su camioneta. La prueba que confirma que esa versión de papá ha desaparecido para siempre. Siento que intento alejarme de su agarre y me mira preocupado. Sonríe, como si eso fuera a tranquilizarme. Mantengo la mano en el pecho, intentando sentir el bulto bajo el traje que me indique que la horquilla sigue ahí, pero lo único que siento es el subir y bajar de mi pecho, al ritmo de mi respiración demasiado rápida.

Volvemos a la camioneta y papá enciende la radio. Está sonando Jay-Z y lo pone más alto. A papá le sigue gustando el tipo de música que se supone que solo le gusta a la juventud. Me lanza una toalla y abre la puerta para cambiarse.

Vuelvo a palparme el pecho, buscando la protuberancia de la horquilla. No noto nada. Me echo la mano a la espalda para bajar la cremallera del traje. Con cuidado, me quito el traje de los hombros y luego miro la parte del pecho del traje. No hay ninguna horquilla. Me observo el pecho. Está pálido y delgado, incluso más de lo normal, como si el agua del mar me hubiera arrugado. Hay una leve hendidura que creo que muestra el lugar donde estaba la horquilla, pero ya no está ahí. Me apresuro a quitarme el resto del traje y, aunque no haya nadie más en el aparcamiento, me envuelvo la cintura con una toalla. Sigue sin aparecer. Pongo el traje del revés y lo inspecciono, luego miro el suelo a mi alrededor. Pero no está ahí. Debe de haberse salido del traje cuando la ola me dio volteretas bajo el agua. Estará ahí en el mar, en algún lugar, hundida en el fondo del océano, donde nunca volverá a encontrarse.

De repente, siento una presión en la nariz y, justo a tiempo, inclino la cabeza hacia delante. Me sale un chorro de agua por la nariz, no solo unas gotas, sino suficiente como para llenar una taza. Papá lo ve y se ríe.

—Muy bueno, Billy. Parece que te has tragado medio mar.

No respondo. Vuelvo a mirarme el pecho, pero ahora, donde creí ver la hendidura de la horquilla no hay nada, salvo una tenue y rojiza mancha en la piel. Podría no ser nada, podría ser solo el lugar donde el traje de neopreno me ha rozado la piel. Mientras me cambio vuelvo a mirar en la camioneta, para ver si encuentro algo más en el mismo sitio donde encontré la horquilla. El pequeño hueco donde estaba atascada sigue ahí y si cierro los ojos puedo visualizar la horquilla ahí mismo, enganchada. Pero cuando los abro de nuevo, ya no está.

Ha desaparecido para siempre.

—Tengo una idea, Billy. Tengo que ir a Newlea más tarde de todos modos, así que ¿qué tal si comemos allí? Podemos dejar las tablas en casa de camino y luego nos tomamos unas hamburguesas. ¿Qué te parece? —pregunta papá y yo muevo la cabeza con lentitud. Ya no sé qué pensar.

Una vez cambiados, papá pone las tablas en la parte trasera de la camioneta y apila los trajes aún mojados en un bulto. Luego nos metemos en la camioneta y comenzamos a conducir cuesta arriba para dejar las tablas en casa. Y ahí es cuando se vuelve todo loco de verdad.

CAPÍTULO CINCUENTA Y SEIS

P apá está silbando mientras conduce. No entiendo por qué le ha cambiado tanto el humor. Ha pasado de intentar matarme a querer invitarme a comer. Y yo aquí sentado junto a él, sin decir palabra, como si estuviera flotando, en un sueño o algo así. Estoy sentado al lado de papá, pero a la vez estoy sentado junto a un asesino. Una parte de mí quiere abrir la puerta y escapar; la otra parte quiere contarle todo y dejar que me abrace y me diga que no diga tonterías. Al final no hago nada. Me abrazo para protegerme del frío mientras siento que el cuerpo me tiembla sin parar.

Salimos de la carretera y giramos hacia nuestro camino. El único lugar al que llega es nuestra casa, pero hay una curva a mitad de camino que hace que la casa no se vea de la carretera principal. Tomamos la curva y papá deja de silbar de inmediato mientras da un frenazo.

Más adelante hay dos coches de policía con las luces puestas a pesar de que no hay nadie dentro.

—Pero ¿qué coño…? — dice papá, y nos quedamos sentados un momento. Hay un hueco en el seto un poco más adelante a través del cual se ve la casa. Papá quita el freno de mano y deja que la camioneta ruede en silencio hasta que llegamos a la altura del hueco. Una vez allí, observamos la escena. Allí hay más coches, algunos de policía y otros no, y gente entrando y saliendo de nuestra casa.

—Mierda —dice mientras mete marcha atrás.

Estoy pensando, no tan rápido como quisiera, pero estoy pensando. La policía está aquí. Esto es real. Debe serlo. Y tengo que actuar. La policía está en mi casa. Me pueden salvar.

Miro la manivela de la puerta y me pregunto qué pasaría si la abriera. ¿Me daría tiempo de correr a la policía? ¿O me atraparía papá antes de que pudiera llegar?

Pero ya es demasiado tarde. Ya estamos retrocediendo.

—Joder —dice papá, y suena enfadado de nuevo—. La mierda de la policía. —Gira la cabeza para poder ver mejor por detrás y acelera. Me preocupa que nos choquemos con el seto.

No disminuye la velocidad en el cruce de nuestro camino con la carretera principal. Es un cruce peligroso, incluso yendo hacia delante. Pero lo coge de todos modos, retrocediendo en la carretera y haciendo una rápida maniobra para girar. Sin embargo tenemos suerte y no ha venido nadie. Entonces mete la primera y acelera tan fuerte que me echo hacia atrás en el asiento. No deja de mirar por el espejo retrovisor y yo también me giro esperando ver las luces azules intermitentes indicando que nos persiguen, pero no veo nada. La carretera está vacía. Papá no dice nada. No dice a dónde vamos, ni por qué. No dice por qué ha venido la policía a casa. Y yo no pregunto. No necesitamos decir nada. El silencio lo dice todo.

Cuando llegamos al bosque, sale de la carretera y entra en una zona donde hay mesas de picnic y se puede aparcar para dar un paseo. Llega hasta detrás de unos árboles y para la camioneta. Pero deja el motor en marcha. Le miro y me pregunto en qué estará pensando. Me doy cuenta de que está comprobando de nuevo la carretera. No podemos verla con claridad porque las ramas de los árboles se interponen, pero se ve si pasa algún coche. Por fin decido decir algo, sobre todo porque parecería raro si no lo hago.

—¿Por qué ha venido la policía a nuestra casa, papá?

Me mira de repente, como si casi se hubiera olvidado de que estuviera allí. Está a punto de responder, pero justo entonces oímos una sirena. Nos quedamos sentados un momento, tratando de discernir de dónde viene y entonces papá hace que la camioneta avance hacia delante para que estemos más profundos aún detrás de los arbustos. A continuación, apaga el motor. En ese momento se ve la luz intermitente y brillante del coche a través de la oscuridad del bosque. Un coche de policía pasa a toda velocidad, no viene de nuestra casa, sino que se dirige hacia ella.

—¿Qué pasa, papá? —pregunto de nuevo.

Vuelve a mirarme a los ojos, como si no se pudiera creer que estuviera aquí con él. Supongo que pensaba que ya iba a estar muerto y no tendría que preocuparse por mí.

—Billy. . . Te va a sonar raro, pero tenemos que desaparecer por un tiempo.

—¿Por qué?

—Tenemos que salir de la isla.

—Pero ¿por qué? —vuelvo a preguntar. Aunque en realidad ya sé la respuesta y siento como el pánico me invade. Lo oigo en mi voz.

—No tengo tiempo para explicártelo ahora. Solo te pido que confíes en mí —dice, arrancando el motor de la camioneta de nuevo—. Vamos a coger el ferry.

Volvemos a dar la vuelta y, esta vez, papá mira a ambos lados antes de incorporarse a la carretera principal. Va despacio y mira por los retrovisores casi tanto como por la parte delantera.

—Nos vamos a Goldhaven, creo que llegaremos a tiempo para coger el ferry del mediodía. Llega a las cuatro. De ahí nos vamos a un motel en cualquier lugar mientras decidimos qué hacer.

Parece estar hablando solo, pero de repente se detiene. Ya hemos salido del bosque; nos rodea un terreno abierto y, más adelante, se ve el puente sobre el río. Y allí, bloqueando la carretera en ambas direcciones, hay dos coches de policía.

—Hijos de puta —dice papá. Se detiene y vuelve a poner la marcha atrás, retrocediendo por la carretera principal hasta el bosque. Allí se detiene de nuevo y se queda sentado con el motor en marcha, pensando.

—¿A quién crees que estarán buscando? —No me atrevo a preguntarle si es a él a quien están buscando.

De todos modos, papá no responde. Entonces, de repente, golpea el volante con los puños y vuelve a maldecir. Luego me sonríe como un loco.

—¿Nos vamos de rally, Billy?

No me da tiempo a contestar. Hace un giro brusco con la camioneta para que nos adentremos en el bosque y continuamos durante unos veinte minutos hasta que llegamos a un camino a la izquierda. No es una carretera; se supone que no se puede conducir por ahí, pero es lo suficientemente ancho para nuestra camioneta. Nos abrimos paso como podemos y por fin conseguimos atravesar la zona de los árboles. Llegamos a un terreno pantanoso; casi siempre desierto, la única excepción suele ser algún solitario observador de aves.

Por fin, salimos al río, a un kilómetro y medio río arriba del puente donde estaba la policía. No es un río grande. En verano, a veces se seca, pero en esta época del año, cuando ha llovido mucho, está bastante lleno.

—¿Qué vas a hacer? —pregunto con cierto temor.

—Ya te lo dije. Vamos a coger el ferry.

—Pero ¿no estarán esperándonos allí también? —Papá se limita a mirarme. Conducimos a lo largo de la ribera del río durante un rato y luego llegamos a una sección en la que la orilla está baja. En verano, se puede cruzar con facilidad. Ahora no estoy seguro. Papá hace avanzar la camioneta hacia la orilla. Sin dudarlo se mete de lleno en el agua.

La camioneta da bandazos de lado a lado cuando las ruedas se chocan con baches bajo el agua. Me agarro a la puerta, preocupado de que en cualquier momento vayamos a perder el equilibrio y nos vayamos a poner a dar vueltas de campana. El agua llega hasta la rejilla de la parte delantera de la camioneta y por mi lado veo que llega casi hasta la ventana. Papá acelera el motor con fuerza y la camioneta avanza, empujando el agua a ambos lados y formando olas a nuestro alrededor.

—Venga, vamos —murmura papá mientras atravesamos el agua. Veo que el agua entra por la ranura de su puerta, pero lo ignora. Entonces siento que lo mismo ocurre por mi lado. Chocamos con algo y la camioneta se detiene en seco, balanceándose de un lado a otro. Papá dice una palabrota, luego gira el volante del todo y, de alguna manera, conseguimos pasar el obstáculo. Estamos a más de la mitad del cauce y comenzamos a subir hacia la otra orilla. Papá sigue murmurando, pidiéndole al motor que no se pare. Parece que lo vamos a lograr. Llegamos a la orilla y la camioneta se esfuerza por agarrarse al empinado terreno. Con el motor rugiendo, salimos del agua y pasamos por encima de la cuidada hierba donde la gente viene a tomar el sol en verano. Aquí hay otro pequeño aparcamiento y un camino que lleva de vuelta a la carretera principal, más allá de donde la policía nos estaba esperando.

En este lado del río también hay árboles y, aunque no son muchos, nos protegen de la vista de la policía en el puente. Vamos a conseguirlo. Pero, de repente, se oye un rugido por encima de nosotros y el sonido de las palas de rotores martillea el aire. Un helicóptero aparece de la nada. Supongo que debe haber despegado de la playa y ahora está volando río arriba; se dirige hacia nosotros. Papá acelera el motor hasta que volvemos a estar entre los árboles y entonces se detiene y mira por el parabrisas, tratando de divisarlo. Lo vemos acercándose y entrando en una curva. No se ve con claridad, solo atisbos a través de las ramas, pero parece que nos ha visto. Justo entonces, en lugar de quedarse por encima de nosotros, sigue avanzando hacia la carretera que sale de la ciudad, la carretera que tenemos que tomar para cruzar la isla hacia Goldhaven. No hace falta que le pregunte a papá si cree que el helicóptero está intentando localizarnos.

No mueve la camioneta durante un rato largo. El helicóptero se mantiene inmóvil, no muy lejos. Parece estar vigilando el tráfico en la carretera principal. Supongo que saben qué vehículo tiene papá y lo estarán buscando.

—Vamos —dice papá de repente. Empuja la puerta y sale.

No me muevo, así que lo repite.

—Vamos, Billy. Seguiremos a pie desde aquí.

—¿A Goldhaven? —pregunto, pero él niega con la cabeza—. No, estarán vigilando el puerto de todos modos. Vamos a coger el camino de vuelta a la ciudad. Conozco un lugar donde podemos refugiarnos hasta que encuentre una forma de salir de esta.

Sigo sin moverme, pero él ya está en mi lado de la camioneta, abriendo la puerta.

—Venga, hijo, ponte en marcha. —Me quito el cinturón de seguridad y salgo de la camioneta. Entonces se inclina tras de mí y abre la guantera. Dentro, están su cartera y su teléfono y, escondido bajo la carpeta donde guarda los documentos del coche, capto un destello de metal negro. Me quedo con la boca abierta. Es una pistola. Nunca había visto a papá con una pistola. Las odia. Por un momento intenta ocultarla, pero luego ve que no tiene sentido. Se encoge de hombros, como si fuera normal, y luego se la mete en la cintura de los vaqueros.

Hace frío pero papá nos hace caminar rápido al amparo del bosque y llegamos a la carretera principal en un santiamén. He recorrido esta carretera muchas veces en la camioneta de papá, pero nunca he ido a pie. Me sorprende la velocidad a la que pasan los coches. No hay mucho tráfico, pero siempre hay un coche o dos a la vista. El helicóptero sigue siendo visible, pero está a uno o dos kilómetros de distancia. Me coge de la mano, como si aún fuera un niño, mientras cruzamos al otro lado de la carretera.

—¿A dónde vamos? —pregunto, tropezando detrás de él mientras atravesamos la maleza hacia la cobertura del bosque en el otro lado.

Pero no me responde.

CAPÍTULO CINCUENTA Y SIETE

L a inspectora West condujo por la autopista del océano que, tan solo unas horas antes, había recorrido en dirección contraria. Esta vez, a la luz del día, las vistas eran preciosas; los rayos del sol se reflejaban en la superficie del agua del Pacífico como miles de diamantes. El clima era más seco aquí que en la isla de Lornea, el océano parecía más fresco, el aire más limpio.

Al cabo de una hora, la carretera comenzó a serpentear hacia el interior, atravesando enormes campos. En su trayecto, los imponentes tendidos eléctricos la guiaban hacia la entrada de la ciudad. Al principio tenía la carretera para ella sola, pero a medida que se acercaba a Portland el tráfico aumentaba y pronto tuvo que concentrarse, asiendo el volante del coche de alquiler con ambas manos. Siguió las indicaciones del GPS hasta el centro de la ciudad, donde el tráfico se redujo un poco, hasta que hubo solo taxis. Por encima de ella, altos edificios de cristal y acero exhibían dinero y poder. Entró en un aparcamiento, dejó el coche y continuó a pie.

Las oficinas de Austin, Laird & James ocupaban dos plantas en lo alto de una torre de cristal ahumado. El atrio era tan grande que había árboles de tamaño natural en su interior, igual era para hacer que la experiencia de pasar por los detectores de metales bajo la atenta mirada de los guardias de seguridad resultara un poco más natural. Si esa era su intención desde luego que no funcionaba. Para West, mientras subía en el ascensor a los despachos de abogados, parecía un entorno diseñado para proteger a los ricos y a los poderosos y enviar un mensaje a todos los demás: no nos desafiéis, este no es vuestro entorno.

La recepcionista era muy guapa y parecía bastante aburrida. Se estaba limando las uñas cuando West abrió su tarjeta de identificación. A juzgar por cómo se las siguió limando, nada que hizo West la impresionó.

—Vengo a ver al Sr. Paul Austin —dijo, tratando de sonreír con seguridad —. Llamé antes por teléfono.

La chica enarcó una ceja bien depilada y cogió la identificación de West. La examinó con detenimiento y luego hizo algo en su ordenador. Se oyó el sonido de una impresora y sacó una tarjeta de visitante con los datos de West. La recepcionista introdujo la tarjeta en una cartera de plástico y le pidió a West que se la enganchara en la solapa.

—El Sr. Austin está en una reunión en este momento. Me temo que no puedo molestarle. —Sonrió como si esto la complaciera.

West comprobó su reloj.

—Quedamos en vernos a las tres. Dijo que podía hacerme un hueco.

En la respuesta de la chica había un reto inconfundible.

—Pero tan solo ha pedido la cita esta mañana. En circunstancias normales, no sería posible ver al Sr. Austin con tan poca antelación —dijo, sonriendo de nuevo—. Si quiere esperar, puedo hacer que le traigan un café. —West miró a su alrededor, preguntándose quién iba a traerle el café si la recepcionista no iba a hacerlo ella misma. Declinó la oferta de todos modos y fue a esperar donde le habían dicho, en un conjunto de sofás de cuero negro y mesas de café de cristal ahumado que hacían juego con las ventanas. Allí no había nada que leer, salvo los folletos de la empresa, que explicaban las especialidades del bufete. O más bien no lo explicaban, ya que West no era capaz de descifrar el lenguaje de «manipulación de derivados, desintermediación, protección discrecional de fideicomisos y fronteras de la eficiencia patrimonial». West hojeó el brillante folleto, luego lo volvió a dejar sobre la mesa y observó a la recepcionista, que se había pasado a la otra mano. Al cabo de veinte minutos, West volvió a la recepción pero solo le sirvió para que la chica le repitiera que el señor Austin la vería en cuanto pudiera y no, no podía decir cuánto tardaría. West rechazó otro café.

De vuelta en el sofá, su móvil vibró y lo sacó del bolso, contenta por la distracción. Era un mensaje de Rogers:

«Llámame si tienes un minuto».

Como al parecer tenía muchos minutos libres, pulsó el botón para llamarlo. Contestó de inmediato y su voz ronca la transportó de inmediato a la isla de Lornea.

—Pensé que querrías saberlo —sonaba cansado—. Es la camioneta de

Stone. El laboratorio ha encontrado rastros de sangre y pelo en la parte trasera.

—¿Son de Olivia Curran?

—Los restos de sangre son del mismo grupo sanguíneo y el pelo es del color correcto. Esperamos tener los resultados de las pruebas de ADN en un par de días. Pero todo parece apuntar a que son de Olivia. Lo cual vinculará sin ninguna dudad a Stone con nuestro caso. En caso de que nos quedara alguna duda, claro está. —Hubo una pausa en la línea—. ¿Has descubierto algo útil por ahí? ¿En dónde estás ahora?

West bajó la voz.

—Estoy a punto de reunirme con un tal Paul Austin. Es el hermano de la madre de Billy, Christine. Es el que pilló a Stone ahogando a la familia en el lago. O al menos, creo que me voy a reunir con él. Ya lleva una hora de retraso.

—¿No te están tratando bien?

—El comisario cree que estoy perdiendo el tiempo de todo el mundo; que deberíamos concentrarnos en capturar a Stone.

—Bueno, si lo hubiera atrapado él, Stone no habría podido asesinar a Curran en primer lugar. No dudes en recordárselo si te viene con gilipolleces —dijo Rogers.

Se quedaron en silencio durante uno o dos segundos. West se dio cuenta de que la recepcionista estaba al teléfono; no lo había oído sonar.

—De cualquier manera, te mantendré informada. Tan solo pensé que deberías saberlo. —Rogers sonó como si se preparara para colgar.

—Sin embargo, hay una cosa que me confunde —dijo West con rapidez, sin querer terminar aún la llamada.

—Continúa —dijo Rogers después de un instante.

—Sigo sin entender por qué Stone ahogaría a uno de sus hijos, desaparecería con el otro y después trataría de educarlo con normalidad. ¿Tú le ves algún sentido?

Hubo otra pausa mientras Rogers se lo pensaba. Al mismo tiempo, la recepcionista colgó el teléfono y se levantó para caminar hacia donde West estaba sentada.

Rogers suspiró.

—¿Tendrá sentimiento de culpa psicopática? Estás dándole demasiadas vueltas a esto, inspectora. Si es el tipo de hombre capaz de ahogar a un bebé, asesinar a una colegiala y luego ir y cortarle el brazo, no necesitamos preguntarnos demasiado sobre sus motivaciones. El tío es un enfermo hijo de puta. Eso es todo.

La recepcionista se detuvo justo al lado de West y esperó. Estaba lo suficientemente cerca como para oír su conversación, lo cual irritó a West.

—Tengo que irme. Mándame un mensaje cuando tengas los resultados de la sangre —dijo West en voz alta para que la chica lo oyera. Cortó la llamada y levantó la mirada con una sonrisa.

La recepcionista le devolvió la sonrisa, pero parecía menos contenta que antes. West sintió una pequeña victoria al saber que el comentario de la sangre la había inquietado.

—El Sr. Austin está listo para verla.

—Vaya, muchas gracias —contestó West.

El despacho de Paul Austin era al menos cuatro veces más grande que el del comisario Springer y las vistas eran cien veces mejor. Las paredes de cristal del suelo al techo dejaban ver media ciudad y el río que la atravesaba. Unas colinas bajas cubiertas de niebla adornaban el horizonte. Era precioso hasta la distracción. Entonces vio a Paul Austin y se distrajo aún más. No era guapo, sino lo siguiente. Parecía un modelo de un anuncio navideño de perfume.

—Siento haberla hecho esperar, inspectora West —su voz ronroneó, suave y sensual—. Mi reunión de las dos se ha retrasado. —Se encogió de hombros con una mirada cómplice. Al hacerlo, sus rasgos se suavizaron dándole un toque de vulnerabilidad.

West tuvo que luchar para no quedarse mirándolo. Era de su edad, alto y moreno. Lucía una dentadura blanca y perfecta, en una boca con labios inusualmente rojos. Tenía los ojos tan brillantes y tan azules que casi parecían de mentira, como los de una estrella de cine retocados para un poster. Llevaba un traje azul oscuro que complementaba sus ojos y debajo una gruesa camisa de algodón blanco radiante, con finos gemelos de plata que asomaban por las mangas.

—Me temo que suelo tener la agenda llena con semanas de antelación —explicó—. Pero esto es importante por lo que he cancelado mi reunión de las tres y media. Espero que media hora sea suficiente. Siéntese, por favor —le tendió la mano hacia una zona informal de su despacho donde había más sofás.

West sintió que se hundía en el suave sofá y la irritación que había sentido en la sala de espera se esfumó. Paul Austin cogió un teléfono y pidió un café en voz baja. Luego se sentó y se inclinó hacia ella.

—Entonces, ¿he oído que Jamie Stone ha reaparecido por fin? —Estaba tan cerca que West no pudo evitar percibir la fragancia de su loción de afeitar, fresca y almizcleña. Tuvo que resistirse a inhalar.

—Creemos que sí —dijo.

—Y ¿ahora está implicado en el caso del homicidio de Olivia Curran?

West luchó por mantener la entereza.

—Esa información aún no se ha hecho pública. ¿Puedo preguntarle cómo se ha enterado?

—Por el comisario Springer. Me llamó por teléfono esta mañana. Pensó que tal vez no podría hacer hueco en la agenda a menos que se me informara de la importancia de esta reunión. —Levantó las cejas, dando a entender que conocía los defectos del comisario—. La familia ha mantenido una muy buena relación con la policía. — Sus ojos azules observaban su rostro.

—Ya veo.

—Nunca hemos dejado de buscar a Stone para intentar que se haga justicia para Christine. Es terrible que no hayamos sido capaces de localizarlo antes de que pudiera atacar de nuevo. ¿Tengo entendido que se escondía como conserje?

Respondió antes de darse cuenta de que había conseguido darle la vuelta a la situación y era él quien hacía las preguntas.

—Trabajaba para un hotel en la ciudad turística de Silverlea, en la isla de Lornea. ¿Lo conoce?

—Me temo que no.

Austin negó con la cabeza y continuó con su línea de preguntas.

—¿Y tengo entendido que interrogaron a un niño de once años que creen que puede ser Benjamin Austin? ¿El hijo de Christine?

Su voz era tan suave que no podía saber si el uso de la palabra «interrogaron» implicaba a la Comisaría de Policía de la Isla de Lornea, o a ella personalmente.

—Así es —dijo ella con cuidado.

No dijo nada. En cambio, se llevó la mano a la boca y se apretó los nudillos contra los labios. Luego apartó la mirada. West creyó ver una lágrima en el rabillo del ojo pero, cuando volvió a mirar, había desaparecido.

—Lo siento, inspectora. Me han informado esta mañana. Es mucho que asimilar. ¿Podría decirme cómo estaba Benjamin? ¿Parecía haber sido maltratado? ¿Estaba sano?

—Su aspecto físico parecía normal. Sano, no sé. . . Como sabrá, contactó con la policía de forma anónima para dar información sobre el asesinato de Curran. Resultó ser falsa, pero dado el desarrollo posterior de que su padre pueda estar implicado. . . —Se detuvo—. No soy una experta, pero asumiría que eso insinúa algunos. ...problemas psicológicos.

—Por supuesto —dijo Paul Austin. Luego continuó con una voz uniforme que West fue incapaz de descifrar—. ¿Y no sabe dónde están ahora?

Intentó responder de forma positiva.

—Estamos buscando por todas partes. La búsqueda que se está llevando a cabo es la mayor en la historia de la Policía de la isla. Hemos traído a docenas de agentes de la capital —dijo West, incómoda al ser consciente de lo inadecuado que podría sonar eso en un entorno tan opulento.

Austin asintió con la cabeza.

—Nos gustaría hacer todo lo posible para ayudar. Lo digo sin ninguna duda. Si Ben pudiera volver con nosotros, sería algo positivo que saldría de una situación horrible. Esa es la prioridad de nuestra familia. —Austin se detuvo. Había un trasfondo en sus palabras que sugería que, si no se podía traer a Ben de vuelta, no descartaba emprender más acciones. O tal vez West solo lo imaginaba, intimidada por la exhibición de riqueza. Entonces Austin sonrió—: Baby Ben.

De repente, parecía perdido en sus pensamientos.

—Así es como solíamos llamarlo. Y a su hermana. Baby Ben y Baby...

Se detuvo y entornó los ojos y en ese momento les interrumpió un golpe en la puerta. La recepcionista entró, traía una bandeja de plata cargada de café.

—Gracias, Janine —le dijo a la chica, con la voz un poco ronca por la emoción.

West captó la forma en que ella le miraba, una expresión que revelaba que esas miradas eran la razón por la que se presentaba a trabajar cada mañana. Y quizá también el motivo por el que dedicaba tanto tiempo a su aspecto. Cuando le sirvió el café, su cuerpo pareció acercarse a él como atraído por un imán. Si Austin notó algo lo disimuló bastante bien.

—Gracias Janine —dijo de nuevo, y luego esperó a que ella saliera del despacho—. En fin. ¿En qué puedo ayudarle exactamente, inspectora?

Era una pregunta que West no recibía con agrado, dado que ni siquiera ella sabía lo que buscaba.

—Estoy aquí para hablar con todos los involucrados en el caso original. Para ver si hay algo que pueda ayudarnos a localizarlo ahora.

—¿Algo como qué?

Dudó. ¿Qué pistas podrían existir de un caso sin resolver de hace diez años?

—Se trata más bien de comprender mejor los delitos de los que está acusado.

—¿Acusado? Esa es una interesante elección de palabras, inspectora.

West dudó.

—Solo lo digo porque no ha sido condenado por nada. Será cuestión de hábito.

—Fui testigo de cómo intentaba asesinar a mi hermana. No hay duda de lo que es. Es un asesino a sangre fría. —West sintió sus ojos azules fijos en ella y tuvo que bajar la vista para evitar su mirada. Sacó un cuaderno y un bolígrafo, más para distraerse que porque los necesitase. El gesto le ayudó a cambiar el rumbo de la entrevista.

—¿Conocía bien a Jamie Stone? —preguntó—, ¿antes de que desapareciera? —Pulsó el bolígrafo contra el cuaderno lista para escribir.

—No.

—¿Pero salía con su hermana? ¿Tuvieron gemelos juntos?

—Está claro.

—Por eso, ¿debió haberle conocido? Haber hablado con él y más de una vez diría yo…

Por un segundo o dos, West pensó que no iba a responder.

—Sí —dijo por fin. Pareció ponerse tenso de repente, pero luego se relajó. Le sonrió—. Vino a casa una o dos veces cuando yo estaba allí, en fiestas de verano y eso. Éramos muy diferentes.

—¿En qué sentido?

—Él era… un poco basto. No era el tipo de hombre con el que esperábamos que Christine se involucrase. Era más bien un tipo que te encuentras viendo el fútbol en un bar. El típico que se mete en peleas.

—¿Era violento?

—Evidentemente, sí. Asesinó a mi sobrina.

—¿Pero le vio siendo violento alguna vez?

—Le vi intentando ahogar a mi hermana.

West levantó la vista del cuaderno.

—Lo siento.

Paul Austin mantenía la cabeza alta. West volvió a mirar hacia abajo.

—Sr. Austin, ¿dónde está su hermana ahora? —Miró sus notas—. Tengo entendido que está en una clínica privada, pero no tengo el nombre.

—¿Para qué necesita saberlo?

La agudeza de la respuesta la sorprendió.

—Como he dicho, solo estoy intentando hablar con todos los que conocían a Stone antes de que desapareciera. No tiene familia, por eso ella lo debía conocer mejor que nadie. Me gustaría preguntarle si hay algo que recuerde que pueda ayudarnos.

—Me temo que eso no va a ser posible.

West no respondió al principio y cuando lo hizo, eligió sus palabras con cuidado.

—Sr. Austin, estoy investigando el asesinato de una adolescente. Es posible que su hermana pueda ayudar en…

Austin la cortó.

—He dicho que no es posible.

—¿Cómo dice? —West sintió que su voz se elevaba con indignación. Se dijo a sí misma que se calmara.

—No es posible que pueda ayudar. No sabe nada de donde fue Stone después de su desaparición. Créame, le hemos preguntado muchas veces.

—Lo entiendo. Sin embargo, me gustaría preguntarle yo misma. —West le miró a los ojos una vez más. Sintió que tenía que luchar por mantener la concentración contra su penetrante intensidad.

Paul Austin fue el primero en mirar hacia otro lado.

—Inspectora —comenzó, y luego hizo una pausa para permitirse un pequeño suspiro—, dudo que nadie sea capaz de entender de verdad la experiencia que vivió mi hermana. Stone ahogó a su hija, delante de sus ojos. Y estaba en proceso de ahogarla a ella también cuando les encontré. Christine estuvo a punto de morir. Tal vez haya quien pueda recuperarse de eso, pero Christine no. Me temo que mi hermana aún no se ha recuperado. No está en condiciones de responder a sus preguntas. Es poco probable que alguna vez lo esté.

Se oyó el zumbido de un teléfono móvil y West miró expectante al abogado. Pero éste levantó las cejas.

—Creo que es el suyo —dijo.

Se dio cuenta de que tenía razón y se apresuró a cogerlo, pero se sintió más nerviosa al ver que solo era un mensaje de texto y que no tenía por qué apresurarse. Estaba metiendo el teléfono de vuelta en su bolso cuando el contenido del mensaje apareció en la pantalla.

«Identificación positiva de la sangre en la camioneta de Stone. Es de Curran».

Dudó un momento. Su mente absorbió las palabras. Luego volvió a meter el teléfono en su bolso. Se dio cuenta de que Austin la seguía observando con atención. Notó que su mente se había quedado en blanco y fue Austin quien habló a continuación.

—Inspectora, entiendo que esto va a ser difícil de manejar, pero he hablado con mi padre esta mañana. Está de acuerdo en que, por el bien de Christine y también por el de mi madre, nos gustaría mantenernos lo más lejos posible de este caso. Lo que sea que este desalmado haya hecho esta vez no tiene, afortunadamente, nada que ver con nuestra familia. Por lo tanto, voy a reunir a un equipo de abogados para asegurarnos de que la familia Austin se mantenga al margen de cualquier juicio y de la atención de los medios. Confío en que entenderá por qué nos sentimos así. —Paul Austin se inclinó hacia delante y juntó las manos. West inhaló otra bocanada de su aire perfumado.

—¿Y qué hay del chico? ¿De Billy, perdón, de Ben?

El abogado no perdió el tiempo.

—Nuestra decisión se basa además en el niño. Queremos que sea devuelto a la familia. Por eso haremos lo posible por que la familia se mantenga al margen de todo esto. Es vital que se le proteja de cualquier interés mediático adverso —Austin hizo una pausa—. Eso suponiendo que sean capaces de capturarlo antes de que Stone se lance a otra matanza, por supuesto.

Paul Austin consultó su reloj. Era un modelo fino con hebillas de oro. A West le recordó la revista de a bordo con la que se había quedado dormida la noche anterior. Estaba llena de anuncios de marcas caras, de modelos que fingían ser personas como Paul Austin. Se dio cuenta de lo cansada que estaba.

—Agradezco que haya venido a verme en persona, inspectora West. Y además le agradecería que me mantuviera informado, pero por desgracia, ahora tengo otra reunión.

Antes de que pudiera detenerse, West se dio cuenta de que se estaba poniendo en pie. Al menos, se detuvo a sí misma de camino hacia la puerta.

—Sr. Austin, ¿podría decirme el nombre del hospital donde está su hermana?

—Como digo, no está en condiciones de responder a preguntas sobre este asunto.

Austin siguió acompañándola a la salida pero algo hizo que West se detuviera. Sentía que, a pesar de sus esfuerzos, toda la reunión se había llevado a cabo en sus términos. Sacudió la cabeza y se negó a moverse.

—Señor Austin, sea cuando fuere que Stone sea capturado, su hermana será un testigo clave en el juicio que tendrá lugar. Necesito verla.

El abogado respondió con rapidez, por primera vez sin elegir sus palabras con tanto cuidado.

—Inspectora, ambos sabemos que no tiene jurisdicción en este estado y no está en posición de insistir en nada.

Se miraron fijamente, ambos respirando con dificultad.

—La policía estatal ha accedido a cooperar en todo lo que puedan. No me parece que usted esté lo esté haciendo —se oyó decir a West.

Austin apartó la mirada. Volvió a suspirar.

—Inspectora, sé que está tratando de hacer su trabajo. Yo intento proteger a mi hermana. —Miró al suelo, como si estuviera considerando qué decir a continuación. Pareció llegar a una decisión—. Discúlpeme. Como digo, esta ha sido una mañana muy difícil. Mi hermana está internada en el Centro Médico Pattinson. Es un hospital privado. Puedo organizar una visita si así lo desea.

—Gracias, señor —West se sintió nerviosa, inquieta—. Solo estoy haciendo mi trabajo. —No entendía qué había provocado su repentino cambio de opinión. Sentía que no entendía mucho del intercambio que acababa de tener lugar. Pero Austin asintió como si el asunto se hubiera resuelto de forma totalmente amistosa.

—Llamaré a su médico para organizar la visita. Janine le dará las indicaciones.

—Muchas gracias.

West estaba a punto de marcharse cuando se le ocurrió otra pregunta, una de las muchas que había querido hacer.

—¿Lo sabe ella? ¿Sabe su hermana lo de Billy, quiero decir? ¿Qué aún está vivo?

Algo extraño ocurrió con los profundos, azules y poderosos ojos de Paul Austin. Se llenaron de agua. Parpadeó y miró hacia otro lado. Cuando volvió a mirar, sus ojos habían vuelto a la normalidad y ella no estaba segura de haberlos visto húmedos en absoluto.

—Inspectora West, si es capaz que haga que Christine responda a esa pregunta tanto mis padres como yo le estaremos muy agradecidos.

CAPÍTULO CINCUENTA Y OCHO

Papá nos hace caminar a un ritmo rápido, así que no hablamos mucho y nos ceñimos al bosque. El ruido del helicóptero se desvanece, dejando solo el sonido de las hojas y los troncos crujiendo bajo nuestros pies. No vemos a nadie en todo el camino, a pesar de que tardamos casi dos horas en llegar a Silverlea por los caminos.

Papá parece más nervioso cuando llegamos a la calle principal, hay gente alrededor pero no nos prestan atención y no vemos a ningún policía. Aun así, me planteo gritarles, pedir ayuda, pero no me fío de que me vaya a salir la voz y sé que papá sigue teniendo la pistola. La tiene metida en la cintura, oculta por el dobladillo de la chaqueta.

En un momento dado, veo a la Sra. Roberts, la de la tienda. Está en su coche. Papá también la ve y me hace girar con brusquedad para mirar el escaparate de una agencia inmobiliaria. Veo pasar el coche en el reflejo y, solo cuando se pierde de vista, reanudamos la marcha. Entonces salimos de la calle principal y volvemos a estar en una zona residencial más tranquila.

—¿A dónde vamos? —pregunto. Estoy cansado, tengo la cara tensa por haber llorado antes y siento que voy a empezar de nuevo en cualquier momento.

—Ya casi estamos —es lo único que dice papá por respuesta.

Y entonces, un par de casas más allá abre una vieja verja y subimos por un camino hasta la puerta principal de un pequeño chalé. Pero no lo entiendo. Sé quién vive aquí.

—¿Por qué hemos venido aquí? —pregunto, pero papá se limita a tocar el timbre; luego golpea la puerta con el puño, con mucha urgencia.

Oigo una voz en el interior que le dice a papá que se calme, que ya viene.

CAPÍTULO CINCUENTA Y NUEVE

—¿Sam? ¿Qué leches estás haciendo...? —empieza a preguntar Emily cuando abre la puerta. Entonces se fija en mí—, ¿Billy?

—¿Estás sola? —le pregunta papá y ella no contesta, tan solo tuerce la cara en señal de confusión, todavía sujetando el borde de la puerta de entrada.

—¿Qué si estás sola? —papá pregunta de nuevo y, esta vez, Emily asiente.

Papá no contesta. En su lugar, me agarra de nuevo de la mano y tira de mí hacia el interior, empujando a Emily hacia atrás para apartarla.

—Cierra la puerta —dice.

—¿Qué dices? ¿Qué demonios está pasando, Sam? —pregunta Emily.

Papá no responde. Me suelta la mano y avanza por el pasillo. Luego desaparece en las otras habitaciones y le oigo cerrando las cortinas. Me quedo con Emily, esperando lo que sea que vaya a ocurrir a continuación.

—Hola, Emily —digo.

Respira muy fuerte y me mira a los ojos durante un minuto.

—Hola, Billy. ¿Tú sabes de qué va esto?

Me encojo de hombros.

—Papá mató a Olivia Curran y ahora está tratando de escapar de la policía. También ha intentado matarme a mí.

Me mira como si me hubiera vuelto completamente loco. Abre la boca para responder, pero no tiene oportunidad porque papá vuelve a entrar en el pasillo.

225

—Emily, necesito tu ayuda. No te lo pediría si no estuviera desesperado, pero tengo la casa llena de policías, han puesto un control en el puente, hay un helicóptero buscándonos...Tienes que ayudarnos a escapar. Tenemos que salir de la isla. ¿Puedes llevarnos a Goldhaven? ¿Ahora mismo?

Emily respira con dificultad y aparta la vista de mí como si le costara la misma vida y se centra en papá.

—¿A Goldhaven quieres ir? ¿Para qué?

—Te lo explicaré por el camino. Ahora no tenemos tiempo.

Abre la boca un par de veces pero la vuelve a cerrar. Por fin, consigue soltar una frase.

—No puedo. He quedado con Dan —dice mirando el reloj—, en media hora. Es mi día libre.

—Que le den por culo a Dan —dice papá en voz baja, como si no quisiera que lo oyera—. Es importante. Esto es muy serio.

Se miran a los ojos.

—¿Pero no estarán vigilando el puerto del ferry, si te están buscando por todas partes? — pregunta Emily por fin.

Quiero decir «te lo dije», pero me aguanto las ganas.

Papá tampoco dice nada. Mira a su alrededor, como si de repente se sintiera atrapado por las paredes que le rodean.

—¿Qué es lo que está pasando? —pregunta Emily—. Billy me acaba de decir…

—Luego te lo cuento, te lo explicaré todo. Pero ahora no. —Papá desvía su mirada hacia mí y entiendo que no se lo quiere contar delante de mí. No quiere admitir que ha intentado matarme—. Tienes que ayudarnos, Emily. No tengo a nadie más a quien recurrir.

Nos quedamos allí parados en el pasillo durante un momento.

—Vale, voy a llamar a Dan y le diré que no me encuentro bien. Podéis quedaros aquí hasta que encontréis una solución. Nadie va a buscaros aquí —dice Emily. Su voz sigue sonando incrédula, como si no se pudiera creer que nos hayamos plantado en su casa.

Papá asiente de repente.

—Vale. Y préstanos el coche. Te lo dejaremos en Goldhaven para que lo recojas de allí una vez que nos hayamos ido.

—¡Sam! —Emily casi grita y papá se calla—. Te estarán esperando en el puerto. No puedes huir así como así. Tienes que pensar, Sam. Tienes que ser inteligente.

Nunca había escuchado a Emily hablar así. Suena aterradora y detiene a papá en seco.

—Sentaos. Voy a hacer café. Voy a llamar a Dan y le digo que me duele la cabeza.

Vamos a la cocina y papá y yo nos sentamos, observando a Emily mientras va preparando el café. A mitad de camino, me mira y sonríe.

—¿Y tú, Billy? ¿Quieres lo de siempre? Creo que tengo chocolate en polvo por algún sitio.

Asiento con la cabeza y le devuelvo la sonrisa. Lo dice como si estuviéramos en la cafetería y todo fuera normal. Lo dice para hacerme sentir bien. Pero no me dura la sonrisa. Tengo muchas preguntas y, aunque me da miedo preguntar la mayoría de ellas, la incertidumbre es aún peor.

—Papá —empiezo, con cautela—, ¿por qué hemos venido aquí a casa de Emily?

Papá aparta la vista de la pared hacia donde miraba, perdido en su propio mundo. Me mira y se ríe a medias. Luego sacude la cabeza. Le dice a Emily—: Ay, joder. Tengo a toda la policía de la isla buscándome y él quiere saber eso. ¿Quieres decírselo tú, o se lo cuento yo?

—Creo que es mejor que lo hagas tú.

Los miro a ambos, desconcertado.

—¿Decirme qué?

Unos instantes después, Emily pone una taza de chocolate caliente delante de mí y un café delante de papá. Se sienta, toma un sorbo de su café y sostiene la taza frente a ella, soplando el vapor. No dice nada, pero mira a papá.

—A ver, Billy —empieza papá. Pero luego se detiene y mira a la mesa—. No sé cuánto te habrán enseñado sobre esto en el instituto. Igual lo habéis dado en Valores Éticos ¿no? —Pone los ojos en blanco. Yo solo espero—. Pues nada, Emily y yo hemos estado... en una especie de...—se rasca la cabeza—. Llevamos viéndonos desde hace un tiempo. —Me mira, para ver cómo me lo estoy tomando.

—¿Viéndoos en la cafetería? —pregunto.

—No. Bueno, está claro que sí. . . Mira, no me refiero a la cafetería solo. Quiero decir que nos vemos aquí, en casa de Emily, cuando Dan no está. —Se detiene y me mira—. ¿Sabes a lo que me refiero con lo de vernos?

Sé lo que significa «ver» pero no tiene sentido.

—¿Como si Emily fuera tu novia? —digo, aunque no me parece posible.

Papá parece aliviado.

—Sí. Eso es. Más o menos. A ti no te importa, ¿no?

—Pero Emily es la novia de Dan —protesto.

Papá mira a Emily. Ella mira hacia otro lado.

—Sí. Así es. Pero a veces puede pasar que no quieras estar con la persona con la que estás y si eso pasa pues puedes empezar a ver a otras personas. Solo para ver si funciona —dice. Luego suena un poco más seguro—. Por eso no podía contártelo. No quería ocultártelo, Billy, te lo juro.

—Yo también lo siento, Billy —dice Emily.

La miro y veo sus ojos azules mirándome, su taza ocultándole media cara. Pienso en todo lo que hemos compartido. Todas las veces que hemos hablado de mis proyectos y de sus investigaciones. Deja la taza. Está muy guapa. No puedo evitar recordar mis sueños. Nunca se los había contado. En realidad no se lo he contado a nadie, pero a veces me paso horas imaginando cómo sería si fuera un poco mayor y me fuera con Emily a viajar por el mundo, a hacer investigaciones científicas. Tal vez incluso nos casásemos. Siento que me pongo colorado. Me siento, no sé, ¿enfadado? Sí, definitivamente enfadado, pero también incómodo y algo avergonzado. Y sobre todo confundido.

—¿Entonces eres la novia de papá?

Ahora me sonríe y asiente con la cabeza.

—No exactamente, pero supongo que podrías llamarlo así. —Me sonríe de nuevo, con los ojos grandes—. Ay, Billy, siento no haber podido decírtelo. Los adultos son tan raros a veces. —Extiende su mano a través de la mesa y toma la mía. Su mano es suave; tiene los dedos bonitos y finos. Dejo que me apriete la mano un rato.

—¿Y Dan? —pregunto, un momento después. Emily me da un último apretón de manos y retira la suya.

—Dan no lo sabe —dice—, nadie lo sabe. Aparte de ti, claro. Teníamos que mantenerlo en secreto al principio para ver si iba a funcionar. —Mira a papá—. Si funciona, quizá se lo digamos a la gente. A ti y… y a Dan también.

Papá la mira, todavía con cara de preocupación. Pero sobre todo me mira a mí. Siento que estoy a punto de llorar y decido mirar al chocolate caliente. Intento tomar la taza, pero me tiembla la mano y se derrama un poco en la mesa.

—Lo siento —murmuro, y Emily lo limpia con un trapo. Entonces ambos se quedan sentados, mirándome. Vuelvo a intentar beber el chocolate, pero no está bueno; sabe un poco pasado. Miro el cartón y noto que es la marca antigua. La cambiaron hace años; ahora tiene otros colores y todo. En realidad, ahora me doy cuenta de que toda la cocina está muy anticuada. También lo noté en el pasillo. Parece más la casa de una anciana que la de Emily.

—¿Por qué tienes una cocina tan vieja? —pregunto de repente.

Emily parece sorprendida por un momento y luego se ríe. Es increíble lo mucho que esa risa aligera la pesadez del ambiente. Está muy guapa cuando sonríe.

—Esta es la casa de mi abuela, Billy. O al menos lo era. Falleció a principios de año. No he tenido tiempo de arreglarla todavía.

Se hace el silencio de nuevo y la magia de su sonrisa se desvanece en la habitación. Entonces papá toma el relevo.

—Mira, Billy. Emily y yo necesitamos hablar un rato. ¿Qué tal si te vas a ver la tele, a ver si tienen el canal de ciencia o algo así. ¿Nos dejas que charlemos?

Una parte de mí quiere decir que no. Quiere preguntar qué está pasando, por qué estamos aquí. Por qué de repente finge ser tan amable conmigo. Pero no puedo superar lo que Emily acaba de decirme. Normalmente sería capaz de hablar con ella; puedo contarle cualquier cosa, o podría hacerlo. Ahora, estoy confundido. Necesito algo de tiempo para procesar todo esto. Y no me he olvidado de la pistola que tiene papá en los vaqueros.

Miro a Emily, con la esperanza de que me ayude, pero ella asiente junto a papá. Así que hago lo que me dice. Cojo la taza con las dos manos y me levanto de la mesa.

—Así me gusta —dice papá cerrando la puerta tras de mí.

CAPÍTULO SESENTA

Me dirijo a la sala de estar tal y como me ha pedido papá. Esperaba poder oír su conversación pero susurran en voz baja. El salón está decorado al igual que el resto de la casa. Las paredes tienen flores pintadas, pero están amarillentas. El suelo es de moqueta marrón. Hay una ventana, pero cuando voy a mirar, está cerrada y no encuentro la llave por ningún lado. Supongo que la abuela de Emily era una de esas personas mayores preocupada con que le robaran. Muchos viejos son así.

Me pregunto si debería intentar escapar de todos modos. Podría abrir la puerta principal y huir. Tal vez pudiera alertar a un vecino y pedirle que llame a la policía. Le doy vueltas a la idea durante un rato largo. Pero da miedo. Tal vez papá me persiga. Igual esta vez me dispara y todo. Y a lo mejor ahora que estamos con Emily estoy a salvo de nuevo. Tal vez haya decidido no matarme después de todo. No lo sé; es demasiado que procesar. Dejo de pensar. Me siento en el sofá y espero lo que sea que vaya a suceder a continuación.

Sin embargo, no me tomo el chocolate caliente. Definitivamente sabe raro, igual porque estará pasado de la fecha. Seguro que llevará en la despensa desde hace años. Me da un poco de asco beberlo pero no quiero ofender a Emily por eso lo vierto en una maceta que hay en un rincón de la habitación. Remuevo la tierra para que no se vea dónde lo he echado y luego me limpio las manos en la moqueta. De todos modos, es marrón.

Creo que será mejor que haga lo que dice papá por lo que busco el mando de la tele, pero en lugar de cogerlo, veo el portátil de Emily en el sofá, medio escondido bajo un cojín. Me quedo mirando la tapa azul brillante por un momento. En circunstancias normales, ni se me ocurriría abrirlo, pero me pregunto si podría conectarme a Internet. Tal vez podría averiguar qué está pasando. Miro la puerta para asegurarme de que Emily no haya vuelto y lo abro con rapidez. El icono de Emily es una estrella de mar. Me quedo mirándolo un momento antes de ver que el cursor parpadea pidiendo la contraseña. No tengo ni idea de cuál es su contraseña y cierro el portátil, sintiéndome culpable por haberlo intentado. Lo vuelvo a meter debajo del cojín y me reclino en el sofá de nuevo. Tengo la repentina sensación de que me viene todo a la vez.

Papá y Emily son novios. Recuerdo cosas que han pasado. Cosas que en su momento me parecieron extrañas. Como cuando quise que viniera a ver la ballena conmigo y dijo que tenía que trabajar. Pero Emily no trabaja los sábados por la tarde. Siempre ha librado. ¿Igual dijo que no podía ir a ver la ballena porque había quedado con papá? Ahora también pienso en la frecuencia con la que papá ha llegado tarde del trabajo últimamente, bastante tarde, en realidad. Siento que se me pone roja la cara solo de pensarlo. Era porque estaba con ella. Y la parte que de verdad me afecta es que mientras ellos pasaban las tardes juntos yo estaba en casa soñando que ella y yo nos íbamos juntos a un viaje de investigación o algo así. La cara me arde aún más.

Me obligo a abandonar esos pensamientos. En realidad apenas pensé en esas cosas. Y nunca lo hice a propósito. Veo por fin el mando a distancia y enciendo la televisión. Empiezo a cambiar canales para encontrar algo con ciencia como dijo papá, pero en su lugar, encuentro un canal de dibujos animados. Hace años que no veo programas de niños, pero algo me impide cambiar de canal. El sonido está bajo pero da igual porque no es más que unos dibujos de un perro persiguiendo a un conejo. Dejo el mando a distancia con la tele encendida. Me sorprende sentir de repente que tengo las mejillas húmedas. Agarro el cojín y me limpio la cara. Luego me acerco el cojín y lo rodeo con los brazos. Dejo que las lágrimas fluyan.

Creo que han pasado varias horas cuando regresa Emily. Estoy acurrucado en el sofá viendo dibujos animados. He pasado de Kids TV a Disney Junior y casi se me ha olvidado dónde y por qué estoy aquí. Emily tiene el pelo recogido en una coleta y se ha cambiado de ropa. Ahora lleva un jersey holgado y unas mallas. Sigue estando muy guapa.

—Hola, Billy, ¿cómo estás? —dice de manera suave.

Alarga la mano y me la pone en la cabeza, alborotándome el pelo.

—Esto es demasiado, ¿no? ¿Cómo te sientes?

Como no sé qué decir, no digo nada y ella continúa hablando.

—Lo que dijiste antes. Sobre tu padre... lo de que esté involucrado de alguna manera con la muerte de esa chica. No es cierto. Esto no tiene nada que ver con eso.

No me siento preparado para hablar de ello. Sigo mirando los dibujos pero de repente me sale una pregunta en voz alta.

—¿Cómo lo sabes?

—Tu padre me lo ha contado todo. No tiene nada que ver con Olivia Curran. Y te prometo que no se trata de ti, Billy. No ha intentado matarte. Solo pensarlo es una locura. Él nunca haría nada para hacerte daño.

Oigo lo que dice, pero con el sonido del televisor de fondo su voz es débil. En este momento me parece mucho más sencillo afrontar el mundo de los dibujos animados. La verdad es que estoy agotado de todo esto. Quiero ignorar a Emily y fingir que nada de esto está sucediendo. Pero me acuerdo de lo que ha pasado esta mañana y me doy cuenta de que no puedo fingir.

—Tengo pruebas.

Hace un gesto curioso en el que intenta echar una sonrisa reconfortante pero también frunce un poco el ceño.

—¿Qué pruebas tienes, Billy?

Me empieza a gotear la nariz, así que aspiro.

—Encontré la horquilla de Olivia en la parte trasera de la camioneta de papá. Tenía sangre y todo.

Emily se toca el pelo de la nuca. No es como el de Olivia. Emily tiene el pelo castaño. Se toca con los dedos su propia pinza de pelo.

—Billy, eso no es posible —su voz es razonable y tranquila.

Me encojo de hombros.

—Sí que lo es.

Me sonríe, pero de manera frágil.

—Billy, a veces, la gente se imagina cosas que no han pasado en realidad, o se equivocan pensado que algo es importante cuando en realidad, no lo es. Es posible que algo así suceda si se está bajo mucha presión.

—No me lo imaginé —de repente, mi voz suena enfadada. Me sorprende —. Era la horquilla que llevaba aquella noche. Tenía sangre.

Emily se queda callada un momento.

—¿Me la puedes enseñar, Billy? Estoy segura de que hay una explicación razonable. Si me la muestras igual puedo ayudarte a explicarlo.

Sacudo la cabeza y miro hacia otro lado.

—Me la metí dentro del traje de neopreno. La perdí cuando papá me metió en el agua.

—¿Entonces, ha desaparecido? —pregunta con lentitud. Luego se queda callada un momento, pensando. Creo que sé lo que va a decir a continuación, que probablemente significa que me lo he imaginado, pero no dice eso.

—¿La buscaste en la playa?

Me sorprende su pregunta.

—No tuve oportunidad —contesto—. Solo sé que la perdí en el agua. Ha desaparecido para siempre.

Asiente con la cabeza. Sus ojos se agrandan y sonríe. Se desliza y se sienta a mi lado en el sofá, me rodea con el brazo y me acerca a ella. Nunca había hecho esto antes y me siento un poco incómodo porque mi cara está cerca de sus tetas. Creo que está mal que lo haga, pero intento memorizar cómo se sienten, suaves y cálidas. Huelo su fuerte perfume a flores.

—Mira, Billy —me aprieta más fuerte para que toda mi cara quede presionada contra su costado—, ¿te acuerdas de lo que pasó con el Sr. Foster? Estabas tan seguro de que era responsable de alguna manera. Y luego. . . Bueno, luego resultó no serlo. Mira, esta horquilla, si es que de verdad era eso, será lo mismo. No sé el qué, exactamente, pero seguro que estás equivocado.

Quiero creerla. Quiero creer que de alguna manera lo he entendido todo al revés. Quiero apretar mi cara contra ella y que todo vuelva a ser como antes, pero no va a funcionar. Estoy aquí, en esta extraña habitación. Todo ha cambiado. Ahora es diferente. Me alejo de ella.

—Pero la vi, Emily. Vi la horquilla —por alguna razón, ahora le estoy suplicando—, la sostuve en mi mano. —Me levanto el jersey y le enseño el pecho, donde la huella hace tiempo que se ha desvanecido—. La puse aquí. Tenía sangre y pelo, un pequeño mechón de pelo rubio. Era igual que la horquilla que tenía Olivia Curran. Y entonces, justo después de encontrarla, papá trató de ahogarme. Me empujó bajo el agua cuando venía una ola. Me persiguió. —Las lágrimas están fluyendo ahora y no me importa. Ni siquiera me las limpio.

Billy, no. Basta ya. Tu padre no haría eso. Él no hizo eso.

—Lo vi, Emily. Vi la prueba.

—Entonces, ¿dónde está ahora? —su voz es más aguda ahora—. ¿Alguien más la vio? ¿Le hiciste una foto?

No digo nada. Tan solo sacudo con la cabeza.

Se muerde el labio.

—Mira. Tu padre me ha explicado muchas cosas que sí tienen sentido. Está muy nervioso por contártelo todo. Dios sabe que entiendo por qué. Está cocinando algo para cenar. Te lo va a contar una vez que hayamos comido y entonces verás…

—Hay algo más que lo demostrará —la interrumpo—. Dime tu contraseña para que pueda enseñártelo.

—¿Qué? —Emily parece asustada. Saco su portátil de debajo del cojín.

—Dime tu contraseña —digo, abriendo la tapa.

Mira con inseguridad su ordenador. Luego, sin decir nada, se inclina y teclea una palabra con rapidez. Intento ver qué es, pero no me da tiempo a registrar la contraseña. El ordenador se enciende; la foto del escritorio es una imagen submarina de un arrecife de coral que ella misma tomó durante su último viaje en el «*Marianne Dupont*». Me la envió por correo electrónico, por eso lo sé. Me mira.

—Abre Internet —le digo.

Lo hace y esperamos juntos.

—¿Y ahora qué?

—Dale aquí.

Pongo el portátil sobre mis rodillas y tecleo la dirección de la página web de mi estación meteorológica, luego me conecto a la cuenta de administrador. No es solo una cosa online; es algo que he instalado en el tejado de la casa. Hay un anemómetro que mide la dirección y la fuerza del viento, un termómetro y, lo mejor de todo, una cámara web. Fui la primera persona que instaló una cámara web en la playa de Silverlea. Al principio, recibía montones de visitas de gente que quería ver las condiciones del surf, o tan solo ver la playa antes de venir. Pero entonces el Club de salvamento y socorrismo me copió la idea e instaló su propia estación meteorológica. Y como tenían una cámara más buena y se ven mejor las olas desde allí, su página se lleva todas las visitas ahora. Pero yo seguí con la mía porque puedo utilizar los datos para futuras investigaciones científicas.

La cámara web toma una fotografía cada quince minutos. Cada fotografía se carga en una base de datos a la que se puede acceder en línea. De este modo, puedes volver atrás y ver con exactitud el aspecto de la playa en el momento que quieras, durante los últimos tres años.

Pero, por desgracia, cuando la compré no podía permitirme una buena webcam. La mía es solo una imagen estática con un objetivo panorámico. Lo que significa que no solo se ve el océano sino que también se puede ver el borde del tejado de nuestra casa en un lado del encuadre y un poco de patio en el otro.

La página se va cargando. Hago clic en el cuadro de búsqueda y lo configuro para que cargue las imágenes del 29 de agosto de este mismo año.

—Esta es la vista desde nuestra casa la noche en la que Olivia Curran desapareció —le digo a Emily—. ¿Recuerdas que estábamos todos en la discoteca del club?

Emily asiente, observando lo que estoy haciendo.

—Hacia las diez y media me cansé y le pedí a papá que me llevara a casa. Pero él quería quedarse a beber más cerveza. Así que la madre de Jody dijo que me llevaría a casa. Más tarde, cuando la policía me preguntó, papá me hizo mentir. Dijo que se metería en problemas si descubrían que estaba solo en casa.

—Sigue, Billy —dice Emily. Selecciono el momento adecuado. La vista de la cámara vuelve a ser normal, oscura y vacía.

—Son las once en punto. Justo antes de que Jody me deje. Pincho en la flecha para adelantar. En la siguiente imagen, hay un charco de luz en el patio.

—Las once y cuarto. —La luz es de la ventana de la cocina. La dejé encendida para papá porque dijo que no tardaría.

Ojeo la siguiente imagen y la siguiente, y la siguiente.

—La una de la mañana —digo—, todavía no ha vuelto. Me dijo que había vuelto sobre las once y media.

Le enseño las ocho imágenes siguientes. Por fin, llego a la imagen de las cinco de la mañana. Esta vez, el charco de luz ha desaparecido, pero hay otra diferencia. Incluso en la oscuridad, es posible ver que la camioneta de papá ha aparecido en la entrada.

—Papá me dijo que había vuelto a las once y media de la noche. Lo recuerdo muy bien porque esa es la hora que me hizo decir a la mujer policía. Pero me mintió. En realidad regresó a las cinco de la mañana porque estaba por ahí haciendo lo que sea que le hizo a Olivia Curran. Y luego escondiendo su cuerpo.

Hay un silencio muy largo. Emily mira el portátil sin parar. Cuando por fin dice algo, su voz es muy tranquila y suave.

—Ay, Billy —dice—, ay pobre.

Coge el portátil y parece que va a cerrar la tapa, pero al final se limita a dejarlo de nuevo en la mesita y me vuelve a poner la mano en el pelo.

—Billy —dice de nuevo—. La razón por la que tu padre no llegó a casa hasta las cinco de la mañana es porque estaba conmigo. Esa fue la noche que empezamos a salir.

CAPÍTULO SESENTA Y UNO

L a recepcionista le dio a West la dirección del centro médico Pattinson y le dijo que había concertado una cita para esa misma tarde. West volvió al coche de alquiler y condujo durante tres horas. Al principio, pasó por varios pueblos pequeños, pero durante la última hora le pareció que atravesaba un campo completamente vacío. Y entonces, cuando llegó a lo que su GPS decía que era el lugar correcto, West no encontró nada más que un tramo vacío de carretera de un solo carril, campos a ambos lados, con solo unos pocos grupos de árboles para romper la monotonía del horizonte.

Paró el coche, sin molestarse en salirse de la carretera ya que no había visto otro coche en más de media hora. Dejó el motor en marcha. Debió haberse pasado por poco ya que el GPS le repetía una y otra vez que diera la vuelta tan pronto como fuera posible. Acabó por apagarlo. Se aferró al volante un momento, pensando, y se dio cuenta de lo agotada que estaba y de cómo el cansancio le afectaba la capacidad de razonar. Apagó el motor y salió del coche.

El aire fresco le hizo sentirse mejor de inmediato pero al mirar a ambos lados de la carretera siguió sin ver nada que se pareciera a un hospital. Sacó su móvil con la esperanza de buscar en Google el lugar y encontrar un número al que llamar, pero no tenía conexión a Internet. Sin embargo, había cobertura para una llamada y llamó a Rogers. Quizá él pudiera localizar el lugar y decirle dónde estaba. Al mismo tiempo, podría ponerla al corriente de la búsqueda de Stone.

El teléfono sonó y se lo acercó a la oreja, esperando para hablar. Pero al sexto tono, saltó el buzón de voz. Molesta, cortó la llamada. Se apoyó en el capó, preguntándose qué hacer a continuación.

Entonces se fijó en un pequeño camino asfaltado que salía de la carretera principal. Parecía demasiado pequeño para ser importante, pero justo antes había un cartel que no se podía ver lo que decía porque estaba cubierto por un árbol. A falta de algo mejor que hacer, caminó por la carretera y, cuando llegó a la parte delantera del cartel, entrecerró los ojos. En pequeñas letras, se leían las palabras:

Centro médico de Pattinson
Vía privada

Todavía un poco confusa, West volvió a su coche de alquiler y dio marcha atrás. Por hábito más que por necesidad puso el intermitente y se metió en el camino.

Había árboles plantados a ambos lados del camino que descendía hacia una hondonada. Al fondo se veían las instalaciones: un edificio sencillo y sin carácter. Al llegar, un hombre con una bata blanca de médico salió y se quedó esperándola.

Abrió puerta del coche y él se adelantó y estiró el brazo.

—Bienvenida. Soy el Dr. Richards. La estábamos esperando. —Llevaba la chaqueta abierta y bajo ella West vio una elegante camisa azul. Tenía gafas de montura metálica con cristales finos. Sonrió.

—Soy la inspectora Jessica...—West mostró su placa, pero el médico indicó con un gesto que no hacía falta.

—Inspectora West. Sí, lo sé. Paul me lo ha explicado todo. Por favor, entre.

Subieron los escalones y entraron. La sala era más pequeña de lo que West había previsto y ocupada tan solo por un hombre sentado mirando varias pantallas de seguridad. No se movió mientras el médico sacaba un formulario de una bandeja de plástico y empezaba a rellenarlo con la fecha y hora de su llegada.

—¿Qué es exactamente este lugar?

—El centro médico Pattinson es un centro residencial privado. Ofrecemos un entorno seguro para clientes con necesidades muy específicas.

—Es bastante difícil de encontrar.

Deslizó el formulario por el escritorio para que ella lo firmara.

—Sí. Eso no es casualidad —dijo el médico—. Es para ayudar a nuestros residentes.

West dudó, luego firmó el formulario y se lo devolvió.

—Lo siento, ¿a qué se refiere?

El médico recogió el formulario, lo introdujo en un soporte de plástico y se lo tendió de nuevo.

—Nuestra ubicación aquí es parte de nuestra oferta. Atendemos a los residentes que no pueden desenvolverse en un entorno libre. Se benefician de no cruzarse con demasiada gente con la que no estén familiarizados.

—¿Es un hospital de seguridad?

—No, todo lo contrario. Estamos aquí para que nuestros clientes sean libres de vagar casi por donde quieran sin correr peligro. Se puede caminar diez kilómetros en cualquier dirección sin encontrarse ni una casa —sonrió —. Por favor, ¿puedo ofrecerle un café, o quizás algo de comer?

—He tomado algo de camino. —La negativa fue automática y West no estaba segura de por qué se había negado.

—¿En serio? No sé donde. —El Dr. Richards pareció perplejo por un momento—. Como digo, no hay mucho por aquí. —Volvió a sonreír y negó con la cabeza, como si no tuviera importancia—. De cualquier manera, me gustaría hablar con usted en mi oficina antes de ir a ver a Christine. Tengo entendido que Paul ya le ha dicho que su viaje va a ser en balde. —Abrió otra puerta y la condujo a un amplio despacho, con un gran escritorio de madera antigua. Ella tomó asiento y esperó.

El médico volvió a ofrecerle un café antes de acomodarse a su lado del escritorio.

—Tengo entendido que quiere hacerle a Christine una serie de preguntas sobre lo que le ocurrió y sobre el hombre que la atacó. ¿Estoy en lo cierto? — El médico enarcó una ceja.

—Espero que tenga alguna información que nos ayude a localizarlo.

—Creo que va a ser poco probable.

—¿Por qué?

—A Christine no le gusta hablar de lo que pasó. . . — El Dr. Richards hizo una pausa—. No sé cuánto le habrá explicado Paul, pero Christine sufre de un trastorno de estrés postraumático. —Esperó hasta que ella negara con la cabeza para demostrar que no la habían dicho nada—. Es un trastorno muy mal entendido. Hay quien se piensa que es tan solo una reacción temporal o que puede curarse. Ambas suposiciones, por desgracia, son falsas. En el caso de Christine, su reacción fue muy fuerte y provocó un cambio permanente en su cerebro. Lo mejor que podemos hacer por ella es controlarla con medicación y protegerla de posibles desencadenantes evitando encuentros sociales no solicitados.

—¿Está insinuando que no puedo verla? —preguntó West.

—En absoluto. Pero estoy diciendo que es poco probable que saque algo útil del encuentro. Y también que sus preguntas la molestarán.

West reflexionó por un momento.

—Aun así me gustaría verla. Para preguntarle si puede ayudarnos.

El médico asintió.

—No puedo impedirlo pero tendré que estar presente mientras habla con ella.

—De acuerdo —dijo, y luego se paró—. ¿Puedo preguntarle algo antes de entrar?

—Por supuesto.

—¿Le han contado que su hijo sigue vivo?

—Sí —confirmó el médico—. Hemos intentado hablar con ella sobre eso.

—¿Y qué dijo?

El médico suspiró.

—Dijo muy poco. Tal vez, si el niño pudiera volver, podrían ir viéndose poco a poco durante un cierto período de tiempo. Pero tengo entendido que ahora ha vuelto a desaparecer. ¿No es así?

West dudó y luego asintió.

—Bueno, tal vez deberíamos comenzar la visita, para que luego pueda regresar a tratar de localizarlo. ¿Vamos?

El Dr. Richards se levantó y la acompañó fuera del despacho. Recorrieron un largo pasillo bordeado de fotografías en blanco y negro de campos y tierras de cultivo. Por fin, llegaron a una puerta. Tenía una pequeña ventana con cristal reforzado.

—¿Está lista, inspectora?

CAPÍTULO SESENTA Y DOS

—¿**B**illy, Billy?

Miro hacia arriba. No sé cuánto tiempo ha pasado. Puede que sean cinco minutos; puede que sea una hora.

—¿Me oyes? Tu padre acaba de decir que la cena está lista.

No me muevo. De todos modos, no tengo hambre.

—Vamos, Billy, tienes que comer. Y tu padre quiere contarte algo.

Quiero quedarme donde estoy pero aún así me veo siguiéndola hasta la cocina, como un perrito faldero. Papá lleva un delantal con la imagen de un canguro, con un pequeño cachorro asomando por el bolsillo. Lo agita un poco y me mira esperando que me ría. Yo tan solo me quedo mirándole.

—He hecho espaguetis —dice papá—. Vamos, te sentirás mejor cuando hayas comido. —Abre un cajón y rebusca una cuchara. La comida huele bien. Veo la cintura de sus vaqueros. Me pregunto dónde habrá metido la pistola.

Nos sentamos juntos, como si fuéramos una familia feliz. Papá sirve los espaguetis en los platos con una cuchara, como si siempre comiéramos así. Tiene una cerveza abierta y me doy cuenta de que Emily está bebiendo vino. Hay un vaso de agua delante de mi plato.

—Salud —dice papá, levantando su lata—. Esto ha sido un poco inesperado, pero demos las gracias a Emily por ayudarnos. —Levantan la lata y la copa de vino y hacen un pequeño brindis. Yo no me muevo lo que hace que intercambien una mirada de preocupación.

Hurgo en la comida, porque es mejor que mirar a papá. Sigo sin entender nada. Estoy tratando de darle sentido a todo esto. Si no mató a Olivia Curran, ¿por qué está la policía tras él? ¿De qué se trata todo esto?

—Así que Emily me ha contado —papá comienza a hablar. Suena despreocupado, como si le acabara de mencionar que me he comprado una cámara nueva y no qué creo que sea un asesino—, de qué crees que va todo esto.

Echa una especie de risotada, pero luego su voz se vuelve más seria.

—Billy, entiendo lo confuso que debe ser todo esto. Todo lo que pasó hoy con la policía. —Se detiene. Todavía no ha cogido el cuchillo y el tenedor—. Pero te prometo que no es lo que crees. No tiene nada que ver con eso. —Se calla y me observa unos instantes—. No sé nada del asunto de Olivia Curran. Te lo juro. Casi ni la vi por el pueblo. No la conocí, nunca hablé con ella. No tengo nada que ver con ese tema.

Su voz me envuelve como la miel, espesa y suave. Quiero creerle. Pero yo sé lo que sé y, mientras habla, hago lo posible por concentrarme en la horquilla. Intento recordar cómo era en realidad. Pero es difícil. La veo más o menos, pero la imagen ya no está clara en mi mente. Se me ocurre un pensamiento fugaz: tal vez Emily tiene razón. Tal vez lo imaginé todo, o quizá me equivoqué. . .

—Y esto de tratar de ahogarte en el agua. . . —papá sigue hablando. Me está sonriendo, de una manera que no me ha sonreído en mucho tiempo—, ese era yo siendo. ...siendo un idiota total, Billy. —Veo que sus ojos miran a Emily y luego vuelven a mirarme a mí—. Venía una ola grande y así es como pasas esas olas, tienes que bucear. Lo sabes, ¿verdad? Claro que sí. Tienes que aguantar la respiración y luego sales por el otro lado. —Papá empieza a golpear la mesa—. Pero entraste en pánico. Te quedaste atascado en la zona donde rompen las olas y te pillaron todas las demás. Pero tenías razón. Las olas eran demasiado grandes para ti. Yo solo estaba. . . Estaba frustrado. Me da la sensación de que deberíamos hacer más cosas juntos. Como padre e hijo. —Se detiene y sacude la cabeza—. Billy, tienes que creerme. Jamás te haría daño. Eres lo más importante de mi vida. Sin excepción. —Suspira—. Mírame, Billy. Nunca te haré daño. Tienes que creerme.

Quiero creerle. Es papá. Quiero creer cada palabra que dice. Pero no estoy seguro. Miro a los espaguetis; el queso se está derritiendo por encima. Llevo horas sin comer. No tenía hambre pero ahora que he visto la comida me suenan las tripas. Asiento con la cabeza, sobre todo para que me deje en paz.

—Voy a cenar ahora —digo.

Él tan solo me sonríe.

A continuación cambiamos de tema. Emily empieza a hablar de su próximo viaje en el *Marianne Dupont*. Así se llama el barco de investigación en el que viaja; ya te hablé de él. Pero con todo lo que ha estado ocurriendo se me olvidó que a finales de semana se marcha de nuevo al Caribe para continuar su investigación sobre medusas. Si las cosas fueran normales estaría celoso. Pero ahora ya no sé cómo sentirme.

Después de cenar, ayudo a Emily a recoger la cocina mientras papá se sienta a beber más cervezas. Para cuando terminamos en la cocina ya es tarde y Emily me enseña la habitación donde voy a dormir. Es antigua, tiene humedades y huele a persona mayor, pero no me importa. No tengo cepillo de dientes así que tengo que usar el dedo y luego, por supuesto no tengo pijama, por eso Emily me deja usar una de sus camisetas que huele mucho mejor que la cama. Inhalo el perfume floral de la camiseta y la uso como una especie de defensa contra el olor a vieja de las sábanas y la almohada. Estoy tan cansado que me duermo de inmediato.

CAPÍTULO SESENTA Y TRES

Christine Austin estaba sentada en un cómodo sillón con una manta sobre las rodillas. Asentía con la cabeza al programa de televisión que tenía delante, que estaba en silencio. La baba se le caía por la comisura de la boca. El doctor se dio cuenta y la limpió con discreción. A West le sorprendió la apariencia de la mujer. Tendría unos treinta años, pero parecía mucho mayor. Una gran papada le colgaba de la cara y la pálida piel le hacía enfermiza. Tenía la mirada perdida. No pareció darse cuenta de que entraban, no reaccionó cuando el médico utilizó un pañuelo de papel para limpiarle la boca. Este miró a West con un gesto que sin duda decía «No diga que no le avisamos».

—¿Christine? ¿Chris? Aquí hay alguien que quiere verte. ¿Tienes ganas de hablar hoy? —El Dr. Richards hablaba en voz alta pero con amabilidad.

Para sorpresa de West, la mujer giró la cabeza y miró en su dirección.

—Chris, esta es la inspectora West. Trabaja para la policía. ¿Te importa si nos sentamos un rato contigo?

Sin esperar respuesta, el médico se sentó en un sofá junto a Christine y le indicó a West que hiciera lo mismo.

—Chris, la inspectora West es la policía de la que te hablé, la que vio a Ben. Le gustaría hacerte algunas preguntas. —Los ojos de la mujer se dirigieron a West, pero estaban apagados.

El médico dejó de hablar y sonrió a West, animándola para que empezara. West abrió la boca para hablar.

—Christine. . . —Se sentía extraña hablando con el doctor observándola. Era casi como si la estuviera evaluando. West continuó de todos modos—. Formo parte de un equipo que investiga el asesinato de una adolescente en la isla de Lornea. Creemos que su antiguo compañero, Jamie Stone, puede estar involucrado de alguna manera. ¿Puedo preguntarle si alguna vez le mencionó la isla de Lornea? ¿Tenía amigos allí, o parientes? ¿Conoce de algún lugar al que pudiera ir para esconderse?

Era imposible saber si Christine había oído lo que decía o no. Observaba a West mientras hablaba, pero no dio ninguna respuesta.

—Lo estamos buscando ahora. Y a su hijo también, a Ben. Si hay algo que sepa sobre Stone podría ayudarnos a encontrarlo. . .

Pero Christine no dijo nada. West miró al médico, que le sonrió con tristeza. Se sentía frustrada. Estaba claro que esto era una pérdida de tiempo para todos los presentes. Tal y como habían anticipado Paul Austin y el médico. Así como ella misma lo había temido.

—Cualquier detalle puede ser útil. ¿Alguna vez habló de ir a algún lugar en especial? ¿Tenía alguna propiedad en algún sitio a la que pudiera ir?

Christine siguió sin decir nada y volvió a mirar la televisión. El médico empezó a sacudir la cabeza. Abrió la boca para hablar y West intuyó que iba a decirle que era inútil. Aunque sabía que tenía razón, aun así le molestaba.

—Christine, he visto a su hijo, Ben. Lo vi la semana pasada. Hablé con él. Tiene once años. —Extendió la mano y tomó la de Christine—. Solo quería que supiera que vamos a hacer todo lo posible para encontrarlo. Para traerlo de vuelta. —West apretó la mano con suavidad y vio que la mujer se volvía hacia ella. En el fondo, tras el remolino de nubes de sus ojos, le pareció ver una chispa.

—¿Ben? —dijo Christine. Cuando habló, su voz era débil.

West asintió y contuvo la respiración.

—Por eso hemos venido a pedirle ayuda. Creemos que Ben sigue con Jamie.

La mujer pareció considerarlo. Movió la cabeza asintiendo con lentitud y luego pareció olvidar por qué había empezado a asentir, pero siguió haciéndolo de todos modos, asintiendo una y otra vez. Después se apartó de West para volver a ver la televisión.

—Estamos tratando de encontrar a Ben —continuó West, tratando de recuperar su atención—. ¿Hay algo que pueda decirnos que nos pueda ayudar a encontrar a Ben? —Pero esta vez, Christine pareció ignorarla. Hubo una pausa. Entonces el Dr. Richards interrumpió en voz baja.

—Creo que ya es suficiente por hoy. —No esperó respuesta antes de continuar—. Te dejamos que disfrutes de tu tarde, Christine. La inspectora ya se marcha. —West sintió que su enfado se incrementaba, pero no discutió. En su lugar, sacó su tarjeta de presentación con la intención de dársela a Christine. Pero dudó, pasándosela de mano en mano.

—Dr. Richards, ¿puede usar el teléfono?

Vio la tarjeta y adivinó lo que ella tenía en mente.

—Es mejor que me la de a mí. Si Chris le cuenta algo a algún miembro del personal me informarán de inmediato y yo haré lo mismo con usted. —Sonrió.

West asintió y se volvió hacia Christine.

—¿Le parece bien? Si se le ocurre algo que nos pueda ayudar, dígaselo al Dr. Richards, y él me llamará. Vamos a hacer todo lo que sea posible para encontrar a su hijo. Se lo prometo. —Se inclinó para acariciar de nuevo la mano de Christine, pero esta parecía haber desaparecido, absorbida de nuevo por el silencioso mundo del programa de televisión. West estaba a punto de apartar la mano cuando sucedió algo. Con una rapidez que parecía imposible dado el estado de la mujer, se retorció con violencia en su silla. Agarró a West por el brazo, casi tirándola de la silla en la que estaba sentada y, antes de que el Dr. Richards pudiera reaccionar, le acercó la boca a la oreja.

—Dígale que lo siento —dijo en voz baja y ronca—. Dígaselo de mi parte, que lo siento.

West se sobresaltó. Christine había tirado de ella con fuerza y West estaba apoyada en el suelo con una rodilla. Vio que el Dr. Richards se dirigía hacia ellas, con un claro gesto de alarma en su rostro.

Solo hubo tiempo para que Christine susurrara unas cuantas palabras más al oído de West antes de que el Dr. Richards alcanzara su hombro y la apartara con brusquedad.

—Chris —reprochó. Luego, una vez hubo separado a las dos mujeres y Christine estaba de vuelta en su estado pasivo, se disculpó con West—: Lo siento mucho, inspectora. Normalmente no se porta así. ¿Está bien?

West seguía arrodillada en el suelo. Miró a Christine, que había vuelto a mirar la televisión, asintiendo ligeramente a la melodía que sonaba en su cabeza como si no hubiera pasado nada.

—Estoy bien. No me ha pasado nada —confirmó, poniéndose de pie. Se quedó mirando a Chris, queriendo preguntarle que repitiera lo que le acababa de susurrar al oído. Pero algo la detuvo. Fue la presencia del médico lo que lo hizo.

—Creo que deberíamos dejar a Christine tranquila. Está claro que está cansada —dijo el doctor Richards y, esta vez, West no discutió. El doctor los guio hacia la puerta. Siguió hablando durante todo el trayecto de vuelta por el pasillo y fue tan solo cuando había salido del hospital que West se dio cuenta de que no le había dado su tarjeta al médico. Cuando Christine se había abalanzado sobre ella, debió de haberse caído al suelo.

CAPÍTULO SESENTA Y CUATRO

Esta vez no había ningún helicóptero esperando a la inspectora West para llevarla de vuelta a la isla de Lornea. En su lugar, tuvo que coger el ferry para la última etapa de su viaje. Le envió un mensaje de texto a Rogers desde el barco y lo encontró en el puerto esperando para recogerla.

Rogers no paró de hablar en todo el camino de vuelta a la comisaría, describiendo con detalle los registros de los apartamentos a los que Stone podría tener acceso y el descubrimiento de la cabaña del chico en el bosque detrás del aparcamiento de la playa de Littlelea, completa con camuflaje por los lados y un equipo básico de acampada. Pero en última instancia, el fracaso en la localización de Stone.

—Hay algo que se nos escapa —dijo cuando terminó—. Debe haber alguna conexión que aún no vemos. Pero lo vamos a pillar. Vamos a coger a ese hijo de puta.

West le escuchaba en silencio, sentada con la mirada perdida en el parabrisas.

—¿Estás bien? —preguntó Rogers.

Sacudió la cabeza como si la hubiera despertado de un trance.

—Sí, sí. Estoy cansada.

—Un vuelo largo, ¿no?

—Un viaje largo.

—¿Y qué tal te ha ido? ¿Averiguaste algo útil por aquellos lares? ¿Algo que pueda ayudarnos a encontrarlo?

Respondió lentamente.

—No estoy segura. Al principio pensé que tal vez el jefe me había enviado allí para quitarme de en medio.

—Y ahora, ¿qué piensas?

—Sigo pensándolo. Pero sucedió algo extraño.

—¿El qué? —preguntó Rogers, mientras metía el coche en el aparcamiento de la comisaría. Cogió la curva demasiado rápido y tuvo que frenar con brusquedad para evitar a un agente que se dirigía a su coche patrulla. Era un hombre de unos sesenta años a punto de jubilarse. Se acercó a la ventanilla abierta del conductor y le reprochó con fingida seriedad.

—No te creas que tu reluciente chapa de inspector me va a impedir ponerte una multa por conducción temeraria —se rio de su propia broma.

—Era solo para poner a prueba tus reflejos, Bill. Quiero que estés listo para tu próxima revisión médica —respondió Rogers.

El patrullero se percató de la presencia de West y la saludó con un gesto rígido. Retrocedió y Rogers hizo avanzar el coche hasta un espacio.

Rogers se olvidó de preguntarle a West qué le había parecido extraño. Y ella no volvió a sacar el tema.

West llegó al fondo de la oficina donde se encontraba su escritorio. Miró por la ventana, observando la familiar vista del aparcamiento y la parte trasera de las tiendas de enfrente. Estaba todo igual que antes. No era de extrañar ya que solo había estado fuera un par de días. Pero algo le chocaba, como si la distancia que había recorrido tuviera que estar marcada de alguna manera.

En su escritorio había una nota que le decía que se presentara ante el comisario Collins en cuanto llegara. Lo encontró hablando con el inspector jefe Langley, quien permaneció mientras ella les informaba acerca de su viaje pero estaba claro que su atención se centraba en la búsqueda de Stone. Cuando terminó, Langley le dijo que ayudara a Rogers a revisar el ordenador portátil del chico. Hizo poco por ocultar su opinión de que era poco probable que aquello produjera algo de valor y se volvió para continuar hablando con el comisario. West salió de la oficina y encontró a Rogers reclinado en su silla con su gran mano jugando con el ratón.

—¿Qué hay, pues? —preguntó.

—Acércate una silla, inspectora —dijo Rogers, incorporándose en su asiento—. Siéntate, que vas a alucinar.

Se sentó a su lado, abrió el cuaderno por una página nueva y apretó el boli contra el papel, preparada para tomar notas. Rogers enarcó una ceja en respuesta.

—Creo que estás siendo un poco optimista —dijo—. Esto es un puto lío.

—¿A qué te refieres?

— A esto: bienvenida al maravilloso mundo interior de Billy Wheatley —dijo con cierta ironía—. Echa un vistazo.

West se inclinó hacia la pantalla del portátil; estaba llena de carpetas. Cogió el ratón y pulsó un par de ellas al azar. Se abrieron nuevas carpetas, cada una tan llena y caótica como la anterior.

—Vaya. Tiene un montón de cosas —observó West.

—Sí. Te cuento. Encontraron el portátil del chico en su habitación. Al principio, nadie podía entrar porque tiene una contraseña configurada. Se lo entregamos a los de informática. No tuvieron problema, accedieron por otra vía o como fuera, no lo sé pero desactivaron la contraseña. Lo que no han podido hacer es poner orden en este caos. Es un lío de archivos, nombres aleatorios con contenido bastante aleatorio también. Mira este por ejemplo. —Pinchó en un par de carpetas y abrió un archivo llamado «Sensor meteorológico». A continuación apareció una pantalla de imágenes en miniatura.

—¿Qué son? —West entrecerró los ojos.

—Son. . . —Rogers sonrió y abrió una de las imágenes—: son cangrejos ermitaños pintados con pintura fluorescente. —Rogers la estaba observando y se rio cuando se volvió hacia él, con la cara perpleja—. Debe ser un experimento que estaba haciendo. No me preguntes. Hay miles de este tipo de cosas. Este chico es una versión esquizofrénica del puto Charles Darwin.

—¿Y hay algo importante?

—Eso es lo que estoy tratando de averiguar. Por lo que he visto creo que no. Pero mira esto. —Esta vez, Rogers señaló unas hojas impresas en el escritorio. Estaban encabezadas:

«INVESTIGACIÓN SOBRE LA DESAPARICIÓN / MUERTE DE OLIVIA CURRAN»

Debajo de este título había un resumen de lo que le ocurrió a Olivia. En su mayoría, parecía sacado de Internet.

¿Qué es esto?

—Parece que estaba haciendo una investigación, o intentándolo. Lo tenía todo guardado en una carpeta de conchas de lapa.

West preguntó con la mirada.

—Son pequeñas conchas que se aferran a las rocas.

—Sé lo que son las lapas. Pero no veo la conexión.

—Yo tampoco. El chico está chiflado; ya te lo dije. Y aún no he terminado. También tenemos estos archivos. —Se volvió hacia el portátil y abrió una nueva carpeta—. Te va a encantar, inspectora.

Abrió una carpeta que contenía seis carpetas más y cuando Rogers abrió la primera de ellas, mostró una larga lista de videos. Rogers seleccionó uno al azar, un archivo llamado 00013_07_07_16 12:34. El pequeño ordenador portátil hizo funcionar sus engranajes durante un rato. Entonces apareció una pantalla de reproducción de video.

—Vamos allá —dijo Rogers.

La imagen era de un pequeño claro en un bosque. El horizonte era inestable y había gotas de agua en el objetivo, lo que hacía que al principio fuera difícil ver lo que pasaba. Pero entonces un pequeño zorro rojo entró en el encuadre y se sentó en el suelo delante de la cámara. Comenzó a rascarse con la pata trasera. Cuando terminó, miró a su alrededor despreocupadamente, se levantó y siguió caminando, esta vez saliendo por el otro lado de la pantalla. La imagen no cambió en absoluto durante treinta segundos. Luego, el video terminó.

—¿Qué leches es eso? —preguntó West.

—Y mira este, es genial —dijo Rogers—. Uno de mis favoritos.

Pinchó en otro video. Se abrió para mostrar el mismo claro del bosque, pero esta vez, un grajo negro estaba saltando a través del marco.

—Son sus archivos de cámaras de fauna silvestre —explicó Rogers—. Me pregunté después de haberle entrevistado que por qué tendría esa cámara con sensor de movimiento. Pues bien, este es el motivo. Esto es lo que hacía con ellas cuando no estaba espiando a la gente. Espiar a los animales.

—¿Los has revisado todos?

—¡Qué dices! Hay demasiados. Miles. Decenas de miles, tal vez. Está muy metido en esto.

Volvió a abrir la pantalla del escritorio y continuó su explicación.

—Encontré los archivos de cuando había estado espiando a Philip Foster en una carpeta diferente. Supongo que esos sí que los vio todos. Menudo chiflado.

Rogers pinchó en otra carpeta para abrirla. Movió el cursor hasta abajo del todo y abrió el último archivo. Mostraba la fachada de la casa de Philip Foster, con un agente en primer plano. Pareció notar la cámara y se acercó hasta que su cara llenó la pantalla. Rogers se rio.

—Ese es el momento en que encontramos la cámara. —Cerró el archivo lo que hizo que se viera solo la carpeta y se dirigió a West—: Dime, ¿qué me estabas contando antes? ¿Lo de que sucedió algo extraño?

West estaba distraída y no le respondió. Había algo inquietante acerca de los archivos, pero no podía decir qué.

—Entonces, ¿qué fue? ¿Lo que pasó que fue raro? —preguntó Rogers.

Sacudió la cabeza e intentó concentrarse.

—Es algo que me dijo la madre del niño.

—¿La madre? ¿No me dijiste que era otra chiflada? ¿Que sufría trastorno por estrés postraumático y que nunca se recuperó del ataque?

—Yo no he dicho que fuera una chiflada.

Rogers levantó las manos del escritorio en señal de disculpa. Esperó a que continuara, pero West no dijo nada.

—Bueno, ¿qué te dijo?

West hizo una mueca.

—No estoy segura, la verdad. Fue un poco raro. Me pareció que quiso decirlo sin que el médico la oyera, como que lo susurró, justo en mi oído.

—¿Susurrar el qué?

—Ya te he dicho que no estoy segura; no lo oí con claridad. Pero me sonó como «no confíes en ellos».

—¿No confíes en ellos?

—Sí.

—¿No confíes en quién?

—No lo sé. —West se encogió de hombros—. Me lo llevo preguntando desde entonces. Pero ni siquiera me fío de haber oído bien. Podría haber sido otra cosa. —West dejó que sus ojos se posaran en la pantalla. Había algo en esa carpeta que le molestaba. Algo que aún no podía ubicar.

—Dijiste que estaba muy mal, drogada o no sé qué. Quizá no sea nada.

—Ya.

—Quiero decir, no estarás de verdad cuestionando el caso, ¿no? Todos hemos leído los archivos; no hay lugar para dudas en esa investigación. Hubo dos testigos presenciales que lo conocían. Stone se dio a la fuga. Y ahora esto aquí también. . .

West no respondió.

—Vamos Jess, no encuentres problemas donde no existen. Es la primera regla del trabajo de inspector.

—No, no lo dudo —la voz de West era tensa y se oyó a si misma sonar tensa. La suavizó antes de continuar—. Tan solo me afectó, creo. Ver el daño que se puede hacer a alguien con un solo acto de locura. Christine Austin es de mi edad, pero parece el doble de mayor. Y dicen que nunca se va a recuperar. Verla así parece que le añade realidad al asunto. —West hizo una pausa y miró a Rogers, como si buscara algo en su rostro, algún signo de entendimiento. Pero este miró hacia otro lado.

—Sí, bueno. Eso hace que sea más importante que atrapemos a este hijo de puta.

West guardó silencio.

—¿Jess? ¿Me estás escuchando?

—Mierda. Ollie, dame el ratón —dijo West.

—¿Qué? ¿Qué pasa?

—Dámelo.

CAPÍTULO SESENTA Y CINCO

E n silencio, Rogers hizo lo que West le pidió. Se inclinó hacia la pequeña pantalla, pinchando en varias carpetas según avanzaba.

—Mira.

—¿Dónde?

—Mira esa columna de ahí. —Señaló con el dedo los dos archivos que acababa de abrir.

—¿El qué?

—Pone la fecha en que se ha accedido el archivo por última vez. Es de hoy.

—¿Y?

—Bueno, mira los demás.

Rogers miró. Después de un rato, se volvió hacia ella.

—No lo entiendo.

—Son todas iguales, las mismas fechas y también las mismas horas.

—Vale. Ya lo veo, pero ¿y qué?

—Bueno, o bien Billy miró todos y cada uno de esos archivos exactamente a la misma hora y el mismo día en que los descargó de la cámara, lo cual es imposible, o lo más probable es que, al igual que tú, Billy no haya visto todos sus archivos.

Rogers se sentó de nuevo en su silla y golpeó con los dedos el borde del escritorio, con los ojos entrecerrados por el pensamiento.

—De acuerdo. Pero ¿y qué más da?

West dudó ahora.

—Me pregunto si tenía alguna de estas cámaras instaladas la noche en que Olivia Curran desapareció.

Rogers se volvió para mirarla y luego se echó a reír.

—Joder, Jess, he oído hablar de posibilidades remotas, pero esto es ridículo.

—¿Por qué? Son cámaras ocultas, esparcidas por la ciudad. ¿Por qué no iba a captar algo?

—Porque. . . Bueno, no lo sé. ¿Pero cómo lo comprobamos de todos modos?

—Creo que será bastante fácil. Todos los archivos tienen la fecha y la hora.

Acabó siendo más difícil de lo que decía West. Tardaron dos horas en entender que Billy tenía cuatro cámaras, dos que funcionaban solo de día y dos que grababan también por la noche en infrarrojo. Entre las cuatro habían grabado decenas de miles de videos. La gran mayoría de los videos, al parecer no se habían visto ni una sola vez. También comprobaron que dos de sus cámaras estaban encendidas y grabando la noche en que desapareció la adolescente. Crearon una nueva carpeta y copiaron todos los videos de esa noche. A continuación, los organizaron en orden cronológico, empezando por los grabados en torno a la última vez que se vio a Olivia con vida.

—Qué emoción, inspectora —dijo Rogers cuando por fin terminaron—. ¿Estás lista? —Se frotó las manos con anticipación.

—Déjate de tonterías, Ollie —respondió West—. Llevamos tres meses buscando una aguja en un pajar. Tendremos que encontrarla tarde o temprano.

Levantó las cejas y le sonrió.

—¡Venga, dale ya!

La primera docena de videos no mostró nada de interés, quizás el viento había movido la vegetación para activar la cámara. El decimotercer video mostró una pequeña criatura parecida a un ratón. Rogers se pasó un rato debatiendo si era un ratón o un campañol. West le ignoró. Entonces comenzó el siguiente video.

La vista que la cámara había grabado mostraba un entorno de matorrales y brezales; la cámara parecía estar fijada en un leve sendero del tipo de camino que hacen y utilizan tanto los animales como los humanos. De repente, West se dio cuenta de que podía situarlo.

—Esto está por los alrededores del Gran Hotel de Silverlea, ¿no? —preguntó—. Reconozco el paisaje. —Pero Rogers no respondió, porque en ese momento, una figura entró en la imagen.

Era un varón, joven, de unos diecinueve o veinte años, que iba dando tumbos por el camino. En un momento se detuvo, se llevó las manos a la boca, gritó algo, miró a su alrededor y siguió adelante. Parecía borracho. La hora del video era las 12:47 de la madrugada.

Los inspectores miraron sin parar hasta que el video se detuvo. Cuando hubo terminado, Rogers pulsó de inmediato para reproducirlo de nuevo.

—¿Qué está diciendo? —preguntó West.

Como el único sonido hasta entonces había sido el del viento, habían bajado el volumen del ordenador. Rogers encontró el control del volumen del portátil y lo subió. A continuación reprodujo el video por tercera vez. De nuevo, la figura entró en escena a trompicones, miró a su alrededor y se llevó las manos a la boca. Esta vez, se oyó lo que dijo, una fuerte llamada: «¿Dónde estás?».

—Sé quién es este —dijo Rogers.

West le miró sorprendido.

—¿Quién?

—Es Daniel Hodges. Trabaja en el Club de salvamento y socorrismo de Silverlea. Hay quien dice que parecía haber mostrado cierto interés en Curran antes de que desapareciera.

—¿Qué crees que está haciendo?

—Yo diría que está buscando a alguien.

—¿A quién? —West formuló la pregunta automáticamente, pero no le sorprendió que Rogers no contestara. Se había girado hacia su ordenador y había metido el nombre del joven en la base de datos de la investigación. Con rapidez, sacó la declaración que le habían tomado a Hodges en los días posteriores a la desaparición de Curran. La leyeron juntos en la pantalla.

—Dice que estuvo en la discoteca toda la noche y luego se fue a la fiesta de la calle Princesa.

—¿No mencionó qué se fue al sendero a buscar a alguien?

—No.

—¿Entonces qué nos oculta? —preguntó West—. Tenemos que ir a verlo. Averiguar a quién estaba buscando.

—Será mejor que hablemos primero con Langley —advirtió Rogers.

West hizo una mueca. —¿En serio?

Rogers se encogió de hombros. —Es su investigación.

* * *

EN UN INSTANTE había cuatro inspectores agolpados alrededor del portátil de Billy, viendo el video una y otra vez.

—¿Qué hay de los otros videos? —preguntó Langley después de un rato—. ¿Hay algo más que ver?

—No. Solo este. ¿Qué te parece?

Langley pensó durante un largo momento y luego negó con la cabeza.

—No veo que esto cambie nada. Tenemos a Stone, un fugitivo con al menos un asesinato en su historial. Encima, tiene la sangre de Curran en la parte trasera de su camioneta. ¿Y qué más da si este pobre andaba por ahí borracho? —Sacudió la cabeza—. No creo que tenga importancia. —Hasta ese momento había estado inclinado para ver la pantalla, pero entonces se incorporó.

West sintió que le hervía la sangre. Abrió la boca para protestar, pero se contuvo.

—¿Te importa si vamos a comprobarlo de todos modos? —preguntó, haciendo lo posible por mantener la voz tranquila—. ¿Al menos averiguar a quién buscaba? Podría estar relacionado de alguna manera.

Langley la miró por un momento como si sospechara que se trataba de algún tipo de truco. Pero se encogió de hombros y confirmó—: Como queráis.

West miró a Rogers y cogió su abrigo.

CAPÍTULO SESENTA Y SEIS

Lo encontraron en el primer lugar donde buscaron, el Club de salvamento y socorrismo de Silverlea. Llevaba un mono azul de trabajo bajado hasta la cintura lo que mostraba una camiseta interior blanca y los brazos de alguien que hace ejercicio. Con la puerta abierta y una brisa fría que soplaba del mar, hacía frío dentro. Estaba inclinado sobre un banco, amarrando una boya a un brillante grillete.

—¿Daniel Hodges? —preguntó Rogers.

Levantó la vista con las cejas fruncidas.

—¿Sí?

—Soy el inspector Oliver Rogers y esta es la inspectora Jessica West. Estamos investigando el asesinato de Olivia Curran. —Mostraron sus placas a la vez. Hodges no se movió, pero se le abrieron los ojos de par en par.

—Ya hablé con la policía. Cuando desapareció.

Ambos ignoraron su comentario y Rogers continuó.

—La puerta estaba abierta; espero que no te importe que hayamos entrado. —Por su voz estaba claro que le daba igual si a Hodges le importaba o no. West observó atentamente el rostro del joven mientras su compañero hablaba. Notó que se le cruzaba un gesto por la cara. Podría haber sido tan solo irritación por las maneras de Rogers o una reacción normal que cualquiera tendría ante las palabras «inspector» y «asesinato». Pero parecía algo más.

Hodges se encogió de hombros de forma poco convincente.

—No me importa. ¿Qué quieren?

—Me pregunto si podemos hacerte unas preguntas.

Hodges dejó la gran llave inglesa que sostenía y se limpió las manos en un trapo.

—¿Acerca de qué?

—¿Qué estáis haciendo? —preguntó Rogers de repente, señalando la boya.

Dan Hodges le miró con recelo, como si no entendiera por qué la policía querría saber esto.

—Las boyas marcan las zonas de baño. Las guardamos durante el invierno. Las estoy limpiando. —Señaló hacia la pared, donde había una hilera de boyas similares con sus cadenas colocadas.

Rogers se adelantó como si aquello fuera algo que le interesara. West se quedó atrás, sin dejar de observar el rostro de Hodges.

—¿De qué quieren hablar? —Hodges preguntó de nuevo—. Di mi declaración cuando desapareció la chica. Dije que no sabía nada al respecto. De todos modos, pensé que habían encontrado al tipo que buscaban. ¿Sam Wheatley? Ha salido en todas las noticias.

—Eres amigo de Sam Wheatley, ¿no? ¿No sabrás por casualidad dónde está?

—No. —A Hodges no pareció gustarle el comentario—. Y no somos amigos. Solo lo veo por ahí. Nunca me ha caído bien.

—¿En serio? —dijo Rogers rápidamente—. ¿Por qué?

Hodges pareció intuir que había cometido algún tipo de error. Dudó, pero respondió como pudo.

—No sé. Es solo. . . Es un poco diferente. Demasiado callado. Como si siempre te estuviera juzgando pero sin decirte nada a la cara.

Los inspectores intercambiaron miradas. West confirmó que su compañero tenía el mismo mal presentimiento que había tenido ella desde que habían entrado. Aquello pareció inquietar más a Hodges. Rodgers no se echó atrás.

—¿A qué te refieres?

Hodges parecía más incómodo.

—Es un engreído. Se cree el mejor del mundo solo porque ha ganado un par de competiciones de surf.

—¿Alguna vez te has peleado con él?

—¿Yo? ¿Pelearme? Ni hablar.

—¿Habéis discutido alguna vez?

—No. . .

—¿Por qué no? ¿Le tienes miedo? —Rogers se inclinó hacia Hodges.

—No, no le tengo miedo. . . Es solo que, quiero decir, que nos mantenemos alejados el uno del otro.

—¿Estás seguro? Está claro que estás muy en forma. —Roger señaló los brazos desnudos de Hodges—. Pero parece que Wheatley también sabe defenderse bien…

—No, mire, se está equivocando. Apenas conozco al tipo. Es solo que por lo que he visto, me parece que es un tío capaz de hacer algo así.

Hubo casi silencio absoluto, el único ruido que se oía era la respiración acelerada de Hodges y el silbido del viento en el exterior. Rogers, que estaba más cerca del banco de trabajo, alargó la mano y pasó el dedo por la superficie de la boya, donde estaba descolorida por el efecto de la luz del sol. Luego continuó más allá de la línea de flotación, bien definida al estar recubierta por una película de algas de color verde oscuro. Retiró la mano e inspeccionó la superficie de su dedo, teñida de verde por las algas. Hodges lo observó en silencio.

—No siempre se puede saber, por el aspecto de la superficie, lo que se esconde en el interior —dijo Rogers, aparentemente fascinado de repente por las algas. Luego miró a West y levantó el dedo para mostrárselo a ella también. Ella lo tomó como una señal y dio un paso adelante.

Sin embargo, se sintió nerviosa mientras sacaba un cuaderno del bolsillo de su chaqueta. Sintió la importancia de este momento. Abrió el cuaderno para darse unos segundos de reflexión. Hojeó unas páginas.

—Sr. Hodges —empezó ella, con voz neutra pero sintiendo la tensión por debajo—. En su declaración, dijo que pasó la noche del veintinueve de agosto aquí, en la discoteca del club y que luego asistió a la fiesta en la calle de la Princesa. ¿Es eso cierto?

Asintió con la cabeza.

—No mencionó ir a ningún otro lugar.

—No.

—Pero sí que se fue a otro lugar, ¿a que sí?

Levantó la vista hacia él, como si simplemente estuviera comprobando un hecho del que todos eran conscientes. La cara de Hodges estaba blanca. No le dio tiempo para que respondiera, en su lugar siguió preguntándole.

—Daniel, cuando dio esta declaración estábamos tratando con una investigación de una persona desaparecida. Ahora es una investigación de asesinato. Es consciente de eso, ¿no? ¿Entiende que es mucho más grave en este caso mentir a la policía?

—No mentí. No fui a ningún otro sitio. No sé de qué están hablando —protestó Hodges, con voz gruesa y deliberada. Tenía los pies bien separados y, por alguna razón, volvió a coger la llave inglesa que había estado utilizando. Era una herramienta pesada y de gran tamaño, pintada de rojo y bastante usada. Pareció darse cuenta de inmediato de la mala pinta que daba el gesto y en seguida la volvió a dejar en el suelo. Pero si esperaba que West no se hubiera dado cuenta, se equivocaba. No había planeado hacer lo que hizo a continuación, pero algo en sus ojos, tan llenos de pánico, la hizo arriesgarse.

—Sr. Hodges, también declaró que no sabía quién era Olivia Curran. Que nunca había hablado con ella. Eso tampoco es cierto, ¿a qué no?

La respuesta de Hodges fue difícil de escuchar, una especie de gruñido de negación. West lo ignoró.

—Verá Sr. Hodges, el problema es que tenemos una cinta de video que muestra a usted y a Olivia Curran saliendo juntos, alrededor de la medianoche, yendo hacia Northend.

Sintió, más que vio, que Rogers se giraba para mirarla, pero no quitó los ojos de la cara de Hodges. No sabía por qué se le había ocurrido esa mentira, pero supo de inmediato que estaba en lo correcto. A Hodges se le abrieron los ojos de par en par y luego se desviaron hacia la izquierda, hacia la puerta. Por un instante, pensó que iba a salir corriendo. Se quedó con la boca abierta. Tragó saliva.

—¿Cómo dice? —dijo por fin.

West se esforzó por mantener su rostro neutral. Sentía como si el suelo se les abriera a sus pies. Oyó la respuesta de su voz.

—Una cámara oculta infrarroja para fauna salvaje los capturó a ambos. Grabó la hora y sus coordenadas exactas. Muy mala suerte por su parte. —Le ofreció una sonrisa comprensiva, más segura de sí misma a cada momento —. ¿Qué pasó, Dan? ¿Se pelearon? ¿Hizo algo para que se enfadara? ¿Fue un accidente?

—No. ¡No! —Hodges se llevó las manos a la cabeza y las dejó caer lentamente por la cara, rozando la barba incipiente que llevaba en la barbilla.

Durante un largo rato se quedó mirando a West.

—No entienden nada. No fui yo. Yo no hice nada. Tienen que creerme. —Miró alrededor de la habitación. Apiladas contra la pared del fondo había pilas de sillas de plástico azul—. Necesito sentarme —dijo, y West asintió. En silencio, Rogers cruzó y les acercó las sillas, colocándolas en el centro de la sala. Logró captar la atención de West mientras lo hacía, los ojos llenos de preguntas.

Hodges se sentó y se inclinó hacia delante, con las manos sobre las rodillas y los músculos de los brazos abultados. Tenía la frente arrugada en señal de preocupación.

—¿Estuvo con ella? Con Olivia. ¿Esa noche? —preguntó West.

Daniel Hodges volvió a tragar saliva. Miró más allá de los dos inspectores, hacia la puerta abierta y el mar más allá de ella. Volvió a pasarse una mano por el pelo.

—Mire, no podía decir nada. Mi novia se habría enterado. Se pone muy celosa, incluso cuando no es nada. Por algo así seguro que me mataría. —Se rio un poco, como si fuera un intento de aligerar el ambiente. Pero luego pareció arrepentirse—. Fue una estupidez, lo sé. Pero al principio, nadie creía que a Olivia le hubiera pasado nada grave. Se pensaban que tan solo se habría escapado. Como hacen los adolescentes a veces. Y una vez que se supo que era algo serio, ya era demasiado tarde. Si hubiera dicho algo, habrían sospechado de mí. Y yo no hice nada. Lo juro por Dios. Absolutamente nada.

—¿Qué estaba haciendo con Olivia Curran esa noche?

Hodges se sentó allí respirando con dificultad durante mucho tiempo. Por fin, habló.

—Mire, ella y sus amigas se habían pasado toda la semana tomando el sol junto a la torre del socorrista. Y me había estado echando miraditas. —Miró a Rogers—. ¿Sabe a lo que me refiero?

Rogers se quedó mirándolo en blanco. Hodges apartó la mirada.

—Bueno, esa noche, lo estaba haciendo de nuevo. Mirándome, era obvio lo que quería.

—¿Qué quería, Daniel? —preguntó West.

Él la miró, todavía respirando con dificultad.

—Dijo que quería tomar un poco de aire. Así que la llevé a la playa.

—¿Se resistió?

—No. ¡No! Fue su idea. Miren, les juro que no fue así. —Sacudió la cabeza, frustrado—. Cuando ella dijo lo de tomar el aire, estaba claro lo que quería en realidad. Tenía condones y todo —dijo la palabra en voz baja, luego se detuvo y miró al techo—. Aquella noche había bastante gente fuera y propuse que nos fuéramos a la playa en dirección a Northend. Allí te puedes esconder entre las dunas. . . —Se detuvo, consciente de repente de cómo podría sonar esto—. No es que yo lo haga todo el tiempo, solo a veces…

—¿Qué pasó a continuación?

Hodges respiraba tan fuerte ahora que era como si hubiera estado corriendo.

—Nos estábamos besando en la playa; estábamos tumbados en la arena. Entonces dijo que tenía que ir a hacer algo. En ese momento, pensé que necesitaría ir al baño o algo así. Subió por las dunas y eso es todo. Desapareció. Me imaginé que habría cambiado de opinión. Que habría vuelto a la fiesta, yo qué sé. En la televisión dijeron que tenía un novio en casa. Me imaginé que igual se había sentido culpable.

—¿Y qué hiciste? ¿Cuándo no volvió? —preguntó Rogers.

—Esperé un tiempo. Luego fui a buscarla. Pero cuando era obvio que se había ido, volví a la fiesta.

Rogers y West intercambiaron miradas interrogativas. Rogers se volvió hacia él.

—¿Y no te pareció importante contar nada de esto a la policía? —preguntó Rogers—. ¿Incluso después de que se encontrara parte de su brazo? —Miró fijamente a Hodges. West podía oír la ira en su voz.

Hodges se volvió para mirar a Rogers.

—Lo siento. Como he dicho, estaba asustado. Estaba muerto de miedo. Pero no sé nada. Tienen que creerme.

Hubo una larga pausa durante la cual nadie habló. Hodges la rompió.

—¿Y qué pasa ahora? ¿Van a tener que arrestarme o qué? —Miró a su alrededor, como si estuviera preocupado por quién iba a cerrar el club. West estaba anotando lo que había dicho en su cuaderno.

—¿Dice que no declaró esto al principio porque le preocupaba que su novia se enterara?

—Sí.

—¿Cómo se llama?

Hodges no respondió al principio. Se quedó mirando a West.

—¿De verdad tiene que saber esto?

—Yo diría que el hecho de que tu novia se entere de esto está muy, muy abajo en tu lista de problemas.

Hodges sostuvo la mirada durante un momento pero luego apartó la vista.

—Emily. Emily Franklin. —Se cubrió la cabeza con las manos.

* * *

—CÓMO TE HAS ARRIESGADO, inspectora —dijo Rogers cuando Hodges estuvo fuera de su alcance. Había pedido que le dejaran cambiarse antes de llevarlo a la comisaría. Rogers había comprobado con cuidado el vestuario antes de aceptar y ahora estaban fuera, en la única salida posible, esperándole.

—No sé por qué —respondió West, con los ojos todavía abiertos por la conmoción de lo que habían oído—. Le estabas metiendo mucha caña y su reacción me pareció muy extraña.

—Bueno, funcionó —dijo Rogers. Ella no sabía si se refería a su enfoque o al de ella.

—¿Tú le crees? —preguntó un momento después. Sabía que no tenían mucho tiempo para hablar antes de que él pudiera escucharlos.

—No lo sé. ¿Y tú?

Se encogió de hombros.

—Lo que no entiendo es, si Hodges mató a Curran, ¿cómo llega su sangre y su pelo a la parte trasera de la camioneta de Stone?

Rogers frunció el ceño pensativo, pero negó con la cabeza.

—No lo sé. Hay algo más que es extraño también.

—¿El qué?

—Emily Franklin. Reconozco el nombre. El chico, Billy, y ella se intercambiaron una larga lista de correos. Eran una especie de amigos.

—¿Por qué es extraño?

—¿Aparte de por la diferencia de edad? Porque ella sabía de su loca investigación sobre Philip Foster. Él le enviaba actualizaciones. Y ella tampoco es que lo disuadiera, que digamos. Yo diría que lo estaba incitando.

Ambos reflexionaron durante unos instantes.

—¿Sabes lo que va a pasar? —West dijo unos segundos después. Lo dijo antes de haberlo pensado de verdad—. Si llevamos a Hodges a la comisaría Langley se hará cargo. Nos dará las gracias, se llevará todo el mérito y nosotros volveremos a ordenar ficheros de mierda en la comisaría. —Vio en sus ojos que él estaba de acuerdo con esto, pero aun así parecía incómodo.

—Entonces, ¿qué propones?

—Solo que. ...que ya que hemos llegado hasta aquí, por qué no hurgamos un poco más.

Rogers miró la puerta del vestuario. Se oían pasos acercándose, Hodges se había cambiado y ya salía.

—Emily vive cerca de aquí, lo comprobé antes. Si quieres, puedo quedarme aquí con Hodges mientras vas a hablar con ella —dijo Rogers rápidamente. Entonces se abrió la puerta y salió Hodges, esta vez vestido con vaqueros y un jersey de lana desgastado.

West lo pensó un momento y asintió. Rogers tan solo respondió frunciendo el ceño.

—Muy bien. ¡Cambio de planes, Dan! Tú y yo vamos a esperar aquí hasta que venga a recogernos un coche patrulla. —Rogers revisó su cuaderno y encontró la dirección de la casa de Emily. La garabateó en una página vacía, luego la arrancó y se la entregó a West.

—Le va a sentar fatal a Langley —dijo, levantando las cejas.

CAPÍTULO SESENTA Y SIETE

Cuando me despierto al día siguiente, no sé dónde estoy. Tengo la extraña sensación de que algo no va bien, luego recuerdo que nada va bien y me entran ganas de seguir durmiendo.

En ese momento alguien llama a la puerta. Es Emily, que la abre y me pregunta si puede entrar. Lleva una taza de chocolate caliente en la mano. Me sonríe y me pregunta cómo estoy, luego la deja en la mesita de noche y se sienta en la cama. Es el mismo chocolate caliente de ayer por eso no voy a tomármelo.

Nos tomamos el desayuno sentados de nuevo alrededor de la mesa en la cocina. Pero esta vez nos sentamos en silencio. Papá está de muy mal humor y, aunque todavía tengo muchas preguntas, me da demasiado miedo hacerlas. Entonces papá me dice que me vaya a mi habitación. Dice que no puedo estar en el salón por si alguien me ve desde la calle y que llamaría la atención tener las cortinas cerradas todo el día. Sin embargo, yo creo que es porque no quiere que vea la televisión. Le pillé viendo las noticias antes pero las quitó en cuanto entré. Así que me siento en mi habitación. Solo que no es mi cuarto, es el cuarto de la abuela muerta de Emily. Hay una pila de revistas de *National Geographic*, las que tienen la portada en amarillo. Son muy viejas; se remontan al 2005. Al final, como no tengo otra cosa que hacer me siento a leerlas.

Hago tres montones con las revistas. El primero es de revistas que no he leído aún; el segundo es de las que he hojeado y que tienen algún artículo interesante que quiero leer. El tercero tiene las que ya he leído todos los artículos interesantes. Hay un par de artículos buenos, uno sobre langostas y cómo se van hacia aguas profundas cuando se acerca una tormenta. Se organizan en filas, cada una siguiendo con las antenas la langosta que tiene delante. No sé cómo la de delante sabrá dónde ir.

Aun así, se me hace el día eterno. Salgo de la habitación un par de veces pero en ambas ocasiones papá me dice que me vuelva. Le preocupa que alguien me vea desde el camino. Emily y él se pasan todo el día en la cocina hablando, a veces en voz muy alta, pero no lo suficientemente clara como para que yo les oiga. Por la tarde pedimos comida para llevar. Me la como en mi habitación.

El día siguiente es más o menos igual, aparte de que papá sale a la calle. No sé a dónde va. Le pide prestadas a Emily una gorra de béisbol y unas gafas de sol y se va en su coche. Emily le dice que tenga cuidado y él se limita a mirarla, pero no sé cómo la mira porque tiene las gafas de sol ya puestas. Cuando se va, cierra la puerta por fuera. Le pregunto a Emily si puedo ver la televisión. Al principio dice que no, pero luego me deja. La vemos un rato, hasta que salen las noticias. Y papá es la primera noticia. Una imagen muestra nuestra camioneta en la parte de atrás de un camión que está entrando en el ferry. No se ve bien porque está cubierta por una lona pero el presentador dice que la van a llevar a un laboratorio en la capital porque se han encontrado trazas del ADN de Olivia Curran en la parte de atrás. Quiero seguir viendo las noticias pero Emily apaga la tele. Luego viene a sentarse conmigo en mi habitación a leer la *National Geographic*. Intento preguntarle qué está pasando y a dónde ha ido papá, pero no me cuenta nada. En su lugar, se limita a decirme que, cuando era pequeña, solía venir a visitar a su abuela y que esperaba con impaciencia que llegara el último número de la *National Geographic* y que eso fue lo que la hizo interesarse en la biología marina. Normalmente, me gustarían estas historias pero ahora mismo no me interesan en absoluto.

Papá vuelve sobre las cuatro. Emily y él desaparecen a la cocina para hablar donde yo no pueda oírlos y se quedan allí hasta que se hace de noche. Luego salen y Emily echa las cortinas del salón. Cenamos en frente de la televisión pero papá no nos deja ver las noticias. En su lugar, vemos series de risa.

Estamos sentados, los únicos sonidos son las risas enlatadas de la tele y el repiqueteo de los tenedores contra los platos, cuando papá empieza a hablar de repente. Hacía tanto tiempo que nadie decía nada que me pilla por sorpresa.

—No podemos quedarnos aquí. Eso lo sabes, ¿verdad, Billy?

Levanto la cabeza un momento y en seguida vuelvo a mirar a mi cena. No estoy preparado para hablar. Sigo masticando como si no le hubiera oído.

—He dicho que no podemos quedarnos aquí, Billy. —Coge el mando a distancia y baja el volumen. Le miro y se limita a observarme con atención.

—¿En casa de Emily? —pregunto.

—No, aquí en la isla de Lornea. No podemos quedarnos. Tenemos que irnos.

Me pregunto por qué, pero no quiero empezar a pensar en todo este lío otra vez. No es agradable pensar en ello. En su lugar, asiento con la cabeza.

—Ya lo sé.

—Emily y yo hemos ideado un plan. Tengo que contártelo —dice papá.

Siento cómo el corazón empieza a latirme con rapidez. No quiero hablar de ello. Quiero irme a la cama.

—Va a ser un gran cambio para nosotros. Pero podemos hacer que salga bien. Es un buen plan.

No digo nada. Quiero volver a mirar la tele pero creo que se enfadará si lo hago. Por fin continúa.

—Como ya sabes, Emily se va de investigación en el barco esta semana. Se va a la costa de América Central. ¿Te acuerdas, Billy?

—Sí. Va a estudiar el veneno de las medusas de allí y por qué hay peces que sobreviven y otros no.

—Sí, algo así. Bueno, Billy, ¿te gustaría ir con ella?

No sé si pasa en realidad pero siento que se me abre la boca de par en par.

—¿De verdad? —Mi mente se acelera. ¿Cómo un científico de verdad? ¿Eso es posible? ¿Y la policía? ¿Y papá?

—El barco atraca aquí en la isla el jueves por la noche. Emily cree que será bastante fácil subir a bordo. Ella tiene su propio camarote y nos podemos esconder allí, sin que nadie nos vea. Se asegurará de que tengamos comida y agua. Va a ser divertido, como ir en un crucero. —Papá sonríe al pensarlo.

—¿Y después qué?

Papá deja de sonreír. Inhala con profundidad y contiene la respiración durante mucho tiempo.

—Bueno, Emily cree que hay un montón de lugares pequeños donde será fácil abandonar el barco, tal vez en México, tal vez en Venezuela. Nos escabulliremos del barco. Encontraremos un lugar agradable donde podamos estar a salvo. Para empezar de nuevo.

Parpadeo con asombro.

—¿Y qué pasa con el instituto?

Levanta la mano para tranquilizarme.

—Te encontraremos otro. Yo buscaré trabajo. Encontraremos un bonito lugar en algún sitio. —Me echa otra sonrisa—. Billy, he estado ahorrando. Tenía algo de dinero en efectivo y también otras cosas escondidas en el bosque. Ahí es donde he ido hoy, a recogerlas. Es mi reserva de emergencia. Eso nos servirá durante unos meses. El tiempo suficiente para encontrar un lugar agradable. Un lugar donde podamos empezar de nuevo.

—¡Pero si en Venezuela hablan español! Yo no hablo español.

Miro a Emily.

—¿Tú vas a venir? —le pregunto. Me siento un poco enfadado. Tengo la sensación de que esto ha sido idea suya. Ella parece dudar.

—La idea es que vuelva y trate de ayudar desde aquí. Vosotros estaréis en un lugar seguro, donde la policía no pueda encontraros con facilidad. Pero yo voy a hablar con abogados y demás para intentar hacer ver a la policía que han cometido un terrible error.

—¿Cuánto tiempo va a durar esto? ¿Cuánto tiempo tendremos que permanecer allí? —Me vuelvo hacia papá.

Papá tarda mucho en responder.

—No va a ser para siempre, hijo —dice por fin.

CAPÍTULO SESENTA Y OCHO

M e tumbo en la cama pero no puedo dormir. Estoy pensando sin parar. Nos vamos a vivir a Sudamérica. Ese hecho se impone en mi mente, desplazando todo lo demás. Intento imaginar cómo será Sudamérica. Da la casualidad de que había muchos artículos en la *National Geographic* sobre Sudamérica; parece todo selva tropical y gente viviendo en pequeñas chozas. Pequeños niños morenitos en un aula con una pizarra anticuada y sin cristales en las ventanas. Ahora que lo pienso igual eso era en África, pero no serán tan distintas ¿no?

Cierro los ojos y trato de imaginar cómo será nuestra vida allí: Papá y yo viviendo en una cabaña en algún lugar. Justo al lado de la puerta de entrada tendríamos la playa de arena blanca y fina y luego una amplia bahía de agua turquesa, tan cálida que se puede estar descalzo todo el año, y protegida por un arrecife de coral en la costa. Casi puedo ver la cabaña: techo de bambú, un balcón con una hamaca a la sombra de los cocoteros a la que me subo cada mañana para desayunar. Habrá un pueblo cerca, pero yo no voy a ir al instituto allí. Si papá puede salirse con la suya con lo que sea que haya hecho aquí, no va a haber forma de que me obligue a ir a clases. En su lugar, me dedicaré a mis investigaciones. Pero esta vez, serán investigaciones de gran importancia, algo sobre tortugas. Estaremos en el tipo de playa donde entierran sus huevos. Las etiquetaré; tal vez pinte sus caparazones con la pintura ultravioleta. Seguiré teniendo correo electrónico, Internet y todo lo demás. Quizá vengan científicos de visita y se alojen con nosotros. Se sentarán en el balcón por las tardes y escucharán como empezó todo con los cangrejos ermitaños en las charcas plateadas de la isla de Lornea.

Pero no soy capaz de mantener esta idea en la cabeza. Es como la rueda de una bicicleta con un pequeño pinchazo. La realidad no deja de pinchar mi idea, que se desinfla poco a poco mientras yo sigo intentando inflarla con mi imaginación. No puedo hacer que mi sueño se haga real. Intento pensar en algo que sí conozca. Decido empezar por el barco de investigación de Emily, el *Marianne Dupont*. He visto millones de fotos de a bordo. Tanto las que muestran las páginas web como las que Emily ha tomado en sus viajes. Pase lo que pase, voy a ir en el *Marianne Dupont*. Sé que tendré que quedarme en el camarote y que no podré ver la investigación que se lleva a cabo y todo lo demás, pero algo es algo, ¿no? A través del remolino de mi mente soy capaz de entusiasmarme un poco con esta idea. Intento retenerla en la cabeza mientras me duermo.

Supongo que me he debido quedar dormido porque algo me despierta y devuelve mi mente a la habitación en la que estoy. No sé qué hora es, pero oigo un fuerte chasquido y veo que la puerta se abre y que la luz del pasillo se filtra. Es papá mirándome. desde el umbral. Rápidamente, me hago el dormido. Un momento después, vuelve a cerrar la puerta con cuidado. Pero el pestillo no funciona muy bien y, una vez que se ha ido, la puerta se queda entreabierta.

La casa es de una sola planta y la habitación de Emily está al lado de la mía. Y durante un rato, sigo aquí tumbado, escuchando los suaves sonidos que hacen Emily y papá al irse a la cama. Mi sueño sobre Sudamérica está aún fresco en mi mente y me relajo dejando que las imágenes se reproduzcan en mi cabeza. Entonces se apaga la luz del pasillo y la casa se queda a oscuras. Me doy la vuelta e intento volver a dormirme. Pero ahora que me he despertado, no puedo. El sonido de la casa de la abuela de Emily es muy diferente al de la nuestra. Todavía hay algo de luz, de las farolas de la calle, supongo. Nosotros no tenemos nada de luz. En casa, si hay nubes que cubran las estrellas o la luna la oscuridad es total.

Oigo susurros que se escapan de la puerta de al lado. Serán Emily y papá. Espero que se callen pero no lo hacen. Intento dormirme de todos modos, pero ya me he desvelado. Me pregunto si ir a por un vaso de agua me ayudará. A veces lo hago en casa.

Intento olvidarlo, pero ahora que se me ha metido la idea en la cabeza se convierte en lo único que puedo pensar. No tengo sed, pero por otro lado, no he bebido mucho en todo el día. Sé que si no me levanto voy a dormir mal. Durante un buen rato, intento resistirme y dormirme, pero al final me rindo.

Me quito las sábanas y me dirijo a la puerta. La abro y salgo a la tranquilidad del pasillo.

Solo que no está tan tranquilo. No sé por qué pero han dejado la puerta de su cuarto entornada pero no cerrada del todo. Lo que hace que pueda oírles. Y todavía hay un resplandor de luz que sale de la puerta. No es que quiera espiarles es que tengo que pasar por su puerta para llegar al baño.

—Tienes que decírselo tarde o temprano —dice la voz de Emily, suave y preocupada—. No entiendo por qué no te ha pedido que le cuentes más. Supongo que estará. ...abrumado por todo esto.

Me quedo congelado en el sitio.

—Está asustado, supongo —esa es la voz de papá, más baja, más gruesa —. Asustado por lo que crea que pueda descubrir.

—Por eso tienes que decírselo, Sam. Seguro que lo va a entender si se lo cuentas. Tienes que decirle la verdad.

No consigo oír la respuesta de papá, tan solo el bajo murmullo de su voz. Y luego la respuesta de Emily. Me doy cuenta de que me he acercado a la puerta; sigo sin poder ver detrás de ella, solo escucho, esforzándome por oír todo lo que dicen.

—Muy bien. De acuerdo. Es tu hijo. Tú sabrás, tú lo conoces mejor que nadie —dice Emily. Entonces hay más ruidos, como el movimiento de sábanas.

—Madre mía, estás muy tenso —Emily suelta una media carcajada—. Ven aquí.

Me doy media vuelta para ir al baño pero no puedo alejarme de la puerta. Me doy cuenta de que puedo ver a través de la rendija entre la puerta y el marco. Todavía tienen una luz encendida, la de la cabecera de papá. Los veo a ambos en la cama. Papá está sentado, mirando al techo. Emily está tumbada a su lado, con una camiseta parecida a la que me prestó; le está frotando los hombros.

—Emily, no. No creo que pueda esta noche —oigo decir a papá, pero ella no se detiene.

—Vamos, Sam. ¿Cuándo voy a tener otra oportunidad?

Entonces, para mi sorpresa, deja de hacer lo que está haciendo, se agarra la camiseta y se la sube por encima de la cabeza. Durante un par de segundos, lo veo todo. Tengo que taparme la boca con la mano para que no se me escape un grito ahogado de la garganta.

Ya había visto tetas; en la playa en verano, a veces, las chicas se quitan la parte de arriba del bikini cuando están tomando el sol en las dunas. Pero se supone que no deben hacerlo, así que siempre se alejan bastante. Tampoco se debe mirar, pero a veces uno no se puede resistir, ¿a qué no? Una vez estaba observando aves con mis prismáticos y había una mujer tomando el sol muy cerca. La miré durante mucho tiempo, pero al final, me sentí sucio y dejé de hacerlo. Y de todos modos, estaba tumbada de espaldas y era un poco difícil distinguir donde empezaba su teta y donde acababa el resto.

Las tetas de Emily están muy blancas, excepto la parte del centro que es rosada y sobresale. Se balancean de un lado a otro. Solo las veo durante unos segundos y luego ella se inclina hacia mi padre. Le rodea con los brazos y los desliza por su vientre.

—Emily, hoy no, venga déjame —dice papá.

Todavía estoy sorprendido. Acabo de ver las tetas de Emily. He oído a los amigos surfistas de papá decir que tiene buenas tetas. Aunque ellos las llaman domingas, pero a mí no me gusta esa palabra. Me doy cuenta de que estoy conteniendo la respiración. Intento recordar cómo eran. Parecían cocos blancos tambaleantes. Me obligo a respirar.

—Emily, no. Venga —dice papá de nuevo, esta vez con más fuerza. Estoy mirando a través de la rendija, con la cara pegada al marco de la puerta. Emily se echa encima de él. Veo cómo su larga melena se cae sobre la cara de papá. Luego, con una mano, mete la mano por detrás y tira de las sábanas para aflojarlas.

—Vamos, Sam —le ha cambiado la voz, se ha vuelto más profunda, jadeante. Entonces deja escapar un gran suspiro—. Te he echado de menos, Sam Wheatley.

Luego vuelve a extender la mano y, esta vez, apaga la luz y todo se vuelve negro. Sigo sin moverme y lo único que oigo es el sonido de sus movimientos en la cama, el colchón crujiendo un poco.

No soy idiota. Sé lo que está pasando. Sé lo que van a hacer. Todo el mundo habla de eso en el instituto. Incluso hemos dado clases sobre ello aunque al profesor le dio tanta vergüenza que se limitó a repartir unos ejercicios y a fingir que corregía unos deberes mientras nosotros los hacíamos. Y, obviamente, los animales lo hacen todo el tiempo; si no, no estarían aquí, ¿a qué no? Sé lo que están haciendo y sé que no debería mirar. Debería ir a por el vaso de agua y volver a la cama pero según lo pienso noto que los ojos se me están adaptando a la oscuridad. La habitación de Emily da al patio por lo que no entra la luz de la calle, pero la luna brilla con fuerza esta noche. Mientras observo, Emily se quita de encima de papá y se tumba de espaldas; luego se arquea y se baja las bragas quitándoselas por los pies. Las piernas le brillan casi blancas en la penumbra, pero justo donde se unen al torso hay una mancha oscura. Tiene pelo. Me quedo sin aliento cuando lo veo.

Luego hace lo mismo con papá, riéndose cuando se le atascan los calzoncillos. Tengo que apartar la mirada cuando lo veo. Papá nunca se ha tapado mientras se cambia pero ahora parece totalmente diferente. Es horrible. Es enorme. Y ahora Emily va y hace algo totalmente asqueroso: parece que se la va a meter en la boca. Esto no lo puedo ver, tengo que apartar la mirada.

Cuando vuelvo a mirar él está tumbado encima de ella, le oigo jadear rápida y entrecortadamente. Veo cómo sube y baja; parece divertido y todo. No veo mucho de Emily, solo sus piernas, separadas y moviéndose en la oscuridad. Sé que ya no debo mirar más, pero cuando estoy a punto de alejarme, papá empieza a sacudirse como si le doliera. Veo cómo las uñas de Emily se hincan en su espalda.

Y entonces veo algo que no había notado antes. Hay un espejo al lado de la cama y en su reflejo veo, a través de papá, la cara de Emily. En la penumbra tengo la sensación de que está mirando algo en el espejo. Pero no es a papá ni a ella misma, sino a mí. Siento sus ojos clavados en los míos y, mientras la observo, saca la punta de la lengua y se la pasa por los labios. Me quedo congelado en el sitio. Entonces cierra los ojos y empieza a retorcerse, como un pez cuando lo sacas del agua. De repente, grita tan fuerte que papá se detiene y trata de hacerla callar. Aprovecho el momento para salir corriendo, de vuelta a mi habitación y a mi cama. Me quedo tumbado en silencio, todavía sediento, jadeando y temblando. Lo único que veo son sus ojos en el espejo mirándome sin parar y esa lengua recorriendo sus labios. Y cada vez que inhalo noto el aroma de las cálidas flores de su perfume incrustado en mi camiseta.

CAPÍTULO SESENTA Y NUEVE

E l día siguiente es miércoles. Resulta ser el día más largo de mi vida. Todo cambia hoy.

Empieza bastante mal. Siento un montón de vergüenza mientras desayunamos; no puedo mirar ni a Emily ni a papá así que me quedo callado. Pero papá tampoco está muy hablador. Emily intenta ser dulce como siempre, pero no la miro. Entonces suena su móvil y, en lugar de contestar en la cocina, se lo lleva al salón. Está ausente durante un buen rato y en más de una ocasión se le oye levantando la voz. Cuando vuelve, es evidente que algo va mal. Me mira, como si quisiera que me fuera y le dice a papá:

—Sam, tenemos un problema.

—¿Qué pasa?

—Era Dan.

Papá suspira. También me mira a mí, pero no se levanta de la mesa. ¿Recuerdas que te dije una vez que la gente se olvida de que estoy presente? ¿Y que por eso pensé que sería un buen detective? Bueno, pues eso es más o menos lo que pasa ahora. O tal vez porque ya me han contado el plan da igual que les oiga. De cualquier manera, siguen hablando aunque yo siga aquí, oyéndolo todo.

—¿Qué quería?

—Se pregunta qué está pasando. Quiere verme.

—Muy bien, dile que no quieres verle.

—Sam, no puedo hacer eso. Voy a estar de viaje cinco semanas. Habíamos planeado pasar tiempo juntos antes de que me fuera. No me puede durar el dolor de cabeza para siempre.

Papá parece molesto.

—Vale, ve a verlo entonces.

Emily sacude la cabeza.

—Quiere venir aquí, Sam. Ya sabes cómo es su casa. . . — continúa en voz más baja—, no hay nada de privacidad allí.

Papá se levanta y se pasea por la cocina.

—Bueno, está claro que aquí no puede venir, ¿no? —suelta por fin.

Emily parece frustrada. Ha hecho café antes de que me levantara esta mañana. Ve que la taza de papá está vacía y la vuelve a llenar.

—Sam… —Se detiene. Parece triste—. Sam, quiero ayudarte, de verdad que sí. Pero no te pedí que vinieras. Estoy arriesgándolo todo para ayudarte. Estoy arriesgando ir a la cárcel. Todo porque creo que no hiciste lo que dicen que hiciste. Pero tienes que ayudarme. Dan sospecha algo.

Se detiene de repente y se cubre la cara con las manos. Me pregunto si está llorando. Se sienta en la mesa. Miro a ver si papá va a abrazarla o algo así, pero en lugar de eso se limita a mirar por la ventana de la cocina.

—Lo siento —dice papá por fin—. Vale, ¿cuándo podemos subir al barco?

Emily inspira por la nariz de manera ruidosa pero, cuando retira las manos, no hay lágrimas que yo vea.

—Mañana. El barco llega a Goldhaven mañana a la hora del almuerzo y zarpamos el viernes a las nueve de la mañana. No hay guardias de seguridad, solo una llave para entrar en el camarote. Y puedo recogerla antes.

Papá asiente.

—Muy bien. ¿Y qué hacemos con Dan?

—Quiere venir hoy. Creo que quiere pasar la noche aquí.

Se hace el silencio cuando dice esto. Pienso en lo que vi anoche. No puedo evitar imaginarme a Dan en lugar de papá.

—Vale —dice papá—. De acuerdo. Bueno, tal vez podríamos ir a uno de los chalés. Casi todos están vacíos en esta época del año.

—Sí—dice Emily, pero su ceño está fruncido mientras lo dice—. Solo que.
. .

—¿Solo que qué?

—Bueno, es que... ya has visto las noticias. ¿No crees que los tendrán vigilados? Saben que tienes las llaves de todos. —Los ojos de Emily son redondos como platos. Se muerde el labio inferior y papá la mira fijamente. Luego papá se frota la cabeza, como si tuviera el principio de dolor de cabeza.

—¿Total, que no crees que sea una buena idea? —pregunta levantando las manos—. Entonces dime qué es una buena idea, ¿quieres? Dime qué quieres que hagamos.

Parece que papá se está enfadando, pero parece enfadado consigo mismo, como si fuera porque no está pensando bien. Emily parece un poco sorprendida y sacude la cabeza.

—¡No podemos ir a casa! —Papá se frota la cabeza de nuevo, haciendo un gesto de dolor. A veces le duele la cabeza. Tiene pinta de estar enfermo. Me pregunto por un momento si el sexo tendrá ese efecto.

Emily lo observa durante un rato. Y de repente parece recordar que estoy aquí.

—Billy, ¿conoces las viejas minas de Northend?

Levanto la vista, sorprendido.

—Sí

—¿Alguna vez has ido hacia adentro del todo? ¿Más allá de dónde llega la marea? Puedes llegar a la antigua sala de literas. En los viejos tiempos se tardaba mucho en subir y bajar por los pozos por eso pusieron cuartos ahí abajo. Está un poco oscuro y polvoriento, pero todo sigue ahí. Podríais esconderos allí esta noche y durante el día de mañana. Y cuando se haga de noche podemos ir al barco.

Sus palabras parecen flotar en la habitación. Tengo la sensación de que mi cerebro no puede pasar de las imágenes de Sudamérica y del *Marianne Dupont* al aspecto de las viejas minas, negras como el carbón y con el suelo cubierto de charcos de agua. Veo que a papá también le cuesta.

—¿Las viejas minas? —pregunto, y noto que la voz me sale de pito.

—Sí, pero no donde has estado haciendo tu experimento, Billy. Si sigues subiendo por el viejo túnel llegas a una habitación. Está seca. Es. . . —Se detiene—. Mira, a mi abuela le gustaban las velas. —Se levanta y abre el armario bajo el fregadero. Saca tres paquetes de velas blancas y gruesas, no de las decorativas—. Mi abuela siempre estaba preparada para los apagones. Aquí hay suficientes para tener luz durante un par de días. También tiene linternas a pilas. Y yo tengo sacos de dormir y equipamiento para acampar.

Papá no dice nada. Parece que está pensando. Da otro trago a su café y luego mira la taza con una expresión de desconcierto en el rostro.

—Sam, lleváis aquí tres días. Os tenéis que mover. Es solo cuestión de tiempo que la policía aparezca. Necesitáis alejaros. Piensa en Billy. ¿Qué le va a pasar?

Hay una larga pausa.

—¿Qué me va a pasar?

Emily empuja su silla hacia atrás tan rápido que hace un fuerte chirrido en el suelo.

—Nada, Billy. No te va a pasar nada. Vamos a meterte en ese barco y luego tu padre lo va a solucionar todo. Te lo prometo.

Me da un abrazo y, de repente, tengo su cabello en mi cara, rozándome con suavidad. Puedo sentir su corazón latiendo contra mí.

Cuando papá habla a continuación está chapurreando. Como si estuviera agotado por todo lo que está pasando.

—¿Conoces esee lugar? ¿Has entrado alguna vez?

Al principio no le entiendo y es Emily quien responde.

—Sí, lo conozco. Solía ir cuando era pequeña. Lo usábamos de cabaña pero casi nadie más lo conoce.

Papá la mira fijamente durante dos largos minutos. No sé lo que está pensando, para decir la verdad no parece que esté pensando en absoluto. Estoy un poco preocupado por él.

—Es el lugar más seguro para vosotros. —Los ojos de Emily bajan hasta el café de papá, que vuelve a estar vacío. Mira la cafetera que está a un lado, pero no ofrece rellenarla.

—¿Cómo se llega hasta allí? —pregunta papá y entonces me doy cuenta de que lo está considerando de verdad. No me gusta la idea. Emily me suelta y se aleja.

—Tendremos que salir esta tarde. La única manera de entrar es por la playa y la marea baja es a las cuatro hoy. Será casi de noche para entonces, con un poco de suerte no nos cruzaremos con nadie. Incluso si lo hacemos no podrán vernos la cara.

Papá asiente.

—De acuerdo —dice—. Muy bien. Supongo que es la única manera. —Su voz sigue sonando extraña y se presiona la mano contra la frente. Como si tratara de quitarse el dolor de cabeza.

No digo nada. Me pregunto cómo sabe Emily que la marea baja es a las cuatro, sin necesidad de comprobarlo.

CAPÍTULO SETENTA

Emily ya tiene una mochila grande llena del equipaje que necesita para su viaje en el *Marianne Dupont*, pero la vacía y lo mete todo en una maleta. Luego llenamos la mochila con las provisiones para nuestra noche en las cuevas: comida, dos sacos de dormir, tenemos la suerte de que tiene uno viejo y otro nuevo aquí en su casa, un par de mantas, muchas velas y agua. En cierto modo es emocionante pero papá está raro todo el día. Entra y sale como si quisiera ayudar pero luego parece que le duele tanto la cabeza que no puede hacer nada y en lugar de ayudar se va y se acuesta. Emily le da una aspirina. Parece preocupada, pero papá le dice que seguro que no es nada. Dice que quiere descansar ahora para poder quedarse despierto esta noche y vigilar.

El día pasa muy rápido. A las tres, Emily prepara un termo de café y otro de chocolate caliente. Me hace apilar todo el equipamiento en el pasillo Me dice que tenemos que irnos a las cuatro para coger la marea.

La última hora pasa muy rápido, precisamente porque no quiero que así sea. A las 15:45 miro el reloj y deseo que Emily no se dé cuenta de la hora que es. Pero mira su móvil.

—Vamos, Billy, ayúdame a cargar el coche.

Abre la puerta delantera pero afuera hace frío y yo tiemblo. Emily me ve tiritando y vuelve a cerrar la puerta. Se dirige al armario del vestíbulo.

—Toma. Ponte este abrigo, Billy. Lo vas a necesitar en las cuevas.

Emily me sonríe y me tiende una chaqueta. Es la que le prestó papá la noche de la discoteca.

—Me la prestó tu padre, quería lavarla antes de devolvérsela. Pero al final no me dio tiempo.

Me quedo ahí, mirando la chaqueta.

—Vamos, Billy, póntela. Tenemos que cargar el coche.

Me pone el abrigo de papá en las manos. Su voz me atraviesa la cabeza, cual hoja de afeitar cortando la piel. De repente siento vértigo, como si estuviera en caída libre. No le respondo. Solo consigo parpadear.

—¿Billy? —me grita—. ¿Estás bien?

Abre los brazos para darme otro abrazo y me cuesta la misma vida abrazarla cuando en realidad lo que quiero es alejarme de ella aterrorizado, porque ha ocurrido algo horrible. Parece como si su piel y su carne se hubieran desvanecido de su cara y lo único que puedo ver en su lugar es una calavera. Sus ojos siguen ahí pero rojos como los de un demonio.

—¿Billy? —dice, pero no es su voz. Es la voz de un demonio, profunda y repleta de pura maldad—. Ponte el abrigo, Billy. Es hora de irse.

Sacudo la cabeza y la aparición desaparece. Delante de mí está Emily de nuevo, con la chaqueta de verano de papá en la mano.

Salimos hacia el coche. Es la primera vez en tres días que salgo a la calle y el aire huele a lluvia fresca. Me invade una gran sensación de alivio, igual que cuando has tenido sed toda la noche, te despiertas y bebes un poco de agua. Se me despeja la cabeza. Me quedo un minuto en la entrada, mirando a mi alrededor.

—Vamos, Billy, entra —dice Emily, abriendo la puerta trasera del coche. Sé que debo tumbarme allí para que nadie me vea. Me va a cubrir con una manta.

—Espera —le digo de repente. Vuelvo a entrar corriendo. A mi habitación. Miro a mi alrededor, pero no encuentro ningún papel. No hay nada. Solo la ventana empañada.

—¡Billy! —Emily está en la puerta del dormitorio antes de que me dé cuenta—. Tenemos que irnos.

—¿Dónde está papá? —le pregunto.

—Ya está en el maletero. Vamos. No quiero dejarlo ahí mucho tiempo.

Salgo al coche y me subo al asiento trasero. Emily me coloca la manta encima. Aun así, hace frío. Siento que el coche se hunde cuando Emily entra en el lado del conductor y luego el chasis se estremece al arrancar el coche.

CAPÍTULO SETENTA Y UNO

Emily Franklin vivía cerca y West avanzó con lentitud por la oscura calle. Caía la tarde y la tenue luz le hacía tener que entrecerrar los ojos para ver los números de las casas. Era una calle tranquila. No había tráfico a esa hora del día, a esas alturas de la temporada.

Número cuarenta y nueve.

La casa de Franklin estaba más adelante y West aceleró. Un coche venía hacia ella con las luces encendidas. West trató de ver al conductor, pero no vio nada hasta que el coche se cruzó con el suyo. Era una mujer, más bien joven. No había nadie más en el coche. West deseó que no fuera Franklin. Siguió los números por la calle hasta encontrar la casa y aparcó el coche en la acera de en frente. Las luces de la casa estaban apagadas y no había ningún coche aparcado en la puerta. West pensó de nuevo en la mujer que había visto hacía pocos minutos alejándose en sentido contrario.

Salió del coche, cruzó la desierta calle y recorrió el corto camino que llevaba hasta la puerta principal. Llamó a la puerta. Cuando nadie respondió, volvió a llamar, esta vez más fuerte.

—Maldita sea —exclamó en voz alta.

Miró a su alrededor, con la esperanza de que tal vez hubiera algún vecino que le dijera dónde podía estar Emily o cuándo iba a regresar. Pero no había nadie. La noche se acercaba. Las ventanas de los edificios vecinos estaban vacías, a oscuras o con las cortinas echadas.

Se acercó a las ventanas delanteras de la casa y trató de asomarse. Las cortinas también estaban corridas en esta casa pero había un hueco en el lateral donde no se habían cerrado del todo. A pesar de que el interior estaba cubierto por la oscuridad de la tarde Emily pudo distinguir un sofá y una chimenea de gas. West pensó que parecía más bien el hogar de una anciana no la casa de una joven de veintidós años.

Emily avanzó con cautela por el camino que llevaba a la parte trasera de la casa. La verja estaba cerrada pero no con llave; aunque si lo hubiera estado era lo suficientemente baja como para saltarla. La empujó para abrirla y siguió adelante, hacia el patio trasero de la casa. Llegó a una puerta y giró el picaporte, pero estaba cerrada con llave. Sin embargo, había otra ventana y se asomó a ella. Vio una cama doble, muebles algo más modernos y una cómoda con varios frascos y productos. Entrecerró los ojos y vio algunos que reconoció. Compartían la misma marca de champú.

Al otro lado de la puerta trasera había otra ventana. Casi no se molestó en mirarla, ya que las cortinas también estaban cerradas, pero decidió acercarse de todos modos y ahí fue cuando notó algo que le hizo fruncir el ceño. Buscó en su bolso una linterna, pero no la encontró; entonces se dio cuenta de que podía utilizar la linterna de su teléfono móvil. Tardó un momento en recordar cómo se encendía y luego iluminó la ventana con las cortinas cerradas. Y lo que vio hizo que su pulso se acelerara con frenesí. Durante un largo momento se quedó allí, clavada en el sitio, con la adrenalina recorriéndole el cuerpo.

CAPÍTULO SETENTA Y DOS

Estoy tumbado en el suelo de la parte trasera del coche, respirando a través de una manta que huele a moho y a gatos y, no sé por qué pero estoy pensando en lo que pasó en la barca del Sr. Foster. Ahora me parece que aquello pasó hace una eternidad. Parecía un juego.

Noto, no sé cómo, tal vez por la suavidad con la que ruedan los neumáticos del coche, que Emily está atravesando el pueblo. Pienso en las tiendas y las casas por las que estaremos pasando. No sé por qué tengo que esconderme aquí; de todos modos, ya no habrá nadie a estas horas. Es casi de noche y Silverlea estará vacía. Entonces el coche acelera y sé que estamos en la carretera que lleva al hotel. Al momento, reducimos la velocidad y giramos hacia el camino que lleva al páramo. Se supone que no se debe conducir por ahí, pero los lugareños lo hacemos a veces. Hay una pequeña parte al final en la que se puede dejar el coche y caminar el último tramo hasta Northend.

Northend. Las cuevas. Solo de pensar en ellas se me acelera el corazón. No quiero entrar en las cuevas. En realidad no sé por qué; quiero decir, tal vez sea obvio, son oscuras y húmedas y un poco claustrofóbicas. Pero lo que quiero decir es que no quiero entrar en las cuevas con Emily.

Cataplún.

El suelo cae debajo de mí y me doy un golpe con fuerza lo que me deja sin aliento. Es la bajada del asfalto a la carretera del bosque; Emily ha ido demasiado rápido. Pienso en papá en el maletero; ¿estará bien? ¿Le afectarán los humos del tubo de escape? Ya parecía enfermo antes.

Emily reduce la velocidad un poco y el coche avanza mientras las ruedas se van topando con los baches. Es una carretera larga. La recorro a veces cuando voy a revisar mis proyectos. Mejor dicho, la solía recorrer cuando iba a revisar mis proyectos. Supongo que eso ya se me ha acabado.

Siento que el coche vibra mientras avanzamos por el camino. Me hace sentirme mal. De repente creo que voy a vomitar y ya no me importa lo que diga Emily. Me quito la manta de la cabeza y me subo al asiento. Jadeo con fuerza y bajo la ventanilla para tomar aire. Emily se gira para mirarme.

—Deberías seguir escondido, Billy —dice.

Fuera de la ventanilla solo hay brezales. La oscuridad es casi completa; lo único que se ve son baches iluminados por los faros del coche. Ignoro a Emily y acerco la cara a la ventanilla abierta. El aire que entra es frío y me ayuda a que se me pasen las náuseas.

—Bueno, supongo que aquí no importa. No hay nadie alrededor —concede Emily.

Me reclino en el asiento de nuevo. Ya estamos cerca del final del camino, en la pequeña zona donde se puede aparcar y Emily reduce la velocidad, pero no se detiene. Justo al final, el camino continúa hacia la playa y ahí es hacia donde nos dirigimos. Disminuimos la velocidad hasta que la parte trasera del coche gira al contacto con la arena y entonces Emily acelera con fuerza. Momentos después, avanzamos con facilidad por la dura arena que se encuentra debajo de la marca de la marea alta. Se supone que no está permitido conducir en la playa.

Es extraño, estar aquí conduciendo de noche. Emily acelera ahora a fondo y nos movemos con rapidez por la arena. Nos dirigimos al primer promontorio de Northend. Disminuye la velocidad cuando llegamos a las rocas para escoger la ruta con cuidado. Y luego, cuando estamos en la playa escondida, acelera a fondo durante un instante y en seguida frena. Hemos llegado a la pared rocosa del último promontorio. Ya estamos aquí. Justo al lado de la entrada de la cueva. Mi cueva.

La puerta de Emily se abre y a través de la ventana trasera la veo caminando hacia la parte de atrás del coche. Abre el maletero y ayuda a papá a salir. Parece borracho.

—Vamos, Billy. Sal, coge la mochila —me dice Emily. Hago lo que me dice, salgo del refugio del coche y piso la arena húmeda. Fuera hace frío. Me pongo la mochila a la espalda. Emily empuja la puerta y cierra el coche con el mando de la llave.

Enciende la linterna. Todavía no está lo suficientemente oscuro pero es reconfortante de todos modos ver un pequeño charco de luz. Veo la entrada de la cueva. Está oscuro, lo sé. Es solo una noche, me digo. Todo saldrá bien.

Luego estaremos en el *Marianne Dupont*. Navegaremos hasta Sudamérica. Donde hay tortugas. Y no tendré que ir al instituto. «Va a salir todo bien» me digo.

Emily tenía razón acerca de la marea. Está muy baja, al menos a veinte metros de la entrada de la cueva. Está tan baja que casi no hay agua en las pozas de la entrada. Ni siquiera tenemos que quitarnos los zapatos. Emily saca otra linterna y se la lanza a papá. Intenta atraparla pero se le cae, se estrella contra las rocas y se apaga.

—¿Papá?

—No pasa nada, Billy. Tan solo está cansado. Una vez que estemos dentro puede acostarse a descansar. Vamos a descansar todos juntos. Me quedaré un rato antes de volver a ver a Dan.

La ignoro. No quiero oír su voz.

—Papá, ¡papá! —le llamo—. No quiero entrar en la cueva.

No sé si me oye. Está jugueteando con la linterna, encendiendo y apagando el interruptor, pero sin conseguir que se haga la luz.

—¡Papá! —Oigo mi propia voz atravesando la penumbra. La negrura de la entrada de la cueva parece absorberme. Sé cómo es dentro pero nunca me había parecido tan peligrosa.

—Billy —La voz de Emily es aguda, decidida—. Tienes que hacer esto. Tienes que ayudar a tu padre. Sam, díselo.

La luz de papá se enciende de repente y gruñe sorprendido, como si no hubiera estado prestando atención a nuestra conversación. Mueve la linterna a su alrededor, alumbrando la pared del acantilado, la arena y las rocas a nuestros pies. Apunta hacia el interior de la cueva pero la luz desaparece en la oscuridad. Le oigo jadear.

—Emily, no estoy seguro —dice papá lentamente, chapurreando las palabras de nuevo—. No sé qué me pasa, pero no me encuentro muy bien. No estoy seguro. . . —Se detiene y se hace el silencio, el único sonido es el viento que sopla por las rocas.

—No te pasa nada, Sam. Estás bien —le dice Emily. Parece enfadada—. Tenemos que llevarte adentro y acostarte en una litera. Venga, Sam, ve tú primero, Billy tú después. Yo iré atrás. Te mostraré dónde ir con el haz de mi linterna.

—Emily, no sé. No estoy nada seguro. —Papá no se mueve.

Entonces Emily se pone nerviosa. Se inclina hacia papá y empieza a hablarle con dureza. No capto todo lo que dice pero son palabras sobre cómo tenemos que escondernos y cómo no hay ningún otro lugar al que ir. Que no se está tan mal dentro. Que hay literas para dormir. Cuando se detiene, todavía hay suficiente luz para que vea que papá está asintiendo. Papá se vuelve hacia mí y me da un abrazo.

—Vale —dice papá—. Vamos, Billy. Vamos a entrar y prepararnos para la noche.

Me suelta y empieza a caminar hacia la entrada de la cueva.

—Ten cuidado, el techo está muy bajo —dice Emily detrás de mí. Siento un ligero empujón en la parte baja de mi espalda; es ella que me impulsa a seguir a papá. Sigo el haz amarillento de su linterna hacia el agujero en el acantilado.

CAPÍTULO SETENTA Y TRES

E l mensaje estaba escrito al revés, marcado en la condensación del cristal por un dedo tembloroso. Letras infantiles. Aun así, la primera palabra era bastante fácil de entender:

SOCORRO

Entonces, el escritor se debió de dar cuenta de la necesidad de conservar el espacio por lo que a continuación, en letras más pequeñas, decía:

Cuevas de Northend
Emily quiere matarnos

Había gotas de agua que empezaban a caer de algunas de las letras, en algunos casos lo suficientemente frescas como para que West adivinara que aquello no debía de haberse escrito hace mucho tiempo. ¿Una hora, quizá menos? Tal vez mucho menos. Volvió a pensar en el coche con el que se había cruzado momentos antes. Entonces, con el teléfono en la mano sacó fotos del mensaje. Mientras lo hacía, las gotas continuaban cayendo. Su mente iba a mil por hora.

¿Las cuevas de Northend? Nunca había oído hablar de ellas. Conocía las charcas de plata. No se podía pasar tiempo en Silverlea sin oír hablar de las famosas pozas, pero no sabía que también hubiera cuevas. En realidad no le sorprendía, era el tipo de costa adecuado. Intentó aclarar su mente. Las charcas estaban expuestas solo durante la marea baja; de lo contrario, no se podía llegar a ellas. Es de suponer que lo mismo ocurriría con las cuevas. Era solo una suposición. Pero sabía que la marea estaba baja. Bastante baja, lo había notado cuando estaba en el Club de Salvamento y Socorrismo, el oleaje había parecido estar más lejos de lo habitual. No le había dado importancia en ese momento, pero ahora. . .

Ahora la marea estaría subiendo. ¿Cuánto tiempo le llevaría volver a la comisaría y organizar una búsqueda? Demasiado tiempo, lo supo enseguida. Tenía que moverse ya. Corrió hacia la parte delantera de la casa, marcando el número de Rogers mientras lo hacía. Cuando llegó a su coche volvió a mirar la calle, deseando que no estuviera tan silenciosa y vacía.

El móvil conectó la llamada. Se lo acercó al oído, deseando escuchar la ronca voz de Rogers. Pero en su lugar tan solo oyó la señal de ocupado.

—Mierda —gritó.

Trató de pensar. Entró en el coche y se sentó, recorriendo los contactos de su móvil hasta llegar al número de Langley. Lo marcó y esperó, preguntándose cómo podría explicárselo todo a Langley para que actuara de verdad. Cuando recibió una señal de ocupado idéntica, golpeó con fuerza el volante.

—¡Ay joder!

Cortó la llamada. Supuso que estarían hablando entre ellos, repasando lo que Dan Hodges había revelado. Podía probar con otro compañero pero no quería perder más tiempo. Si se habían llevado a Billy Wheatley a las cuevas de Northend, cada minuto contaba. Se tocó la pistola, enfundada en su cintura. Normalmente, le molestaba llevarla allí. Pero ahora se sentía agradecida de tenerla. Si Rogers estaba al teléfono con Langley, no tardarían mucho. Le envió un mensaje a Rogers para decirle a dónde iba y en cuanto terminó arrancó el coche.

CAPÍTULO SETENTA Y CUATRO

L a oscuridad reina en el interior de las frías cuevas. Oigo el chapoteo de nuestras pisadas en el fondo de las charcas. De vez en cuando también oigo cómo alguna gota de agua cae del techo.

—Seguid avanzando. Más adentro se vuelve más seco.

Oigo la voz de Emily detrás de mí. Según avanzo por la cueva mi camino se ilumina con la luz de su linterna. Produce una gigante sombra que bailotea en las paredes de la cueva, cual ogro que nos incita a adentrarnos.

—La cueva se estrecha un poco y hay rocas por las que tendremos que trepar, pero hay manera de pasar —explica Emily.

Seguimos adelante. Nos adentramos más de lo que jamás había estado. Tiene razón; el suelo está casi seco y las paredes están lisas. Papá se detiene. Alumbra con su luz delante de él, pero solo se ve un muro de roca. No hay forma de avanzar.

—¿Ahora dónde? —pregunta, con la voz todavía gruesa.

—Sigue adelante —responde Emily.

—No puedo. No hay por donde pasar —dice papá.

Por un momento Emily no dice nada pero entonces posa el haz de luz de su linterna en la pared frente a nosotros. El túnel está bloqueado. No se puede seguir. Emily apunta su linterna hacia papá.

—Oye —se queja papá, entrecerrando los ojos y levantando el brazo.

—Entonces supongo que ya habremos llegado…

Emily suena diferente.

—Emily, ¿qué está pasando? ¿Dónde está la habitación? —La voz de papá suena tensa, parece que le cuesta hablar.

—No suenas muy bien, Sam. ¿Cómo te sientes? —pregunta Emily a su vez, y noto que no ha contestado la pregunta de papá.

—Yo. . . yo. . . —Hay confusión en la voz de papá—. Emily, ¿qué está pasando? ¿Dónde está la habitación de la que hablaste? Y quítame la mierda de la linterna de la cara.

—¿Y tú, Billy? —sigo sin poder verla en la oscuridad—. ¿Qué tal te encuentras? Parece que lo estás llevando un poco mejor que Sam. ¿No tienes sueño?

No sé de qué está hablando. No tengo sueño. Tengo frío y miedo.

—Emily, ¿dónde está la habitación? ¿La que tiene las camas? —Es lo único que me sale.

—Toma. —Siento que la mano de Emily me toca en la oscuridad. Empuja algo hacia mí—. Coge esto. Enciéndelas. Vamos a ver qué es lo que estamos haciendo aquí, ¿de acuerdo?

Son las velas. Me ha dado una bolsa de velas y un mechero. Ilumina la bolsa de plástico con la linterna pero al momento desvía la mano y el haz de luz me apunta a la cara. Me molestan los ojos. Consigo sacar una vela y uso el mechero para encender una llama hacia la mecha. Noto cómo me tiemblan las manos mientras lo hago.

—Pon esa en el suelo y enciende unas cuantas más —dice Emily—. Derrite la cera de la base para que se queden de pie.

Hago lo que me pide y pronto la caverna que nos rodea se ilumina con focos de un tambaleante resplandor amarillo. Los contornos de las paredes y el techo son visibles alrededor de las velas; parecen húmedos y revestidos de baba. No veo ningún lugar por donde podamos avanzar, ni tampoco ninguna habitación. Entonces Emily apaga su linterna y, poco a poco, a medida que nuestros ojos se van adaptando los charcos de luz parecen brillar con más fuertes. Veo que estamos de pie en una caverna estrecha, bloqueada en el extremo más lejano.

—Emily, ¿dónde está la habitación? —vuelvo a preguntar. Ahora que ha apagado la linterna la veo, pero sigue siendo una forma vaga en la penumbra.

—¿Aún no lo entiendes, Billy? Pensé que ya lo habrías pillado.

No respondo. He visto lo que tiene en la mano, pero papá aún no.

—Emily, ¿qué demonios está pasando? No podemos quedarnos aquí. ¿Dónde está la habitación de la que nos hablaste?

—¡Cállate, Sam! Cierra la puta boca.

En ese momento papá ve también lo que está sosteniendo. Emily ha retrocedido unos metros. En su mano tiene la pistola de papá, apuntándole.

—Emily, ¿qué es. . .? ¿Qué estás haciendo? —A papá le cuesta hablar— ¿Cuándo me has cogido la pistola?

—He dicho que te calles, Sam. Quítate la mochila, siéntate y cállate.

—No. Dímelo…

—Te lo repito, ¡cállate! —Levanta la pistola delante de ella—. Quiero hacer esto de manera que no te cause ningún dolor, pero lo puedo hacer igual de bien con la pistola. No te creas que no soy capaz de dispararte. ¡Siéntate! —Grita, y papá se esfuerza por hacer lo que ella dice.

—Tú también, Billy. Quítate la mochila. Siéntate encima de ella, al lado de tu padre.

El suelo es de roca plana, ligeramente inclinado hacia la entrada de la cueva que se encuentra a una larga caminata en la oscuridad.

—No me ha costado nada cogerte el arma, Sam. La cogí de tu cintura mientras subías al coche. Estabas tan drogado que ni siquiera te diste cuenta.

—¿Drogado?

—¿No me digas que no lo sientes?

—¿Qué dices? —La respiración de papá es corta y rápida—. ¿Cómo?

Ella se ríe.

—¿Cómo? Has estado en mi casa, dejándome que te cocine y te cuide los últimos tres días. He ido aumentando las dosis poco a poco.

—¿Con qué? —pregunta después de un rato.

—Pastillas para dormir, sobre todo. La pobre abuela dejó de todo en el baño cuando murió. También he mezclado un poco de veneno para ratas esta mañana. Funciona lentamente, ya debe estar empezando a hacer efecto.

Papá no responde. Incluso en la penumbra veo su rostro asombrado.

—¿Por qué? —pregunta.

Ahora oigo la respiración de Emily. Suena como si estuviera hiperventilando. O tal vez sea yo. No consigo apartar la mirada de la boca de la pistola, que forma un agujero negro en la oscuridad. Emily no responde a papá.

—Billy, en tu mochila hay dos termos; sácalos.

—¿Por qué, Emily? —La voz de papá ronca a mi lado. Luego estalla en una tos que resuena en la oscuridad que nos rodea.

—Coge los termos, Billy.

—Dime por qué. —Papá intenta incorporarse con dificultad.

—Siéntate —le dice de inmediato, pero papá no se detiene—. Vuelve a sentarte, o le meto un tiro al gilipollas de tu hijo en la puta cabeza.

Papá se detiene. Me giro para mirarle y se queda con la boca abierta mientras mira a Emily.

—Trae los termos, Billy. Hay uno con café y otro con chocolate caliente. Os ayudarán a dormir. Es la opción sin dolor.

Sigo sin moverme. No consigo procesar lo que está diciendo. ¿Una opción sin dolor para qué?

—Billy, voy a contar hasta cinco.

—Uno.

—Dos.

—Tres.

—¡Cuatro! Última oportunidad, Billy. No me obligues a hacerlo así.

—Haz lo que te dice, Billy.

Al oír la voz de papá, por fin me muevo. Casi no puedo abrir la mochila de lo mucho que me tiemblan las manos, pero lo consigo. Saco uno de los termos, el más grande. Lo dejo en el suelo y busco el otro. No estoy seguro, pero tengo la sensación de haberme hecho pipí. Me alegro de que esté oscuro, así quizá no se me note. Rozo el otro termo con la mano, lo saco y miro a papá.

—Ahora os vais a tomar una taza calentita cada uno y acabamos con esto en un periquete.

—Emily —empieza papá; suena un poco más atento, lo oigo y siento una pequeña ráfaga de esperanza—, ¿de qué va esto? ¿qué estás haciendo?

—¿Qué estoy haciendo? — Suelta una risotada—. Estoy tratando de salvarme el culo.

Por un momento solo se oye su respiración agitada.

—Bebe. Tómatelo todo y te lo cuento. —Alumbra con su linterna el termo de papá—. Venga, no tengo todo el día.

Lentamente, papá abre la tapa y vierte lo suficiente para llenar la mitad de la taza. Una nube de vapor desaparece en el aire frío de la cueva.

—Echa más. Llénalo hasta arriba, por favor.

Papá añade un poco más.

—Ahora bebe.

Papá no se mueve.

—¿Qué has puesto en el café, Emily?

—Ponte a beber ahora mismo o le meto un tiro a Billy. Está en tu mano, Sam. —Me apunta con la pistola a la cabeza.

—De acuerdo —dice papá. Se lleva la taza a los labios. Hace una mueca de dolor y la vuelve a bajar.

—¡Que te lo bebas!

—¡Está ardiendo!

Emily se ríe de nuevo de manera histérica.

—Joder, ¿y qué más dará? —responde ella. Puedo oír su respiración de nuevo—. Vale, venga. Pues deja que se enfríe. No tardará mucho de todas maneras. —De repente se detiene—. ¿Quieres saber de qué va todo esto? Seguro que sí. Levántate, Billy. Ponte de pie.

Dudo, pero entonces oigo mi propia voz preguntando.

—¿Qué quieres?

—Coge la linterna de tu padre y acércate a esa pared.

Emily apunta su linterna hacia la pared un poco más allá de donde estamos sentados papá y yo

—¿Ves ese montón de piedras? Quítalas de en medio y mira lo que hay debajo.

No me muevo. Miro a papá, que sigue sosteniendo su taza en la mano. Por un momento, nos miramos a los ojos. Luego me da la linterna y me señala con la cabeza.

Con dificultad, me pongo de pie y me dirijo hacia donde me ha dicho Emily. En el rincón donde la pared de la cueva se encuentra con el suelo hay un montón de rocas planas y sueltas; no son grandes, como mucho del tamaño de una pelota. Se encuentran en un pequeño charco de agua; el suelo de la cueva es bajo aquí. Noto un olor raro y oigo algo, una especie de arañazo sordo. Ilumino la zona con mi linterna. Las rocas grises tienen motas de cuarzo que reflejan la luz.

—Coge las piedras, Billy. Tu investigación está a punto de tener éxito. Vas a resolver el misterio de lo que le pasó a Olivia Curran.

Lentamente, pongo la mano sobre la primera piedra. No está en la pila principal, pero la retiro y cae al suelo junto a mí. Debajo solo está el suelo de roca, un poco de agua y, cuando mi linterna barre la zona, veo color.

Al principio, no lo entiendo. Hay algo rojo y algo más que es verde brillante. Sea lo que sea, se está moviendo. Entonces lo veo. Son conchas: conchas de berberecho, conchas de almejas. Son cangrejos ermitaños, mis cangrejos. Veo un número pintado en negro sobre un círculo blanco. Es el número 13. La mayoría ignoran la luz. Unos pocos se escabullen de vuelta a la oscuridad.

—Sigue —Emily me ordena desde detrás de mí—, ya solo te quedan unas pocas piedras más.

Levanto otra roca y veo un color nuevo, una especie de morado. También noto que está medio cubierto por una tela. El olor es insoportable. Y entonces levanto otra roca y debajo hay un brazo humano. Le falta la mano y el hueso blanco asoma por el extremo. Pero es el resto lo que de verdad es horrible. La piel se mueve tanto que parece viva. Solo que no es piel: es una alfombra de cangrejos, de todo tipo, algunos pintados, la mayoría no, pero todos dándose un festín.

Dejo caer la piedra y me tambaleo hacia atrás. Tropiezo y me caigo al suelo. Siento un dolor agudo en la espalda. Se me apaga la luz y me entra el pánico. Grito en la oscuridad y me arrastro hacia papá tan rápido como puedo. Me agarro con fuerza a su brazo lo que hace que se le derrame la taza.

—¿Qué pasa, Billy? ¿Qué has visto? —me pregunta.

—¿Qué crees que es, Sam? Es la estúpida zorrita que ha causado todo esto.

—¿Qué? ¿De quién estás hablando?

—Todavía no lo pillas, ¿no? ¿A quién llevamos buscando sin parar desde hace meses? ¿A quién te acusa la policía de haber matado, Sam?

—¿A Olivia Curran?

—La mismita.

—No entiendo nada. ¿Tú la mataste?

Emily no responde por un momento. Luego apunta su linterna hacia la taza de papá.

—No creas que no me he dado cuenta, Sam. Llénala de nuevo y esta vez te lo tomas aunque esté caliente. Cuando termines ya hablaremos.

Papá lo hace tan lento como puede pero ella mantiene el haz de luz de su linterna apuntándole las manos. Con la otra mano le apunta con la pistola. Papá duda antes de llevarse la taza a la boca, pero Emily parece impaciente por hablar.

—Se pasó toda la semana tonteando con Dan, la muy puta. Pensarían que no me estaba dando cuenta. Pero los veía perfectamente desde la cafetería. Dan debería saber que se ve todo desde allí ¿no? Pero está claro que no estaba pensando, o por lo menos no con la cabeza. Y la noche de la discoteca estaba como una perra en celo. Intentaron escaparse juntos; ya sabía que lo iban a intentar. Dan ya lo ha hecho antes. Bueno, esta vez, los seguí. No tenía pensado hacerle nada a la estúpida de la niña. Solo quería pillarles con las manos en la masa. Sin embargo se alejaron bastante, hacia las dunas. Ahí es donde a Dan le gusta llevárselas, a las turistas, para tirárselas. ¿Qué tal la temperatura, Sam? ¿Aún sigue demasiado caliente para ti? Recuerda, esta es la opción más fácil.

Papá no se mueve, pero a ella no parece importarle.

—Estaban en la playa y yo en las dunas, observándoles. La chica dijo que necesitaba ir a hacer pis. Comenzó a andar hacia mí. No iba a poder moverme sin que me viera. Me iba a descubrir allí, espiándoles. Iba a parecer que era yo la que estaba haciendo algo malo y no estaba dispuesta a permitirlo. Había una piedra a mis pies. La cogí. No decidí hacerlo, tan solo sucedió. Se la lancé a la cabeza. Ni siquiera quise hacerlo con fuerza, pero era bastante grande y creo que le di más impulso de lo que necesitaba.

Emily se ríe, su voz es inquietante y extraña con las sombras y las luces parpadeantes de las velas. Papá y yo seguimos en silencio. Estoy temblando sin parar.

—Durante unos instantes no supe qué hacer. Pensé en intentar detener la hemorragia, pero cuando le toqué la cabeza sentí que el cráneo estaba roto. Podía presionar una parte del cerebro con los dedos. Entonces supe que tenía que hacer algo. Pensé en dejarla allí, pero estábamos a mitad de camino hacia las cuevas, la marea estaba baja. Supuse que si podía meterla aquí, nadie la encontraría. Todo el mundo pensaría que se habría ido a bañar y se ahogó.

—¿Cómo la trajiste hasta aquí? —pregunta papá. El rayo de luz de Emily se desliza desde la taza de papá. Veo lo que está haciendo, está tratando de distraerla.

—Llevaba tu chaqueta puesta. ¿Te acuerdas de que me la prestaste? Tus llaves estaban en el bolsillo. Había pasado por tu camioneta en la playa y sabía donde estaba aparcada. Volví corriendo. La conduje con las luces apagadas; casi no la encuentro de nuevo, madre mía eso sí que fue un momento de angustia. Pero luego la encontré y conseguí meterla en la parte trasera. Conduje hasta la entrada de la cueva y allí fue más fácil porque podía arrastrarla por el agua. Luego volví a la fiesta. Me preguntaste dónde había estado. No sé, debía parecer bastante salvaje, me sentía salvaje. Necesitaba algo para calmarme. Te dije que vinieras a casa conmigo. Apenas te detuviste a preocuparte por el pobre Billy en casa, solo. ¿Recuerdas esa noche, Sam? ¿Recuerdas lo que hicimos? ¿La forma en que lo hicimos? La muerte y el sexo, ¿quién iba a saber que eran tan buena combinación? —se ríe de nuevo—. Y una vez que me haya ocupado de vosotros dos, ¿sabéis lo que voy a hacer? Voy a ir a follarme a mi novio. ¿Qué os parece? No te vas a beber eso, ¿no? Bueno, el tiempo y la marea no esperan a nadie, Sam.

De repente ocurren tres cosas a la vez. Hay un estallido de luz desde el lugar del que proviene su voz, siento que el cuerpo de papá se sacude y oigo un enorme golpe que resuena en toda la cueva. Es la pistola. La ha disparado. Lo huelo enseguida, un olor ahumado y aceitoso. Por un segundo, me pregunto si me habrá dado a mí. Si ya estaré muerto, o muriendo, pero sé que no lo estoy. Sin embargo noto que el agarre de papá sobre mi brazo ha cambiado. Casi me ha soltado del todo.

—Bueno, bueno. No estaba seguro de que funcionara tu arma —dice Emily.

Vuelve a iluminar con su linterna el cuerpo de papá. Veo que se ha llevado las manos al estómago. Incluso con la luz no puedo ver mucho. Está demasiado oscuro pero puedo oírle jadeando, luchando por respirar.

—Resulta que sí —dice Emily—. Muy bien, ¿por dónde iba?

Papá y yo no decimos nada. Tan solo se oye la voz de Emily. Solo que no parece ser ella, hay un monstruo en su lugar.

—Tuve que volver. Para cortarle la mano a la zorra. ¿Te acuerdas? —dice Emily, pero de alguna manera papá la interrumpe. Su voz suena terrible, pero está hablando. Interrumpido por respiraciones superficiales, pero lo suficientemente alto como para dejarse oír.

—Emily, no tienes que hacer esto. Me echas la culpa de todo, de todo. Coge a Billy y ve a la policía. Diles que fui yo. Pero no le hagas daño a Billy.

Ella le escucha un momento pero enseguida le interrumpe.

—Como iba diciendo, tuve que volver y cortarle la mano a la zorra. La policía estaba buscando en este lado de la isla, habrían acabado por encontrar el cuerpo. Mi primera idea fue mover el cuerpo pero resultó ser imposible. Total, que le corté el brazo. Lo eché en Goldhaven. Sabía que cambiaría el lugar de la búsqueda. Y lo hizo. Todo habría salido bien.

De repente se detiene.

Me doy la vuelta para mirar a papá. Tiene la espalda apoyada en la pared de la cueva, pero ahora está inclinado hacia mí más que nada. Veo una mancha negra que se extiende por el vientre, pero sigue respirando. Le oigo. Entonces tose y siento un chorro de algo húmedo en mi cara.

—Papá, ¿estás bien? —pregunto. No responde.

—Y habría seguido bien si no hubieras aparecido en mi puerta. ¿Qué se supone que debía hacer? Toda la isla te está buscando, pensando que mataste a la puta de Curran y ¿vienes a esconderte conmigo? ¿Puedes imaginarte cómo me sentí? ¿Te imaginas lo que estaba pensando? Y luego vimos las noticias, ¿no es así, Billy? Vimos cómo la policía había encontrado restos de sangre en la parte trasera de tu camioneta. No podía dejarte escapar. Te habrían atrapado, estaba claro que lo harían y les habrías dicho que yo tenía las llaves esa noche. Lo habrían resuelto todo. No podía dejar que eso sucediera, Sam. Y por eso estamos aquí. Resulta que es tu culpa. ¿Me oyes? ¡Es tu culpa!

Casi grita esta última parte, pero luego hace un esfuerzo por calmarse.

—Sin embargo ahora, cuando por fin encuentren el cuerpo de Olivia Curran van a encontrar dos cuerpos más. Uno de ellos el de Sam Wheatley, que ya saben que es un asesino. El otro el de su hijo, su última víctima. Pensarán que mataste a la chica Sam, porque nadie más sabía dónde estaba. ¿Lo ves? Pensarán que algo te llevó a volver a la escena de tu último crimen. ¿Quizás la culpa te invadió al final? ¿Quizás siempre lo planeaste así?

Supongo que no les importará demasiado. El termo de chocolate caliente mezclado con drogas terminará de confirmar la historia. Esa bala en tu estómago no es perfecta, pero asumirán que fue Billy. ¿Lo oyes, Billy? Dirán que fuiste un héroe. La marea arrastrará cualquier otra prueba. No habrá rastro de mí. —Veo su cara en la penumbra. Está sonriendo. Está triunfante —. Y hablando de mareas, tenemos que darnos prisa. Tengo que salir antes de que la marea suba demasiado. Lo que significa que es tu turno. ¿Cómo quieres morir, Billy? ¿Una buena taza de chocolate caliente o lo hacemos más rápido? Ha llegado el momento de elegir.

CAPÍTULO SETENTA Y CINCO

E l barrido de los faros del coche le permitió distinguir la señal:

PELIGRO
No pasar
Si la marea está subiendo

West apenas la notó; tenía los ojos fijos en las marcas de neumáticos en la arena húmeda. Las había detectado mientras conducía por la playa, una huella diagonal que bajaba desde las dunas hacia el cabo de Northend. Por alguna razón eran más fáciles de ver desde la distancia: destacaban como algo no natural, que no formaba parte de los patrones regulares de la playa. De cerca, eran más difíciles de seguir. En algunos lugares, donde la arena estaba cubierta por una capa de agua que brillaba bajo la tenue luz de la luna, desaparecían por completo. Solo en las zonas más secas podía verlas con claridad, formando ligeras impresiones en la dura arena. Pero era fácil ver a dónde conducían, se dirigían hacia el promontorio en el extremo norte de la gran playa de Silverlea.

No cesó de acelerar hasta que hubo llegado al promontorio. Allí apenas quedaban veinte metros de playa expuesta al pie del acantilado y la arena estaba salpicada de rocas que se alzaban en pequeños charcos de agua estancada. Los faros del coche los iluminaban lo suficiente como para que West pudiera conducir entre las charcas en donde sentía la proximidad del océano y del oleaje. No sabía a dónde iba, solo que las marcas de los neumáticos conducían hacia allí.

Una vez al otro lado del promontorio la playa se ensanchaba en otra playa. Una especie de cala secreta que no sabía que estaba aquí. Había demasiada oscuridad para ver con certeza, pero parecía cortada por el lado de tierra por unos acantilados que se alzaban a su izquierda. Por un momento, no supo a dónde ir, las huellas habían desaparecido, pero entonces los faros mostraron la silueta de un coche delante de ella, detenido junto a la pared del acantilado en el extremo de la cala.

El coche estaba parado y tenía las luces apagadas. West apagó también las suyas, sumiendo la playa a su alrededor en una momentánea oscuridad. Enseguida, sus ojos empezaron a adaptarse a la luz de la luna. Vio que el coche estaba aparcado contra la pared del acantilado. No se veía a ninguna persona. No había nadie ni cerca del coche ni dentro de él. Pero había muchos sitios donde esconderse.

Siguió conduciendo con cuidado, deteniéndose a veinte metros del otro coche y sintiéndose expuesta y vulnerable. Mientras lo observaba, el último alcance de una ola llegó hasta sus neumáticos y luego se retiró, como si el océano se hubiera acercado a ella para probar el extraño objeto casi a su alcance. West supuso que esto significaba que la marea estaba subiendo, quizá estaba más cerca del coche que cuando lo aparcaron allí. Pero más que nada se preguntaba qué diablos estaría haciendo un coche aquí.

West tragó saliva y sacó la pistola. Agarró la empuñadura con fuerza, el peso del arma dándole cierta confianza. Algo le hizo inclinarse y hurgar en la guantera. Entre papeles encontró una linterna. La sacó y, en su mente, cruzó los dedos para que tuviera las pilas cargadas. Apuntó la linterna al suelo y la encendió, aliviada al ver que el hueco de los pies del coche se inundaba de luz. Volvió a apagarla. Luego respiró profundamente y empujó la puerta del coche para abrirla. Con un solo movimiento, salió y se dejó caer. Se dirigió a la parte trasera del coche, utilizando la carrocería del vehículo como protección en caso de ataque. Pero nada se movió. El único sonido que se escuchaba era el rugido del océano. West se dio cuenta de que había estado conteniendo la respiración y se obligó a exhalar. Todavía escondida detrás del coche, encendió la linterna. El haz de luz brillaba potente y amarillo en la oscuridad. Destacaba las sombras del acantilado; las luces del otro coche se reflejaron como si se hubieran encendido.

Pero seguía sin haber ningún movimiento. No había ningún indicio de hacia donde habrían ido los ocupantes del coche. Fue entonces cuando vio la entrada. En la pared del acantilado junto al coche, se abría un agujero negro parcialmente bloqueado por una baja cornisa. Era la cueva de Northend.

Dudó un momento. Luego, con su pistola apoyada sobre la linterna, atravesó corriendo el espacio entre su coche y la pared del acantilado.

Se acercó con sigilo hacia el coche e iluminó el interior con su rayo de luz. Estaba vacío. Al apuntar la linterna hacia el interior no vio nada interesante, solo una manta apilada en el asiento trasero. Miró hacia arriba. Levantó la vista, la entrada de la cueva parecía atraerla, con un tono de negro más intenso incluso que la oscuridad del acantilado. Se acercó y se asomó, la linterna envió un rayo de luz amarilla al interior. En algunos lugares destacaba la pared de roca húmeda, pero en otros solo parecía acentuar la oscuridad. Dudó, sin saber qué hacer. Entonces se oyó un sonido que la sobresaltó.

Al principio, no lo ubicó. El ruido parecía haber salido de la entrada de la cueva, seguido de un sonido más bajo. Pero entonces su cerebro lo situó. Había sido un disparo, amortiguado por los millones de toneladas de roca que presionaban la cueva. Se paró para escuchar, con su propia arma temblando ligeramente en la mano. Se lo pensó un momento, sin creer que pudiera estar de verdad en esta situación. Una parte de su mente le gritaba que no entrara en la cueva. Sintió la fría garra del miedo. Y sin embargo. . . Otra parte de ella sintió algo más. Una ráfaga de algo, ¿alivio? ¿deber? En algún lugar dentro de la oscuridad de la cueva estaba ocurriendo algo terrible. Y esta vez no era una adolescente indefensa que buscaba en la medianoche por las calles de Miami, demasiado tarde para ayudar a su mejor amiga. Sintió miedo, pero lo ignoró.

Se dio la vuelta y apuntó la linterna hacia la playa una vez más, deseando ver que tal vez Rogers viniera ya de camino, o Langley con los demás compañeros. Pero no había nadie. Estaba sola. Respiró profundamente dos veces y se adentró con cautela en la oscuridad.

Utilizó la mano para cubrir el haz de luz de su linterna, lo que le proporcionó la luz suficiente para adentrarse con cuidado en la cueva. El suelo estaba formado por rocas irregulares, algunas partes llenas de charcos de agua de mar. El agua era tan clara y tranquila que era casi imposible ver cuáles estaban llenas de agua y se metió en una que le empapó los zapatos; el agua estaba fría, pero siguió adelante. Las paredes también estaban mojadas, la luz reflejaba los colores de los minerales incrustados en la roca. El techo era bajo y una gota le cayó por la espalda lo que le hizo estremecerse. Se detuvo. Se oían unas voces más adelante pero aún era difícil de distinguir lo que decían ya que venían de mucho más adentro. El único sonido que se oía era el de su respiración, que sonaba terriblemente fuerte. Siguió adelante, adentrándose aún más en la cueva.

Cuando hubo recorrido unos cincuenta metros el sonido se hizo más claro: una voz de mujer hablaba, luego una risa y después la voz de nuevo. West se detuvo de nuevo y escuchó.

—¿Cómo quieres morir, Billy? ¿Una buena taza de chocolate caliente o lo hacemos más rápido? Ha llegado el momento de elegir.

West apagó la linterna con cuidado de no hacer ruido. Intentó distinguir en la oscuridad de donde procedían las palabras. Había visto cómo la cueva parecía estrecharse hacia el fondo y ahora que había apagado su linterna veía el resplandor delante de ella. La cueva se había estrechado hasta convertirse en un túnel y había llegado a un recodo. Más allá de la curva, se filtraba un brillo inquietante que cambiaba de intensidad, casi parecía parpadear. Había suficiente luz para que pudiera avanzar con cuidado, con una mano apoyada en la viscosa pared para guiar el paso. Según se acercaba oía la voz con más claridad.

—Vamos, Billy. Se nos acaba el tiempo. No quiero dispararte, después de todo lo que hemos pasado. Pero lo haré. Y luego pondré la pistola en la mano de tu padre y así os encontrarán. Pensarán que fue él quien te disparó. También pondré tus huellas en el arma. Creerán que le disparaste antes de que él te disparara a ti. Vas a ser un héroe, Billy. ¿Lo hacemos así? ¿Para qué crean que fuiste un héroe de verdad?

La cueva quedó en silencio por un momento. No hubo respuesta a la mujer.

—Por supuesto, no serás Billy el héroe, porque no te llamas Billy. ¿Acaso lo sabes? ¿Sabes acaso cuál es tu verdadero nombre? Puedo decírtelo si quieres. Tenemos el tiempo justo para contarte la historia. ¿Quieres, Billy?

La mujer volvió a hacer una pausa. Entonces se oyó su risa. El sonido resonó en la cueva.

—Tu nombre es Ben, así te llamas. ¿A que tu padre no te lo había contado nunca? Pero me pregunto, ¿alguna vez te llamó así por error? Al principio de todo tal vez se le escapara sin querer. Supongo que serías demasiado pequeño para recordarlo. —Hubo una pausa—. Ni siquiera sabes por qué estás aquí, ¿a que no? No sabes de qué va todo esto. Es una pena. Es una pena que tengas que morir.

West avanzó sigilosamente hasta el recodo del túnel mientras la mujer hablaba, esperando al mismo tiempo que no se desprendiera ninguna piedra que delatara su posición.

—¿Quieres saberlo? ¿Antes de morir? Tengo unos minutos Billy, pero no más. Siento que mereces saberlo. Después de todo lo que hemos pasado juntos. Cuando naciste, Billy, cuando aún eras Ben tenías una hermana, una hermana gemela. ¿Te acuerdas de ella? ¿No? Bueno, pues resulta que tu padre la mató. De eso se trata todo esto. Se volvió loco. Asesinó a tu hermana. La ahogó. Y estaba justo a punto de ahogarte a ti también cuando lo atraparon. Salió en todas las noticias, si solo te hubiera dejado verlas… Por eso huisteis hacia aquí, a la Isla Lornea. Tu padre estaba tratando de escapar de la justicia.

West se apoyó contra la pared de roca. Contuvo la respiración y se arriesgó a echar un vistazo. Vio una escena extraña. El extremo de la cueva estaba iluminado por velas parpadeantes que creaban una luz espeluznante. En el centro, una mujer estaba de pie con una pistola, proyectando extrañas sombras en las paredes de la roca. Apuntaba con el arma a un bulto en el suelo. West tardó un momento en ver de qué se trataba, pero entonces distinguió un par de ojos. Era el niño, Billy Wheatley y algo más, el cuerpo de un adulto desplomado contra la pared.

—No fue papá.

La voz del niño sonó tan baja que West casi ni la oyó.

—¿Qué dices? —respondió la mujer.

—Que no fue papá.

Parece que la mujer no oyó a Billy porque continuó.

—Tu padre es un asesino, Billy, un asesino no tan distinto de mí.

—No fue papá quien ahogó a Eva.

La mujer dejó de decir lo que estaba diciendo.

—¿Eso fue lo que te dijo? Porque a mí me contó la misma versión de mierda. Me contó que le habían tendido una trampa. Que fue tu madre la que lo hizo, que tenía depresión posparto o no sé qué cuentos. Intentó explicármelo todo. Que la familia de tu madre estaba avergonzada por ello, que no la dejaban ver a ningún médico.

—Te digo que papá no lo hizo. Me acuerdo perfectamente, fue mamá. Ahora lo recuerdo todo.

Hubo un silencio en la cueva, solo roto por el goteo de agua en alguna parte. West se dio cuenta de que volvía a contener la respiración.

—Eso es mentira —la voz de la mujer sonó enfadada—. Eras demasiado pequeño para acordarte de nada. Solo lo dices porque eso es lo que te dijo que contaras…

—No es mentira. Papá no mató a nadie. —La voz del chico también era más clara. Desafiante—. Fue mamá. Cantaba mientras lo hacía. Había estado cantando todo el día. Esa canción infantil, el barquito chiquitito. Solo que no la cantaba bien. La cantaba así…—La voz del niño se rompió en una frágil canción:

«Había una vez un barquito chiquitito
Había una vez un barquito chiquitito

LA ISLA DE LOS AUSENTES

Que no podía, que no podía, que no podía navegar
Y vino tu mamá y te intentó ahogar
Y vino tu mamá y te intentó ahogar
Y no podías, y no podías, y no podías respirar...»

—Estábamos haciendo un picnic junto al lago y mamá no dejaba de cantar a pesar de que estaba haciendo llorar a Eva. Entonces la cogió y se metieron en el agua. Eva gritaba y luchaba, pero mamá seguía cantando y sonriendo. Y luego sumergió a Eva bajo el agua. Yo estaba atado a mi carrito. No podía moverme. Entonces aparecieron papá y el tío Paul. La detuvieron pero era demasiado tarde para Eva.

Hubo un momento de silencio.

—Papá no es un asesino. Es una buena persona. Tú eres la asesina. Eres una malvada...

—¡Cállate!

Otro silencio, antes de que la mujer continuara.

—Bueno, bueno, bueno. Igual va a resultar que el pobre Sam estaba diciendo la verdad después de todo. Me dijo que la familia de tu madre sabía que su reputación no sobreviviría a lo ocurrido y por eso le echaron la culpa a él. Dijo que tenían contactos en la policía. Tenían poder, se pusieron en su contra. No tenía ninguna posibilidad de salvarse. Pero eso no cambia nada, Billy. Lo sabes, ¿no? Todo el país cree que Sam es un violento asesino. Cuando lo encuentren aquí, contigo muerto y Olivia Curran pudriéndose en el rincón, solo habrá una conclusión a la que puedan llegar. Me gustaría poder decirles lo contrario. Me gustaría decirte que haré lo posible para limpiar el nombre de tu padre, pero no puedo. No encaja con mi plan, el único plan que me quedó una vez que el idiota de tu padre se presentara en mi puerta. Lo siento Billy. No es nada personal, pero tenemos que ponernos manos a la obra. La marea está subiendo, Billy. Está subiendo rápido. Ha llegado el momento.

West sintió que su pulso se aceleraba. Tomó aire.

—¿Qué? ¿Nada? ¿No tienes nada más que decir? Después de todo lo que hemos vivido estoy un poco decepcionada. Pues nada, adiós, Billy. Tal vez te vea en la próxima vida.

La mujer enderezó el brazo, apuntando el arma. Pero West ya se estaba moviendo. Su pistola también se levantó y con la otra mano encendió la linterna, enviando el potente haz hacia la mujer.

—¡Policía! Suelte el arma —gritó aquellas palabras con una voz que sonaba aterradora incluso para ella. Pero había tanta adrenalina en ella, que apenas contuvo el control de sus extremidades. Se dejó caer automáticamente en una posición de disparo más baja, pero al hacerlo, su pie delantero se deslizó por debajo de las resbaladizas rocas. Durante una fracción de segundo luchó por mantener el equilibrio mientras su pie patinaba, pero en un momento de angustia supo que su centro de gravedad había ido demasiado lejos. El pie le salió volando hacia delante y se cayó contra la dura roca, golpeando primero su espalda. El haz de luz de su linterna giró ebrio hacia el techo y luego se apagó. Perdió de vista a la mujer.

Lo siguiente que vio West fue una luz rojo-anaranjada que estallaba desde algún lugar frente a ella y luego la cueva explotó con un ruido ensordecedor. West oyó el silbido de las balas y los fragmentos de roca volando por su alrededor. Entonces algo le golpeó el hombro. No le dolió en absoluto, pero lo sintió muy fuerte, haciéndola girar como si le hubieran dado un gran empujón antes de tirarla al suelo. También le arrancó la pistola de la empuñadura y la linterna salió volando, de modo que el haz de luz le dio en la cara de lleno. Hubo más disparos, más ruido. Un grito.

West supo de inmediato que estaba herida, ya que el dolor llegaba en oleadas, cada una más extrema que la anterior. Seguía de espaldas en el suelo mojado. Jadeando, en estado de shock, pero sabiendo que los próximos segundos serían los últimos de su vida si no hacía algo. No podía creer que le hubieran arrebatado el elemento sorpresa de forma tan cruel. Se ordenó a sí misma ignorar el dolor y empezó a tantear el suelo de roca, desesperada por encontrar su arma. Chapoteó a ciegas entre charcos de agua; sus ojos seguían reproduciendo explosiones de luz roja y amarilla. Pero, de alguna manera, sus sentidos habían registrado la dirección en la que se encontraba el arma y, con un audible grito de alivio, sus dedos la alcanzaron. Tiró de ella hacia sí, sosteniéndola ahora con las dos manos, apuntando salvajemente hacia la oscuridad. Se giró y sus ojos empezaron a adaptarse a la oscuridad de la luz de las velas. Miró hacia donde había estado el chico. Había desaparecido. La mujer también.

Y entonces vio algo más. O más bien lo sintió. Una sombra, una figura detrás de ella en la oscuridad. Intentó girarse. Levantar su arma, pero sabía que se movía con demasiada lentitud. Hubo un ruido, extraño al principio, mientras transcurrían los microsegundos. West sintió que tenía tiempo para preguntarse qué era lo que la mujer estaba blandiendo contra ella, ¿una piedra? ¿un arma? ¿Cómo se sentiría cuando conectara con su cabeza? Pero no tuvo tiempo. No pudo moverse, ni levantar el arma, ni mucho menos dispararla. Y entonces West sintió que algo chocaba con fuerza con el lateral de su cara, empujándole la cabeza hacia atrás. En un instante sintió el impacto en su cabeza, a continuación las piernas se hundieron bajo ella y de repente no pudo hacer nada para mantenerse consciente.

CAPÍTULO SETENTA Y SEIS

C uando volvió en sí, West vio un único charco de luz. Tardó un momento en comprender lo que era, pero su mente le obligó a procesarlo: era una vela que iluminaba una grieta en la roca. Estaba rodeada de oscuridad. El esfuerzo le hizo palpitar la cabeza y, cuando trató de moverse, unos relámpagos de dolor estallaron en su hombro. Gritó en la oscuridad y sus propios gritos rebotaron contra ella desde las paredes. Dejó caer la cabeza sobre el suelo de roca y se quedó allí jadeando con fuerza. Sabía dónde estaba, pero había algo que la hacía sentir diferente. No podía entender el qué.

Se oyó un ruido. Entonces una luz cegadora le quemó la cara, volvió a gritar y cerró los ojos. Se llevó el brazo bueno a la cara. No había nada que pudiera hacer ahora, no había forma de escapar. Su mente le mostró el aspecto que debía tener. Tumbada y rota en el suelo. La mujer de pie sobre ella, sosteniendo la pistola y sobre ella la linterna cegándola contra la oscuridad. Su dedo apretando el gatillo, sus ojos vacíos. West apenas tendría tiempo de jadear antes de que la bala la alcanzara. Casi podía sentir cómo atravesaba la endeble y desesperada protección que le ofrecía su mano, antes de que le atravesara la cabeza.

—¿Estás bien? —le preguntó una voz tranquila. Sonaba rara, carente de amenaza. West consiguió sofocar su pánico.

—¿Quién está ahí? —jadeó unos segundos después, tratando de apartar la luz.

—Soy Billy —respondió la voz—. Pensaba que te habías muerto.

West se esforzó por dar sentido a las salvajes entradas de información en su cabeza. El entrenamiento que había realizado le sirvió de ayuda. Recordó frases específicas, ejercicios destinados a ayudarla a concentrarse en lo importante, a dejar pasar por ahora los detalles innecesarios.

—Billy, la linterna. No me apuntes a los ojos —dijo y, cuando bajó el haz de luz, continuó—. La mujer de la pistola, ¿dónde está?

—¿Emily? Se ha marchado.

—¿Se fue? ¿Adónde? ¿A dónde se ha ido?

—No lo sé. Simplemente se ha marchado.

—¿Cuándo? ¿Hace mucho? ¿Cuánto tiempo he estado inconsciente?

—No lo sé. No mucho. ¿Media hora tal vez? Un poco más.

La voz del chico era tranquila, calmada pero también sonaba muy triste.

—¿Estás herido? —preguntó West, luchando por incorporarse un poco. El dolor en su hombro volvió a aparecer, pero esta vez era soportable—. ¿Te han disparado?

—No. Me escondí. Cuando empezaron los tiros me escondí detrás de una roca. Me metí ahí abajo. —El chico apuntó la linterna hacia la penumbra, pero el haz se detuvo donde la cámara se curvaba—. Me buscó. Estaba muy enfadada, buscándome. Pero no podía quedarse mucho tiempo por la marea.

Los sentidos profesionales de West seguían inundándola de información, repasando opciones, imponiendo la necesidad de evaluar y estabilizar la situación en la que se encontraba.

—Vi a un hombre en el suelo. ¿Es tu padre? ¿Dónde está? ¿Está. . . —se encontró a sí misma deteniéndose. No quería tener que decir la palabra—: …muerto?

—Está ahí. Emily le ha disparado. —La voz del chico sonaba diminuta dentro de la negrura de la cueva. Recordó el ruido que la atrajo al interior, un disparo. Dios, parecía que había pasado toda una vida.

West luchó por concentrarse. Jamie Stone estaba muerto. No era una prioridad. Entonces, ¿qué era lo importante ahora? El paradero de la mujer, sin duda. Ella representaba el peligro. Estaba armada, una asesina activa.

—¿A dónde se ha ido? —preguntó de nuevo—. ¿A dónde fue Emily?

—Al barco. Tenía que salir antes de que subiera la marea. Si no sales a tiempo, te quedas atrapado. Como estamos nosotros ahora.

Por fin West lo entendió.

—¿La marea? —Recordó cómo fuera de la entrada de la cueva las olas ya estaban alcanzando los neumáticos del coche—. Tenemos que movernos. Tenemos que movernos rápidamente.

Se esforzó aún más por levantarse, haciendo una mueca de dolor cuando su hombro cedió debajo de ella.

—Ya estamos aislados —dijo el chico, inexpresivo y sin urgencia—. El mar ya está entrando. He ido a mirar.

Eso era. Eso era lo que se sentía diferente. El ruido de las olas chocando con las rocas fuera de la cueva era diferente ahora a cómo había sonado antes. Ahora era más fuerte y también oía el sonido del agua moviéndose dentro de la cueva. Y ahora que miraba, el suelo estaba más mojado. No solo por los charcos de agua estancada, sino que había agua fluyendo entre las rocas. West se puso de rodillas, lo que provocó más dolor en su hombro. Jadeó y le salió una mueca de dolor.

—¿Vas a morir tú también? —preguntó ahora el chico, esta vez su voz era pura miseria—. ¿Vas a dejarme solo?

West hizo un gran esfuerzo y se puso en pie. Mientras se impulsaba hacia arriba vio las estrellas por la intensidad del dolor, pero apretó los dientes hasta que se incorporó del todo y el dolor remitió.

—No. No voy a morir y tú tampoco. Vamos a encontrar otra salida. —West se adentró unos pasos en la cueva, mirando a través de la penumbra con la única vela que quedaba. El chico le siguió.

—No hay otro camino. Por eso nos trajo aquí. Nos dijo que era para escondernos hasta que pudiera llevarnos al barco, pero era mentira. Empecé a sospechar que había algo raro ayer, pero no estaba seguro del todo. Era todo muy confuso. No sabía qué hacer. Luego, cuando llegamos aquí, empezó a contarnos todo. Como si estuviera orgullosa. Y luego le disparó a papá porque no quiso beberse el veneno. Lo había puesto en el termo de café. Pero yo no me lo bebí porque no me gusta el café y el chocolate caliente estaba un poco pasado y sabía mal…

West luchó por abrirse paso a través de las palabras del chico y concentrarse en lo que era importante ahora.

—Pues a esperar. Esperaremos aquí. Nos quedaremos aquí hasta que baje la marea.

Incluso mientras decía esas palabras, West se preguntaba si sería capaz de hacerlo. Sentía el hombro frío e incapacitado. Todavía no sabía si la herida era de una bala que le había atravesado el hombro o tan solo un rasguño. Y ahora que estaba de pie, la cabeza le palpitaba en el lugar donde la habían golpeado. No sabía si estaba perdiendo sangre.

—No podemos hacer eso —indicó Billy—. Los percebes llegan hasta el techo de la cueva. Mira.

West no respondió. Pero sus ojos siguieron el rayo de la linterna de Billy mientras la iluminaba hacia el techo. Tenía razón. Había varios niveles marcados en las paredes, diferentes zonas pobladas por diferentes tipos de seres vivos, pero unas pocas conchas se aferraban incluso en las partes más altas del techo. Cuando Billy giró su rayo, West vio su propia linterna y se agachó para recogerla. Con los dos haces, la cueva se sentía ligeramente menos imponente, la oscuridad menos densa. Pero lo que iluminaba era más amenazante que nada. Detrás de ellos, el océano rugía al entrar y al salir de la cueva. El suelo estaba inundado de agua de mar. West apartó la mirada por un momento, como si el hecho de no verlo pudiera cambiar su situación. Vio la figura acurrucada de Sam Wheatley, tumbada en una de las pocas zonas secas que quedaban. Se acercó.

—Este es mi padre. Emily le ha matado —dijo Billy, manteniéndose cerca de ella. Parecía tener cuidado de no dejar caer su luz sobre la figura que yacía en el suelo, pero West bajó la suya. Apenas reconoció al hombre que había visto por última vez en la sala de interrogatorios. Se agachó y le puso una mano temblorosa en la garganta, buscando el pulso. No sentía esperanza alguna, tan solo seguía las exigencias del procedimiento. Cerró los ojos para concentrarse, esperando no sentir nada, solo una suavidad fría y húmeda. Pero sintió el movimiento, el latido de la vida.

—Está vivo, Billy. Tu padre está vivo —exclamó.

Incluso en esa situación era un alivio decir esas palabras. Extendió la mano y atrajo al chico hacia ella. No se resistió y ella sintió que su pequeño y frágil cuerpo se estrechaba contra ella. Luego bajó la cabeza y trató de pensar. El deseo de retrasar cualquier movimiento, de considerar las opciones, de descansar un poco era muy fuerte. Pero oyó el ruido de otra serie de olas que entraban en la cueva.

—Billy, ¿cómo estaba de profunda el agua en la entrada de la cueva cuando fuiste a mirar?

—No estoy seguro. Hay una roca bajo la que hay que agacharse para entrar y el agua ya la cubría. Así que no podemos salir.

West se acordó en ese momento de la roca con la que se había golpeado la cabeza al entrar.

—Entonces tenemos que movernos ahora mismo sin falta. Tendremos que agacharnos bajo la roca y salir nadando. Sabes nadar, ¿verdad, Billy? Apuesto a que nadas superbién, ¿a qué sí? Viviendo aquí en una isla no te quedará más remedio.

Al principio no respondió. Cuando lo hizo, su voz sonaba más insegura, más triste que nunca.

—No sé nadar en el mar.

West escuchó esas palabras con una sensación de creciente incredulidad. Era lo último que necesitaba oír. Pensó rápidamente. No era un niño grande;

en mar abierto podría cargarlo con bastante facilidad. ¿No sería tan difícil tirar de él a través de la entrada de la cueva?

—Yo te ayudo, solo tienes que confiar en mí.

—¿Pero qué pasa con papá? Por favor, no lo dejes aquí. —Se dio cuenta de que estaba sollozando.

Se oyó un sonido estruendoso. West adivinó lo que debía de ser: olas chocando con la entrada de la cueva. Si las olas seguían golpeando la entrada entonces el agua no podría estar tan profunda.

—Encontraremos una manera, pero tenemos que movernos ya. Alumbra a tu padre.

West puso su linterna en el suelo para quitarse el jersey. Lo pasó por debajo de la espalda de Stone y lo ató contra el estómago tan fuerte como su hombro herido le permitió. Luego puso la linterna entre los dientes y deslizó su brazo por debajo del hombro de Stone. Empezó a levantarle. Casi se detuvo de inmediato, tal era la intensidad del dolor en su brazo, pero se aguantó y volvió a intentarlo, logrando al menos ajustar su posición. Para su sorpresa, el hombre gimió. Estaba consciente.

—Billy. Ayúdame —pidió West.

El hecho de que el suelo estuviera resbaladizo e inundado de agua de mar les ayudaba y dificultaba a la vez. Les permitía mover el cuerpo de Jamie Stone pero con repetidas caídas. Ignorando el dolor de su hombro, West siguió intentándolo, el chico también ayudó y juntos lograron arrastrarlo desde el fondo de la cueva hasta una zona más amplia en donde les llegaba el agua hasta las rodillas. Ahí era más fácil moverse. Aunque seguían tropezando, el cuerpo del hombre estaba ahora a flote y podían arrastrarlo mucho más rápido lejos del fondo de la cueva.

Era fácil arrastrar a Stone por el agua pero difícil mantenerle la cabeza a flote. El agua era cada vez más profunda. Ya le llegaba por la cintura. Veía a Billy delante de ella, luchando contra las olas que le llegaban por el pecho. Pero no sabía a dónde iban y el haz de su linterna zigzagueaba locamente por las paredes y el techo.

—Muéstrame la salida Billy. Muéstrame por dónde ir —jadeó. Podía oírle respirar con dificultad detrás de la luz. Se agachó y agarró de nuevo el hombro del padre, levantándole la cabeza fuera del agua. Esta vez casi no le dolió el brazo.

Un torrente de agua fluyó contra ellos. Billy alumbró con su linterna hacia delante para mostrar el camino, pero vieron que estaba bloqueado. No había salida. El agua delante de ellos era demasiado profunda y el techo demasiado bajo. Billy se detuvo. Sostuvo la linterna por encima de su cabeza y dejó que el ángulo de su haz descendiera hasta iluminar el agua en movimiento.

—Es por ahí. La única salida es esa.

West se concentró en las aguas negras que surgían y se retiraban. A ella le llegaba hasta el pecho y al chico casi hasta el cuello. La poderosa corriente iba y venía mientras las olas entraban y salían.

West pensó en el momento en que había entrado en la cueva hacía menos de una hora. El techo había sido bajo en una parte, había tenido que agacharse. Debía de ser aquí donde estaban ahora. Pero no había tenido que agacharse por mucho tiempo. Si pudieran pasar por debajo de esta roca estarían fuera, a salvo. Lo único que tenían que hacer era sobrepasar este bloqueo.

—Billy, vamos a tener que nadar. Vas a tener que aguantar la respiración.

El chico no se movió.

—Está bien, Billy. Puedes hacerlo.

—No, no puedo.

—Venga, Billy. Parece peor de lo que es. Tan solo tienes que nadar un poco. Por favor, Billy.

West notó la desesperación en su voz. Se preguntó si sería posible salir nadando con el hombre y luego volver a por el chico. O tal vez debería hacerlo al revés. Cualquiera de las dos opciones implicaba dejar a uno de los dos solo. ¿Sería capaz de volver a encontrarlos?

—Billy, tienes que hacerlo.

Por alguna razón, su mente evocó un recuerdo de su infancia. Una versión joven de sí misma agotada en la parte menos profunda de la piscina, con su padre gritándole desde el bordillo: «Un largo más. Venga. Tienes que hacerlo». Era un recuerdo tan nítido que incluso podía recordar la forma en que el agua caliente de la bomba de la piscina fluía contra su cuerpo. Con una sacudida, volvió al presente.

Se dio cuenta de que estaba asintiendo. Entonces sonó su voz, más fuerte y clara de lo que había oído antes.

—Papá no lo hizo. Él no hizo nada de lo que le acusan.

West casi había olvidado de los cargos contra Jamie Stone. Parecía irrelevante dada las circunstancias en las que los había encontrado.

—Ya lo sé —respondió West.

—No solo lo de Olivia Curran. Todo lo demás que la gente cuenta. Yo estaba allí. Nadie sabe que lo sé, pero lo recuerdo todo. Me acuerdo de. . .

—Billy, lo sé, de verdad que sí. Pero dímelo fuera. Se lo contaremos a todo el mundo cuando salgamos. Ahora tienes que venir conmigo. Sé que puedes. Solo tienes que agacharte bajo la cornisa. La distancia es corta y yo estaré detrás de ti todo el tiempo.

Sacudió la cabeza y la linterna tembló al hacerlo.

—No puedo hacerlo —dijo. Su linterna se sumergió un centímetro bajo el agua, el haz de luz convirtiendo el agua de negra a un verde intenso. Casi parecía bonito y todo.

—Tienes que hacerlo. Hazlo por tu padre —suplicó West.

CAPÍTULO SETENTA Y SIETE

E l chico se balanceó en la oscuridad, las oleadas de agua le llegaron a la boca haciéndole chapurrear. Luego sacudió la cabeza.

—No. No puedo hacerlo.

West luchó contra el deseo de gritarle. Cada momento que se demoraban el agua se hacía más profunda, la distancia que tenían que nadar bajo el agua se hacía más larga y las corrientes en su contra se hacían más fuertes.

—Puedo ayudarte, Billy. De verdad que puedo ayudarte, pero lo que no puedo es hacerlo por ti.

—Ya.

—Billy, o te pones en marcha ahora y sobrevives, o vas a morir aquí.

West alumbró la cara de Billy. Vio cómo se torcía con desesperación. Pero esta vez asintió con la cabeza. Mientras lo observaba, él cogió una bocanada de aire. Luego asintió con la cabeza, volvió a respirar y se sumergió.

Lo hizo tan rápido que pilló a West por sorpresa y no estaba preparada para seguirle. Vio su luz deslizándose bajo el agua hacia la pared de roca. Casi se asustó cuando vio que se atenuaba mientras se alejaba de ella. Entonces entró en acción. Tapó la cara de Stone con su mano y respiró profundamente. Luego se lanzó hacia adelante, manteniendo los ojos bien abiertos para seguir la luz.

Bajo el agua el ruido era horrible, un rugido constante y no podía ver casi nada, solo el destello de la linterna de Billy delante de ella. No logró hundirse lo suficiente y sintió que su espalda y su brazo se raspaban en el techo. También sintió que el cuerpo del hombre se enganchaba con el techo.

Pero siguió adelante, luchando por avanzar contra el agua que fluía contra ella. Entonces todo a su alrededor se oscureció cuando le golpeó una ola. Sintió que avanzaba a menor velocidad a medida que aumentaba la fuerza de la ola. Comenzó a sentir pánico, no sabía hacia dónde nadar. Pero la luz de Billy era una constante que la guiaba hacia adelante. Se esforzó por alcanzarla, sintiendo como el aire de sus pulmones se agotaba. Intentó decirse a sí misma que mantuviera la calma. Era capaz de bucear dos largos en una piscina olímpica, su padre se había encargado de ello. Pero esto era diferente, bastante más difícil de lo que había imaginado. Se golpeó la cabeza contra el lateral de la cueva y casi gritó, perdiendo una bocanada de aire al hacerlo. Y de repente la luz de Billy desapareció.

El ardor de sus pulmones se vio duplicado por un pánico que no podía controlar, pero entonces sintió que la fuerza de la corriente se reducía. La fuerza de las olas se estaba debilitando, Billy debía haber logrado salir y ella no podía estar muy lejos. Hizo un último y desesperado esfuerzo y sintió que volvía a avanzar arrastrando a Stone detrás de ella. Y entonces, solo durante un instante emergió a la superficie y tragó aire antes de que otra ola se precipitara sobre ella. Pero fue suficiente para darle otra ráfaga de vida y ahora nadaba con más fuerza. Ya no había techo de cueva sobre ella. Vio la luna, aún baja en el cielo, ajena al drama que iluminaba.

—¡Billy! —llamó, nadando lejos de la pared del acantilado y mirando a su alrededor. Tocó fondo y notó la arena firme bajo los pies. Observó la negra cara del acantilado. Tras la oscuridad del interior de la cueva, la noche parecía casi tan clara como a plena luz del día. Inmediatamente, vio luces en la cima del acantilado y en el mar. Se dio cuenta de que había barcos. Oyó un ruido sordo en el cielo, un helicóptero.

La mayoría de las luces estaban en la pequeña franja de playa que aún quedaba al pie del acantilado. Había gente, visible por sus linternas. Mientras nadaba hacia la gente el cuerpo de Stone empezó a sufrir espasmos. Sabía que tenía que sacarlo del agua. Le soltó la cara para liberar la nariz y la boca. Se abrió paso a través del agua, deseando que la gente de la orilla les vieran. Les llamó, pero cada vez que lo hacía el agua le inundaba la boca. Le dolía el hombro de mantener a Stone a flote.

—¡Ahí están!

Un foco de la playa la iluminó. Una figura se adentró en el agua. Momentos después, sintió que Rogers la rodeaba con sus brazos. Se inclinó hacia él. Fuera lo que fuera lo que le estaba diciendo, estaba demasiado cansada para escuchar. Demasiado cansada para concentrarse.

—Jess, ¿estás bien? ¡Necesito ayuda!

De alguna manera, ella asintió.

—Ay Dios —dijo Rogers. Empezó a tirar de ella hacia la orilla mientras otros acudían a ayudar—. La hemos pillado —continuó Rogers—. A Emily Franklin. Vimos un coche subiendo por la playa. Abrió fuego cuando intentamos detenerla. Pero la tenemos.

West volvió a asentir con la cabeza.

—¿Está vivo? —Rogers se encargó de tirar del cuerpo de Stone. Ya estaban casi en la playa.

—Creo que sí —respondió West, y entonces la escena en la playa se hizo más clara. Hombres con linternas, rostros sorprendidos—. ¿Dónde está el chico? ¿Dónde está Billy?

Rogers dudó. Sacudió la cabeza.

—No está con nosotros.

West se detuvo.

—¿Qué dices? ¿No ha salido? Iba delante de mí.

Rogers volvió a dudar y West gimió como un animal herido. Se dio la vuelta, mirando con desesperación el oscuro océano en ebullición. Se dio cuenta de que seguía sosteniendo el cuerpo de Jamie Stone. Lo empujó hacia Rogers.

—Ten. Llévalo a tierra. Voy a volver a por el chico.

—No, ya es demasiado tarde —empezó Rogers, pero ella no le hizo caso.

Se zambulló de nuevo en la oscura agua hacia la entrada de la cueva.

CAPÍTULO SETENTA Y OCHO

Cuando West recuperó la conciencia, estaba en la cama de una habitación privada de hospital, con el hombro fuertemente vendado y sujeto por una grúa suspendida del techo. Una máquina de ECG situada junto a su cama controlaba su ritmo cardíaco con un rítmico pitido. Un televisor colocado en la pared frente a ella mostraba imágenes en silencio. Al otro lado de la ventana vislumbraba una ciudad, no sabía cuál. A los pies de su cama, el inspector Rogers yacía dormido en un sillón; se había puesto una pequeña silla de plástico en frente para apoyar las piernas y estaba tapado con una manta azul clara del hospital.

—Hola —dijo West, pero su voz era tan débil que no se despertó. Por un momento, pensó en intentar gritar más fuerte, pero le dolía la garganta. Y se dio cuenta de que no sabía cuánto tiempo había permanecido al pie de su cama. No sabía cuánto tiempo llevaba en el hospital. Ni cómo había llegado hasta aquí. «Déjalo dormir» pensó. En busca de respuestas, cogió el mando a distancia de la televisión que estaba puesto en la mesilla de noche. Intentó subir el volumen del televisor, pero no parecía tener pilas. Le tiró el mando a Rogers. Le dio en el pecho antes de caer al suelo.

—Hola —dijo ella de nuevo.

Rogers se despertó de un sobresalto y empezó a frotarse la cara y a bostezar con fuerza. Parpadeó mientras miraba a su alrededor, confundido.

—¿Qué hora es? —preguntó Rogers.

—No tengo ni idea. ¿Qué día es?

Rogers apartó la silla con el pie y se incorporó en el sillón. Llevaba unos vaqueros y una sudadera que no reconocía. No le quedaban bien.

—¿Cómo te encuentras?

West consideró la pregunta por un momento.

—Estoy un poco mareada. Me duele el hombro. ¿Dónde está el chico?

Rogers dudó con el ceño fruncido.

—¿No te acuerdas?

—¿De qué? —Una sensación de temor invadió a West—. ¿Ha muerto?

La cara de Rogers cambió. El ceño fruncido se convirtió en una especie de incredulidad divertida.

—No. Ni mucho menos. Está corriendo por la estación diciéndole al jefe Langley cómo concluir esta investigación. Según lo que he oído no son capaces de hacerle callar.

Esta vez West frunció el ceño, luchando por recordar.

—¿Qué pasó entonces?

—¿De verdad que no te acuerdas?

West ya comenzaba a recordar fragmentos sueltos. La forma desesperada en que había movido sus brazos bajo el agua una vez liberada del cuerpo de Stone. Cómo tuvo que ignorar el inmenso dolor de hombro.

—Cuando intentó salir por primera vez solo llegó hasta la mitad. Se detuvo en una bolsa de aire. —Rogers comenzó, pero ella ya lo sabía. Había nadado demasiado rápido. No se había tomado el tiempo de llenar sus pulmones de aire. Entró en la cueva y sintió que los músculos empezaban a agarrotársele. Le dolían los pulmones. No pudo resistirse a subir a la superficie pero en lugar de encontrar aire fresco lo único que encontró fue la negra roca. Luchó hasta el final, abriéndose paso hacia delante, ya no en busca del chico, sino en una última y desesperada lucha por evitar que su cuerpo aspirara agua salada mientras se apagaba. Y entonces vio la bolsa de aire. La linterna del niño. Su rostro asustado. Y luego nada.

—Te sacó. Dios sabe cómo lo hizo, pero lo consiguió. Yo he estado allí abajo, me metí para echar un vistazo. No está tan lejos, pero Dios. Nadar a través del túnel cuando está lleno de agua helada, en plena oscuridad. Joder, el chico es un puto héroe.

Rogers la miró con seriedad.

—Y tú también, inspectora, tú también.

—¿Qué hay de Stone? ¿Sobrevivió? —preguntó West unos momentos después.

—Salió del quirófano anoche. La bala se las arregló para no afectar a ningún órgano vital. Pero ha perdido mucha sangre. —Rogers se encogió de hombros—. Los médicos creen que va a salir adelante.

West respiró un par de veces, el acto de hacerlo le quemaba la garganta.

—¿Qué hay de la chica? ¿De Emily Franklin?

—La tenemos en custodia. Langley está con ella.

—La vi amenazando con disparar al chico. Estaba tratando de inculpar a Stone por el asesinato de Curran. Lo preparó todo para que pareciera que había asesinado a Olivia y a Billy y luego se había suicidado.

—Ya lo sabemos. El chico nos lo ha contado todo. Todavía quedan algunas piezas por encajar, pero parece que se lio con Stone tan solo para encubrir el asesinato de Curran. El muy tonto no tenía ni idea de lo que estaba pasando — explicó Rogers levantando las cejas.

—¿Y qué pasó antes? ¿Con la gemela de Billy?

—Esa es otra. Este tío no tiene mucha suerte con las mujeres que digamos.

West frunció el ceño.

—Christine Austin dejó un mensaje en tu móvil. Era bastante confuso pero hablaba de la muerte de Eva Austin. Ella se atribuyó la responsabilidad. La Policía Estatal de Oregón está ahora con ella. Creen que sufría de depresión posparto cuando lo hizo. Parece que su familia encubrió lo que pasó en realidad y culpó a Stone en su lugar, todo para proteger su reputación. Creen que tu visita quizá desencadenó algo en su memoria.

—No fui yo. Fue el saber que su hijo sigue vivo.

—Bueno. ¿Quién sabe? Pero tú fuiste la que insistió en ir a verla. Sin esa visita, ¿quién sabe cómo habría acabado todo esto?

Rogers bajó los pies de la silla. Hizo girar su cuello. Luego se volvió hacia West y habló por última vez.

—No todo son buenas noticias. Recuperamos el cuerpo de Olivia Curran de la cueva.

Hubo un momento de silencio en la habitación, en el que los únicos sonidos eran el suave pitido del electrocardiograma y los susurros de la ciudad en el exterior.

CAPÍTULO SETENTA Y NUEVE

Estoy sentado en el despacho de alguien muy importante del hospital. Llevo una ropa que me ha dejado una señora que trabaja aquí. Me queda un poco grande y quizá perteneciera a alguna persona muerta, pero es mejor que llevar la bata azul que me dieron al principio así que no me importa. El inspector Rogers está aquí conmigo. Me ha dejado sentarme en la gran silla de cuero que gira. Antes no me había caído muy bien el inspector Rogers porque parece un enorme oso. Pero en realidad no es mala persona, aunque hace muchas preguntas. Eso es lo que estamos haciendo. Lo que llevamos haciendo desde hace horas. O por lo menos me parece que han sido horas. Le he estado contando todo lo que pasó dentro de la cueva y antes también, en casa de Emily. Él lo escribe todo. Veo que esta vez me cree. También está asombrado. Especialmente por la parte en la que nadé a través de la entrada de la cueva. Me quedé atascado a mitad de camino. Luego, justo cuando lo estaba intentando de nuevo, la inspectora se quedó atascada allí también, así que la tuve que sacar. Fue como cuando papá me llevó a hacer surf y me empujó bajo el agua de las olas. Pensé que estaba tratando de matarme porque creía que había matado a Olivia Curran. Pero no estaba tratando de matarme. Solo trataba de salvarme.

* * *

EL INSPECTOR ROGERS me ha traído varias chocolatinas y refrescos de la máquina del pasillo. Lo tengo todo apilado en el escritorio frente a mí. El inspector Rogers me dice que Emily va a ir a la cárcel.

—¿Por qué crees que lo hizo? —le pregunto. Deja de escribir y se queda pensando un rato.

—Es un poco pronto para saberlo, chico, pero mucha gente se ha presentado diciendo que la señorita Franklin tenía problemas desde hace tiempo. Incluyendo tu padre. Nos ha contado que le hizo la vida imposible mientras salía con ella en secreto. Él intentó cortar con ella, pero ella le amenazaba con contártelo. —Duda antes de preguntarme—. ¿Tú has notado lo mismo? Solías pasar mucho tiempo con ella...

Recapacito. Recuerdo a Emily inclinada sobre mi hombro. Ayudándome con los deberes de Ciencias, diciéndome que los profesores del colegio son unos inútiles que no les haga caso.

—No —respondo por fin.

* * *

—¿PUEDO ir en el helicóptero de nuevo? —pregunto al rato—. ¿Cuándo volvamos a la isla? No pude disfrutarlo del todo cuando veníamos hacia aquí.

El inspector Rogers mueve la cabeza de forma divertida pero no me responde. Entonces llaman a la puerta. Entra un médico y le dice al inspector Rogers que papá se ha despertado. Le han tenido que operar para extraerle la bala. Les pregunté que si podía quedármela, de recuerdo. Pero me han dicho que la policía la necesitará como prueba.

El médico habla con el inspector Rogers durante un rato, comentando cómo ha ido la operación de papá. Ambos parecen bastante contentos.

—¿Puedo verle? —pregunto de repente. El médico vacila. Mira al inspector Rogers.

—No veo por qué no, pero tendrás que ser breve. —Mira al inspector Rogers, que se encoge de hombros.

—Por mí bien.

El detective Rogers se levanta y me abre la puerta.

—Venga chaval, vamos.

* * *

PAPÁ ESTÁ TUMBADO en una cama. Está conectado a muchos tubos y máquinas que pitan sin parar. Está muy pálido y tiene barba de unos días.

Veo la parte superior de su pecho y por debajo solo hay vendas. Huele a antiséptico. Cuando entro, gira la cabeza para mirarme.

—Hola, Billy.

—Hola, papá —respondo. De repente me siento muy preocupado. No sé dónde mirar.

Papá también mira hacia otro lado. Mira al inspector Rogers y una mirada pasa entre ellos. Luego sus ojos vuelven a los míos.

—Me han contado lo que has hecho. Lo que hizo la inspectora West.

—Me han dicho que a lo mejor voy a recibir una medalla. Y que igual salgo en el periódico. ¿Crees que saldré en el periódico? ¿Crees que es posible?

—Puede ser —dice papá.

—¿Y te importa? —le pregunto. Recuerdo que a papá no le gustan ese tipo de cosas. Vuelve a mirar al inspector Rogers quien se aclara la garganta y parece un poco avergonzado.

—Todos los cargos contra usted han sido retirados. —El inspector Rogers lo dice con su voz ronca—. Tanto aquí como en Oregón. Hay un gran lío que resolver todavía, pero. . .

No termina su frase.

—Supongo que entonces no hay problema —dice papá.

No me muevo.

—Billy, ven aquí, ¿quieres? Dame un abrazo.

Me acerco a él y con cuidado le rodeo los hombros con los brazos. Lo hago con cuidado pero aun así noto que se estremece de todos modos.

—¿Estás bien, papá? —De repente me invade la preocupación. No sé lo que dijeron los médicos, estaba demasiado emocionado para oír nada—. ¿Te vas a morir?

Poco a poco, papá comienza a sonreír.

—No hombre, creo que no.

Pero estoy preocupado. Siento que se me van a saltar las lágrimas.

—¿De verdad, papá? ¿De verdad que vas a estar bien? —pregunto llorando. No he podido evitarlo.

—Sí —dice papá. Me acerca a él y me abraza con fuerza. Me siento bien así. Me aferro a él—. Creo que sí, Billy. Vamos a salir de esta.

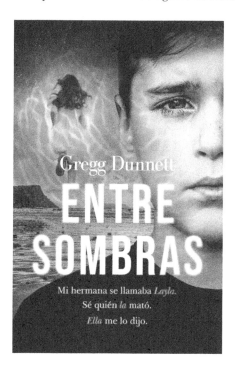

La historia se inspira en algo que mi hija Alba dijo durante el desayuno hace dos años. Le estaba enseñando lo complicado que puede ser escribir, utilizando mi novela a medio terminar como ejemplo (vale lo admito, me estaba quejando porque me encontraba atascado con la trama) cuando ella dijo algo así:

¿No sería más fácil si la persona muerta simplemente dijera quién lo hizo?

Alba terminó su tazón de cereales y se fue a su habitación, pero yo me quedé sumido en mis pensamientos. Más tarde, en mi escritorio, abandoné el libro a medio escribir y comencé a trabajar en convertir la idea de Alba en una nueva historia. No lo tomé completamente literal, porque eso sería una simple historia de fantasmas, y yo no creo en fantasmas. O al menos creo que no.

Pero fue esa ambigüedad lo que me atrapó. ¿Podría escribir un thriller sobre un fantasma que podría, o no, estar allí? ¿Una trama donde un personaje pudiera ser un fantasma, pero donde su presencia también pudiera ser explicada de manera racional, sin necesidad de hacer uso de lo sobrenatural?

SEGUNDA NOVELA DE LA SERIE
ISLA DE LORNEA

GREGG DUNNETT

EL CLUB DE DETECTIVES

¿TE HA GUSTADO?

Muchas gracias por leer **La isla de los ausentes.** Si te ha gustado, te agradecería que escribieses una reseña en Amazon. Así ayudarás a otros lectores a descubrir esta novela.

Y si quieres saber qué hizo Billy después, ya puedes comprar **El club de detectives,** la segunda novela de la serie Isla de Lornea.

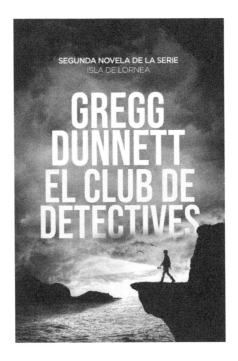

Cuando escribí esta novela no tenía pensado escribir ninguna secuela. Pero lo cierto es que disfruté mucho escribiendo acerca de Billy y lectores por todo el mundo me contactaron para preguntarme qué le pasó a Billy después. Por lo que me puse manos a la obra con la segunda novela, **El club de detectives**.

Si quieres ir abriendo boca, a continuación puedes leer el primer capítulo totalmente gratis o también puedes comprarlo en formato eBook, tapa blanda o tapa dura.

EL CLUB DE DETECTIVES
CAPÍTULO UNO

Sé que estoy metido en un buen lío. Lo que no sé es porqué.

Estoy sentado en una silla de plástico apoyado contra la pared del descansillo del despacho de la directora. Justo enfrente de mí está la secretaria, sentada en su escritorio y clavándome con su mirada a través de las gafas que le cuelgan del cuello con una cadena. Parece que está sopesando si voy a salir corriendo en cualquier momento.

Lo cierto es que la idea se me ha pasado por la cabeza. La directora Sharpe tiene una reputación espantosa. Pero no hay escapatoria. Además, tengo curiosidad por saber por qué estoy aquí y si huyo no lo averiguaré. Y además, yo no soy de los que se escapan.

No estoy de broma con lo de la reputación de la directora. A todo el mundo le da miedo, no solo a los estudiantes. Me acuerdo una vez que estaba en clase de Biología con la profesora Jones y teníamos que etiquetar las partes de la Mantis religiosa. Al estar sentado en la primera fila oí que la profesora susurraba para sus adentros que la mantis le recordaba a la directora. No creo que se refiriera a que se parecieran en el aspecto, más bien a la forma en que las hembras atrapan y devoran a los machos después de aparearse con ellos.

—Disculpe, señora Weston —le pregunto a la secretaria—, ¿voy a tener que esperar mucho más?

La señora Weston para un momento de teclear y frunce el ceño de manera molesta.

—La directora te avisará cuando esté lista.

—Es que, verá, estaba en clase de Matemáticas y me tomo las Matemáticas muy en serio…

—He dicho que cuando esté lista.

Me echa una mirada asesina, así que desisto. Cuando vuelve a mirar hacia la pantalla de su ordenador aprovecho para echar un vistazo alrededor del hueco donde está su escritorio. A pesar de no tener su propio despacho ha intentado adornar la mesa para que quede acogedora. Hay una gran planta de yuca en el suelo junto a ella y según la miro me doy cuenta de que hay una salamanquesa trepando por el tronco. Bueno creo que es una salamanquesa, tiene los dedos grandes y desde luego no se parece a ninguna de las especies de lagartija que tenemos en la isla. Me inclino para observarla de cerca pero me paro cuando noto que la señora Weston ha dejado de teclear y me está mirando. Me pregunto de dónde habrá salido. ¿Quizá la tenían de mascota y se escapó? O igual siempre ha vivido en esta planta y nunca nadie se ha dado cuenta. ¿A lo mejor es la mascota de la señora Weston?

De repente oigo un fuerte alboroto en el otro extremo del pasillo. Levanto la vista y veo al profesor Richmond acompañando a un estudiante hacia mí. Está empujando a una chica y le agarra uno de sus brazos por la espalda como si fuera un policía y la hubieran arrestado. Parece muy enfadado. Pero en realidad, si acaso, la chica parece aún más enfadada.

—Siéntate aquí y no te muevas —refunfuña el profesor Richmond cuando se pone a mi altura. Por un momento pienso que la chica va a desobedecerle pero entonces se deja caer en una silla, dejando las piernas abiertas en lo que me parece un ángulo un poco incómodo. Por desgracia para mí, es la silla que está al lado de la mía.

Es mi culpa en realidad. Había tan solo tres sillas y, si hubiera sido más inteligente, me habría sentado en una de las de los extremos. Entonces, si alguien hubiera venido, se habrían sentado en silla del extremo y todavía quedaría una silla vacía en el medio. Pero no estoy acostumbrado a venir al despacho de la directora así que no se me ocurrió.

Hago lo posible por no mirar a la chica. En cambio, observo al profesor Richmond mientras habla con la señora Weston. Supongo que le estará contando lo que ha hecho la estudiante, pero no oigo lo que es porque está hablando en voz muy baja. Luego se da la vuelta para irse. Al hacerlo se fija en mí y da un pequeño respingo de sorpresa. Seguramente es porque soy un buen estudiante y no se esperaba verme aquí. Me dispongo a explicarle que ha habido un malentendido pero el Sr. Richmond no me pregunta nada, solo me lanza una mirada de decepción y se va. Luego, la señora Weston entra en el despacho de la directora Sharpe, supongo que para decirle que ha venido otro estudiante. Aprovecho y me muevo a la silla del extremo para no tener que estar justo al lado de la chica. Me viene bien porque estoy más cerca de la yuca y tal vez pueda identificar qué tipo de salamanquesa es.

—¿Qué pasa, que huelo mal?

Es la chica la que habla.

—¿Cómo dices?

—He preguntado si huelo mal.

—¿Qué? Ah. No. Bueno, no lo sé... —La verdad es que no me he dado cuenta. Pero no voy a inclinarme y olerla, eso sería raro—. Creo que no —concluyo.

Me mira fijamente durante un buen rato y luego aparta la cabeza como si no me mereciera su atención. Me siento bastante aliviado y me vuelvo para observar la salamanquesa. No sé qué comen. Supongo que moscas y cosas así, pero tal vez coman plantas de yuca. Tendré que buscarlo más tarde...

—Bueno, esto es una mierda. ¿A qué sí? —interrumpe la chica de nuevo.

No respondo. Trato de mantener mi mente en la salamanquesa. Creo que leí en alguna parte que se pueden encontrar en cualquier parte del país, debido al calentamiento global y también a la forma de transportar los plátanos...

—¿Qué has hecho para que te manden a ver a la directora?

Es la chica de nuevo. Repaso en mi cabeza los últimos días.

—No lo sé.

—¿Qué quieres decir con que no lo sabes? ¿Cómo no puedes saberlo?

—No lo sé.

—¿No sabes cómo no lo sabes?

Recapacito un instante.

—No.

Ella frunce el ceño ante mi respuesta y luego mueve la cabeza de nuevo.

—En realidad, yo tampoco lo sé. Excepto que es todo una puta mierda.

Me giro para mirarla. Entiendo que esté enfadada porque la hayan traído hasta aquí, pero no creo que decir palabrotas delante del despacho de la directora le vaya a ayudar, sea lo que sea que haya hecho. La observo durante un momento mientras mira a la pared de enfrente. Es un poco mayor que yo y va vestida casi todo de negro. Lleva unas enormes botas Dr. Martens y supongo que su oscuro pelo debe de estar teñido de azul, porque no me parece un color muy natural. No tengo la oportunidad de ver más porque entonces se vuelve hacia mí. Desvío la mirada, pero durante un buen rato siento que me mira fijamente.

—Tú eres el chaval ese, ¿no?

Al principio no respondo, pero no tiene sentido negarlo.

—Sí.

No dice nada más pero noto que sigue mirándome fijamente. Casi me siento aliviado cuando la señora Weston vuelve a salir.

—¿Billy Wheatley? La directora Sharpe te está esperando.

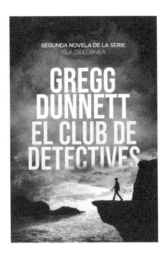

CÓMPRALO YA EN AMAZON!

Únete a mi lista de lectores para conocerme un poco mejor y recibir todas las novedades que lanzo. Además llévate este libro totalmente GRATIS.

http://www.greggdunnett.co.uk/novedades

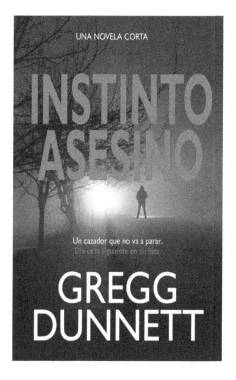

Un asesino está dejando notas en los bancos de varios parques en Londres, en las que confiesa los asesinatos que ha cometido a lo largo de su vida.

Una agente de policía tiene la oportunidad de resolver los casos que sus compañeros no han sido capaces de resolver durante años.

Pero solo lo conseguirá si averigua quién es el asesino, antes de que el asesino la encuentre.

Porque en una historia en la cual nada es lo que parece, ni siquiera los asesinatos son tan claros.

Llévate este libro totalmente GRATIS.

http://www.greggdunnett.co.uk/novedades

OTRAS OBRAS DE GREGG DUNNETT

Serie Isla de Lornea

La isla de los ausentes

El club de detectives

Misterio en las cuevas

La playa de los dragones

Novelas

El secreto de las olas

La torre de sangre y cristal

A la venta Agosto 2023

Entre sombras

Made in United States
Orlando, FL
26 July 2023

35462684R10200